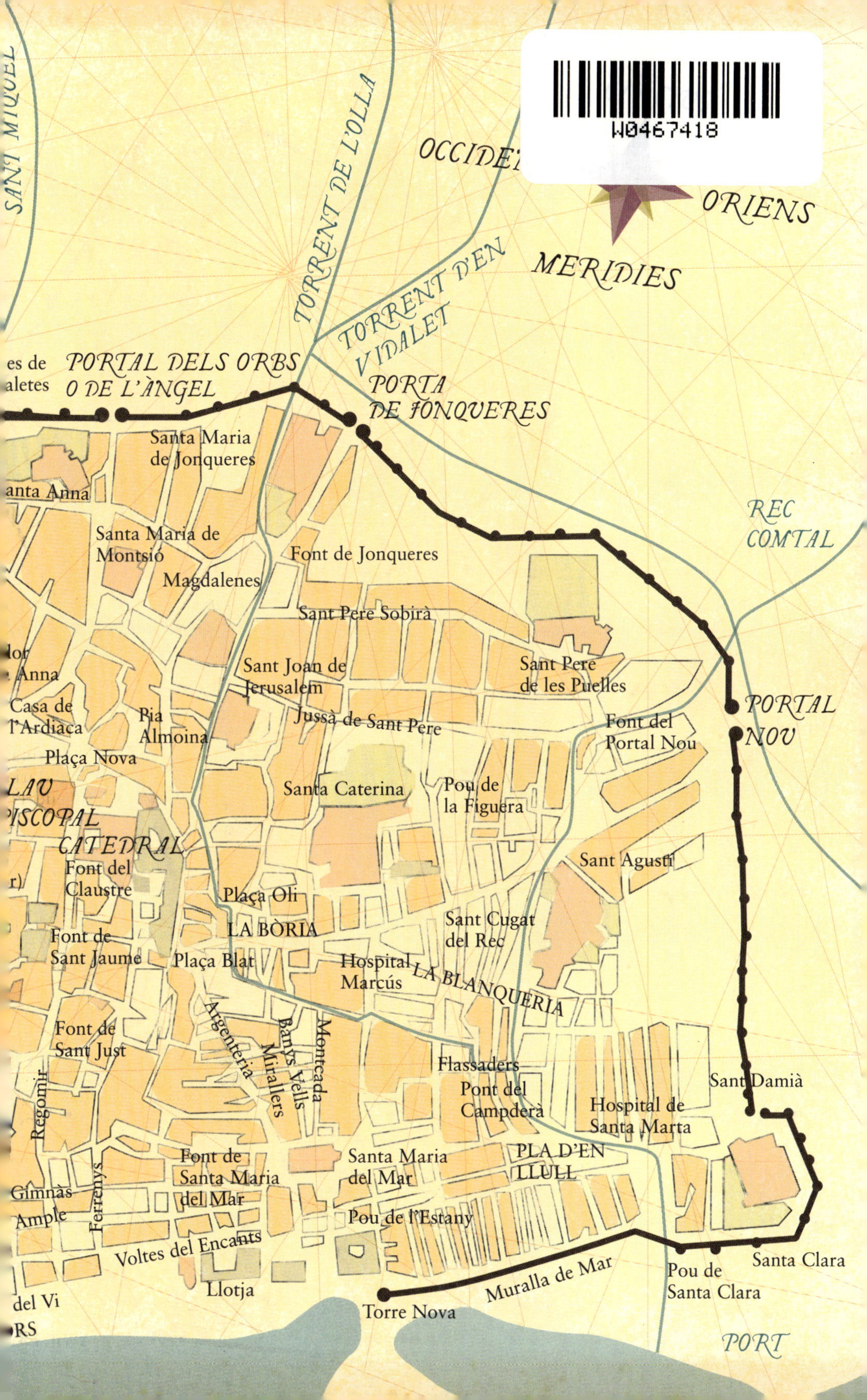
SANT MIQUEL
TORRENT DE L'OLLA
OCCIDE
ORIENS
MERIDIES
TORRENT D'EN VIDALET
es de
aletes
PORTAL DELS ORBS O DE L'ÀNGEL
PORTA DE JONQUERES
REC COMTAL
Santa Maria de Jonqueres
anta Anna
Santa Maria de Montsió
Magdalenes
Font de Jonqueres
Sant Pere Sobirà
Sant Joan de Jerusalem
Sant Pere de les Puelles
Casa de l'Ardiaca
Pia Almoina
Jussà de Sant Pere
Font del Portal Nou
PORTAL NOU
Plaça Nova
Santa Caterina
Pou de la Figuera
CATEDRAL
Font del Claustre
Sant Agustí
Plaça Oli
LA BÒRIA
Sant Cugat del Rec
Font de Sant Jaume
Plaça Blat
Hospital Marcús
LA BLANQUERIA
Font de Sant Just
Argenteria
Banys Vells
Miralers
Montcada
Flassaders
Regomir
Pont del Campderà
Hospital de Santa Marta
Sant Damià
Font de Santa Maria del Mar
Santa Maria del Mar
PLA D'EN LLULL
Gimnàs
Ample
Ferrenys
Pou de l'Estany
Voltes del Encants
Llotja
Muralla de Mar
Pou de Santa Clara
Santa Clara
del Vi
Torre Nova
PORT

L'ENIGMA COLOM

Per a Susanna,

amb el desig que li agradi aquesta novel·la, un passeig pel segle XV i la "descoberta" d'un personatge tan interessant com enigmàtic, Cristòfor Colom.

Amb complicitat, d'escriptora a escriptora,

8-5-2014

MARIA CARME ROCA

L'ENIGMA COLOM

Columna

COL·LECCIÓ CLÀSSICA
PRIMERA EDICIÓ: FEBRER DEL 2014

CARRER PEDRO I PONS, 9-11, 11A PLANTA - 08034 BARCELONA
ISBN: 978-84-664-1816-4
DIPÒSIT LEGAL: B. 1.171-2014
FOTOCOMPOSICIÓ: VÍCTOR IGUAL, S.L.
CARRER ARAGÓ, 390 - 08013 BARCELONA
IMPRÈS A: EGEDSA

www.columnaedicions.cat

A la memòria d'Àngel Puyuelo, aventurer i viatger intrèpid. L'any 1981, amb el seu veler «Numoan» realitzà el periple colombí transoceànic, fet que va incrementar el meu interès per descobrir la figura de Cristòfor Colom.

A totes les persones, les presents i les que ens han precedit, que dediquen el seu temps i el seu saber a la recerca de la veritat. I que lluiten perquè vegi la llum.

Si muir per vós, llavors creureu
l'amor que us port,
e no es pot fer que ploreu
la trista mort
d'aquell que ara no voleu.

«Balada de la garsa i l'esmerla» (segle XV),
JOAN ROÍS DE CORELLA (1435-1497)

ÍNDEX

BREU APUNT HISTÒRIC

En el decurs de la història, hi ha moments i circumstàncies que determinen la trajectòria d'un poble i marquen la pauta dels temps futurs. Aquest és el cas de l'any 1493, una data que va significar un punt i a part per a Catalunya.

A finals del segle XV, si bé és cert que Catalunya començava a refer-se, també ho és que se li escapava de les mans el control polític. Esgotada encara per la guerra civil de la Generalitat contra el rei Joan II, pel llast de les lluites remences,[1] i ofegada per la política opressora del rei Ferran II, anirà perdent els drets i institucions que li eren propis.

Quan Ferran II va pujar al tron del Principat l'any 1479, es va trobar una Catalunya devastada, víctima de la misèria, la pesta, la inflació, el bandidatge i les incursions dels guerrillers francesos de la frontera. El jove monarca feia cinc anys que compartia la Corona castellana amb la

1. A la Catalunya Vella, a partir del segle XI hi havia el dret de remença, un pagament que el senyor territorial podia exigir al seu vassall, adscrit a la terra, si volia abandonar-la.

seva esposa, Isabel. En principi, aquest matrimoni no era una circumstància favorable per a Catalunya perquè era un país petit i, sobretot, despoblat en comparació amb Castella (tres-cents cinquanta mil catalans enfront de sis milions de castellans). Malgrat tot, Catalunya el va acollir amb esperança. D'una banda el veien com el sobirà que els podia defensar contra França, i de l'altra, a la Mediterrània, confiaven que es podria imposar a turcs, genovesos i provençals, i restablir les antigues rutes del comerç marítim català. Eren unes bones expectatives.

És innegable que va ser un gran estadista, no debades Maquiavel (què passa que sovint són els de fora que ens ho han de dir?) el va prendre com a exemple a la seva obra *El príncep*. Però per a Ferran II, abans que res, va pesar el desig de ser rei de Castella, fet que va propiciar que el monarca propi de Catalunya i Aragó fos partidari d'afavorir el regne de la seva dona en detriment del seu. Com diu Vicens Vives, «Castella va ser l'eina preferida del monarca». I serà massa tard quan en sigui conscient.

D'aquí estant, i d'acord amb l'historiador Jesús Mestre, «sempre serà el que va fer possible que la Corona d'Aragó s'arribés a dissoldre en una realitat que més tard es digué Espanya».

No li podem negar que tenia motius personals ben arrelats: quan era petit ell i la seva mare, la noble dama castellana Joana Enríquez, van patir assetjament a Catalunya i les seves vides van perillar. Més endavant, l'any 1492, a les escales del Palau Reial de Barcelona, Ferran II va ser víctima d'un intent de regicidi a mans del remença Joan de Canyamars. Va anar de poc que no perd la vida. Que no ens estimava era evident. Però a Castella tampoc l'estimaven a ell, sempre en van recelar malgrat que no haurien pogut desitjar un monarca millor.

Però tornem a Catalunya...

Pel que fa a la seva actuació, de primer cal afirmar que era un rei absent que seguia de lluny els assumptes que pertocaven al seu regne. A Barcelona, per exemple, només hi va estar en sis ocasions. Com que el seu centre d'acció era Castella, per això es va crear el càrrec de virrei. El virrei i la nova estructura de l'Audiència, un veritable consell d'aquell.

Ferran II va anar realitzant un seguit de reformes de gran abast, alguna de molt polèmica i impopular, com la introducció de la Inquisició, la «castellana» (1487), molt més intolerant que la que ja existia al Principat i que ocasionà la fugida de capitals i mà d'obra qualificada. És important afegir que aquí els conversos no representaven cap problema.

El rei va intervenir de manera autoritària i antidemocràtica en les reformes de la Generalitat a través del cop d'estat del 1488, que va comportar que Ferran II nomenés directament Joan de Peralta com a president de la Generalitat l'any 1491. I amb l'establiment de la insaculació l'any 1493 va reblar l'arraconament de les institucions municipals. Al seu favor, cal dir també que va ser responsabilitat seva l'intent de posar fi als abusos polítics dels estaments privilegiats i de frenar el creixent deute públic. Fos com fos, el desgavell econòmic i la corrupció de molts dels responsables de la Generalitat van oferir al rei un motiu excel·lent per adoptar un seguit de mesures sense tenir en compte les institucions, els costums i els drets de Catalunya.

Aquell mateix any, Ferran II imposà una altra mesura que afectava el clergat: va enviar catorze monjos procedents de Valladolid al monestir de Montserrat, que a partir d'aquí va passar a dependre de la congregació de la ciutat castellana. Uns anys abans, a Poblet, havia imposat un abat de Zamora, Juan Payo Coello, que paral·lelament va ser president de la Generalitat. Pel que fa a aquest tema, els historiadors s'han dividit. Alguns defensen que la voluntat del rei era la de situar en càrrecs rellevants homes de la seva plena confiança, atesa la seva absència. D'altres ho consideren un intent absolut de castellanització.

Com va dir Ferran Soldevila: «Perquè mesurem la magnitud i la qualitat de la seva obra, els dots d'energia, de treball i d'intel·ligència que va dur-hi, no podem deixar de pensar el que el Rei Catòlic hauria pogut fer per Catalunya».

Amb tot, a partir de l'any 1493, l'economia del Principat va entrar en una fase més favorable. Que l'any 1493 s'encunyés el principat (moneda d'or de pes i llei similars als del ducat venecià i a l'excel·lent valencià; equivalia a 12 croats de plata i a 288 diners), va ser una decisió encertada que va servir per unificar els diversos tipus de numerari que circulaven per Catalunya i posar fre al desordre anterior i l'abundància de moneda falsa i devaluada.

Cal dir que la política de redreç que s'ha elogiat a Ferran II només va tenir resultats positius a Catalunya, però no a la resta dels regnes de la confederació, com Mallorca o València.

Una gran fita política de Ferran II va ser la de recuperar per a Catalunya el Rosselló i la Cerdanya. Va aconseguir que Carles VIII de França els hi restituís a canvi de no interferir en els plans del monarca francès sobre el regne de Nàpols. Això passava a primers de l'any 1493.

Tant pels aspectes positius com pels negatius, la importància i transcendència de l'any 1493, doncs, és evident.

I aquell any, el navegant, cartògraf, almirall, virrei... conegut com a Cristòfor Colom tornava victoriós del

Nou Món[2] a la península. Aquesta expressió va ser encunyada l'any 1494 a *De Orbe Novo* i divulgada per l'humanista milanès Pietro Martire di Anghiera.

L'enigmàtica figura de Colom, l'aura de misteri que l'acompanya, ha fet vessar rius de tinta i ho continuarà fent fins que puguem disposar de les proves irrefutables que ens confirmin que Colom no podia ser de cap altra nacionalitat que catalana. De moment, és a través de dades paral·leles, algunes sense importància aparent, que podem arribar a aquesta conclusió, perquè les proves fefaents no les tenim. De tota manera, el que sí que podem afirmar és que la teoria genovesa, «l'oficial», no s'aguanta per enlloc, ja que el genovès Cristoforo Colombo no té res a veure amb Cristòfor Colom.

Però les pàgines següents no formen part d'un estudi, ni d'un assaig, són una novel·la que pren com a eix aquest 1493 a Barcelona i que dóna per fet que Colom era català.

Encara que ja ho sabem: la realitat sovint supera la ficció.

2. Fins al segle XVIII, Amèrica era coneguda com les Índies Occidentals.

PRELUDI

1468

Ell tenia un secret, un de molt important.

Aviat vaig intuir que el corsari Joan Colom ocultava una intenció, un objectiu ben determinat. Com si fos un joc, em vaig proposar descobrir quin era; potser ho feia que llavors jo era molt jove, només tenia tretze anys.

No era gens fàcil fer-li preguntes, perquè era reservat i poc parlador, però vaig aconseguir guanyar-me la seva confiança.

—No t'impacientis, Guerau —em deia adonant-se del meu afany per saber de tot—, que el camí del coneixement és molt llarg i cal anar pas a pas.

Potser sí, i per això vaig aprendre a callar i a escoltar per més que desitjava fer via. Vaig procurar estar atent, orelles i vista ben alertes, a la recerca de qualsevol dada que m'indiqués què amagava.

Sovint, quan la tarda moria entre les minses llums del capvespre, s'acostava al mar, ja fos al port o a la platja, perquè tot depenia d'on haguéssim atracat. Dempeus, com si esperés l'arribada d'una nau, esguardava la línia de l'horitzó, una línia que traspassava amb el pensament. L'Almirall, que és així com més m'agrada anomenar-lo, s'hi podia estar hores d'aquesta manera, tot sol, només acompanyat de les pròpies reflexions. L'actitud tranquil·la i contemplativa d'aquelles estones contrastava amb l'intens tràfec de l'activitat marinera que governava la seva vida. I també amb la seva edat, perquè era un home jove que encara no havia complert els vint-i-cinc anys.

Quan sojornàvem a algun poble o ciutat, mentre que la majoria de la tripulació se n'anava de gresca a les tavernes, a beure vi o a la recerca de dones, l'Almirall o bé es quedava al vaixell, llegint, estudiant o fent anotacions, o bé se n'anava a la vora del mar. Ben a prop de la riba, deixava la mirada fixa en l'anar i venir de les onades que bressolaven les seves cavil·lacions.

Jo, que només era un grumet, així que en tenia oportunitat el seguia i l'observava tot procurant de no molestar. I ell, com que no el destorbava, consentia la meva presència.

Em cridava l'atenció que, enmig dels pensaments que devia rumiar, dibuixava símbols i figures a la sorra sempre que fos prou fina i compacta per permetre'n el traç. Feia tota mena de figures geomètriques: piràmides, espirals, hexàgons, octògons, cercles amb quadrats inscrits... Però les esborrava tot seguit amb una dissimulada despreocupació per no deixar-ne rastre.

De vegades, em donava conversa, conversa que jo buscava. M'imagino que el devia afalagar que li anés al darrere, perquè jo no tenia cap recança a mostrar l'admiració que sentia per ell i que creixia cada dia que passava. Aleshores l'Almirall em regalava part dels seus coneixements, que abastaven totes les disciplines, petits glops de saviesa que jo absorbia amb interès. M'ha quedat gravat el que amb freqüència em repetia:

—No menystinguis mai cap saber, Guerau, vingui d'on vingui...

Al principi, crec que tot el que m'explicava, ho deia amb la convicció que l'endemà jo ja ho hauria oblidat; devia pensar que només em volia entretenir.

S'equivocava: jo volia saber.

I amb el temps, ell també en va ser conscient.

M'omplia d'orgull que compartís amb mi bocins dels seus coneixements, però jo perseguia una dèria: descobrir el seu secret.

Saber llegir em va ajudar a esbrinar-lo. N'havia après quan vivia a Tàrrega amb la mare. El pare Maties, el rector de la parròquia de Sant Antoni, me'n va ensenyar. I també sabia distingir algun dels símbols que l'Almirall dibuixava. Els vaig aprendre durant el breu temps que vaig passar amb els germans hospitalers de l'orde de Sant Joan de Jerusalem. Com que sabia que els membres de l'orde, en part hereus de la del Temple, es passaven codis ocults a través de símbols, per això tenia tanta curiositat per saber què feia el mestre Colom. El problema era que jo encara no els sabia desxifrar.

Al cap de poc temps d'haver-lo conegut em vaig preguntar si l'Almirall era un *milites Christi*, això des que em vaig fixar que dibuixava la creu de les vuit puntes, la creu «patada», la de les vuit benaurances. La creu templera.

Però ell mai no parlava de codis, ell només m'ensenyava part dels coneixements que aprenia dels homes savis de l'època i de molts altres que ens havien precedit.

No volia ser impertinent ni estroncar una possible resposta amb les meves demandes, així que vaig esperar l'ocasió, que finalment, va arribar.

Va succeir una horabaixa. Érem a una petita població costanera del sud de França, Santa Màxima, crec que es deia.

Va fer un quadrat damunt la sorra mullada i a dins hi va començar a inscriure amb el dit unes paraules que jo coneixia: *sator, arepo...*

—... *tenet, opera, rotas* —vaig continuar dient sense poder-me estar de tenir la boca oberta, il·lusionat de poder participar.

Es va aturar i em va mirar als ulls amb atenció. Llavors era ell qui estava intrigat.

—Com és que saps aquestes paraules? —em va preguntar.

Em vaig posar vermell com si m'hagués enxampat en una malifeta.

—Quan vaig estar al castell de l'Espluga Calba, els germans hospitalers me les van ensenyar.

Vaig esperar que ell digués la seva, que m'expliqués on les havia après ell. Però es va limitar a somriure lleument, a esborrar les paraules i a anar-se'n deixant-me amb la cremor de la intriga, amb un munt de preguntes que no vaig poder formular. I enfadat amb mi mateix per no haver-les fet.

Malgrat la decepció inicial, aquella breu conversa va obrir una porta que fins llavors m'havia estat vedada, va permetre que l'Almirall comencés a desvelar-me el seu secret.

Durant els dies següents, així que ens trobàvem sols, em parlava d'unes terres llunyanes que hi havia cap a Occident, a l'altra banda del Mar Oceà.[3]

Què deia? Terres més enllà dels confins coneguts? Els mateixos que ell m'havia mostrat a les cartes de marinejar?

Un vespre, tot estant pel port de Marsella, em vaig

3. Així s'anomenava l'oceà Atlàntic.

fixar en la lluïssor de la seva mirada, que reflectia la passió d'aquella idea que el tenia obsessionat.

—Ptolemeu ja en parlava, Guerau; això no és nou...

Es va interrompre en adonar-se que jo no tenia ni la més remota idea de qui era aquell Ptolemeu.

—Era un savi grecoegipci —va afegir de seguida—, va viure a Alexandria entre el segle I i el II de la nostra era. Sabia d'astronomia, geografia, matemàtiques. Gràcies als manuscrits àrabs es va preservar la seva ciència. Però no estic d'acord amb tot el que va explicar...

—Ah, no? —vaig demanar desconcertat. Me l'havia presentat tan savi que estava convençut que l'Almirall creia a ulls clucs el que deia Ptolemeu.

—No. Això també ho hauràs d'aprendre: els homes, les persones, ens equivoquem... Ptolemeu afirmava que la Terra era el centre de l'univers, que tot gira al seu voltant, però anava errat.

A mi em semblava llavors que aquell savi tenia més raó que un sant amb allò que afirmava, però l'Almirall ho va rebatre amb tanta convicció que no em vaig atrevir a replicar.

—I aquestes terres de l'altra banda —vaig prosseguir, perquè no volia desaprofitar aquell vespre que estava conversador—, hi ha més gent que en sap, de la seva existència? I per què no surten a les cartes?

—En alguna carta de marinejar, sí... Ja t'he parlat del mestre Cresques, Guerau —va dir amb un cert retret, com si no hagués estat prou atent—. Però hi ha errades...

Parlava pausat, concentrant-se en el que deia. Jo anava a preguntar quina mena d'errades, però ell se'm va avançar.

—Has de tenir en compte una altra cosa: sovint res és el que sembla, i tot esdevé una gran mentida.

Va dir aquelles paraules molt sorrut, preocupat. I jo

també m'hi vaig quedar en plantejar-me si aquelles terres occidentals existien de debò.

—I, allà, a l'altra banda de l'oceà, què hi ha? —vaig demanar.

—Més terres, no et pensis, res d'estrany o que no sigui d'aquest món. Però són diferents, és clar...

—Hi anireu? —vaig demanar excitat—. Us hi podré acompanyar?

—Ja ho crec, Guerau. Si Déu vol, t'ho puc ben assegurar.

ABRIL 1493

L'almirall Colom s'adreçà al monestir de Sant Jeroni de la Murtra de Badalona on sojornaven els Reis Catòlics. Rebut al refetor monacal, Colom comunicà als monarques les bones noves. Prèviament, els havia enviat una carta des de Lisboa anunciant la seva arribada a la Península tot parlant-los de les Índies Occidentals.

Abans d'anar a Barcelona,[4] *va fer nit al mas Sunyol,*[5] *propietat de la seva família.*

4. La tradició ens diu que Colom va ser rebut pels reis al Palau Reial de Barcelona, però aquesta rebuda no consta en cap document oficial, si bé ens en van parlar Pietro Martire di Anghiera, Gonzalo Fernández de Oviedo i Ferran Colom.

5. Can Butinyà i la Torre Pallaresa són dos indrets badalonins on també es podia haver allotjat.

I

TROBADES

Fa temps que Barcelona s'ha convertit en un espectre. Malviu en l'esperança de recuperar l'època en què era mestressa i senyora de les seves decisions. Durant uns dies, però, s'ha enlluernat amb la notícia que, allèn de la mar, hi ha un món ignot que potser aportarà la riquesa perduda després d'anys de picabaralles amb la monarquia.

Aquest desig de refer-se, tan just i legítim, només és un miratge; la ciutat no trigarà a desenganyar-se.

Guerau de Gualbes no es decebrà. Ell no, perquè està avesat al desencís. En trenta-set anys ha viscut prou per saber de la condició humana i coneix quines són les seves limitacions i les de la realitat que l'envolta.

A aquestes hores d'un matí acabat d'estrenar, el carrer Ample comença a despertar-se. El transitar de la gent feinera que s'ha aixecat de les màrfegues acollidores es barreja amb el pul·lular dels desvagats i borratxos que no es resignen a acomiadar-se d'una nit que ja ha desaparegut.

El trepig apressat i decidit de les botes de Guerau ressona per les llambordes mentre es dirigeix al palau del comte d'Empúries.

—Eh, vós, cavaller! —crida una bagassa sortint-li al pas des d'una portalada—. Voleu que us entretingui l'entrecuix?

Guerau segueix el seu camí, ignorant la dona. Aquesta, però, l'encalça amb una rapidesa impròpia d'una persona que fa molt d'embalum.

—Fuig del meu davant! —exclama Guerau apartant-la d'una manotada.

—No cal ser tan esquerp! —es queixa la bagassa, retirant-se. En fer-ho, deixa el rastre de ferum de pixats i bacallà passat que empudega l'aire.

Guerau no respon, es limita a arrufar el nas tot pensant que aquella dona no ha començat bé el dia. Ha escollit la persona equivocada, perquè ell, ni necessita cap meuca, ni és un cavaller.

Bé, en certa manera sí, ja que és fill d'un patrici. Un fill bord, però, i això canvia de manera substancial les circumstàncies. I les seves són força peculiars.

De vida atzarosa i un futur més que incert, Guerau de Gualbes és un navegant expert i un mercader eficient. Aquesta, però, és la versió oficial. El que és veritat és que domina a parts iguals una capacitat innata per ficar-se en embolics i una habilitat extraordinària per sortir-se'n, si més no fins ara. Es poden dir moltes coses de Guerau, però mai ningú no el podrà titllar de covard, ni d'aprofitar-se de cap dona sense el seu consentiment.

Que sigui ben plantat, d'esperit viu i parla intel·ligent, afavoreix que se li obrin moltes portes que en principi li serien vedades.

Guerau recula un parell de passes. Atordit pels propis pensaments, ha passat de llarg el palau d'Enric II d'Aragó i de Pimentel, el comte d'Empúries, amb qui comparteix una bona amistat. Fa anys que es coneixen, des que per circumstàncies familiars Guerau va anar a petar a l'Empordà. El comte gaudeix de viure a Sant Pere Pescador, però el càrrec de lloctinent de Catalunya l'obliga a residir a Barcelona, on no fa gaire que ha estrenat un palau al carrer Ample.

Però Guerau no s'adreça a la residència del lloctinent per conversar amb ell. Ara no. És l'excusa per poder veure l'almirall Colom i el palau del comte és un dels pocs llocs d'on no serà foragitat només d'entrar.

Enric II és home matiner i Guerau no té cap dubte que ja el trobarà despert i llevat.

Després d'anunciar-se i haver rebut el vistiplau de la seva presència, un criat el fa passar a una sala.

—El meu senyor, el comte, m'ha dit que l'espereu aquí...

Guerau assenteix amb el cap. Està temptat de preguntar on és la col·lecció d'animals exòtics que posseeix el seu amo, però se n'està. No és allà per aquest motiu.

Mentre espera, observa l'estança amb deteniment. La decoració és exquisida i sembla que tots els detalls estiguin molt cuidats: sostre teginat de fina policromia, mobles de bona fusta, tapissos luxosos, escultures de marbre ben cisellades... De segur que Guiomar, la comtessa, hi té molt a veure.

Després de badar una mica amb les obres d'art que l'envolten, s'acosta al finestral que dóna al carrer Ample. Fita l'exterior i somriu de veure aquella bagassa pudent que ara increpa un altre vianant.

El soroll d'unes passes el fan girar. La porta de la sala s'obre i apareix el comte d'Empúries.

—No hauríeu de ser aquí, Guerau —afirma el comte només d'entrar.

—M'he assabentat que l'Almirall us havia de venir a veure —diu sense preliminars.

—Sí, és així, vindrà d'aquí a poca estona, espero. Com ho sabeu?

—És part de la meva feina, saber què passa.

El lloctinent el contempla uns instants amb atenció com si mesurés el que anava a dir.

—Per què no m'heu fet cas? Per què no heu marxat? —l'increpa.

—Encara no puc, abans he de resoldre alguns assumptes.

—Potser no hi sereu a temps...

—Confio que el lloctinent de Catalunya em protegirà —diu Guerau amb ironia.

—Si és el rei qui vol el vostre cap, no ho podré fer, prou que ho sabeu —rebla el comte, preocupat—. No vaig ser prou clar?

—No em pot acusar de res...

—Que no? No sigueu ingenu! N'hi ha prou amb la seva voluntat. I si no us acusa d'un delicte civil, ho farà d'un assumpte religiós. Tothom sap què fa la Inquisició... Vaig intentar convèncer el rei que aquí no calia, aquesta institució, que no tenim cap problema amb els conversos, però el meu cosí és tossut i va acabar guanyant ell la partida.

El comte, que s'ha alterat en pronunciar aquestes paraules, s'acosta al finestral que resta mig obert. Inspira profundament mentre albira el mar que es veu a través d'un carreró estret que hi mena i que queda just al seu punt de mira.

—Us vau significar —afirma el lloctinent, que continua mirant a l'exterior—, no havíeu d'haver anat a Sant Jeroni de la Murtra!

—Havia de veure l'Almirall! L'he de veure! —insisteix Guerau—. Sabia que quan tornés del viatge aniria al monestir dels jerònims. Abans vaig anar al mas Sunyol, però allà em van dir que era a Sant Jeroni.

—Doncs hauríeu d'haver esperat que tornés a casa seva! Ja veig que no doneu importància a aquest assumpte —es dol Enric II, que apartant-se de la finestra va movent el cap en senyal de desaprovació—. No creia que us ho hagués de detallar tot. Confiava que en tinguéssiu prou amb l'avís que havíeu de fer-vos fonedís. Quan us he fallat? Digueu!

—Teniu raó. Mai. Però també heu de comprendre que no puc anar-me'n així com així, sense saber per què. I, sobretot, quan seriosos motius em lliguen a Barcelona.

—Ja, d'aquests motius vostres ja en parlarem —anuncia el comte, sorneguer—, però ara escolteu-me bé: m'han arribat notícies ben fonamentades que el cas Canyamars no està tancat...

Per primera vegada des que ha arribat, Guerau para veritable atenció a les paraules del comte. Feia uns mesos que el remença Joan de Canyamars havia perpetrat un regicidi contra Ferran. Molts van ser testimoni de l'atac, amb la qual cosa declarar-lo culpable era tan simple com evident.

—Seieu —mana el comte indicant una delicada cadira de tisora mentre ell ho fa a la que hi ha just al davant.

El comte encreua les mans damunt l'estómac, que ja comença a ser prominent, no debades s'acosta a la cinquantena, i diu:

—Esquarterar de mica en mica el pobre diable de Canyamars era el càstig que calia oferir davant del poble. Però si, tal com es va reconèixer, aquell desgraciat era un orat, és molt fàcil suposar que potser devia cometre el regicidi atiat per algú altre...

—Jo, és clar... —suggereix Guerau, que ja veu per on va el lloctinent—. Però jo no era aquí... En tinc testimonis.

—I creieu que el rei no traurà d'on calgui els que li convinguin? I com podríeu demostrar que no heu fet l'encàrrec? La vostra paraula no val res contra la seva. A més, diu que no és la primera vegada que atempteu contra ell...

Guerau se sent un enze. L'excusa de trobar-se fora és poc convincent. I s'incomoda amb el que acaba de dir, que havia atemptat contra ell.

—No és pas veritat, si bé no me'n falten ganes.

—Mesureu les vostres paraules. I si és veritat o mentida, no té cap importància; n'hi ha prou que el rei ho afirmi.

Guerau s'aixeca de la cadira i torna al finestral. El bocí de mar, aquell matí vestit de gris, li aporta la imatge d'una llibertat que veu amenaçada i de la qual no pot prescindir. I ara menys que mai.

El comte aprofita la pausa i mana al criat que és fora que porti beguda i fruita fresca.

Guerau inspira profundament intentant treure's l'angoixa del damunt, encreua els braços darrere l'esquena amb les mans entrellaçades i s'adreça de nou al seu amfitrió tot pensant que l'Almirall ja hauria d'haver arribat.

—I vós, Enric, en quina situació us trobeu? Perquè per tot el que em dieu, ningú no està lliure de sospita...

—Sé què penseu, Guerau, que jo també puc caure. Cert. Però sempre seré dels últims a fer-ho. Tinc un escut, no us n'oblideu. Ferran no farà res contra la voluntat del seu pare, perquè l'estimava molt sincerament. I el rei Joan m'estimava molt, a mi... Ah, i aquesta és una altra, vau lluitar contra el rei Joan.

—Igual que vós, igual que l'Almirall...

—No és el mateix i ja sabeu que de la meva banda aquest assumpte està aclarit. I vaig pagar-ho. Us recordo que em van ser confiscats els béns, els de València i els de

Catalunya, si bé, finalment, el rei Joan em va perdonar i em van retornar part del patrimoni...

—Vau tenir molta sort —interromp Guerau—, el rei Joan no era, precisament, misericordiós.

—Sí, però per alguna cosa em diuen l'Infant Fortuna... On s'ha ficat, aquest coi de criat? —remuga entre dents.

—El criat i l'Almirall —afegeix Guerau.

—Ara que l'esmenteu... Ferran està distret amb ell, però així que pugui, i no crec que trigui gaire temps, s'ocuparà de vós. Teniu sort que de moment, que jo sàpiga, no sap de la nostra coneixença. Us ho repeteixo, no us podré protegir.

Fa una breu pausa i pregunta:

—Digueu, Guerau, perquè això no m'ho heu explicat mai... Per què us vol mal, el rei? Què té contra vós?

Què té contra mi?, pregunta el comte. Ve de lluny, de quan encara em pensava que ser un bord no representava un escull important. No era pas el primer i ni de bon tros seria l'últim, però per primera vegada, amb divuit anys, vaig ser plenament conscient de la meva condició. Ho dic de debò, que fins llavors no vaig considerar que els meus orígens representarien un llast. I no és pas que no m'ho haguessin retret un munt de cops, que era un bastard. Però aquella tarda, i d'això ja fa gairebé vint anys, vaig sentir com tot el món s'esquerdava sota els meus peus i no tenia on agafar-me.

La dura i llarga guerra de la Generalitat contra Joan II havia acabat i s'obria un nou període que jo volia creure esperançador, sobretot perquè l'objectiu que m'havia empès a servar la vida era prou fort: estava enamorat.

Haver guanyat unes bones lliures,[6] que per a mi representaven una fortuna, em feia imaginar que tenia prou capacitat per enriquir-me i aspirar a un futur brillant. I jo necessitava aquella resplendor, no per a mi, sinó per poder oferir a dona[7] Joana la dignitat que mereixia i que el seu pare, un celebrat oficial de l'exèrcit reial, m'acceptés com el seu gendre.

No ho tenia fàcil, perquè el meu futur sogre i jo havíem lluitat en bàndols diferents: ell a favor del rei Joan, jo al costat de Renat d'Anjou, a qui la Generalitat havia ofert la Corona feia set anys. Però vaig anar a Tàrrega confiat que tot es resoldria. Tenia pensada l'excusa: jo no havia triat el bàndol de lluita. I que haguessin guanyat els seus m'afavoria. D'altra banda, comptava amb el suport del meu protector, Bartomeu Cristòfor de Gualbes i Setantí, i això em feia créixer. Amb el seu aval i l'ajuda econòmica que em va prometre, no creia que el pare de dona Joana tingués cap inconvenient perquè la seva filla es casés amb un Gualbes; encara pensava que el fet de ser un bord només era un detall circumstancial.

Havia conegut dona Joana a Tàrrega, feia prop d'uns tres anys. L'atzar, juganer, ens va presentar. Va succeir arran de la mort de Joan de Lorena, el fill del rei Renat d'Anjou, que vaig tornar a la vila segarrenca on havia nascut, la que el rei Joan havia regalat a la seva nora Isabel quan es va casar amb el seu fill Ferran.

Jo lluitava per al rei Renat a les ordres de Joan Colom, que llavors era corsari. No cal que afegeixi que jo n'era un aprenent. La mort de Joan de Lorena implicà un gir

6. 1 lliura = 20 sous, 1 sou = 12 diners. Tanmateix, a Catalunya també circulaven altres monedes: florins, ducats, croats...

7. Fórmula de tractament, senyora.

cabdal en l'enfrontament bèl·lic, que es decantà a favor de Joan II i que representà un cop mortal per a la resistència catalana. I encara que la guerra s'havia de perllongar dos anys més sota la direcció de Joan de Calàbria, fill bastard del de Lorena —ves per on, un altre bord—, es van començar a perdre places arreu de Catalunya. El fet que el rei Joan fos generós amb els vençuts va contribuir que claudiquessin amb més facilitat. Va ser en aquelles circumstàncies, quan van caure algunes de les places de l'Empordà, que vaig tornar a Tàrrega. El pare Maties, rector de l'església de Sant Antoni de Tàrrega, m'aconseguí feina de mosso de quadra al palau de la Floresta de la mateixa vila, on precisament residia dona Joana. Les llargues absències del seu pare, un home ja vidu, van fer que ella es quedés a l'empara dels Perellós, els amos del palau. Com que la seva filla petita era gran amiga de la meva estimada va arribar un moment que dona Joana es convertí en una més de la família.

I a mi em va agradar de seguida, me'n vaig enamorar.

—Ets boig! —em deia Bernat, un company de les cavallerisses amb qui aviat vam ser amics—. Que no ho veus, que ella és noble?

I jo! Jo també ho era, de noble! Sense béns, però de noble nissaga. Mai no n'havia tingut cap dubte. Potser d'això en tenia la culpa la meva mare, que sempre em recordava que jo era un Gualbes.

La fortuna no seria cap impediment perquè prou que em cuidaria d'obtenir-la.

Que dona Joana no em rebutgés, al contrari, m'animà a cortejar-la i a teixir somnis de futur.

—Regressaré pròsper i seré prou digne de casar-me amb vós —li vaig anunciar quan li vaig dir que tornava a la mar.

Ella em va prometre que m'esperaria. I jo me la vaig creure enmig dels petons i les abraçades de dos jovencells que compartien l'experiència d'estimar per primera vegada.

Les paraules i les mostres d'afecte de la meva Joana em van servir de bàlsam en aquella darrera etapa de la cruenta guerra civil.

Sovint, a les nits, i en les breus estones de calma, em deixava bressolar pel seu record: la seva pell fina, suau i tibada, molt blanca; la vivor dels seus ulls, uns ulls negres com l'atzabeja que contrastaven amb els molsuts llavis vermells, que se m'oferien tendres i llaminers. M'embadalia tot evocant els seus pits, petits i ferms, i els malucs d'àmfora ben tornejats. Era una nina. I era meva.

Així, doncs, esperonat per la idea de retrobar-me amb ella, vaig anar cap a Tàrrega de seguida que em va ser possible.

Jo ja havia fet els meus plans. Em casaria amb dona Joana i formaria la família que no havia tingut. Però no deixaria la mar, si més no fins que no hagués aconseguit anar amb l'Almirall a les terres occidentals allèn de la mar. Encara quedava molt per fer, perquè calia trobar qui li financés el projecte.

Aparèixer a Tàrrega ben vestit i a cavall —vaig poder comprar un bon corser— m'omplia d'orgull.

—Caram, Guerau, si que la brilles! —em va saludar un conegut amb qui em vaig trobar només d'entrar a la vila. Tot just m'havia aturat a l'abeurador de la font que hi ha al costat de l'església de Sant Antoni perquè el meu cavall begués.

Les campanes van tocar a vespres i vaig tenir la necessitat d'entrar a l'església amb la intenció de trobar el pare Maties. Vaig mullar els dits a la pica d'aigua beneita i em vaig persignar.

—A la casa de Déu descobreix-te, fill —em va avisar un capellà que no coneixia.

Vaig fer el que em demanava i vaig demanar pel pare Maties.

—Fa més d'un any que va morir —em va contestar seriós.

Em vaig quedar trasbalsat, tot i que no m'hauria d'haver estranyat perquè tenia una edat avançada, però és allò que passa amb les persones que aprecies, que mai no acceptes el seu traspàs.

La mort del pare Maties ja no tenia remei i jo tenia una urgència que volia fer efectiva en aquell moment.

—Pare, que em podríeu beneir?

En veure que dubtava, vaig afegir, agenollant-me:

—He tornat sa i estalvi de la guerra, pare. I he tornat per casar-me!

Em devia veure tan il·lusionat que em va seguir la veta.

—Doncs ja cal que donis gràcies a Déu, que no tots poden dir el mateix... *In nomine patris et filii et spiritus sancti...* —va dir mentre em beneïa—. Vés en pau i en nom de Déu.

Confortat amb la benedicció del capellà, vaig anar al palau de la Floresta. En arribar, em va complaure que un noiet se m'acostés per agafar-me el cavall. Jo li havia semblat un senyor. A punt vaig estar d'anar amb ell cap a les cavallerisses per saludar Bernat, però vaig decidir que ja el veuria després. Em delia per entrar per la porta principal. Travessar la bella portalada amb un gran arc de mig punt adovellat em va fer sentir important.

L'uixer de l'entrada, però, em va barrar el pas.

—Qui sou?

—Guerau de Gualbes —vaig anunciar.

—Guerau... Eh, jo et recordo —va dir mirant-me amb atenció—, eres un dels mossos de quadra...

En uns instants va canviar el tracte i vaig passar de ser un senyor a un igual.

—Doncs ara ja no ho sóc —vaig afirmar, altiu.

La situació prometia ser tensa, però l'aparició de Bernat —m'havia vist entrar, potser?— la va suavitzar.

—Guerau... Has tornat...

Es va quedar tallat. Les meves vestidures el devien haver impressionat. El vaig abraçar content de retrobar-lo. L'apreciava de debò. Més d'una vegada havia encobert les trobades amb dona Joana. Ens deixava l'estança que compartíem amb un parell de xicots més, es quedava a fora i vigilava que no entrés ningú.

—Amic Bernat, ja veus que sóc dur de pelar! —vaig dir amb afecte sincer.

En desfer l'abraçada vaig copsar que alguna cosa no anava bé. L'alarma va créixer dins meu, feia temps que no rebia cap carta de la meva Joana. Temia que un rebrot de la pesta se l'hagués emportat.

—I dona Joana? Està bé?

—Sí, no et preocupis. Vine, Guerau, millor que anem fora, hem de parlar...

—Digues el que m'hagis de dir aquí mateix...

De vegades, un simple gest diu molt més que un munt de paraules. Que Bernat, en una petita fracció de temps, mirés de cua d'ull cap al primer pis, em va dir que allà dalt es coïa alguna cosa relacionada amb dona Joana.

No vaig esperar que em contestés. Amb quatre gambades vaig pujar l'escalinata de pedra per arribar al primer pis, que només trepitjava quan venien convidats i calia ajudar els criats, cosa que passava sovint.

—Guerau, atura't! —cridava Bernat pujant darrere meu.

Però jo no tenia aturador. La fúria em feia bullir la sang.

—Per l'amor de Déu, Guerau, escolta'm! —insistia Bernat—. Atureu-lo!

Dos guàrdies van encreuar les seves llances i em van barrar el pas.

No em vaig deixar intimidar, vaig arremetre contra ells aprofitant-me de la sorpresa que no em detingués davant seu. Vaig córrer pel passadís seguit pels guàrdies i per Bernat. Jo era més ràpid i esmunyedís i em vaig plantar abans que no m'enxampessin davant l'habitació de dona Joana, on mai no havia entrat. I d'una patacada vaig obrir la porta, de bat a bat.

L'escena no podia ser més eloqüent, no deixava cap escletxa al dubte.

Al bell mig de la cambra, al llit, jeia dona Joana al costat d'un home, que en adonar-se de la meva irrupció s'aixecà de seguida tot agafant l'espasa que tenia al costat. Nu com anava, oferia una imatge grotesca, sense dignitat.

La «meva» Joana, en veure'm, va ofegar un xiscle mussitant el meu nom i tapant-se amb el llençol.

En uns instants, mentre la guàrdia m'immobilitzava —llavors era jo, el sorprès—, em van passar moltes coses pel cap, fins i tot que aquell intrús podia ser el seu marit.

Però no, impossible, perquè de seguida vaig reconèixer Ferran, el príncep de Girona, duc de Montblanc i rei de Sicília, l'hereu de Joan II.

La guàrdia pretenia treure'm d'allà, però el príncep Ferran els ho va impedir, els va ordenar que em retinguessin agafat.

—Deixeu-lo anar, senyor —va demanar Joana—. No sap què fa...

Vaig dedicar-li una mirada de menyspreu. I a ell, lluny d'acovardir-me, el vaig reptar amb els ulls.

El príncep em contemplava sorneguer, vanagloriant-se d'aquella evidència.

—Crec que la senyora mereix unes disculpes... Com has gosat entrar d'aquesta manera?

No li vaig contestar, continuava plantant-li cara, oblidant-me de qui era.

—I vosaltres, inútils, per què no ho heu evitat? —va dir llavors adreçant-se a la guàrdia.

—Ho lamentem, senyor, perdoneu-nos, senyor... —va dir un d'ells, capcot.

El príncep es feia l'ofès, però estic convençut que aquella situació el divertia. Prou que s'adonava que m'havia ferit. Cap coltell ben esmolat em podia haver fet tant de mal.

—Guerau, et dius? —em va preguntar mirant també Joana, que assentí.

Va agafar un llenç que es lligà a la cinturà, tapant-se, mentre m'observava amb la clara intenció que jo abaixés la mirada, cosa que no vaig fer. Era jo, l'ofès.

—Ja veig que us coneixeu...

—Fa un parell d'anys treballava aquí, era el mosso de quadra —va dir Joana.

Era la veritat, però aquella explicació em va ofendre.

—Oh, m'heu decebut, Joana. Un mosso de quadra! —es va burlar—. Bé, sigui com sigui és una història passada...

—Per a mi no ho és —vaig replicar obrint la boca per primera vegada.

El vaig sorprendre. Va aixecar les mans en un gest que es podria traduir per un «Què diu, aquest?». Però va reaccionar de seguida:

—Sí que ho és, passada i enterrada —va reblar contundent.

—Senyor, si us plau... —mussità Joana.

Però el príncep no li va fer cap cas i va continuar dient:

—Aquesta senyora —va dir assenyalant Joana— farà més fortuna sent la meva amistançada que no pas la dona d'un home sense casal.

—Sí que en tinc, de casal. Sóc un Gualbes!

—Noble nissaga, la dels Gualbes... I, em podeu dir el nom del vostre pare?

Altre cop no li vaig contestar. I ell va somriure, foteta.

—Pel vostre silenci dedueixo que sou fill il·legítim. No hi fa res, jo també en tinc un, de fill il·legítim, i me l'estimo molt, el petit Alfons, fill de dona Aldonça Roig d'Ivorra. Sí, de moment només tinc un bastard —va dir mirant amb complicitat Joana—. Però hi ha bords i bords, i que haguessis sigut mosso implica que el teu pare no t'ha tingut en prou consideració.

Que Joana alcés la veu abans que jo em va salvar, imagino, d'una bona estocada.

—Us ho prego, senyor, deixeu-lo anar! —va insistir Joana.

—D'acord, que se'n vagi... —va dir amb un fals to complaent. Però se'm va acostar i a cau d'orella em va dir—: Si tornes a trepitjar aquest palau o la vila de Tàrrega, ets home mort.

Tal com era d'esperar, la guàrdia em va treure de mala manera. A peu d'escala, la senyora de Perellós i hereva de la casa Ardèvol, la meva antiga mestressa, acompanyada d'uns quants servents, em fità severa, de segur que agraint que fos foragitat de casa seva un element pertorbador.

Com un borratxo que treuen d'una taverna perquè no provoqui aldarulls, em van expulsar del palau. L'empenta que em van donar em va tirar pel terra i gairebé vaig mossegar la pols.

—Ja ho has sentit, fot el camp de seguida! —m'etzibà un d'ells, llavors ja crescut.

—Permeteu que agafi el seu cavall i que marxi —va intervenir Bernat, que ens havia seguit.

—Com t'has atrevit? —em renyava mentre ajudava a aixecar-me—. És l'hereu del nostre rei! T'has begut l'enteniment?

Les paraules del meu amic em van ressonar al cap. D'acord: no n'havia estat conscient. Per mi només era un lladre que em prenia allò que era meu, la noia que estimava.

—Com se t'ha acudit? Has posat dona Joana en un compromís...

—Jo? A ella?

—Què vols que faci, dona Joana? Ella no ha pogut pas triar, és el príncep qui ho fa, tanoca!

Tenia tota la raó, però jo em sentia massa ferit per reconèixer-ho.

A les cavallerisses, Bernat m'acostà una gerra d'aigua i vaig beure'n.

—Tens el rostre colrat pel sol —em va dir.

—La vida a dalt d'un vaixell el deixa ben torrat. El sol, el vent i la salabror marina se n'encarreguen.

—Què se n'ha fet, de tu, Guerau?

—He lluitat per al rei Renat contra Joan II... Si has sentit a parlar de la galiassa *Ferrandina*, la que amb altres naus intentava bloquejar el port de Barcelona per rendir-la de fam... Doncs jo formava part de l'esquadró que va socórrer la ciutat aportant provisions perquè resistís el setge.

—Si sap això que has lluitat contra el seu pare i ell

mateix, i no li costarà saber què has estat fent aquests anys... Val més que te'n vagis de seguida.

—El rei Joan ha estat benèvol amb els vençuts. I ja fa mesos que estem en pau.

—No siguis innocent, Guerau! —va increpar-me Bernat—. El príncep Ferran es rancuniós i l'has reptat. Cuida't, perquè no se n'oblidarà...

Una vegada més, Bernat tenia raó.

Sovint he recordat aquell vespre i m'he retret que no hagués sabut obrar en conseqüència. Ja que no vaig evitar el rampell d'irrompre a la seva cambra, m'hauria d'haver disculpat. Ell, que és un home a qui agraden molt les dones, hauria entès la meva feblesa sempre que hagués suplicat el seu perdó i me n'hagués anat discretament, escuat, vençut, que per això era ell qui manava. Però no. Em vaig voler posar al seu nivell, dos homes cara a cara que lluiten per una dona, amb la diferència que jo l'estimava i per a ell tan sols era una més.

Bernat i jo ens vam acomiadar, abraçant-nos i amb la promesa que ens tornaríem a veure. Però tots dos sabíem que ens enganyàvem, que difícilment la podríem acomplir.

Després d'haver agafat el meu cavall i haver pujat a la sella, vaig passar per davant del palau. Vaig enlairar la vista cap a les belles finestres coronelles del primer pis. Rere d'una d'elles, s'hi retallava la silueta de dona Joana. És clar que la llum interior era molt minsa i potser només m'ho va semblar.

Just vaig tombar el carrer per agafar la via de sortida de la vila, que una veu cridà el meu nom.

En girar-me vaig veure el príncep Ferran. Anava sense escorta, el carrer era desert i la nit sense lluna era ben fosca. Qui sap si aquella era la meva oportunitat de venjar-me del meu rival. Però temperat per les paraules d'en Bernat, em vaig contenir i vaig acceptar el meu paper de vassall. I per temps que passi, no oblidaré què em va dir:

—Sé qui ets, Guerau de Gualbes. I t'asseguro que et destruiré.

El comte d'Empúries ha reprès Guerau per la seva gosadia.

—Ja ho sé que davant del rei m'havia d'haver empassat l'orgull, però era molt jove llavors... —respon valorant si li ho acaba d'explicar tot.

L'aparició del camarlenc evita que continuï parlant.

—L'almirall Colom és aquí, senyor —anuncia.

—Endavant, que passi... —respon el comte.

Guerau es tiba. Una barreja d'ànsia i temor li sotragueja la carcanada.

El rostre de l'Almirall reflecteix la sorpresa quan veu Guerau.

—Què hi fa, aquí? —pregunta al comte.

—Diu que vol parlar amb vós... —contesta.

—Doncs jo no hi tinc cap interès —afirma l'Almirall—. He vingut a veure un amic... Però potser no us hi hauria de considerar si feu conxorxes a la meva esquena amb un traïdor.

—Això no us ho puc admetre! —protesta Guerau.

—I jo no faig cap conxorxa! —afegeix el comte—. El que us he dit és la veritat, Guerau ha vingut i m'ha dit que us volia veure. Per a mi, tots dos sou benvinguts a casa meva.

—He de parlar amb vós —demana Guerau—, m'heu de concedir el dret de defensar-me.

L'Almirall l'observa incrèdul tot i que amb un pessic de curiositat.

—Serà millor que torni una altra estona... —diu amb la intenció d'anar-se'n.

—Almirall, hem de parlar... No em fugiu, si us plau... —insisteix Guerau anant al seu encalç.

L'escenari s'interromp de nou quan entra el criat amb una safata.

—Com és que has trigat tant? —el renya el comte—. Ni que haguessis anat a l'altra banda del món a buscar-ho!

El criat, un individu escanyolit d'aspecte acoquinat i cara badoca, es limita a encongir-se d'espatlles i acotar el cap humilment com si esperés rebre un calbot d'un moment a l'altre.

—Deixa-ho damunt la taula i vés-te'n!

El criat no s'ho fa repetir dues vegades i surt amb diligència.

—Au, va, deixeu-vos de picabaralles... —diu ara el comte, que oblidant la seva condició comença a servir copes de vi. En fer-ho, les amples i llargues mànigues del gipó[8] li fan nosa.

Al lloctinent de Catalunya li agrada anar molt guarnit i vestir-se a l'estil dels principals de Borgonya i la península Itàlica, amb les vores de les faldes dels gipons molt ornades i les espatlles inflades amb cotó. El que porta avui és molt vistós, és de seda vermella. Les mitges que li cobreixen les cames també ho són, de seda, però de color morat.

L'almirall Colom, en canvi, vesteix sòbriament, amb robes de teixit de bona qualitat, però sense cap adorn i, com gairebé sempre, de color negre.

8. Peça de roba que cobria el cos i arribava només fins a la cuixa. Podia ser de robes ordinàries com el fustany o la cotonina, o bé molt luxoses com el domasquí, la seda o l'atzeituní.

Sabent que anava a visitar el comte d'Empúries, Guerau ha procurat abillar-se convenientment. Damunt d'una camisa blanca de lli, lligada a l'altura del pit amb un cordonet creuat, hi duu una cota de color verd fosc, sense mànegues, però amb caperó i cenyida amb un cinyell que ressalta la seva bona figura. La cota és molt curta i permet que es vegin les cames, tapades amb mitges negres.

Guerau s'adona que el comte es fixa en les seves botes de cuir. Primer no hi cau que deu ser perquè les duu empolsegades. No ha cuidat aquest detall important per Enric II, que sempre va calçat molt polidament. Però el comte no fa cap comentari, es limita a contemplar complagut les seves sabates punxegudes.

El silenci és espès com el mató, les paraules han quallat en un incòmode mutisme que no liqua cap dels tres. I és el comte qui el desfà finalment mentre picoteja unes figues.

—Joan, si tantes ganes teniu de perdre'l de vista, escolteu-lo, i així se n'anirà.

Guerau pensa que n'està tip, d'aquesta cançó, la melodia de rerefons de la seva existència: tothom desitja que se'n vagi.

—Us deixo una estona perquè us aclariu... —afegeix Enric II—. Jo em retiro a fer repàs de la meva col·lecció.

Guerau l'hauria seguit, desitja veure els animals exòtics dels quals tothom queda admirat, però la prioritat del moment és l'Almirall, que ara se serveix una mica més de vi. Aixeca la copa, n'observa el líquid a través del fi cristall i se l'acosta als narius tot aspirant-ne l'aroma.

— Enric no s'està de res...

—Us reitero la meva innocència: no sóc cap traïdor —repeteix Guerau ignorant el vi.

—I tant, que ho ets. No només has traït la meva amistat, sinó que has conspirat contra mi.

Guerau prou que s'adona que el menysté tractant-lo de tu, però ho passa per alt i va al moll de la qüestió.

—No admeto aquesta afirmació perquè, precisament, no sóc jo qui conspira. De què m'acuseu?

L'Almirall rebufa fastiguejat, deixa la copa damunt la taula i fa una rialla burleta.

—Fas veure que no saps de què t'acuso... Quina barra! Però bé, com que tinc ganes de perdre't de vista com més aviat millor, t'ho diré: d'haver participat d'amagat meu en l'expedició que va organitzar el rei de Portugal, aprofitant-vos de tota la meva informació.

—Això és mentida! Em vau confiar un projecte i no me n'he anat de la llengua. I podria dir moltes coses, prou que ho sabeu, però no ho he fet. A més, si ni tan sols el conec, el rei portuguès! I no és fàcil que a mi em rebi un monarca...

—Saps aconseguir favors quan et convé... Ets un refotut espia que treballa per a qui paga més, i en aquest moment és Joan II de Portugal...

—Ho nego, no sóc espia del rei portuguès! Ho juro per la meva mare, al cel sigui!

—No em convenceràs, deixem-ho aquí —sentencia l'Almirall—. I no prenc mesures en contra teu en record que una vegada em vas salvar la vida. Deute pagat, doncs. I la versió oficial, una versió que també és vàlida per al comte d'Empúries, serà aquesta: que no em parlo amb tu perquè no em vas acompanyar en el viatge, una prova més de la teva traïció, que vas preferir quedar-te amb la senyora de La Gomera, fet que d'altra banda també és veritat.

—Desapareixeré de la vostra vida, si així ho voleu, però abans m'heu d'escoltar.

L'Almirall fa un gest d'avorriment, però acota el cap, assentint.

—Hi torno: no us he traït, al contrari, el que intento és protegir-vos.

—Encara seràs el meu àngel de la guarda!

—Doncs potser sí.

El to greu amb què parla Guerau, la mirada punyent amb què l'observa, fan que li pari atenció.

—Si no vaig travessar les mars oceanes amb vós, va ser perquè m'ho van impedir...

—Beatriz de Bobadilla, és clar, amb les seves arts amatòries!

—La senyora de La Gomera hi va intervenir, és cert, però no ella sola. Jo mai trairia un amic per un pendó.

—Un pendó amb qui t'allitaves a gust...

—No ho puc negar, però això també ho havíeu fet vós.

—Només són enraonies! Jo n'estimo una altra, de Beatriz, prou que ho saps.

Sí que ho sap, l'Almirall està profundament enamorat de Beatriz Enríquez de Arana, que no té res a veure amb la Bobadilla.

La fama de «caçadora d'homes» de Beatriz de Bobadilla era coneguda arreu. I més des que feia uns cinc anys havia enviudat. Neboda de la marquesa de Moya, íntima amiga de la reina Isabel, havia format part del seu estol de dames de companyia. Que el rei Ferran li dediqués la seva atenció i favors va encendre, una vegada més, la gelosia de la reina, que veié una bona sortida enviar-la a La Gomera casant-la amb Hernán Peraza, senyor de l'illa. Allà, camí de les Índies Occidentals, l'almirall Colom va abastir la seva flota. I les males llengües deien que alguna cosa més.

—La Bobadilla només va ser l'esquer —segueix Guerau—... Només puc recordar que em vaig despertar atordit a la cambra de Beatriz. Quan vaig estar prou conscient, vaig comprovar amb consternació que ja feia dues jornades que havíeu partit. La Bobadilla em va assegurar que, embriac, m'havia ficat en una baralla i que em van haver de reduir. I encara gràcies, deia ella, que va evitar la meva mort. No me la vaig creure, és clar, però el mal ja estava fet.

—Ja en saps, ja, d'explicar històries —replica l'Almirall—. Ara em diràs que també conspiren contra tu...

—Doncs sí, perquè qui va donar l'ordre de fer-me retenir va ser Martín Pinzón.

—Molt fàcil carregar-li les culpes a un mort...

—Però no és en Pinzón, qui em preocupa, sinó qui hi ha al darrere.

—Qui?

—El rei.

—Joan II de Portugal?

—No, Ferran II.

—Vigila què dius! Com goses acusar el nostre rei!

—Us té ben embadalit, però us puc assegurar que quan s'hagi servit de vós...

—L'enveja t'ha podrit l'enteniment...

—Em dol que no us refieu de mi —afegeix Guerau, decebut—, perquè us tinc en gran estima. Mai no oblidaré que tot el que après a la mar us ho dec a vós, però...

—Però què?

—Que no sóc jo qui s'aparta dels grans designis, ni em faig propi l'objectiu final.

—Com goses qüestionar-me?

Guerau s'havia acostat ja a la porta quan té un dels seus rampells: fer uns retrets a l'Almirall.

—Jo, nosaltres, també tenim dret a desconfiar de vós. «*Non nobis domine non nobis, sed nomini tuo da gloriam*».[9] Recordeu la consigna de l'orde, oi?

9. «No a nosaltres, Senyor, sinó al teu nom dóna glòria».

—Perfectament.

—Doncs les demandes que vau fer al rei Ferran a títol personal...

—Saps que ho vaig fer per assegurar-me'n...

—En aquest cas, no heu escollit la persona adequada, el rei farà el que li convingui i quan no li interesseu, quan no li sigueu útil... Ja us ho he dit, es desfarà de vós. Encara més, jo crec que ja ho ha intentat. Vigileu, si us plau.

—Si necessito protegir-me d'algú, és de tu. I si de cas ets tu, precisament, qui s'ha de protegir del rei.

Guerau pensa que el comte d'Empúries en deu haver parlat amb l'Almirall. I ja fa anys que aquest es va assabentar que el rei li va prendre dona Joana.

—I ara, si us plau, vés-te'n!

Guerau no replica, perquè té ganes d'anar-se'n i ja ha dit tot el que volia dir.

Mentre baixa les escales que el menen a la planta baixa, però, rumia el que fa poc li ha dit l'Almirall, que és ell qui s'ha de protegir de Ferran II. Vol creure que amb aquestes paraules s'ha obert l'escletxa del dubte, que s'ha esquerdat el convenciment de creure que era un traïdor. Que encara és el seu amic.

II

LLIGAMS

La coneixença amb l'almirall Colom ve de lluny i per això em sabria molt de greu perdre la seva amistat. Vull pensar que és una situació transitòria, una nuvolada que el vent aviat s'encarregarà d'escampar.

Tenia dotze anys quan el vaig conèixer, si bé ja n'havia sentit a parlar. Durant els darrers anys se n'ha parlat molt més, d'ell, i ha anat creixent l'aura de misteri amb què li agrada envoltar-se fins al punt que jo, que el conec, de vegades dubto de qui és realment. Per aquest motiu m'agrada referir-me a ell com «l'Almirall», perquè és un títol que abasta categoria, coneixements i domini de la mar, trets que el defineixen plenament. A hores d'ara també el podria anomenar «Virrei», però ho considero més circumstancial.

I no sé del cert si ja es fa dir Xroferens, el portador de Crist, en reconeixement a sant Cristòfor, el gegant que portà el Nen Jesús a sobre i travessà unes aigües. En una ocasió, fa molts anys, d'això, em va anunciar que s'anomenaria així perquè ell portaria el nom de Jesús a l'altre costat del món travessant el mar. Però quan el vaig conèixer es feia dir Joan, que és com l'anomena el comte d'Empúries, si bé el seu nom complet és Joan Baptista. Hi ha qui diu que el seu nom de pila és Joan Cristòfor. D'altres diuen que Salvador, Joan Pere o Jaume. I algú més aventura que Joannes. Tant és. El que és important per a mi és que va ser la persona que em va permetre començar de nou una vida que podia haver quedat escapçada gairebé abans de començar.

Va ser a través de Vador, un pescador de Palamós, que vaig entrar a formar part de la seva tripulació corsària.

Jo, com Vador, vivia a la vila empordanesa. Sovint, quan arribava de pescar, jo l'ajudava, ja fos netejant, buidant els coves de peix o reparant els ormejos de pesca. Amb això em guanyava una petita part de peix fresc que duia cofoi a casa.

No era jo sol, altres vailets també l'ajudaven, però crec no equivocar-me si dic que era a mi a qui Vador estimava més.

—Ets espavilat, carallot! —m'etzibava clavant-me una amistosa clatellada.

Era veritat que mai no m'he hagut d'espolsar la mandra. I les feines marineres m'agradaven, sempre m'han agradat. Malgrat haver nascut terra endins, la mar m'atreia de ben menut i aviat em vaig fer a l'aire humit que em tallava les galtes, clivellava els llavis i encrespava els cabells tot deixant una pàtina de salabror, amb gust de mar i de llevant. De vegades m'encaterinava sotjant la immensitat blava que semblava no tenir fi i somiava navegar en algun d'aquells vaixells que es retallaven a l'horitzó infinit i en els que arribaven a port.

—Abans que vinguessin els romans, aquesta vila ja existia —ens explicava Vador a la mainada.

Com que ell no tenia família —deia que el mal fat se

l'havia emportat—, alguns capvespres, a la platja, fèiem rotllana al voltant d'un foc acollidor. Gairebé tots els vailets que ens hi aplegàvem tampoc no teníem ningú a casa que ens apressés a tornar.

Vador ens explicava rondalles i històries de la nostra terra. A mi m'agradaven les velles històries que ell assegurava que eren veritables, però que ara, amb la perspectiva dels anys, crec que algunes eren inventades. De vegades aconseguia posar-nos la pell de gallina. Cap de nosaltres no hauria reconegut que teníem por, però el que era cert era que no podíem evitar d'escoltar-les.

Era el meu amic, perquè els altres em consideraven un foraster, el de la Segarra, el de terra endins. Vull creure que tota aquella colla de vailets hauríem acabat sent amics, però quan feia poc més de dos anys que havia arribat amb la mare a Palamós, ja me'n vaig haver d'anar.

I ho vaig fer com un furtiu.

Era un moment dur, estàvem en plena guerra civil catalana. El rei Pere, conestable de Portugal que havia estat proclamat rei d'Aragó i Catalunya, havia mort i la Generalitat havia atorgat la Corona al rei Renat de Nàpols.

No era per atzar que els donessin a ells la Corona. El rei Pere era fill de Pere de Portugal i d'Elisabet d'Urgell, filla de Jaume II d'Urgell. I Renat de Nàpols era nét del rei Joan I i de Violant de Bar. Tots dos de nissaga catalana, doncs.

Si sabia tot això, era perquè Vador ens ho havia explicat. I aquí sí que no va afegir res de la seva collita.

—El rei Pere va ser poc hàbil en la lluita i Joan II va saber-se aprofitar de les seves mancances —ens relatava—. Es van perdre places importants com Lleida, Vilafranca del Penedès, Igualada, Tortosa... El rei Joan avançava implacable.

El rei Renat, doncs, va arreplegar la Corona en una situació d'inferioritat. A més, ell mai va trepitjar Catalunya, va ser el seu fill, el lloctinent Joan de Lorena, qui ho va fer en el seu nom.

Deia abans que va ser gràcies a Vador que vaig conèixer l'Almirall. I va ser per culpa d'un fet circumstancial i dolorós per a mi. Ja sóc un home fet i dret, però hi ha nits que em desperto trasbalsat, assetjat per aquell record que voldria esborrar de la meva memòria.

Encara era de nit, una nit enllumenada per una lluna lliure de boires, que vaig escapar esperitat de casa meva. Corria tant com m'ho permetien les meves cames tremoloses. Fugia sense saber on anar, només amb la clara intenció d'escapar-me. Vaig aconseguir arribar a dalt del penya-segat al castell de Sant Esteve. Si calia, estava disposat a llançar-me daltabaix per més que representés estavellar-me contra el rocam.

Ofuscat pel pànic, entre les ombres nocturnes, vaig veure varat a la platja el llagut d'en Vador. Lleuger com una daina, vaig vorejar el penya-segat pel camí que ja em coneixia i vaig davallar per la penya escarpada.

Notava el bategar del cor, i el ressò de les paraules del meu padrastre em martellejava el cap: «Qui et penses que ets, eh? Només ets un bordegàs!».

Temia que m'encalcés. Dubtava de girar-me per comprovar si em seguia, però preferia seguir endavant, fondre'm en la foscor de la nit. Desaparèixer.

Només ets un bordegàs...

Un bordegàs...

Les paraules, fartes de vi, ressonaven punyents a les meves orelles. I jo només volia escapar, allunyar-me.

Ja he dit que m'ho han dit moltes vegades, que sóc un bord. Però aquell va ser el primer cop que ho vaig escoltar amb contundència, com si jo en fos culpable. Tot i així, jo no me'n sentia, jo era un Gualbes.

Encara em quedava un bon tram per arribar a la platja. De lluny, vaig veure Vador i altres pescadors que es preparaven per marxar. L'albada despuntava.

Desitjava amb tota la meva ànima arribar a temps abans que Vador partís a pescar amb el seu llagut.

I ho vaig aconseguir.

—Redéu, Guerau, on vas a aquestes hores? —em va preguntar.

Panteixant, em vaig situar al seu davant. Em faltava alè i m'empassava mocs i llàgrimes que prou intentava retenir, perquè plorar no era cosa d'homes bregats a la mar i no volia mostrar-me com un figaflor.

—Encara sort que us trobo, Vador —vaig poder dir.

—Què coi t'ha passat, vailet? Ni que et perseguís el mateix diable!

No anava pas errat.

—Puc venir amb vós? —vaig demanar decidit.

—No... la travessa que farem avui ens tindrà dies fora...

—Millor, ja em va bé.

Vador em va mirar seriós, gairebé enfadat.

—Escolta, minyó, no és a tu a qui ha d'interessar...

No volia escoltar la seva protesta.

—Si us plau, puc treballar, sóc fort i no m'espanta la feina, ja ho sabeu.

—Quina n'has feta, xicot?

—Jo, no res...

No es devia veure perquè la foscor encara era pregona, però vaig envermellir fins al moll de l'os. Comprenia que Vador s'estranyés de la meva demanda, però no pensava desistir del meu objectiu d'anar-me'n amb ell.

Em va sorprendre la pregunta que em va fer:

—I ja ho sap, ta mare?

—No...

—I això? Com vols venir, doncs? —va demanar enfadat.

—Si us plau... no puc tornar a casa...

Imagino que Vador devia percebre el pànic que reflectien les meves paraules, potser el va veure adherit als meus ulls a punt de desbordar-se en una mar de llàgrimes.

Es va incorporar i va deixar la xarxa que tenia a la mà dins la barca. Se'm va acostar i em va contemplar amb deteniment repassant-me de dalt a baix. Fins llavors no vaig ser conscient que el meu aspecte devia ser deplorable.

—Què et fa fugir de casa teva?

Un nus a la gola em travava les paraules. I temia que si sortien, també ho faria el plor, imparable. I jo no volia plorar. De cap manera.

Vador m'examinava amb atenció.

—Vas esgarrinxat... —va dir.

—He baixat per la drecera del penya-segat...

Dedueixo que un dels mariners, que a aquelles altures ens feien rotllana, devia fer un senyal a Vador. No el vaig veure, però, perquè jo estava d'esquena.

Vador va continuar repassant-me i va aturar la vista damunt dels meus calçons.

Quina vergonya, els duia esquinçats! No me n'havia adonat.

El mariner em va agafar per l'espatlla i em va fer girar d'una revolada.

—Vatua l'olla! El fill del gran boc! —va exclamar—. Ha estat el teu padrastre?

No ho podia dir, em mataria.

El meu silenci va parlar per mi.

Hauria volgut que la sorra m'engolís, que una onada

gegantina se m'emportés mar endins. Tots devien comprendre què m'havia passat.

—No vull tornar, si us plau... seré un bon grumet... —vaig dir intentant aparentant una dignitat que no tenia, que m'havien robat.

Vador em va prémer contra el seu pit, abraçant-me. Mai no oblidaré aquella mostra d'afecte, sentit. Mai. Però en aquell moment no en podia gaudir, perquè l'únic que volia era que se m'emportés amb ell. Ben lluny.

—Despulla't, fica't a l'aigua i renta't bé —em va manar—, que el mar ho cura tot.

L'aigua era freda, molt freda, però em va escaure, perquè vaig netejar cos i esperit. Va ser com renéixer de nou.

Em feia vergonya sortir, nu com anava. Però Marcel, un altre pescador amb qui també tenia bona relació, se'm va acostar de seguida i em va donar una manta vella perquè m'eixugués.

—Au, puja a la barca —em va anunciar Vador.

No m'ho va haver de repetir. Vaig arreplegar la roba esparracada que havia quedat damunt la sorra i amb dificultat, perquè la manta m'entrebancava, em vaig espavilar a pujar dalt del llagut abans que ningú no se'n penedís.

Marcel, que també s'hi havia enfilat, se m'acostà de nou i em va donar un plec de roba.

—Millor que et vesteixis amb aquesta. T'anirà molt baldera, però segur que aviat se't quedarà petita —em va dir somrient.

Em vaig afanyar a vestir-me. La camisola i els pantalons m'anaven llargs, però me'ls vaig arromangar. La faixa em va ajudar a cenyir-m'ho tot plegat a la cintura. Devia oferir la imatge d'un arreplegat, però començava a tranquil·litzar-me una mica.

Va durar poc. L'esglai em va sorprendre inclement.

Temia que d'un moment a l'altre aparegués el meu padrastre i exigís que tornés amb ell.

—Quan marxem, Vador? —vaig demanar impacient.

—Aviat, així que acabem de recollir...

Vaig passejar la vista per la platja, pel penya-segat i pel senderol que conduïa a la vila. No el vaig distingir entre les poques persones que transitaven. Confiava que l'embriaguesa no el deixés fer més enllà de quatre passes.

—No pateixis —va dir en Vador—, que qui puja a la *Riallera* ja no en baixa sense el meu permís.

—M'accepteu a la vostra tripulació, doncs?

—Carall de xicot, tripulació, diu! Que som pescadors, Guerau!

Se'n va anar cap a proa remugant que qui amb canalla s'embolica cul cagat en surt, però amb aquella rondinada, amistosa, vaig entendre que sí, que jo era un més d'ells. I prou que m'esmerçaria perquè no se'n penedís.

Vaig mussitar un «moltes gràcies» entre dents i vaig proferir cap a Vador totes les benediccions que sabia proferir.

Em vaig asseure ben arraulit a la taula del corredor d'estribord. Abans no marxéssim de Palamós, volia passar desapercebut.

On anàvem?, em vaig preguntar.

Només era curiositat, perquè no m'importava. Ben cert que hauria anat a la fi del món només per fugir del meu padrastre.

I me'n vaig guardar, de preguntar-ho. Ni els volia distreure del seu feinejar, ni importunar-los amb les meves demandes.

Vaig pensar en la mare. Em sabia greu marxar sense haver-me'n acomiadat. Jo l'estimava, la mare. I ella a mi, però des que s'havia casat amb Miquel Barberà que ja no sabia defensar-me. Vaig desitjar fer-me gran de cop per poder plantar cara a aquell malànima.

La moguda del llagut i els crits dels pescadors em van avisar que salpàvem. Gràcies a Déu.

La barca navegava més a poc a poc del que jo hauria volgut, però de mica en mica i encara que anàvem costejant, ens vam allunyar de Palamós. I això em va confortar.

Marcel va venir cap a mi. Duia una bóta a la mà.

—Té, fes-ne un bon glop... És vi.

En vaig beure. Era aspre i em cremà a la gola. Però se'm va posar bé.

—Si perboques no ho faràs amb la panxa buida —va dir, foteta.

Vaig seguir Marcel amb la mirada quan se'n va anar cap a l'arbre mestre i escridassà uns mossos perquè no hissaven convenientment la vela.

Em vaig fixar en els rems i en vaig comptar quatre parells. Vador ens explicava que els eren molt útils per anar a calador o fugir de la maltempsada.

M'hauria agradat ajudar, però no m'atrevia a moure'm ni a dir res; no volia fer nosa.

Tenia fred i em vaig embolcallar amb la manta. Estava humida, però em protegia del vent. Em va agafar son. El meu cos, masegat, es va arraulir damunt de la taula, rendit al gronxar de les onades d'una mar tranquil·la.

No sé quant de temps vaig dormir, però quan em vaig despertar ja era de dia. Devia ser aviat, però, perquè el sol estava poc alçat. La remor d'unes veus, que de segur m'havien despertat, em va fer parar atenció. Una era la de Vador. Que parlessin de mi em convidà a continuar fent-me l'adormit; volia saber què deien.

Em vaig inquietar, perquè qui parlava amb Vador no

estava d'acord amb la meva presència, que no calia cap mosso més, afirmava.

—Fins que arribem a Marsella, el xicot serà un més entre nosaltres —vaig sentir clarament que deia Vador.

Marsella? Si que anàvem lluny.

I un cop allà... Quins plans tenia Vador per a mi?

Els meus neguits es van interrompre pel contingut de la conversa, que havia virat.

—Aquell porc s'ho haurà de fer amb les truges o amb la desgraciada de la seva dona... —deia Vador.

Em van fer mal les seves paraules. Em van fer sentir molt egoista. Fins llavors només havia pensat en mi i havia oblidat que per a la meva mare no devia ser gens fàcil conviure amb un home com Barberà.

—Aquest xicot —va dir el mariner— té la mala fortuna d'haver nascut bell com sa mare. I això per a un home no és cosa bona. Com hi ha món, que moltes dones voldrien tenir el seu rostre.

La vergonya em va sorprendre. De segur que em devien observar. Lluitava per no obrir els ulls, aixecar-me i ficar-me en la seva conversa. Mai no m'ho havia plantejat, que jo era bell. No m'importava ser-ho. A fe de Déu que el que jo desitjava era fer-me gran, ser molt fort i valent.

Així que les veus properes van callar, vaig apartar la manta i vaig obrir els ulls. La llum em va enlluernar. El dia era assolellat, emmarcat per un cel blavíssim i una mar calma. No podia haver escollit millors circumstàncies per fer el meu bateig com a mariner.

Quan van adonar-se que m'havia despertat, em van fer quedar en un racó, em van dir que no destorbés les maniobres.

Al cap de poc, Marcel se'm va acostar i em va donar un tros de formatge i una mena de galeta, una que ja sabia que feien els mariners i que durava molts dies sense fer-se malbé. Li ho vaig agrair, tenia gana.

—Mira la línia de l'horitzó —em va aconsellar—, perquè si no et marejaràs.

Però no em vaig estalviar de perbocar. Era la primera vegada que ho feia i em va semblar que em moria, que lliurava les meves entranyes a la mar.

Marcel, que va observar el meu tràngol, em va dir amb sarcasme:

—Benvingut a bord, mariner!

—Que vas contra vent, carallot! —em va avisar Vador.

Tenia raó, però meva era la feina per aguantar-me dret i no caure daltabaix.

Vador va acudir al meu auxili i em va fer estirar damunt la taula, tot procurant que el cap em quedés aixecat fent-me'l recolzar sobre una pila de caps trenats que aviat se'm van quedar clavats i marcats al clatell.

Em vaig endormiscar de nou. Els capcinejos em permetien observar els canvis de color del mar i del cel que ens embolcallaven, i que d'acord amb el transcurs de les hores anaven oferint imatges diverses que m'hauria costat de triar perquè aleshores ja m'havia enamorat del mar i havia decidit que hi volia fer vida.

A estones m'entretenia veient-los feinejar. Cadascú sabia què havia de fer. No els calia esperar cap ordre. Em va admirar la coordinació, el fet de pensar que si només un d'ells errava la feina de tot l'equip podia acabar desbaratada.

Desitjava parlar amb Vador, saber què tenia pensat per a mi. Més d'un cop vaig estar a punt d'adreçar-me-li directament, però me'n penedia de seguida i em quedava allà on m'havien dit tot fent cas de la recomanació de fitar l'horitzó.

I escoltava, intentava no deixar escapar res de tot el que arribava a les meves orelles, a la recerca de saber del meu proper futur.

El temps, bressolat per la immensitat blava, passava lentíssim, i jo feia treballar el magí per tal d'empescar-me una pregunta afortunada que em pogués treure de la incertesa de què farien amb mi.

A força de parar les orelles, vaig saber que costejaríem fins a Narbona i des d'allà fins a Marsella, ja llavors en línia recta.

No tenia ni idea d'on eren aquelles ciutats, si bé el seu nom no m'era desconegut. No volia preguntar-ho per no passar per un ignorant. El sentit comú només em deia que havíem navegat cap al nord i que aquella ciutat no era de la nostra terra.

El pescador que s'ocupava de la intendència va repartir fruita fresca, tot un luxe, deien, que no es podien permetre en un llarg viatge, com anys després vaig tenir ocasió de comprovar.

Ningú deixava, però, el feinejar que li pertocava.

Vaig pensar, llavors que ja tenia l'estómac avesat al ball de les ones, que passaria gana. Però cap dels que anaven a la *Riallera* semblava que en patissin.

El capvespre, vestit amb minses llums roses i violetes, va propiciar el descans i el confort dels ventres.

Me'n feia creus, de la traça del cuiner, a qui no li vessava ni una gota de la perola. Un brou fort de peix calmà els meus budells grinyolaires. Vaig escurar l'escudella i el rostre se'm va il·luminar quan el cuiner, un home afectuós, me'n va servir dos cullerots més.

Em sentia tan bé amb ells, que em mortificava l'amenaça d'un enyor que encara estava per venir.

De nit fosca i estirat damunt el tauló, vaig implorar

perdó a la mare, a qui havia abandonat per salvar la meva pell. Vaig lamentar no ser un bon fill de la mateixa manera que ara lamento ser un mal pare.

Només el son em podia alliberar dels neguits, però el son es mostrà inclement, perquè em vaig veure assetjat per un somni que em feia estavellar contra el penya-segat de Sant Esteve. Queia i queia, sense trobar aturador, tot esperant l'espetec que faria el meu cos contra les pedres.

Em vaig despertar al terra de la *Riallera*. Havia caigut de la taula del corredor i havia anat a petar al costat de la mercaderia que transportàvem, pinyons i anxoves en salaó, els dos productes principals amb què mercadejava Vador. Altres vegades hi duia suro. Li havia sentit explicar que aquest comerç li aportava més beneficis que no pas la pesca. De tornada, aprofitant el viatge, portava altres productes que comprava als ports on havia anat i després els venia a Palamós i a localitats properes.

Novament, quan em va veure al terra, Marcel es va fotre de mi.

Atordit, més per humiliació que no pas per la topada, vaig adonar-me que érem ben a prop del nostre destí.

Inesperadament per a mi, es divisà terra i les veus dels mariners van alertar que arribàvem a Marsella. M'hauria agradat veure Narbona, ni que fos ataüllar-la, però devia haver passat desapercebuda enmig d'un dels meus capcinejos. No sé per què, m'havia fet la idea que hi faríem escala, cosa que no va succeir.

Procurant de no destorbar, em vaig enfilar damunt la taula per albirar l'entrada al port esplèndid, que semblava rebre'ns amb els braços oberts.

Vador se'm va acostar i va fer que l'acompanyés. Em va situar a proa. M'agradava notar el seu braç, que m'abraçava l'espatlla.

—Aquell és el fort de Sant Jean, Guerau —va dir indicant-me una gran fortalesa emmurallada—. El va fer construir el rei Renat de Nàpols... Aquí li diuen René...

—Som a França? —vaig preguntar per situar-me.

—D'aquella manera, perquè Marsella sempre ha anat a la seva.

La bocana de l'entrada al port era estreta.

—Una explosió volcànica —em va explicar Vador— devia obrir pas entre l'illa de Calasereigne i la de Jaros...

Vam estar força estona per atracar malgrat que els homes de Vador sabien el que es feien. Treballaven decidits i diligents seguint un ritme que ningú marcava, però que ells coneixien prou bé.

Amb la vela arriada, la *Riallera* va avançar d'una manera insensible, movent-se només per l'impuls adquirit.

—Amolleu! —va cridar Vador.

L'àncora va caure a l'instant, la cadena va lliscar amb estrèpit.

No donava l'abast de seguir els moviments de tots plegats.

Així que vam trepitjar terra em vaig enganxar a Vador com una paparra. M'imagino que se'n va adonar, perquè em va anunciar:

—No et pots quedar amb mi, Guerau.

El cor se'm va capgirar. Havia confiat que fos la conversa que havia sentit a dalt de la *Riallera* la que es capgirés.

—Però faràs sort —es va afanyar a dir—, perquè tinc pensat un bon mestre per a tu...

De nou, vaig haver de controlar el petarrell que el cor em demanava de fer.

—Mira'l, ve per allà —em va indicar assenyalant-lo—. És el vicealmirall Colom, ja t'he parlat d'ell.

Sí que me n'havia parlat. I amb admiració.

Em vaig quedar imantat amb la seva imatge. Se'ns acostava un home jove de cabells castanys clars, lleugerament ondulats. De complexió i estatura mitjana, el seu caminar era decidit, però aplomat.

Era ell.

I jo seria el seu grumet.

Quan el vaig tenir més a prop, vaig veure que tenia els ulls blaus i que el nas aguilenc imprimia caràcter al seu rostre.

Vador em va fer quedar a una banda; que l'esperés, em va dir. I va parlar amb aquell home, que em mirava amb atenció. Em va semblar que em donava el vistiplau com qui comprova una mercaderia.

Jo seria un aprenent de corsari a les ordres del vicealmirall Colom i de l'almirall Guillaume Casenove Coullon, que era familiar seu. I tots plegats serviríem el rei Renat, a qui la Generalitat havia ofert la corona de Catalunya.

I em vaig sentir important.

Com ell, des de llavors que m'he passat la major part de la vida navegant. L'Almirall ha estat el germà gran, l'amic, el company, el mestre en qui emmirallar-me.

Per això, per tot el que hem compartit, vivències, projectes i il·lusions, em sap greu, molt de greu, haver perdut la seva confiança, que m'hagi retirat la seva amistat.

La possibilitat de perdre l'afecte i complicitat de l'almirall Colom pesa feixugament en l'ànim de Guerau. Si bé aquest no és pas el problema principal que li cal afrontar, és el que el destarota sobre manera per la immediatesa i perquè ell no n'ha estat responsable. Està convençut que les altres dificultats s'aniran resolent, que podrà esmenar el seu curs, simplement, perquè depenen en gran part d'ell mateix. La trava afegida de tot plegat, però, és que no té prou temps.

Quan surt de casa del comte d'Empúries s'adreça delerós al cau on de moment s'amaga tot procurant de passar desapercebut, ja que l'última cosa que necessita és cridar l'atenció.

Ja és ben trist que, tenint casa a Barcelona com té, no hi pugui anar, però és el primer lloc on el buscaran, al carrer Ferrenys,[10] tocant al carrer Ample. La seva no és una casa heretada, la va comprar fa uns quants anys.

Una sentor antiga que parla dels estralls de la pesta que intermitentment sacseja la ciutat li omple els sentits filtrant-se pels seus porus. Respecte al segle passat, la pesta negra ha perdut virulència, però tot i aixi causa infinitat de morts cada vegada que reapareix. Barcelona no pot desempallegar-se de la ferum de cadàvers, primer podrits en vida, després calcinats.

És a prop. Amb quatre gambades ja hi serà. Passa per davant de l'església i el convent de l'orde dels mercedaris i tomba a la dreta pel carreró de la Plata fins a arribar-se gairebé al pla de Framenors.

Guerau arriba a la mena de cofurna que comparteix ocasionalment amb Pere Galvany, un mariner de poca fortuna que passa per hores baixes. No tant com ell, però. I encara gràcies que Galvany li permet tenir-hi un jaç on deixar-se caure.

10. Actual carrer Hostal d'en Sol, paral·lel a la Via Laietana.

Un cop de vent sobtat li porta flaire de salabror marina, que, com sempre, inspira de bon grat. En entrar dins, però, una fortor de resclosit i vi barat envaeix l'aire. Les parets humides, sempre fredes, ja sigui hivern o estiu, s'han impregnat de mort per la falta de llum i de vida.

Galvany jeu damunt una màrfega. Remuga alguna cosa incomprensible, contrariat perquè el soroll de la porta de fusta corcada l'ha apartat dels braços Morfeu. Continua, però, a l'empara dels de Bacus.

Guerau dedueix que a aquelles hores encara joves del matí Galvany dorm la mona després d'haver passat nit i matinada entaforat a qualsevol taverna ofegant els desencisos en vi. Malgrat que l'alcohol deslliga llengües amb facilitat, pot confiar en Galvany, que trava fort la seva quan convé. Si més no, així ha estat fins ara.

Contempla durant uns instants aquell rostre que aparenta més edat de la que té —és pocs anys més gran que Guerau— i el cos rodanxó que panteixa al ritme d'una respiració afeixugada; Galvany no sap tenir cura d'una salut que malmet cada dia que passa.

Guerau sacseja el cap en senyal de desaprovació —qui és ell, però, per censurar ningú—, es treu la roba de senyor que li permet entrar a les cases principals com la del comte d'Empúries i la deixa ben plegada dins una capsa de fusta que tant serveix de bagul com de taula. Abans de col·locar la roba, n'ha tret un hàbit força arrossinat amb el qual es vesteix. I d'un racó, agafa unes velles sandàlies que es calça per completar l'abillament. Ara necessita ser fra Antoni.

—Què fots, guarnit de missaire? —pregunta de sobte Galvany mig incorporant-se.

Guerau, que estava d'esquena, es gira d'una revolada.

—Quin ensurt, company! —exclama Guerau—. Pensava que dormies...

—I això és el que feia fins que tu m'has despertat fent sorolls, collons! —rondina.

—És la caixa, que grinyola... I res, vaig així per intentar no ser reconegut.

Pere Galvany l'observa badoc, endormiscat encara, procura posar ordre a un cap enterbolit pel vi.

—De qui t'amagues?

Guerau es passa la llengua pels llavis ressecs sospesant què pot dir. Com que l'aprecia, no sap si serà millor per a ell avisar-lo de la seva situació, de tot el que li ha explicat el comte d'Empúries, o callar i fer-se fonedís al més aviat possible. Sovint la ignorància és un escut. El que és cert és que la seva presència no afavoreix el seu amic.

—D'acord, no m'ho diguis —diu Pere ja més revifat—, però m'imagino que deu ser algun marit enganyat que et vol veure penjat a la forca.

Guerau decideix callar. Tanmateix, Galvany no va del tot errat, perquè més d'un marit banyut desitja veure'l en aquell tràngol.

—Ja has vist l'almirall Colom? —pregunta Pere.

—Sí, però com si no ho hagués fet...

—T'ha engegat a dida —interromp de seguida Galvany—... Ja t'ho vaig dir, que no et voldria escoltar, des que ha tornat que no és el mateix...

Galvany té els seus motius per fer aquesta afirmació. Ell sí que havia acompanyat l'almirall a través del Mar Oceà i es dolia, se'n dol, que no li reconegués que havia estat el primer home, si més no d'Occident, que trepitjà aquella terra.

Aquesta, però, és la veritat de Galvany, i la veritat sempre és relativa perquè depèn del punt de vista de cadascú. I en aquest cas, el de l'Almirall és força diferent.

Guarnit amb l'hàbit de sargil, Guerau es disposa a anar-se'n quan es veu assetjat per la necessitat d'acomiadar-se, qui sap si per un temps indeterminat.

—Pere... Així que pugui marxaré de Barcelona, tan bon punt hagi enllestit el que m'hi lliga; t'ho dic per si...

—Has de fotre el camp a corre-cuita...

Amb Galvany calen poques paraules per entendre-s'hi. El millor de la seva amistat és que mai no es fan retrets, conscients de compartir un infortuni, sovint no merescut, s'adapten amb serenitat a cadascuna de les situacions que els posen a prova.

—Si ho creus necessari —afegeix Guerau—, desfés-te de la meva roba i de qualsevol pertinença que et pugui comprometre...

—Tan greu és? —demana en Galvany aixecant-se amb dificultat.

—Desitjo que no, però val més estar previngut... Per si no em puc acomiadar de tu... Adéu, Pere...

—Sort, amic...

Una abraçada sentida rebla el comiat i Guerau desapareix després d'ajustar la porta corcada.

Abans d'adreçar-se al proper objectiu, se'n va cap al pla de Framenors, des d'on pot contemplar el mar, la visió del qual el relaxa. Ho necessita. Pensar que té casa i que no hi pot anar el posa de molt mal humor.

Plovisqueja. Un plugim lleu, gairebé imperceptible, però que deixa xop al cap de poca estona. Les onades envesteixen fins al pla. S'intueix tempesta. Ben a prop, a la Llotja, Guerau s'imagina com els comerciants es deuen afanyar a protegir els productes de les parades perquè no es malmetin les mercaderies.

«Fra Antoni» es cobreix el cap amb la caputxa i desfà camí. No és gens original amagar-se guarnit de frare, però és prou útil, sobretot per anar a parlar amb el prior de Santa Anna, la persona a qui la seva mare el confià.

—Guerau, recorda-ho sempre —li havia dit ella—, si et cal ajut i consell, adreça't a Bartomeu Cristòfor de Gualbes i Setantí.

L'única vegada que ho va fer va ser quan li demanà que avalés el seu matrimoni amb dona Joana. Però després de l'afront amb el rei Ferran a Tàrrega el prior li exposà la crua realitat: que no hi havia cap Gualbes que l'hagués reconegut, amb la qual cosa no formava part de la seva nissaga.

Es va sentir humiliat, més per la seva mare que no pas per ell. Guerau no tenia cap dubte que ella no li havia mentit, si bé mai no li havia anomenat el nom sencer del pare. I difícil era endevinar-ho, perquè la mare feia de cosidora a dues o tres cases de la família Gualbes, repartida pel carrer Ample i el de Regomir entre d'altres.

Desconeix com devia anar, però el cas és que un cop es va fer evident el seu embaràs ella es va avenir a anar a la Segarra amb la mediació de Bartomeu Cristòfor de Gualbes, que a dir de la seva mare era el seu protector. Amb ell, però, van arribar a un pacte.

—Pots fer servir el nostre cognom sempre que l'honoris —li havia dit.

Però el prior creu que no l'honora com caldria, que és excessiva la seva facilitat per ficar-se en embolics. El més flagrant, haver reptat el rei Ferran. Com si els Gualbes «il·lustres» no haguessin atemptat contra la Corona... El germà del prior mateix, Joan Cristòfor de Gualbes, durant la guerra civil, va combatre ferotjament Joan II anant a favor del pretendent Enric IV de Castella. Però una cosa era ser oficialment un Gualbes, i l'altra un aspirant.

Per via materna Guerau no podia trobar suport perquè ell era el més eminent i gairebé era un ningú. La seva mare, Maria Colom, malgrat que posseïa un cognom il·lustre, no tenia res a veure amb la família de consellers, ardiaques, bisbes, diputats del General... Cavallers il·lustres maridats amb filles també del patriciat barceloní. Res a veure, doncs, amb la família de l'Almirall.

El seu avi, Pere Colom, barceloní també, era un pobre paraire[11] que quatre anys abans del seu naixement va ser condemnat a ser penjat per uns furts que va cometre, o millor dit, que se li van atribuir.

La nissaga materna dels Colom era una nissaga proscrita.

Allunyar de Barcelona mare i criatura bastarda va ser la solució més còmoda per desfer-se d'un problema, malgrat que el prior li retreia sempre que gràcies a ell havien trobat aixopluc a la Segarra. Ho va afavorir també l'avinentesa que allà la mare hi tenia família, els Ferrer.

Però el temps de viure a la terra de l'interior havia passat i ara es troba a la capital, on té el sentiment de pertinença.

Guerau dirigeix les passes cap al centre de la ciutat. De camí, travessa el carrer de Gimnàs, on hi ha la casa de Joan Lluís Gualbes, casat amb Elionor Colom, filla de Jaume-Joan Colom i de Caterina Bertran. Gualbes i Coloms, ocupant cases i palaus principals on Guerau no té cabuda.

A mesura que avança, augmenta la densitat de gent que transita pels estrets carrerons, la memòria dels quals es perd en el temps.

11. Persona que es dedica a qualsevol de les operacions a les quals és sotmesa la llana.

Quan es troba a l'altura del carrer dels Especiers[12] li arriba la flaire de diverses aromes que s'hi barregen i s'imagina els colors que il·luminen el carrer per on tant li agrada passejar i on en moments de vagareig ha adelitat la mirada. Amb aquesta imatge, passa per davant de la catedral. Enlaira la vista i es topa amb una gàrgola amenaçadora per la qual cau un brut degotim que procura esquivar. En fer-ho, ensopega amb un home que remuga per la topada, si bé reacciona de seguida en adonar-se que és un frare.

—Perdoneu, pare... —es disculpa.

—Vés en nom de Déu, fill... —respon immergint-se en el paper, que l'entorn afavoreix, perquè en aquell moment és just davant del convent de Montsió, el de les monges dominicanes, que feia temps havia estat habitat pels frares del sac.

Quan s'acosta a Santa Anna, es troba amb un tram de carrer enfangat que l'obliga a arromangar-se l'hàbit, però no pot evitar que peus i sandàlies quedin coberts de llot embrutit de pols i excrements.

Un cop hi ha arribat, procura treure's tot el fang que pot fregant la sola en un dels esglaons d'entrada al convent, un bell edifici d'estructura romànica amb absis quadrat i planta de creu, coberta amb una volta de canó. Al segle passat es va allargar la nau, que havia estat coberta amb una volta gòtica de creueria, i no feia gaires anys que s'havia acabat el cimbori. A l'esquerra de l'absis hi ha la capella dels Perdons.

Fa quatre anys que el convent de Santa Anna es va incorporar a l'orde de Sant Joan de Jerusalem o dels Germans Hospitalers, però continua anomenant-se del Sant

12. Actual carrer de la Llibreteria.

Sepulcre. D'un temps ençà, Bartomeu Cristòfor de Gualbes n'és el prior.

Guerau travessa la bella porta gòtica i puja al pis superior.

No li resulta gens fàcil parlar amb el prior de Santa Anna, un home eixut i distant, sobretot amb aquells a qui considera inferiors.

Tal com esperava, el prior el rep amb un retret.

—Hauries d'haver vingut abans, Guerau... —diu mirant-lo de reüll. Amb parsimònia, fica la ploma dins el tinter i bufa el pergamí que estava escrivint.

Guerau ja sap que el prior li censura que no hagi acompanyat l'almirall Colom en el viatge. Prou que li va explicar que no va ser per culpa seva, però el que interessa a Bartomeu Cristòfor de Gualbes i Setantí són els resultats.

El tarannà esquerp es complementa amb un físic igualment adust. Alt, prim, de posat senyorívol i gests pausats, el prior té una cara allargada, d'ulls lleugerament oblics i mirada desconfiada. Del seu rostre en destaca una dentadura envejable que procura lluir amb un somrís que sovint acompanya les paraules, ja siguin de bon auguri o d'amenaça.

Bartomeu Cristòfor s'aixeca. Fins llavors no ha mirat cara a cara Guerau, que espera displicentment recolzat a una columna; ja el coneix.

—Quines noves tenim?

—Em sembla que cap que no conegueu: l'almirall Colom ja ha estat rebut pels reis a Sant Jeroni...

El prior fa un gest amb la mà que indica impaciència.

—No he pogut parlar encara amb ell; del que ens interessa, vull dir.

—I doncs, què hi vas anar a fer, a Sant Jeroni?

—Aquesta era la intenció, una intenció que es va torçar. M'hauria significat davant del rei Ferran i això sabeu que no m'ho puc permetre. Encara més, crec que se'n va adonar, de la meva presència. He d'anar amb compte...

El prior el repassa de dalt a baix. En l'esguard de la mirada, Guerau hi llegeix que no li importa gens que se signifiqui o no.

—No tenim gaire temps —afirma el prior oblidant què ha dit Guerau—, així que li sigui possible Colom emprendrà un nou viatge. Ara ja compta amb el suport reial... Vull estar al cas absolutament de tots els seus moviments. I d'això te n'has d'ocupar tu. Se'ns escapa de les mans i això no ens ho podem permetre. Creia que era un dels nostres, però ara...

—Tampoc no sabem del cert si ja no ho és —replica Guerau.

Bartomeu Cristòfor de Gualbes tornà a increpar-lo amb la mirada.

—Això, precisament, és el que ja hauries d'haver esbrinat.

Guerau no replica l'evidència ni s'esforça a defensarse amb més explicacions que tampoc no el convencerien. D'altra banda, ha de protegir la seva vida sense explicar l'advertència del comte d'Empúries i que aquell mateix matí ha estat a casa seva. No, de moment no li vol donar aquesta informació.

—Hauria de desaparèixer, si més no per una temporada...

—No te'n pots anar, ara.

—Encara que la meva vida corri perill? —pregunta amb ironia.

El prior fa una pausa abans de respondre. Mig se li escapa una rialla forçada, aquell somrís que tant desagrada a Guerau.

—Quina novetat! —exclama sorneguer—. En correrà igualment, Guerau.

—M'amenaceu? —pregunta amb ironia.

—No, només et previnc. Ets carn de forca, Guerau, com el teu avi matern.

Guerau no pot evitar d'ofendre's; els Gualbes aprofiten la mínima ocasió per ficar-se amb la seva mare.

—Que t'haguessis significat davant del rei per una dona —segueix el prior— no és culpa meva. Això ho has de resoldre tu!

—Poc podré fer si el rei m'empresona...

—Doncs afanya't abans no ho faci.

Guerau el mira fit a fit als ulls, que li semblen de guineu.

—No em teniu en gaire estima... Sovint us oblideu que us he estat molt útil. I què hi guanyo jo fent-vos cas, obeint-vos? —demana Guerau tip de les exigències del prior.

—Ets tu qui t'oblides que fas servir un nom manllevat. De tota manera —diu ara canviant el to agressiu per un de més conciliador—, quan hagis acabat la feina que se t'encomana, et prometo que t'ajudaré a aconseguir que puguis dur una vida honorable.

—Si és que encara sóc viu...

—Cert, si encara ets viu, aquest és el risc que corres.

La prepotència del prior el destarota.

Ja ho sap que té prestigi i poder, i que és un Gualbes de veritat, un llinatge patrici d'origen incert que habita a Barcelona des de fa un parell de segles.

En una ocasió, havia sentit explicar al mateix Almirall que els Gualbes eren uns polls ressuscitats, uns nouvinguts dins l'oligarquia de la ciutat. S'imaginava que aquella opinió era fruit de les picabaralles entre els principals de la ciutat, perquè altres podien dir el mateix dels Colom.

Els Gualbes s'havien iniciat amb activitats comercials com la draperia, la mercaderia, la marineria i la banca. La banca, aquest va ser el seu gran encert. Un avantpassat, Nicolau Gualbes, que havia estat batlle durant les revoltes del call de finals del segle XIV, va tenir tractes amb la banca Datini de Prato, a Itàlia. La banca Gualbes també tenia interessos comercials a les Balears, a Saragossa i a Perpinyà. Tots procuraven d'anar obtenint càrrecs que els permetessin el govern de la ciutat i que, evidentment, afavorissin la seva economia. Ostentar càrrecs com els de clavari,[13] mostassaf,[14] tauler de la taula de canvi, cònsol de mar i sobretot el de conseller.

Les aliances matrimonials amb membres de l'oligarquia ciutadana els van anar fent ascendir socialment fins a assolir el grau de ciutadans honrats, fins a esdevenir cavallers i donzells.

Guerau s'esforça per mantenir la calma. No li convé tenir el prior en contra, però tampoc li pot prometre unes expectatives que no sap si podrà acomplir.

—No em serà fàcil seguir els moviments de l'Almirall. Ja us vaig dir que creu que l'he traït —diu sense fer al·lusió a la discussió que aquest matí mateix han mantingut.

—Un altre problema que només és teu... Fes-t'ho com vulguis, però si cal recupera la seva amistat. Si la necessites

13. Tresorer, funcionari de l'administració municipal gremial i baronial catalana responsable de les finances.

14. Funcionari municipal que té al seu càrrec vigilar i contrastar els pesos i les mesures, sancionar els infractors, comprovar la bona qualitat dels queviures i els seus preus.

per obtenir l'original de la primera carta, ja t'hi pots esmerçar.

—La primera carta...

—Sí, la que va enviar a Lluís de Santàngel el mes de febrer passat i que Pere Posa ha imprès al seu taller en català i en castellà. De segur que volen divulgar la notícia...

—En puc saber els motius, del perquè voleu aquesta carta? —demana Guerau.

—Vull l'original —explica el prior— perquè poden haver divulgat només el que els interessa. Si no la té Posa, Santàngel la deu tenir. Tu coneixes Santàngel, aconsegueix la carta, vull saber el que Colom li ha dit a ell...

—I me la donarà, simplement, perquè jo li ho demani! —replica amb sorna.

—Una altra dificultat que només és teva —afirma Bartomeu Cristòfor, que de seguida oblida l'objecció de Guerau i continua dient—: ... Vés a saber, no m'estranyaria gens que la carta l'hagués redactada el mateix Santàngel o el rei Ferran. O tots dos plegats aprofitant-se de les notícies que els va enviar l'almirall Colom a la seva tornada. I no tinc cap dubte que la carta que va enviar al tresorer d'Aragó, Gabriel Sànchez, era una còpia en llatí d'aquella.

Guerau escolta amb atenció, pot estar encertat.

—Vull saber —anuncia el prior— si l'ha escrita Colom o és un tripijoc més de Santàngel.

Bartomeu Cristòfor no es molesta a dissimular l'animadversió que sent per l'home que més ha afavorit el suport reial. La raó fonamental és perquè és un convers.

Guerau sospesa la seva futura actuació. Amb l'evidència que de moment no es podia negar a les ordres del prior, encara el futur proper amb un sentit eminentment pràctic.

—Tot el que em demaneu costarà diners...

—Ja hi compto... —respon diligent Bartomeu Cristòfor, que tot seguit s'adreça cap al seu escriptori. Obre un calaix i en treu una bossa. Abans de donar-la a Guerau, però, en comprova el contingut.

—La tenia a punt.

—Sempre tan previsor —comenta Guerau, que agafa la bossa i l'amaga sota el saial, al cinyell que duu a la cintura.

—Espero tenir noves teves ben aviat —diu el prior—. I no t'escapoleixis, que et faré buscar. Acaba la feina i després, te'n dono la meva paraula, seràs un home lliure.

Paraula...

Pot confiar-hi?

No gens, però de moment no té cap altra sortida.

Guerau ja travessa la porta quan la veu del prior el fa tombar-se cap a ell.

—Ah, «fra Antoni» —diu Baltasar Cristòfol de Gualbes amb severitat i sornegueria—, si us plau, deixeu-vos de galantejos indecents i poseu ordre a la vostra vida.

III

AMANTS

Guerau no és persona que s'arronsi davant de les dificultats, però l'acarament que està a punt de disputar el tem més que la pitjor i més terrible de les batalles. Si el distanciament amb l'Almirall li dol, la trobada amb Blanca l'acoquina.

Sovint les dones el confonen. L'atracció que sent per elles, el desig i l'admiració que li provoquen, contrasta amb el desconcert que no aconsegueix dominar: pensar que mai no arribarà a entendre la seva naturalesa, per més que les tracti.

Un cop ha sortit del convent de Santa Anna s'encamina cap al carrer dels Banys Vells, on viu la família de Blanca. La família de l'Almirall també hi té casa, concretament entre els Banys Vells i els Mirallers, però ara no són els Colom que vol visitar, sinó la dona que estima.

En passar per davant de la font de Jonqueres, propera a una de les portes de la ciutat, s'hi atura per beure. La conversa amb el prior li ha deixat mal gust de boca. Barcelona és una ciutat rica en fonts, només cal foradar una mica perquè l'aigua brolli. Fins i tot a prop de mar s'hi pot trobar aigua dolça.

S'inclina per beure quan s'adona que al seu costat hi ha un vailet que li ofereix un cassó amb aigua.

Guerau somriu interiorment: a ulls del noi, i segurament per a tothom, sembla un frare de veritat.

—Que Déu et beneeixi, fill meu —diu, amoixant el cap del noiet.

Fill meu...

Li agrada pronunciar aquestes dues paraules. Potser perquè cap pare les hi ha dit mai, i dubta que algun dia ell pugui pronunciar-les.

Tanmateix, si oblida els seus motius personals, el diverteix dir i fer aquesta mena de coses, segur que serviria com a còmic. No li costaria pas gaire, està avesat a anar d'un cantó a l'altre i a interpretar tota mena de papers.

Veu com el noiet marxa confortat. I recorda que quan era petit i jovenàs li agradava rebre la benedicció del clergat, tenia un escut invisible que li donava forces en hores foscanes com gairebé totes les que han agombolat la seva vida.

Continua el camí amb les mans plegades dins les amples mànigues tot comprovant que la bossa de diners continua a bon recer.

Tot d'una, pensa que no li agrada anar amb aquella indumentària per presentar-se davant de Blanca, però no es vol entretenir canviant-se-la. D'altra banda, ella s'enfadarà igualment, vagi com vagi guarnit.

Els peus li van sols per uns carrers que podria transitar amb els ulls embenats. Passar per davant de les Magdalenes i de Sant Joan de Jerusalem, tot seguint un viarany pietós que tant s'adiu amb la seva disfressa, fa que s'encomani de la bonhomia de les ànimes albades i ingènues que busquen la protecció d'uns murs que en principi són sants.

Mira de reüll el convent de les Magdalenes, el que el Consell de Cent havia creat per aplegar en una comunitat de clausura les dones penedides de la mala vida sota la tutela del bisbe de Barcelona. I somriu de pensar que, si més no que ell sàpiga, no hi ha convent de penedits, on ben cert que li escauria d'anar a raure.

El sol ja és alçat. S'ha anat obrint pas entre els núvols de plom que de bon matí amenaçaven tempesta. La ventada els ha escampat, netejant l'atmosfera amb aire renovat.

Que no el volia veure mai més, li havia demanat Blanca.

No fer cas del prec d'una senyora és indigne d'un cavaller, però com que no ho és, de cavaller, per aquest motiu es permet la llicència. Però, sobretot, el que el fa tornar a casa seva és que no pot anar-se'n de Barcelona sense dir-li que l'estima, que el que sent per ella és un amor profund, que no té res a veure amb les relacions que ha tingut amb altres dones, relacions a les quals moltes vegades s'hi ha vist abocat.

Ja ho sap, que no el creurà, i no li ho pot retreure perquè en té sobrats motius, però és de les poques veritats de les quals es pot sentir orgullós i no pensa pas callar-ho: l'estima amb tota la seva ànima.

Es va obrint pas pels carrerons, que a aquella hora del migdia bullen d'activitat. Gira la vista cap a la dreta, cap a la plaça del Blat, curulla de gent que mercadeja. Hi copsa ambient d'alegria i procura encomanar-se'n encara que sap que serà una sensació fugissera.

Ja s'acosta al carrer dels Banys Vells, un carrer on es poden trobar els millors sastres i sabaters, la majoria d'ells conversos d'origen jueu.

El pare de Blanca, Guillem Vidal, és un dels millors capellers de la ciutat i rep demandes d'arreu i de gent molt principal. Els caps més ben cofats de Barcelona surten del seu taller. Com tots els artesans agremiats, treballen a peu de carrer per fer visible la seva feina i els seus productes i viuen amb la família a la planta superior.

Guerau passa de llarg del taller, on a més del pare hi treballa també el germà de Blanca, i s'atura a la porta que hi ha just al costat, per la qual s'accedeix a l'habitatge.

Abans de trucar, valora durant uns instants que pot ser tret d'allà a puntades de peu perquè la seva presència en aquella llar hi és proscrita. No hi rumia més i fa dos trucs amb el picaporta, un que té una mà de ferro rodanxona.

Té sort i és Teresa, la vella dida, qui li obre la porta.

Com que la dona el contempla, però no l'acaba de reconèixer, Guerau es retira la caputxa.

—Verge Santíssima! —exclama Teresa al cap d'un moment—. Què feu aquí, vestit de frare?

—He de parlar amb Blanca, si us plau...

—No veniu en un moment gens oportú —adverteix la dona—, no crec que ella us vulgui veure...

—El no ja el tinc, Teresa. No perdo res intentant-ho...

—Però a mi em caurà una bona batussa per haver-vos deixat entrar...

—Quatre renys que seran fàcils d'oblidar... Si us plau...

La dona finalment assenteix, el deixa passar i se'n va cap dins ranquejant d'una cama tot pujant l'escala amb l'esquena encorbada. Guerau sap que li té simpatia i per això se n'ha aprofitat. El que són les coses, només les meuques i les velles se'l miren amb ulls condescendents.

Guerau s'incomoda i sua neguitós. Acumula massa jornades en què tot li surt del revés i ja és hora que una circumstància li sigui favorable, si més no, que no vagi contra ell.

Implora a un Déu en qui ja ha perdut fe i confiança, però a qui té com a únic recurs.

Al cap de ben poc, molt menys del que s'esperava, veu com Blanca s'acosta baixant les escales.

I es commou.

La seva presència imposa.

No és cap reina, però la seva figura és majestàtica.

Va vestida amb una simple gonella, però fa l'aparença de ser el millor brial de seda guarnit amb bells brocats i pedres precioses.

Duu els cabells recollits i trenats en una trossa, uns cabells que són del color de l'or vell, que la llum del sol cuida de matisar amb tons irisats que s'aclareixen o s'enfosqueixen tot depenent de la llum que els il·lumina.

De llavis fins i pòmuls ben cisellats, acostuma a alçar la barbeta, un gest que li atorga fermesa de caràcter. Valga'm Déu, pensa Guerau, quin caràcter.

—Us vaig dir que no us volia tornar a veure. Aneu-vos-en, Guerau —li diu just quan és al seu davant.

El to de veu és sever, però calmat.

—Ho faré, però abans us demano que m'escolteu —diu Guerau, determinat.

—Massa temps ho he fet i no en vull saber res, de mentides, secrets i conxorxes que jo no he buscat.

Blanca fa una passa enrere i contempla Guerau de dalt a baix.

—Ara mateix —diu—... On aneu, guarnit de frare?

—Em convé passar desapercebut.

—Ja hi som! I ara em direu que no podeu parlar —afegeix Blanca de seguida—, però que ja ho fareu quan us sigui possible. I aquest «quan» no arriba mai. Sempre la mateixa història, Guerau. N'estic tipa.

De nou, no pot rebatre les seves paraules.

—Aneu-vos-en, no m'obligueu a avisar el meu pare, ni els homes de casa...

Blanca prem els llavis i afegeix:

—I no feu veure que us és difícil anar-vos-en, perquè és mentida. Així que podeu, sempre fugiu.

—No me'n puc anar així, us estimo...

El to calmat de Blanca es trenca i deixa anar amb contundència:

—Doncs si és veritat, cosa que dubto, deixeu-me en pau d'una vegada.

—Vós també m'estimeu...

Blanca no pot evitar que els seus ulls es neguin de llàgrimes.

—Us asseguro que faré les novenes que facin falta per arrencar-me de soca-rel la més petita espurna de l'amor que hagi pogut sentir per vós. No podeu exigir-me res, Guerau, no sou el meu marit.

—Prou que em dol, i sóc conscient que no us mereixo —diu Guerau amb humilitat.

—Fa temps, quan hauria pertocat que us caséssiu amb mi —diu Blanca amb les galtes enceses—, vaig desitjar que m'ho demanéssiu. Crec que jo us ho vaig demanar i vau fer l'orni, amb la qual cosa em vau humiliar fins al moll de l'os. Ara me n'alegro.

Abans de parlar amb ella, Guerau ja esperava que li cauria aquell reguitzell de retrets. Però no pensa rendir-se. Encara no.

—Em permeteu que el vegi? —demana donant un tomb a la conversa.

—No —contesta implacable—. Ara dorm.

—No en sabeu, de mentir...

—En això teniu raó, sou vós, el mestre de les farses.

Per l'única cosa bona que queda entre nosaltres, pel nostre fill, aneu-vos-en.

—Per què no consentiu que ell sàpiga que sóc el seu pare? —insisteix.

—Perquè tingui la pena de sentir-se abandonat? Millor que conservi el record de saber que és mort. I no passeu pena, que no li parlaré mai malament de vós, encara que per això sí que hagi de mentir.

—Només el vull veure, me n'aniré de seguida. No li diré qui sóc. Us ho prometo.

Sembla que Blanca cedeix una mica i Guerau aprofita aquesta escletxa a la vegada que l'embolcalla amb la mirada intentant dir amb els ulls el que no poden les paraules.

—És a l'eixida... Quedeu-vos a la porta, però, i observeu-lo a distància. I aneu amb compte perquè és amb el meu pare.

—No és al taller, el vostre pare?

—N'està molt de Guillem i així que pot passa estones amb ell.

—Guillem —repeteix Guerau—... Mai no m'havíeu dit el seu nom.

Blanca prem els llavis. Evidentment se li ha escapat.

—Vigileu —l'avisa—. Ni jo vull que us vegi el meu pare, ni a vós us convé que ho faci.

Guerau es cobreix de nou el cap amb la caputxa i se situa al llindar de la porta del pati, on un nen petit juga amb un home gran. Guerau reconeix el pare de Blanca, que en veure la figura d'un frare plantada a la porta se'l queda mirant amb curiositat.

Capcot per amagar el rostre, Guerau fa cas de Blanca i torna a entrar dins. No vol ser el causant de cap tensió. I sap que Guillem Vidal la hi té botada. Per a ell és l'home que li ha robat l'honorabilitat de la filla, un brètol desconsiderat.

—Està bé de salut —diu Blanca referint-se al nen—, gràcies a Déu creix sa i fort. I crec que puc assegurar que és feliç, amb les reserves que ho pot ser una criatura sense pare.

—Blanca... —mussita Guerau intentant agafar les seves mans.

Però ella el refusa de seguida.

—Aneu amb dona Beatriz, la Bobadilla! —exclama amb geni.

—No l'estimo, la Bobadilla! —protesta Guerau.

—Però prou que us agrada jeure-hi...

—Ella no és res per a mi... —respon mentre pensa que l'Almirall li ha dit el mateix.

—Doncs haver-ho pensat abans... I ara, fugiu del meu davant, no m'ho feu tornar a dir perquè cridaré tan fort que em sentiran des del portal de Tallers.

Guerau se'n va, ha tensat la corda tant com ha pogut, però ha acabat el temps de la tibada. S'acomiada amb la mirada amarada d'afecte, admiració i enyor.

Ha de reconèixer que en certa manera ha quedat complagut. Ella encara l'estima, però també és cert que ara per ara no aconseguirà la reconciliació.

Mall llamp l'esventri! Per què sempre el fat se li gira en contra i ha de partir quan menys ho desitja?

«Tornaré», es diu interiorment.

A contracor de les circumstàncies, Guerau es promet que recuperarà Blanca i esborrarà per sempre l'ombra de Beatriz de Bobadilla.

Com podia explicar-li a Blanca que m'havia vist obligat a relacionar-me amb la Bobadilla? Que formava part del pla encomanat pel prior de Santa Anna de seguir les petjades de l'Almirall? Com podia dir-li-ho, si ella tampoc no sabia res de l'enrevessada relació que mantenia amb el prior.

Explicar una part implicava desvetllar-ne una altra. I de moment ho tenia vedat, sobretot perquè l'objectiu principal era protegir-la de mi mateix, millor dit, de les meves circumstàncies.

El silenci obligat m'abocava al rebuig de Blanca.

Em vaig equivocar de pensar que podia viure amb ella una vida al marge dels lligams que contínuament m'han entrebancat la vida.

«Mentides, heu guarnit la vostra vida de mentides».

Les paraules de Blanca em martellegen el pensament.

I la relació amb dona Beatriz ha fet vessar un bol ja massa curull de malentesos.

He de reconèixer que no sóc cap víctima innocent, que el romanç amb la Bobadilla ha estat una feina plaent, perquè Beatriz de Bobadilla i Ossorio, la «caçadora d'homes», és una dona increïblement atractiva.

I jo, carn dèbil, que fàcilment cedeix al desig. I si ho faig, en part és perquè desconec si alguna vegada aconseguiré encalçar-lo de nou. Ja ho sé, és una manera covarda, egoista, d'agafar-me a la vida, que fuig en un dir Jesús.

Que durant un temps la «caçadora», la filla del caçador reial dels reis —d'aquí li ve el sobrenom—, freqüentés la cort i es relacionés amb l'Almirall em va fer pensar que a través de Beatriz podria obtenir la informació que ell no compartia amb mi.

Entre l'Almirall i jo ja s'havia instal·lat la desconfiança, i si bé encara formàvem un equip, lluny quedava l'època que jo creia a ulls clucs tot el que em deia.

Però abans de parlar d'ella, m'he de referir a la seva tia, la marquesa de Moya. Es dóna la circumstància que totes dues es diuen igual, comparteixen nom i cognom. La marquesa, però, es diferencia de la neboda perquè és la segona dona més poderosa de Castella a causa de la seva amistat amb la reina Isabel.

«*Después de la reina de Castilla, la Bobadilla*», diuen les veus populars. I segons diuen les senyores, la que millor vesteix de tota la cristiandat. Puc assegurar que la marquesa va ser una de les persones que més encoratjà l'Almirall en el seu projecte i esforços per obtenir el patrocini reial, i no tinc cap dubte que el va avalar davant la reina.

Se'n deien i se'n diuen moltes coses, de les dues Beatriz. De la tia, que s'havia enamorat de l'Almirall després que la salvés de morir a mans d'un assassí musulmà durant el setge de Màlaga. Crec que només era un rumor, però la marquesa no el desmentia perquè aportava un cert misteri a la seva existència. El fet de ser salvada per un heroi sempre és una avinentesa plaent.

L'Almirall, cada vegada que ha sortit aquest tema, l'ha evitat i ha procurat desviar de seguida la conversa.

—Només són enraonies, Guerau —em deia amb vehemència—, si haguéssim de fer cas de tot el que es diu...

Tenia raó, però el que és innegable també és el fet que ell, durant uns anys, va freqüentar la cort castellana, sobretot des de l'any vuitanta-cinc. I la Bobadilla, com a dama de la reina Isabel, hi era sempre. La coincidència, doncs, era inevitable. No sé si van arribar a ser amants. Per part de la marquesa no m'atreviria a assegurar-ho, però de l'Almirall... Li agraden les dones, tant o més que a mi. Però mentre que jo no me n'amago, ell es cobreix amb una aura de decència que de vegades se'm fa insuportable.

De tota manera, crec que no m'equivoco si afirmo

que tot devia quedar en un galanteig consentit per la marquesa i, possiblement, una bona amistat.

Però l'altra Bobadilla, la neboda, la que a mi m'afecta, aquesta sí que ho va ser, d'amant seva, encara que l'Almirall no ho vulgui reconèixer. Avui el seu cor pertany a Beatriz Enríquez i el meu a Blanca, però això no va ser cap impediment perquè la «caçadora» ens fes seus com abans ja havia fet amb el rei.

No se'm fa gens estrany, ja he dit que és una dona encisadora.

Dona Beatriz de Bobadilla és set anys més jove que jo. La vaig conèixer a La Gomera fa uns onze anys, quan encara estava casada amb Hernán Peraza. I ens vam tornar a trobar a Sevilla un any abans que l'Almirall partís cap a les Índies Occidentals. Llavors ja feia quatre anys que havia enviudat. El difunt marit, senyor de La Gomera, va morir jutjat i ajusticiat per Hautacuperche, un guerrer de l'illa. La causa van ser els abusos als quals Peraza va sotmetre la població malgrat el pacte de respecte i agermanament respecte de les seves institucions abans de l'arribada dels hispans. Que Peraza mantingués relacions amb la princesa nadiua Iballa precipità que fos ajusticiat.

Admiro Beatriz, que va saber resistir la rebel·lió dels gomers, que la van tenir empresonada fins que va poder assumir el govern de l'illa en nom del seu fill Guillén. Casualitats, el nom del seu fill s'assembla al del meu.

A Sevilla vaig veure l'oportunitat de sostreure-li informació pel que fa a l'Almirall, aprofitant-me de la circumstància que la «caçadora» em tirava l'ham, cosa que ja havia fet anys enrere a La Gomera.

Les festes cortesanes a les quals assistíem amb certa freqüència facilitaven les trobades. Sempre m'ha agradat la dansa, així que sona la música els peus se me n'hi van.

No puc fer gala de ser un gran ballador, perquè sóc una mica maldestre, però contrasto la poca habilitat amb el somrís i la mirada amb què capturo la balladora. Faig que se centri en el meu rostre i no en els meus peus.

El fet que a la reina Isabel li agradi el ball i totes les activitats relacionades amb el món del mecenatge, la cultura i l'entreteniment, va afavorir la trobada.

Deia que coincidíem en festes cortesanes. Eren temps pretèrits a la partida a les Índies, quan encara no s'havien signat les capitulacions de Santa Fe, que asseguraven el patrocini reial. Jo acompanyava l'Almirall.

Ell no era amant de les trobades festives, però aquell era un mal que sabia necessari, perquè en un ambient distès i festiu és molt més fàcil claudicar davant d'una demanda. I l'Almirall se servia de mi per entrar en aquest món cortesà en què jo em movia com peix dins l'aigua, ja que a mi sí que em divertien els jocs palauencs.

Prou procuràvem tots dos, dona Beatriz i jo, en les danses conjuntes en fileres i en rodona tan reproduïdes als salons dels palaus, de trobar-nos l'un amb l'altre. Un joc més, el de procurar estar junts.

—Creia que no us decidiríeu mai a acostar-vos —em deia, provocadora, així que era ben a prop d'ella.

Com es movia! Quina gràcia, quina sensualitat que desprenia cadascun dels seus moviments, que després vaig saber que no tenien res d'improvisats, però que dotava d'una naturalitat absoluta.

Tots dos érem conscients que érem el blanc de les mirades. Algunes eren bonhomioses, com la de la marquesa de Moya. La tieta observava amb complaença com la neboda vídua es distreia una mica després d'un matrimoni desventurat. En això la tieta errava, perquè Beatriz s'ha distret sempre.

Amb ulls desafiadors, en canvi, ens seguia la reina, que tenia coll avall que el seu egregi espòs encara sospirava pels encants de dona Beatriz.

—La reina em farà casar amb un altre Hernán Peraza —em va confiar— i aquesta vegada potser no tindré la sort d'anar a La Gomera, temo que m'enviï al regne del Kublai Khan...

Deia aquesta mena de coses, que de fet eren prou serioses, amb una calma i un punt d'humor que demostraven la seva valentia. Ningú mai podrà dir d'ella que és una persona covarda.

Que la reina pensés que dona Beatriz i jo érem amants, i he d'aclarir que llavors encara no ho érem, calmava la seva gelosia. D'altra banda, no era cap obstacle si el rei decidia que fos seva. I això, la reina Isabel ho sabia, i per aquest motiu apartava del seu espòs qualsevol dona que fos susceptible de convertir-se en la seva estimada.

La reina Isabel...

És una dona peculiar. No es pot dir que sigui lletja, al contrari, seria bonica i tot si no anés revestida del posat greu, que intueixo falsament pudorós, amb el qual s'obstina a presentar-se, encotillada en una volguda austeritat i fredor, escut que ha fet seu, però que l'allunya de la realitat. No és una dona, és una reina.

Em va sorprendre que en una ocasió l'Almirall em suggerís que la galantegés.

—Sí, home, voleu que el rei em talli el coll!

—Amb mesura, Guerau, només perquè se senti admirada.

Però rei Ferran a banda, se'm feia costerut afalagar una dona que, si he de ser sincer, em repel·lia, sentiment que prou em guardo d'exterioritzar.

Al contrari del que em passa amb Beatriz.

En aquelles trobades festives, però, no vaig aconseguir l'objectiu que m'havia proposat i encomanat el prior, no vaig assabentar-me de res que no sabés sobre l'Almirall. Sí que vaig confirmar, en canvi, en les converses que vaig mantenir amb Beatriz, que algun membre de la seva família podia representar un perill per a l'Almirall. I aquest no era altre que Francisco de Bobadilla, el germà de la marquesa de Moya, que li posarà tantes traves com pugui per treure'n partit i quedar-se tot el que Joan Colom pugui aconseguir en les seves descobertes.

M'imagino que les discrepàncies venien de lluny, de quan Francisco de Bobadilla va estar a Catalunya. Era habitual la presència d'aquesta família a la Segarra. I és indubtable que també van participar en la guerra civil del rei Joan II contra la Generalitat. Arran d'aquesta estada, famílies catalanes van entroncar amb els Bobadilla.

En una ocasió vaig preguntar a l'Almirall què tenia contra ell:

—És obvi que no teniu una bona entesa amb Francisco de Bobadilla... Per què?

Sempre he optat per fer preguntes directes, perquè en el desconcert que generes a la persona que t'escolta, que no espera la teva pregunta, és quan pot sorgir la veritat.

—No comparteixo amb tu aquesta visió, Guerau —em va contestar amb serenitat—, la relació entre nosaltres fins i tot és cordial.

D'aquí no el vaig treure.

Però les circumstàncies actuals em diuen que jo no vaig errat i que més tard o més d'hora l'Almirall en pagarà les conseqüències. Temps al temps.

El temps...

Va ser relativament breu, el que va passar abans no vaig tornar a trobar-me amb dona Beatriz a La Gomera. De l'encanteri amable del sud, d'Andalusia, vaig passar de nou a la insularitat exòtica de La Gomera, a l'avantsala de les Índies Occidentals.

Si a la Península se la coneix com la «caçadora d'homes», a les Canàries se la coneix com «la loba». Es diu d'ella que coneix les més refinades arts eròtiques.

D'això en puc donar fe. Però també he de dir que no és una dona tan dissoluta com diuen les males llengües. El que puc assegurar, si vull fer honor a la justícia, és que no mereix la reputació tan terrible que li atribueix la gentola, si bé a mi m'ha traït i tractat de passerell.

Abans he dit que m'havia tirat l'ham. I a la tercera ocasió que el destí va fer que ens topéssim, jo el vaig recollir mansament, imantat per la imatge d'una dona singular i seductora a la qual desitjava posseir. Crec que va ser això precisament, el fet que ella em seduís a mi, el que em va atreure, sobretot per la diferència amb les altres dones amb qui amorosament m'he relacionat i amb les quals sempre he estat jo qui ha dirigit el galanteig.

El que va començar com un repte, a veure qui caça a qui, es va convertir en un duel de forces, de voler fer prevaler el domini de l'un sobre l'altre.

Vaig jugar i vaig perdre. Amb Beatriz el joc de la seducció no té secrets, uns secrets que ella em va fer descobrir a petits glops, amb una calculada mesura que, lluny de saciar la meva set, l'augmentava.

A La Gomera, on dona Beatriz era la governadora, el nostre idil·li es va consumar. Va succeir l'estiu passat quan vaig arribar amb la flota de l'almirall Colom a les illes Canàries. Allà les naus van amarrar durant uns dies; la Bobadilla havia d'encarregar-se de fer abastir la flota. I ja avanço que abans de consolidar la meva relació amb la senyora de l'illa, em vaig assegurar que cap afecte íntim la lligués amb l'Almirall. Havien estat amants, sí, però a l'època que Beatriz va estar a la Península. S'havia empipat amb l'Almirall perquè ell li confessà obertament el seu amor per Beatriz Enríquez de Arana. Era una qüestió d'amor propi més que de sentiment. Fos com fos, i per més enraonies que es poguessin escoltar respecte que la «loba» era l'amant de l'Almirall, l'estiu passat vaig ser jo l'estimat de la senyora de La Gomera.

La Gomera...

No em puc estar de parlar de la bella illa que emergeix davant de la costa africana. M'enamora la gran diversitat d'arbres, la seva orografia accidentada, endimoniada, diria jo, on els barrancs i les valls s'encavalquen harmoniosament, però que la converteixen en una terra inservible per a l'agricultura i la ramaderia. I de la qual tampoc no es poden obtenir esclaus perquè així ho van prohibir el rei Ferran i la reina Isabel.

Dels illencs, m'encurioseix i m'atreu l'habilitat de comunicar-se entre ells mitjançant els xiulets, que dominen millor que qualsevol llengua.

Feia anys que els reis perseguien la conquesta de les illes Canàries, ja no només per la seva privilegiada situació estratègica, sinó sobretot perquè així evitarien que Portugal es quedés amb l'arxipèlag. A més, des d'allà, l'Almirall podia fer servir l'escalímetre per anar a les Índies Occidentals.

Malgrat l'adversitat que en principi representà per a dona Beatriz anar a raure en una terra llunyana i isolada, aviat es va saber adaptar a un indret inhòspit i el va saber convertir en un palau exòtic.

La desinhibició que mostrava, més que evidenciar un esperit llibertí, deixava palesa la seva comunió amb la natura, que en aquell indret era exuberant i generosa.

Les dones que he conegut sempre s'han mostrat pudoroses, m'imagino que de petites han après a servar els sentiments, no han permès que afloressin. Beatriz devia rebre la mateixa, però ella sempre ha estat damunt de les normes i els convencionalismes socials. És possible que el seu comportament desimbolt fos una manera com una altra de venjar-se del lasciu del seu home, però Peraza potser només era l'excusa, el més possible és que ella hagués mostrat igualment el seu tarannà hedonista.

Exhibia la seva nuesa amb complaença, no debades sabia de la perfecció del seu cos, sublim i perfecte, cisellat per alguna divinitat amant de la bellesa.

M'embogia la dansa eròtica amb què m'obsequiava com a preliminar del joc amorós. Sembla que la vegi, coberta només amb gases transparents sobreposades que anava traient d'una en una com devia fer la Salomé bíblica i que em remetia a un món oriental que desconeixia, però que m'agradava imaginar, que només havia intuït tot escoltant rondalles i viatgers que havien trepitjat les terres de l'est on deien que naixia el sol.

—Deixeu-vos portar, estimat —em deia empresonant-me amb llaçades de seda amb les quals m'acostava a ella, i quan em tenia a frec, m'apartava maliciosament per fer-me glatir i esperonar el meu desig.

Em deixava portar, i tant, i ben a gust. Beatriz em proporcionava besades i carícies a degotims, amb precisió jo crec que sàviament calculada. Ho feia tan a poc a poc que m'enervava, em deixava al límit del paroxisme. Però, sàviament, sabia quan havia d'alliberar-me del turment i llavors, només llavors, permetia que em deixés anar i la prengués com una fruita prou madura que assaboria amb fal·lera incontrolada.

Em sap greu, perquè voldria que aquestes sensacions

només fossin per a Blanca, però no m'enganyaré. L'honestedat de la dona que estimo no encaixa en aquestes arts.

Em dol, em dol moltíssim, però em vaig oblidar de Blanca, com si una part del temps m'hagués xuclat i endinsat als abismes de La Gomera.

Que vaig badar, és evident. No tan sols no vaig poder obtenir cap informació més enllà del que ja sabia, sinó que no vaig poder partir amb l'Almirall cap a les Índies Occidentals.

Pel que fa a la informació, és molt possible que dona Beatriz no disposés de cap nova notícia, perquè Joan Colom és prou caut per no deixar-se entabanar.

Ara, amb la perspectiva que dóna el temps, m'adono que les atencions que em dedicà Beatriz només obeïen al desig de separar-me de l'Almirall. No sóc tan ingenu, ja sabia que d'una manera o altra s'aprofitava de mi, però també creia que se sentia atreta per la meva persona. Cras error, el meu. O, potser, tot era qüestió de preu.

Només recordo que em vaig despertar a la cambra de dona Beatriz, confós i tenallat per un terrible mal de cap que em martellejava les temples. L'última escena que conservo és la d'estar estirat al llit amb Beatriz, tots dos nus tal com ens van infantar les nostres mares, bevent un vi amb gust de resina com el que beuen la gent de l'Orient. Estic convençut que en aquell vi hi anava barrejat algun beuratge adormidor. Ella, però, m'assegurà que de matinada havia intervingut en una trifulga entre mariners, que en vaig sortir malparat perquè vaig rebre un fort cop al cap.

Mentida.

L'únic que era cert era el bony i la ferida que tenia a la banda dreta del cap i que la meva partida havia quedat escapçada. Un cop vaig haver assumit que no podia incorporar-me a les naus de l'Almirall, vaig preparar la meva tornada a la Península. Tant de bo hagués sabut llavors que van haver de fer escala a la Gran Canària perquè calia reparar el timó de *La Pinta*. Si ho hagués sabut, encara hauria tingut possibilitat d'unir-me a l'expedició, però d'això me n'he assabentat després. Com del fet que van substituir les veles triangulars originals de *La Pinta* per unes de quadrades que la van convertir en la caravel·la més ràpida de la flota. Martín Alonso pretenia avançar Colom. Les veles llatines de *La Niña* també van ser canviades per les veles quadres. Aquesta caravel·la anava comandada per Vicente, el germà petit de Martín.

Va ser una bona estratègia, la de Martín, perquè en el seu moment l'Almirall ja havia demanat una caravel·la, no una nau,[15] que és molt més lenta.

Deia que preparava la meva tornada a la Península, si bé vaig valorar d'anar-me'n a les Açores, on sabia que de tornada s'aturaria l'Almirall. Aquesta és l'única dada que posseïa del recorregut que pensava fer, ja que era molt reservat en aquest aspecte, mesura que considero del tot encertada.

En aquell impàs, el record de Blanca se'm va aparèixer punyent i tot el pes de la culpabilitat em va caure al damunt, així com la necessitat de tornar-la a veure, per això em vaig decidir a tornar a Barcelona.

Després d'uns jorns de vagareig incert —fugia ja llavors de la Bobadilla—, vaig preparar el meu retorn. Em vaig assabentar que un mercant anava cap a la costa gaditana i vaig fer els tractes avinents. Disposava de diners, ja que no m'havien robat, una altra raó que ratifica que de

15. Cal remarcar que el terme *nau* pot ser utililitzat com a terme genèric que fa referència a totes les embarcacions.

la picabaralla marinera res de res, prou que els meus suposats atacants s'haurien ocupat d'escurar-me.

Però quan estava a punt de partir, vaig ser víctima d'un atac perpetrat, semblava, per simples saltejadors de camins.

Eren tres, tres brivalls armats amb dagues.

—Què voleu? —vaig preguntar amb la intenció de guanyar una mica de temps mentre rumiava com defensar-me.

—Enviar-te a l'infern! —va contestar el que semblava comandar l'atac.

No es tractava d'un robatori, doncs, si més no no era l'objectiu principal.

Em van encerclar. Somreien, gaudien d'un triomf que creien assegurat.

Vaig concedir que pensessin que em sentia perdut i indefens tot fent un posat de sorpresa i mostrant el meu cos enervat.

Que dos d'ells estiguessin ben de costat em va permetre desarmar l'altre d'una encertada puntada de peu, i tot seguit em vaig abraonar damunt del parell tirant-los al terra i segant-los el coll amb el coltell que sempre m'acompanya.

—Au, aneu passant vosaltres primer, a l'infern! —vaig cridar incorporant-me d'un bot, ja que sabia, si més no era d'esperar, que el que havia desarmat actuaria de seguida i a la meva esquena.

Però el brivall, lluny d'encarar-se'm, va fugir esperitat.

—Au, corre, fuig com un covard! —vaig exclamar mentre netejava el coltell amb uns matolls i me'l col·locava de nou al cinyell.

Sóc hàbil amb el coltell i el domino en distàncies curtes, quan tinc a prop el coll, sempre feble, del meu adversari, quan puc sentir l'alè d'aquell que sap propera la seva mort. Mai, però, he actuat com un fementit. La traïció mai no entra en els meus paràmetres.

La dèria que tenia quan era petit de convertir-me en un adult fort, l'he aconseguit, així com la capacitat de suportar el dolor. Una voluntat que no sé d'on trec i que m'esperona a aguantar el que la majoria no pot sofrir.

Ara em penedeixo de no haver corregut al seu darrere per fer-li dir qui els enviava, perquè no crec que aquell atac fos fruit de la casualitat.

La «loba» de les Canàries?

Si era ella, per què no m'havia mort o fet assassinar abans, quan estava inconscient i era presa fàcil? Només calia que em despenyessin barranc avall. Quin sentit tenia servar la meva vida per arrabassar-me-la després? Una feina innecessària.

M'agradaria pensar que dona Beatriz va intercedir per mi tal com va assegurar. Una cosa era retenir-me, evitar que salpés, i l'altra matar-me.

Quan temps després vaig poder parlar amb Martín Alonso Pinzón, poc abans que morís, malgrat que no ho va reconèixer obertament, no vaig tenir cap dubte que ell hi estava involucrat. El fet que no ho confessés (quan una persona sap del cert que la seva mort és tan inevitable com propera fa descàrrec de la seva consciència) em fa dubtar de la seva culpabilitat, i em fa pensar en la possibilitat que Beatriz s'hagués penedit de no matar-me i que ho volgues fer després quan vaig determinar d'anar-me'n.

Però aquesta opció no m'encaixa, ja que la «loba» no és gelosa ni dona que depengui d'un home.

De tota manera, no em puc queixar perquè vaig salvar la vida. Desconec si Beatriz sap que després d'un llarg periple vaig arribar a Barcelona sa i estalvi, prou que he cuidat de no tornar a saber res més d'ella. I desitjo no tornar-me-la a topar. Ja no. Mai més.

No sé si mai trauré l'entrellat de com va anar tot plegat. Sigui com sigui, dona Beatriz de Bobadilla i Martín Alonso Pinzón són dues baules que formen part d'un cadenat que sempre tanca amb la mateixa peça: el rei Ferran.

Les campanes de Santa Maria del Mar toquen l'hora nona. Guerau recorda que la mare li explicava que aquella era l'hora en què Nostre Senyor va morir a la creu. Era petit llavors, confonia moltes coses i no li agradava gens que la mare li fes fer nones perquè temia que també li passaria com a Jesús. Santa innocència, pensa, mentre de la catedral li arriba el ressò del repic de les campanes.

La seva panxa també ressona, una remoguda de budells l'avisa que fa hores que no ha menjat res. El buit de l'estómac és semblant a la buidor que li ha quedat a l'ànima quan ha sortit de casa de Blanca. El forat anímic costarà d'omplir, però el dels budells té solució i opta per anar a pams i confortar el cos. Li agradaria entaforar-se a la primera taverna que trobés, però l'hàbit li impedeix mostrar-se davant de la gent menjant com un llop i bevent com una esponja. Que els monjos ho fan és prou conegut de tothom, però procuren fer-ho dins dels murs dels convents. O de nit, a la platja, al recer de les ombres que els amaguen i els confonen amb els esperits.

De bona gana faria costat a Galvany i ofegaria les penes amb vi. Voldria la capacitat de les onades d'esborrar les petjades a la sorra, que l'oblit engolís els desencerts i permetés renovar nous projectes. Però de moment només sap enredar la troca.

Decideix d'anar cap a la plaça del Blat, on les parades encara ofereixen els seus productes. Passeja la mirada amb la satisfacció que proporciona saber que pots adquirir allò que et ve de gust perquè tens prou diners per comprar-ho.

Els ulls se li enamoren d'una fogassa de pa i d'un formatge la fortor del qual es deu olorar des del portal de Santa Madrona.

No sap on posar-ho i compra també un sarró, convençut que n'hi anirà traient la utilitat.

Desfà camí i ara ho fa pel carrer de l'Argenteria.

Té gana i no espera a arribar al cau de Galvany. S'aparta a un racó, agafa el coltell que duu sota el saial, travat al cinyell, i talla un tros de pa i un altre de formatge i deixa la resta dins del sarró. S'ho menja amb delit, massa de pressa, gairebé sense mastegar.

Tot i que s'ha situat en un racó, això no evita que dos marrecs se li acostin, de segur que atrets per la fortor del formatge, i se li planten al davant. No obren boca, els ulls de gana parlen per ells.

Guerau s'empassa l'últim bocí que havia tallat i observa els noiets, un nen i una nena. Van bruts i guarnits amb un parrac de llana que els arriba als genolls, enronyits i pelats, i que cenyeixen a la cintura amb un cordill de cànem. Als peus hi duen sabates, però han perdut els cordons i les porten lligades amb palla trenada.

No se'n pot estar de donar-los un bon tros de la fogassa i de formatge.

—Teniu...

—Gràcies, pare, gràcies... —mussita el noi, que ha obert els ulls com unes taronges.

La nena, agraïda, li besa la mà.

—Ep, atureu-vos —avisa Guerau agafant-los per les espatlles així que els marrecs ja se n'anaven.

—Si voleu menjar, us heu de quedar al meu costat...

Els nanos es miren l'un a l'altre, una mica desconcertats, però fan el que diu el frare.

—Mastegueu bé, que encara no us farà profit...

Guerau sap que aquell miserable botí és un tresor per a la gent afamada, i de segur que abans que els marrecs tombessin la cantonada ja els ho haurien pres, potser els propis pares, que la fam no hi entén d'afectes ni parentius.

Les campanes de Santa Maria del Mar tornen a repicar. Ara ho fan a morts.

Davant del temple hi ha una font i Guerau s'hi ajup per beure, el formatge és fort i li ha fet agafar set. Però ara se sent confortat.

Aixeca la vista cap amunt i es fixa en les dues torres que encara s'estan construint i que han de coronar la façana de ponent.

Apaivagada la gana, entra dins l'església amb el desig de calmar l'esperit angoixat, un desig semblant al d'aquella vegada que anà a Tàrrega a retrobar dona Joana.

Fa molt de temps que no ha entrat a Santa Maria i això que és el temple on acudeixen els navegants i la gent de mar.

Com sempre, el fossar adjacent és ple de captaires que s'amunteguen i dificulten l'accés. De tot Barcelona, és allà on s'hi poden trobar més pidolaires.

—Per les vostres animetes, una oració per l'animeta que estimeu...

Ja ha quedat instituït que els captaires s'ofereixen a resar per l'ànima d'algun difunt que estigui soterrat al temple a canvi d'alguna moneda. I ben segur que resaran també per les ànimes que estiguin soterrades a qualsevol altre temple de la ciutat.

Esquivant i obrint-se camí entre els captaires, Guerau entra a Santa Maria i de nou es corprèn per la magnífica construcció.

A dins s'hi celebra una cerimònia. De seguida s'adona que es tracta d'un funeral —vet aquí les campanes que tocaven a morts— d'algú principal, ateses les vestidures amb què van guarnits els assistents. Sobremalles, brials, brocats i sedes. L'únic sargil que hi ha és el que porta ell.

Es queda en un racó, dempeus, just al costat de la porta. I procura concentrar-se a resar, ni que sigui una oració, perquè algun sant reculli el seu prec i el dugui a Déu: desitja viure amb Blanca i el seu fill.

Un capellà passa pel seu costat i el distreu de l'oració. L'home encén un ciri molt gran que té a prop i després se'n va a l'altra banda per encendre'n un altre que hi ha al davant. De segur que la família del difunt paga perquè el temple s'il·lumini, tot i que a aquella hora encara hi ha prou llum que es filtra pels vitralls, una llum daurada pròpia de l'hora primerenca de la tarda.

Havia sentit explicar a la seva mare que arran del terratrèmol que havia patit Barcelona, i això va ser abans que ella hagués nascut, l'esplèndida rosassa que presidia la façana principal va quedar destruïda. Feia anys que havia estat substituïda per una altra. El joc de llum que creaven els vitralls acolorits contribuïa a crear un espai diàfan, de molta claror.

Guerau queda imantat per la llum vacil·lant de la flama que es projecta a la paret del temple dibuixant ombres que ballen una dansa tremolosa i inquietant.

Una ombra li recorda, no sap per què, la figura del rei Pere, el conestable de Portugal, el que va ser nomenat comte de Barcelona durant la guerra de la Generalitat contra Joan II. Sap que està enterrat allà, a Santa Maria. Potser esperarà que la gent se'n vagi i buscarà la tomba; li fa gràcia tenir-la situada.

Sap que al temple també hi ha enterrada part de la família dels Gualbes. El segle anterior, Jaume, Ponç i Joan de Gualbes, arran de la mort del seu pare, dit Jaume, van fer construir una capella que van dotar de benefici perpetu i on tots els Gualbes serien soterrats. Ell no, per descomptat.

Els càntics ressonen pel temple i Guerau s'hi afegeix. Només taral·leja, però, perquè sap poc llatí i aquell càntic li és desconegut.

Una dona que té al davant i que ell veu d'esquena li recorda la «loba» de les Canàries.

Vol evitar evocar-la, però la imatge insisteix a fer-se present.

Oh, Déu, entén que Blanca no el vulgui veure mai més.

Per què? Per què ha de ser esclau d'uns desitjos que l'allunyen de la persona estimada?

Carn de forca, diu el prior que és ell. I no va pas errat.

Qui sap si és per l'encens, pels precs o pels càntics, que va trobant una mica de pau.

La cerimònia fúnebre ha arribat al seu final i els assistents, d'aspecte contrit i apesarat, van sortint de Santa Maria del Mar.

Guerau també acota el cap imitant el seguici a l'espera que tothom hagi sortit per poder visitar la tomba del conestable de Portugal i potser les dels Gualbes.

La pau que creia haver aconseguit fa només uns instants es trenca sobtadament en sentir la flaire d'un perfum empallegós que coneix prou bé.

Acota encara més el cap per amagar la cara, i els ulls es

topen amb els peus de la noble senyora que se li ha plantat al davant, uns peus calçats amb uns tapins[16] d'altes plataformes. És el calçat preferit d'ella —n'està segur que és ella—, sempre hi camina enfilada tot fent perillar els seus turmells, qui sap si la vida.

—Guerau... —diu la senyora molt fluixet.

Ell prou que procura fer l'orni i posar cara d'albat d'acord amb la seva condició religiosa, i fa cas omís de qui se li atansa, com si estigués immergit en l'oració i res no el pogués destorbar.

Però ella, que no pensa pas passar inadvertida, posa la seva mà damunt del seu braç.

—Guerau... —repeteix.

Ell la mira fingint desconcert. En fer-ho, comprova que és qui ha temut: dona Elisenda Pallarès.

Guerau desitja que el terra s'obri pel mig i poder anar a petar als soterranis on els fonaments del temple es barregen amb els ossaris anònims.

—Amb mi no cal que dissimuleu —diu ella, tipa que la ignori—... Ara no és el moment, però em deveu una explicació. Em trobareu a casa del meu cosí Jaume, ja sabeu on és. I no trigueu a venir-me a veure, o vindré per vós.

«Vindré per vós».

Guerau està convençut que ho farà.

No hauria d'haver marxat de la Torre Pallaresa sense acomiadar-se, però la dèria de poder parlar amb l'almirall Colom va fer que se n'anés. Això va passar a primers d'abril, quan Guerau havia anat a trobar l'almirall a Sant Jeroni de la Murtra.

16. Tipus de sandàlia de tela fina amb una sola de suro gruixuda posada entre unes altres dues de cuir.

El fet que la Torre Pallaresa estigui al costat, a la banda oriental del monestir dels jerònims, i que dona Elisenda hi sojorni amb freqüència, ja que la torre és propietat de la seva família, li va fer pensar que des d'allà podria controlar els moviments de l'Almirall.

Va creure que l'antiga relació que havia tingut amb ella ja era història i que només els unia una bona amistat, a banda que els llinatges dels Pallarès i dels Gualbes estan units, perquè alguns membres d'ambdues famílies han contret matrimoni. Però Guerau, en la recent i fugissera estada, aviat es va adonar que dona Elisenda no es resignava a la nova situació, i per això, Almirall a banda, va fugir del seu costat.

El prior li ha recomanat que posi ordre a la seva vida. De debò que ho desitja, però si més no per aquesta jornada les intencions se li han torçat.

IV

DESCOBRIMENTS

Guerau es desperta amarat de suor. Estirat al seu jaç del cau de Galvany, es remou neguitós. La presència encara viva del malson que acaba de patir el fa panteixar atropelladament.

No pot recordar el rostre de la mare. No pot. Ja despert, s'esforça a evocar la seva imatge, que s'ha perdut a la memòria. Li fa mal, aquest sentiment. Només la seva veu, la veu dolça i amatent de la dona que l'ha dut al món, ressona clarament i nítida enmig de l'oblit.

—Mare, mare... —mussita en un plany.

Al dolor de no poder recordar la imatge de la mare, s'hi afegeix el de constatar que el seu fill mai no podrà rememorar-lo per la simple raó que no l'haurà conegut. El mortifica saber que el nen creixerà imaginant un progenitor que mai no ha existit.

Guillem, el nen es diu Guillem com l'avi matern.

En el breu instant que ha contemplat el nen, ha procurat que les ninetes quedessin impregnades de la imatge del seu fill. S'esborrona de pensar que aquella visió que ara té tan viva, tan clara, tal vegada arribarà el dia que també desapareixerà.

Desitja viure a prop d'aquest fill, veure'l créixer, però la providència, assenyada i previsora, ja ha determinat d'allunyar-lo atesa la seva incapacitat d'esdevenir un bon pare.

La llum del matí, escarransida encara, s'escola per l'estreta finestra de la mateixa manera que ho fa la humitat persistent que regalima imperceptiblement per les parets.

Els ulls passegen per l'estança. Galvany no hi és.

En quin antre deu estar entaforat?

Potser encara fa la ronda deambulant d'una taverna a l'altra. I així fins que torni a embarcar. Aleshores esdevindrà un home nou, sobri i contingut, com si el mar li dictés quina ha de ser la seva conducta.

S'aixeca i amb disgust es torna a vestir de fra Antoni. No pot sofrir aquella roba de sargil que rasca, però és pràctic amagar-s'hi.

Té set i dubta de beure aigua d'una gerra que hi ha a un racó. Sovint li diu a Galvany que vagi amb compte i que no ingereixi aigua podrida.

—Per això bec vi, no sóc cap enze! —sempre li contesta.

Guerau agafa el sarró, surt al carrer, tomba cap a la dreta i se'n va de pet a la font de l'Àngel, gairebé tocant a mar, i beu a pleret una bona estona. S'ajeu a terra, gairebé al costat de la font, i del sarró en treu el tros de formatge que li queda i el rosegó de pa, que ja s'ha endurit, però que encara fa de bon menjar. Torna a aixecar-se i encara beu una mica més.

Es treu les sandàlies, les desa al sarró i, arran de mar, passeja una estona mentre endreça pensaments tot deixant-se amoixar per un sol agradosament càlid i amorosit per un suau ventijol que ve de mar. I aviat nota el rostre envernissat de salabror.

Sospesa què ha de fer, com cal adreçar les properes actuacions tenint en compte la precarietat de les seves circumstàncies.

Ja ho va decidir ahir, però s'ha concedit unes hores per valorar-ho. La resolució continua sent la mateixa: no seguirà més els dictats de Bartomeu Cristòfor de Gualbes i Setantí, el prior de Santa Anna. És perillosa, aquesta determinació, però ja fa massa anys que intenta aconseguir el seu favor, que mai no arriba. Encara més, tem que hagués influït negativament perquè el seu pare no l'arribés a reconèixer com a fill seu. No seria pas el primer clergue que ho feia.

El prior se serveix de l'estat precari de la seva identitat, que el deixa en la més pura indefensió. Sense llinatge no és ningú i pot ser tractat com el més vil dels serfs. Fins ara se n'ha anat sortint, però tem que ha tibat massa la sort.

Doncs prou. Fins aquí ha arribat.

Guerau mastega reflexions mentre amb el peu dret va fent una rotllana a la sorra, un gest que infinitud de vegades ha vist fer a l'Almirall.

Valora afectes i lligams, les persones que de debò aprecien l'almirall Colom. I els noms que sobresurten són el del comte d'Empúries i el de Lluís de Santàngel, però desconeix si aquest està al cas de l'animadversió que l'Almirall ara sent per ell, la qual cosa dificultarà la seva relació.

Per sortir de dubtes, només té una opció: anar a parlar amb l'escrivà.

Estar de la banda de Santàngel implica anar contra el prior, ja ho sap. Tan cert com que si l'Almirall ha obtingut el favor reial ha estat gràcies a Lluís de Santàngel, l'escrivà de ració del rei Ferran i home de confiança del monarca.

El rei...

Ell és el nexe d'unió amb Santàngel. Tots dos l'odien.

I per aquí, per aquesta escletxa, Guerau pretén posar-lo de la seva banda. És evident que el rei no sap l'antipatia que li professa el seu escrivà i si Guerau n'està assabentat és per l'Almirall.

Decidit, surt de la platja, es calça les sandàlies i s'encamina cap al centre de la ciutat. Sap que Santàngel té una casa al carrer Arlet, tocant al d'Especiers, però que ha llogat una casa a Sant Domènec del Call, una casa que pertany a la família de Guillem-Joan Colom. Fa les seves deduccions, que no deixen de ser conjectures, i suposa que la casa del carrer Arlet és de la muller de Santàngel, dona Joana de Taravau, que pertany a una de les grans famílies de Barcelona. I que la casa llogada als Colom la fa servir de despatx.

De camí i amb el desig de trobar-se amb Blanca, ni que sigui per veure-la de lluny, passa pel carrer dels Banys Vells i va alerta per no tornar-se a topar amb dona Elisenda Pallarès.

El vent és emissari de la ferum que desprèn la riera del Merdançar, que quan arriba a l'altura de la plaça del Blat s'ajunta amb la que baixa del torrent de l'Olla, que, prèviament, entre el portal dels Orbs[17] i el de Junqueres, s'ha unit a la del torrent d'en Vidalet. L'aigua d'aquests dos torrents circula gairebé paral·lela a la del rec Comtal, encerclant així la part de Barcelona on es troben tots els oficis que necessiten l'aigua, tintorers, assaonadors, blanquers, paraires, i on conflueixen els principals molins de la ciutat.

Des de temps immemorials que el poder municipal ha procurat abastir la ciutat de l'aigua que prové de Collserola. L'antiga Barcino ja aprofitava l'aigua muntanyenca per proveir les fonts de la ciutat. Les fonts es concentren a les zones més centrals, si bé l'aigua es distribueix també

17. Actual portal de l'Àngel.

a algunes institucions hospitalàries i religioses, i a un nombre reduït de cases privilegiades. Els barris més densos i actius de la ciutat, però, són els menys servits.

Capcot i amagat sota la caputxa, fra Antoni s'esmuny pels carrerons barcelonins. En un gest que vol semblar pietós, du les mans entrellaçades que s'amaguen sota les amples mànigues de l'hàbit i camina amb la parsimònia i mansuetud suposadament atribuïda als religiosos. No és devoció, simplement controla la bossa dels diners.

Després de pujar pel carrer dels Especiers, passa per davant de la font de Sant Jaume i quan arriba a la cruïlla amb Sant Domènec del Call demana a un pidolaire per la casa de l'escrivà de ració, després, és clar, d'haver-li donat una moneda.

El pidolaire que seia a terra amb el posat de ser un impedit per caminar s'aixeca eixerit i acompanya Guerau fins a la porta.

—Recorda que no has vist cap frare que hagi entrat aquí —li diu donant-li una altra moneda.

El pidolaire assenteix amb dos cops de cap tot assegurant-li que és cec sempre que convingui.

Guerau puja uns quants esglaons, quan arriba al llindar truca a la porta, espera que l'obrin i demana per Lluís de Santàngel.

—Qui el demana? —pregunta el criat que l'ha obert.

—Guerau, Guerau de Gualbes —diu conscient que aquest nom potser significarà que l'escrivà de ració no el vulgui rebre. Però ha decidit anar-hi de cara des del primer moment.

El criat l'observa amb un cert dubte, però es limita a presentar la demanda.

Guerau no ha d'esperar gaire que de seguida apareix Santàngel.

La seva figura imposa.

Alt, ben plantat, de rostre enèrgic i actitud determinada, du el cabell tallat d'una manera que el fa inconfusible: una melena curta amb què es tapa unes orelles sortides, de ventall. El nas prominent destaca entre uns llavis molsuts i uns pòmuls marcats.

Guerau admira la intel·ligència d'aquest home, que ha sabut superar les dificultats de pertànyer a una nissaga perseguida, part de la qual ha mort a la foguera.

—A què dec la vostra visita? —pregunta Lluís de Santàngel amb to adust, però cortès.

Al contrari d'alguns principals amb els quals es relaciona, si deixa de banda el comte d'Empúries, Santàngel el tracta amb deferència i respecte. I, tal vegada, Santàngel creu que és un Gualbes de debò.

—Protegir un amic comú... —contesta Guerau sense pensar-s'ho.

L'escrivà de ració sembla que rumiï el que acaba de dir i sospesi què ha de contestar.

—Tinc entès que ell ja no us hi considera... —diu finalment.

—Un malentès que desitjo desfer al més aviat possible, per això cerco el vostre ajut...

Santàngel aixeca la mà indicant que s'aturi i es tomba mirant cap a l'interior de la casa com si de sobte hagués recordat alguna cosa que li calia fer.

—Espereu un moment... —li diu anant cap dins.

Guerau comprova que no és prou ben rebut, perquè no el fa entrar, fa que es quedi dempeus a l'entrada. Encara gràcies, però, que hi pot parlar.

Mentre espera que torni, Guerau mira al seu voltant. L'ambient és sobri, per descomptat que molt més que el palau del comte d'Empúries, però igualment s'hi flaira riquesa. D'altra banda, no sap si tot el que hi ha allà pertany a Santàngel o forma part del patrimoni dels Colom.

L'escrivà de ració és valencià i fa anys que viu a Barcelona. L'origen de la família és jueu, procedien de Daroca, una de les comunitats hebraiques més pròsperes d'Aragó. El seu avi era un tal Azaries Ginillo.

Les excel·lents relacions de Santàngel pare, també anomenat Lluís, amb el rei Alfons el Magnànim i Joan II van fer pujar la família com l'escuma. Santàngel fill fa anys que treballa per a la Corona i va ser nomenat escrivà de ració fa dotze anys. Aquest càrrec li permet controlar les finances reials, a banda de la fortuna personal que ell i la seva família havien aconseguit com a banquers.

Santàngel va assumir la direcció econòmica de l'empresa a les Índies Occidentals assegurant la part que corresponia aportar a la Corona de la seva fortuna personal i sense interessos, uns disset mil ducats.

Guerau contempla una pintura penjada a la paret, un paisatge bucòlic, quan unes passes el fan girar. És el criat que li ha obert la porta.

—Acompanyeu-me, si us plau...

Agradosament sorprès, Guerau segueix el criat, que el condueix a una sala de decoració austera, però gairebé folrada de llibres i lligalls. A una banda hi ha una taula d'escriptori, plena de patracols i pergamins.

Santàngel està assegut al darrere de la taula, hi reposa els braços al damunt i joguineja amb un càlam trencat.

—Seieu... —diu l'escrivà indicant la cadira que hi ha al davant de la taula.

A Guerau no se li escapa que Santàngel l'observa amb posat foteta.

—Puc deduir que us amagueu —diu—... D'alguna senyora... o més aviat del seu marit?

El contraria comprovar que la seva fama de galantejador és en boca de tothom, però se n'oblida i contesta amb fermesa:

—M'amago del rei.

Santàngel alça les celles. De segur que no esperava aquella resposta.

—Del rei Ferran?

Guerau assenteix. El que acaba de dir interessa a l'escrivà, un home que sent aversió pel monarca que ha instaurat la Inquisició castellana al regne de Catalunya i Aragó. D'altra banda, Santàngel és una de les persones de confiança del rei i Guerau haurà d'emprar prou tacte.

—Doncs amagar-se del rei és un repte difícil —comenta Santàngel amb certa complicitat.

—Crec que no m'equivoco —continua Guerau oblidant el rei— si dic que tots dos compartim un sincer afecte per l'almirall Colom.

—Però ell ja no té aquest sentiment per vós...

—Em van impedir d'anar amb ell a les Índies, i crec que vós sabeu qui hi va interferir i va aconseguir enemistar-me amb l'Almirall.

—Sí, ho sé, el problema és que ell no s'ho acaba de creure. Us comunico, però, que de manera indirecta he intercedit per vós... No tinc cap dubte que Martín Alonso Pinzón pretenia apropiar-se, diguem-ne, de la descoberta. De tota manera, el més gran dels germans Pinzón ja no pot entorpir més.

Guerau se sorprèn, no pensava que Santàngel tingués tanta informació. Però si ho pensa bé, no li estranya.

—A veure, Guerau —diu abruptament l'escrivà inclinant el cos cap endavant, recolzant els colzes damunt la taula i la barbeta sobre les mans encreuades—... posem totes les cartes sobre la taula... Què voleu de mi i quin és el motiu de la vostra visita?

—El que...

—M'heu dit —interromp Santàngel— que voleu ajudar l'Almirall i que us amagueu del rei, però heu callat que sou sicari del prior de Santa Anna.

—Sicari no seria la paraula —s'afanya a dir Guerau—, però ja no ho seré més, si bé simularé que continuo al seu servei. Per això sóc aquí, per oferir-vos els meus, de serveis. Jo, encara que l'Almirall no em cregui, sempre he estat i estic de la seva banda. L'origen del meu lligam amb el prior rau en el fet que, de petit, la meva mare va confiar-li a ell la meva protecció, però lluny de protegir-me, només m'ha tret el suc.

Lluís de Santàngel es retira cap enrere i observa atentament Guerau, que li manté l'esguard. Tots dos es miren fit a fit com intentant desentranyar-se els pensaments.

—Pel vostre to de veu —diu l'escrivà—, asseguraria que esteu enutjat amb el prior i per això m'oferiu els vostres serveis, però... Com puc estar segur que no feu un doble joc i continueu, diguem-ho així, treballant per Bartomeu Cristòfor de Gualbes i de Setantí? De fet, vós mateix m'acabeu de dir que simulareu continuar amb ell.

Directe com un cop de puny al fetge. Guerau juga amb foc i ho sap, però Santàngel és l'única persona que, probablement, el pot protegir del rei d'una manera efectiva, molt més que el lloctinent reial, que el comte d'Empúries.

—No faig cap doble joc, però us haureu de refiar de mi, és clar. Potser us servirà de prova si us dic què m'ha encomanat el prior: que m'assabenti del contingut real de la carta que l'Almirall us va enviar tot tornant de les Índies.

—Molta gent hi està interessada —diu amb ironia l'escrivà—, li hauria de posar preu... No hi ha cap secret... El que s'ha fet públic, i que Pere Posa, l'impressor, ha reproduït en còpies que en breu seran arreu.

—Ja, però el prior vol estar segur que a la carta original hi diu el mateix... Dient-vos això ja veieu que em poso a les vostres mans.

—Permeteu-me que encara tingui les meves reserves, però teniu al vostre favor tot el que l'Almirall m'ha anat explicant de vós i de la confiança que us tenia... Abans de partir cap a l'Occident, és clar.

Guerau comença a relaxar-se una mica, però encara ha de reblar el clau.

—Us he dit i us reitero que la meva prioritat és protegir l'Almirall, i el que em preocupa és que no és conscient que el rei només se serveix d'ell, que quan no li sigui útil se'n desfarà... Ara ja saben el camí...

—Sense Martín Alonso, ho tenen magre...

—No oblideu que queden els altres dos Pinzón, Vicente, sobretot.

—Cert, per això preparem un altre viatge on hi haurà homes de la nostra confiança. I no patiu, que l'Almirall està més protegit del que sembla. La mateixa carta és un escut. Per això cal difondre-ho per tot Europa, a un home eminent que ha realitzat una gesta tan important no se'l pot fer fonedís com una volva de pols.

—Però convindreu amb mi que l'Almirall no es deixa ajudar gaire.

—Teniu raó, ell és el seu principal enemic...

—Aleshores, nosaltres, els seus amics de debò, hem de vetllar per ell. I en això us porto avantatge... El conec des d'abans que el seu somni acabés emmetzinat. I aquí rau el que ens diferencia a nosaltres dos, que quan vós el vau conèixer els seus somnis, els de veritat, ja s'havien diluït.

La creença en un somni havia creat llaços estrets entre l'almirall Colom i jo, un somni que calia buscar en èpoques pretèrites, uns objectius que havien arrelat a la meva ànima des que el vaig conèixer.

Ja he explicat que la nostra primera trobada va ser arran d'haver fugit del meu padrastre. Tenia dotze anys i els tres següents els vaig passar amb ell, que aleshores era vicealmirall, fent d'aprenent de corsari.

En aquella època, ell estava a les ordres de Guillaume Casenove Coullon, almirall de la Provença, i dins del marc de la guerra civil catalana lluitàvem contra Joan II al costat de Renat d'Anjou.

Sovintejàvem Marsella, on sovint hi fèiem estada quan no sirgàvem pel mar.

Passades les primeres setmanes, em vaig avesar a la vida marinera. M'esforçava a estar a l'altura, a créixer, a fer-me fort i sobretot a no permetre mai més que ningú m'ultratgés.

Ja he dit que ell era reservat. Se'm feia especialment estrany que no parlés dels seus, de la família directa.

—Li ho hauràs de preguntar tu mateix —em va dir un dia Ramon, un dels mariners, que no era gaire més gran que jo i amb qui havia fet confiança.

Aviat em va semblar que tots els que anaven amb ell en certa manera protegien la seva identitat. I que si jo volia formar part del seu estol, havia de fer el mateix.

D'acord. Em vaig fer el propòsit de no furgar, el temps ja s'ocuparia de treure-ho a la llum, si és que aquesta apareixia alguna vegada.

Puc assegurar que aquella va ser una època plaent malgrat que de vegades em sumia en un enyor profund per la mare, que sens dubte devia patir per mi. Vaig confiar que devia acceptar que havia mort, no dubto que el seu home li ho devia dir per arrencar de soca-rel l'esperança de la meva tornada. Però jo tenia coll avall que tornaria. Me n'havia fet la promesa interior, que cada nit renovava a les estrelles amb la confiança que d'una manera o altra ella rebria el meu missatge. Però encara no era temps.

El meu, de temps, estava centrat a la Mediterrània. Viure a la mar i fer només escales, sovint breus, als ports on anàvem em permetia gaudir d'una llibertat que m'atreia, de la qual sempre seré esclau.

Aquell marinejar es va convertir en l'eix de la meva vida. Vaig anar aprenent l'ofici i vaig conèixer navegants i gent de mar de tota mena. Els genovesos, particularment, em van admirar.

—Duen l'art de navegar a la sang, Guerau —m'afirmava el mestre Colom.

Però es veu que ells també ens admiraven i ens temien, a nosaltres.

Vaig saber que la flota catalana era una de les més eficaces de la Mediterrània. En conseqüència, els vaixells catalans eren contractats per mercaders, principalment italians. Va ser tanta la seva expansió que els genovesos, i això ja en el nostre segle, van dictar mesures restrictives contra els vaixells catalans amb l'objectiu de potenciar la seva flota.

Procurava aprendre tot el que se m'oferia. Dels vaixells, de la mar, dels vents, de les cartes de marinejar... De cartes, en tenia una que guardava amb molta cura i que una vegada em va mostrar.

—La va fer Jafudà Cresques —em va dir amb admiració.

Sovint me'n parlava, dels Cresques, els eminents cartògrafs mallorquins del segle passat, Abraham i Jafudà, pare i fill. Aquest últim, arran del saqueig del call de Palma, es va haver de convertir al cristianisme i va adoptar el nom de Jaume Ribes. A Portugal, a Sagrés, se'l coneixia com a Jacomé de Mallorca; hi va anar per coordinar l'escola cartogràfica.

Sabia, sap tantes coses, l'Almirall: astronomia, matemàtiques, geografia, cartografia... Coneixements que ell em regalava així que en tenia ocasió. I puc assegurar que jo era un bon alumne. Tot ho xuclava com una esponja assedegada de saber.

—Ets despert, noi —em deia amistós.

Podria passar-me anys sencers explicant tot el que em va arribar a transmetre. Però ja he dit que el que llavors m'interessava descobrir era el seu secret. I va ser la *crux dissimulata*, la que havia après amb els germans hospitalers, la que em va permetre entrar en el seu món i obrir la porta de la saviesa.

Les paraules llatines *sator*, *arepo*, *tenet*, *opera*, *rotas*, que de manera aïllada no tenen prou significat, si s'inscriuen en un quadrat formen una creu.

S	A	T	O	R
A	R	E	P	O
T	E	N	E	T
O	P	E	R	A
R	O	T	A	S

A més de la creu, les lletres formen les paraules del *pater noster* per duplicat. Només la «N» es repeteix, la «N», que és el nucli, una lletra que es llegeix igual del dret que del revés. El seu traç primitiu representa una serp que avança, que es desprèn de la pell anterior i que simbolitza el pas constant d'una existència a l'altra. En definitiva, l'eternitat.

I a cada banda de la creu, com una custòdia, dues «A» i dues «O». L'alfa i l'omega, el principi i la fi. I si la creu s'inscriu en un cercle, hom pot veure que la circumferència abasta només les alfes i les omegues del quadrat.

La *crux dissimulata* em va fascinar quan era petit. I ho continua fent.

Els primers cristians l'havien fet servir per comunicar-se entre ells, per deixar palès que ho eren a través d'aquesta creu simulada, i van anar deixant aquestes inscripcions arreu del món per tal de mostrar el seu cristianisme.

—I els cristians l'havien après d'altres —m'explicava l'Almirall—, no en sabem l'origen, Guerau, però el que és cert és que ha anat passant de generació en generació dins del cercle dels iniciats.

Els iniciats...

Aquelles enigmàtiques paraules formaven el quadrat màgic de l'orde del Temple. L'orde havia estat dissolta, però pervivia amb els hospitalers, que havien heretat el seu patrimoni, o a l'orde de Montesa en el cas de València. Força coincidències a les quals jo no havia parat atenció quan era un nen, però que van anar apareixent reveladores amb el temps. Com el fet que Sant Joan Baptista fos l'advocació dels hospitalers i jo l'hagués conegut amb aquest nom. O que sempre fos present la creu de les vuit puntes, la creu «patada», la de les vuit benaurances.

Aquell quadrat va ser una de les tantes figures geomètriques que dibuixava, un seguit de símbols dels quals ell sabia la naturalesa i el significat.

I vaig comprendre també que acabaria sabent molt més d'ell, escoltant-lo, mesurant els seus silencis, les pauses on podia entreveure una reflexió que m'il·lustrava.

Avinenteses i circumstàncies coincidents de les quals no era prou conscient, com del fet que el rei Renat d'Anjou, per qui lluitàvem aleshores, era rei de Sicília i de Jerusalem. I l'objectiu primer dels templers era recuperar aquesta ciutat santa. Ni que ara el rei de Jerusalem sigui, precisament, el rei Ferran.

El rei Ferran, sempre ell.

He d'afegir, això també ho vaig saber anys després, que la família Colom estava vinculada al món banquer. No la meva, és clar, que ja he dit que la nostra branca familiar era la dissortada.

A primers de segle, Guillem Ramon Colom havia fundat amb Miquel Roure la Taula de Canvis de Barcelona. I que no era per casualitat que els templers eren els banquers dels monarques europeus dels dos segles anteriors, el XIII i el XIV. Aquí, més tard, hi encaixaria perfectament Lluís de Santàngel.

Vaig anar sabent que la nostra terra tenia importància dins del món templer. I que un munt de personalitats hi estaven relacionades. El mateix prior, Bartomeu Cristòfor de Gualbes, a qui llavors jo encara no coneixia, per no esmentar Enric el Navegant, que pertanyia a l'orde de Crist, hereva de l'orde del Temple.

Però de tot plegat no se'n parlava, restava ocult.

—Moltes coses han estat i continuen estant amagades, però això no vol dir que no existeixin —em va dir.

Va ser llavors que em va parlar de la gran mentida, de les terres ocultes a l'altra banda del Mar Oceà.

Aquell era el seu secret i Joan Colom esperava l'ocasió de poder-lo descobrir.

Però com ho faria?

Ell em repetia que no m'impacientés, que hi havia un temps per a cada cosa, i que abans calia aprendre'n moltes altres.

M'hi vaig aplicar, doncs, especialment amb els números, que eren una de les seves dèries. Em va agradar aprendre que aquella «o», aquella figura rodona que jo associava a una lletra, era un número que ens havien ensenyat els àrabs.

Però a banda d'aquell número —el mestre em deia que era un zero—, tenia predilecció pel cinc i per l'u, unes xifres que llavors jo interpretava com a lletres, perquè la numeració que jo coneixia era la romana.

I pel set, que es repetia constantment.

Números a banda, un dels ensenyaments que l'Almirall em transmetia amb més entusiasme era la doctrina lul·lista. Tots tenim un gran mestre, i el seu era Ramon Llull i Erill.

—Dos segles abans —m'explicava enardit—, Llull ja sabia l'existència dels antípodes, estava convençut de l'esfericitat de la Terra i de la presència de les costes occidentals a l'altra banda del Mar Oceà.

Com Colom, Llull era simbolista. En la seva obra, les figures geomètriques i les combinacions de lletres amb significats no sempre clars prenien dimensions místiques. No tinc cap dubte que l'Almirall s'inspirà en Llull quan adoptà un nom messiànic, Xristoferens, i inventà per a la seva signatura unes sigles triangulars, un conjunt piramidal.

Encara no he vist cap carta ni cap text, però, amb aquesta signatura. I això té la seva lògica perquè em va dir que la faria servir després del «descobriment».

La tinc vivament gravada en el record, però.

La vaig veure una matinada, dibuixada a la sorra humida.

Havíem recalat en un llogarret costaner del sud de França. Era l'estiu i m'agradava quedar-me adormit a la platja entre les barques. Com passava sovint, la tripulació se n'havia anat de tavernes i dubto que n'haguessin trobat més d'una, perquè aquell indret era molt petit. Ramon havia anat amb ells i a trenc d'alba va tornar ben torrat. Em van despertar els rots que deixava anar en acostar-se. Em vaig aixecar a la vegada que ell queia al meu costat, com un sac pesant. No se'm va fer gens estrany, poques vegades tenia temps d'arribar al vaixell, però amb poca estona de dormir la borratxera en tenia prou per revifar-se.

Com que jo m'havia desvetllat, vaig decidir caminar per la platja. M'agrada fer-ho just per l'aigua de les onades que moren damunt la sorra confonent-s'hi mentre jo deixo l'empremta dels meus peus, que al cap de ben poc desapareix amb la següent onada.

Va ser llavors que vaig veure unes lletres dibuixades a la sorra.

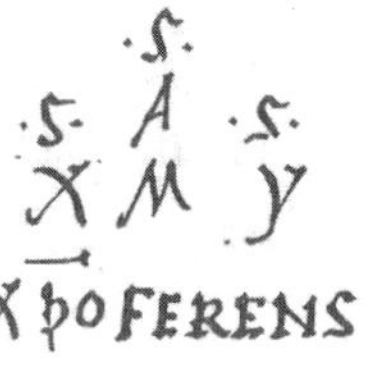

Badant amb aquella composició piramidal, que no dubtava que era obra de l'Almirall, no vaig veure que ell era al meu costat.

Vaig fer un bot de la sorpresa i ell se'n va riure.

—M'agrada veure't matiner i ben despert —em va dir ventant-me una clatellada amistosa.

—Bon dia tingueu... —vaig saludar sense treure els ulls d'aquelles lletres.

—Què et sembla que és? —va preguntar, divertit.

—No ho sé...

—Serà la meva signatura, Guerau —va afirmar sense fer-se pregar.

—Xroferens... —vaig dir tot llegint l'única paraula escrita.

Va ser llavors que em va parlar de sant Cristòfor, el portador de Crist, i que ell faria el mateix quan travessés el Mar Oceà.

—I les altres lletres, què signifiquen? —vaig preguntar.

Em va mirar amb els ulls banyats de picardia.

—Et proposo un joc —va dir—: que siguis tu qui ho descobreixis.

Però han passat els anys i encara no ho he aconseguit del tot.

Guerau ha sortit confortat de casa de l'escrivà de ració, satisfet de cos i esperit. Lluís de Santàngel l'ha convidat a dinar amb ell. Un àpat frugal, però que pel sol fet de seure a una taula ja li semblat un banquet.

En el decurs de l'àpat, Guerau s'ha assabentat que Santàngel sap tan bé com ell i com el prior que l'Almirall busca un oblidat establiment templer a les Canàries i a les Índies Occidentals per tenir aliats en el seu projecte de recuperació de Jerusalem i els sants llocs sota la protecció del rei Ferran.

Sí, al rei també li interessa trobar-los.

A més, de segur que el rei Ferran compta amb el suport del papa Alexandre, que beneirà una nova orde del Temple que controlarà directament el rei de Catalunya i Aragó. És lògic que hi compti perquè ell va ajudar Roderic Borja a convertir-se en papa i seure a la cadira de sant Pere.

Han reblat un pacte: Guerau s'ha compromès a acompanyar l'Almirall en el següent viatge que ja es projecta i en què, en principi, també aniran persones de la seva confiança.

I Santàngel s'ha compromès a protegir-lo de la mateixa manera que ho fa amb l'Almirall.

De tota manera, Guerau ha marxat de casa de l'escrivà amb la sensació que li falta una peça per lligar i que no sap ben bé com encaixa.

Ha de fer via, li cal anar-se'n de Barcelona —té molt present l'avís del comte d'Empúries—, però encara no ho pot fer. Tanmateix, vol pensar que el rei té altres problemes molt més importants que no pas ell. Però no, no es vol enganyar. El rei l'odia fins al moll de l'os.

Camina decidit cap al cau de Galvany amb la intenció de recollir les poques pertinences que té i buscar un altre aixopluc mentre no surti de la ciutat.

En acostar-se a Santa Maria del Mar sent com les campanes toquen a morts. Això li recorda la presència de dona Elisenda Pallarès. És persona tossuda que no s'arronsa quan una idea se li fica entre cella i cella, més per la voluntat de fer la seva que pel desig d'aconseguir un objectiu. Però fa l'esforç i se la treu del pensament.

A prop de mar, les flaires marineres es barregen amb els tufs etílics que surten de les tavernes, que a partir de l'horabaixa comencen a omplir-se. Li agafen ganes d'entrar i topar-se amb Galvany.

Així que arriba a l'habitacle de Pere, es treu l'hàbit de sargil i es vesteix de mariner arrossinat tot procurant de cofar-se amb un capell que li tapi el cap i part de la cara.

Recull el que és seu, en fa un farcell i surt amb la idea de trobar-lo.

Després de treure el cap per un parell de tavernes, finalment el troba en una a prop de la Llotja, voltat de tertulians que escolten la seva història, la que repeteix una vegada i una altra des que ha tornat de les Índies Occidentals.

—Els reis van oferir una pensió vitalícia de propietat i un gipó de seda al mariner que cridés primer «terra». I va ser Rodríguez Bermejo, un tipus de Sevilla dit Rodrigo de Triana, que ho va fer. Però... No té més mèrit haver trepitjat primer la terra que no pas albirar-la? I aquest vaig ser jo, senyors! El remer que va saltar de la barca que l'Almirall va fer anar a terra!

La taverna s'omple de murmuris i mostres d'adhesió a Galvany.

Guerau somriu de la teatralitat que fa servir l'amic en la seva exposició. Des d'on és, recolzat a una columna que hi ha a un racó on queda mig amagat, pot veure i escoltar el vell amic.

—Però, he, he —riu amb murrieria Galvany—, es veu que de moment el de Triana només ha rebut el gipó, que de pensió vitalícia, tururut!

Les riallades sorolloses i exagerades esclaten sense aturador i ambienten el relat.

Després d'acabar-se el got de vi d'una tirada, Galvany prossegueix el seu relat.

—... El dia 9 d'agost, la flota arribà a les illes Canàries, on vam amarrar durant uns dies. La primera illa a què vam anar va ser La Gomera...

Aquesta etapa, Guerau la coneix molt bé.

—Parla'ns de la Bobadilla, Galvany! —crida un dels assistents, un dels que ja sap la història, però que sap també que a la resta dels assistents els agradarà saber de la caçadora d'homes.

Pere els complau i s'entreté donant tota mena de detalls, alguns de mal gust i obscens, sobre la governadora de l'illa. De segur que si fos conscient que Guerau és allà no parlaria de la mateixa manera. El dia menys pensat, tot depenent del vi que hagi ingerit, encara dirà que ha estat el seu amant.

Mentrestant, el taverner, que procura pel negoci, es cuida que tothom vagi ben regat de vi.

Guerau s'hi afegeix. Amb mesura, però.

Ha après de l'Almirall una altra cosa, que una mica d'alcohol revifa, però que si et passes enterboleix el pensament, i a mesura que una persona s'hi avesa, les turbulències creixen a passes gegantines i fan cada vegada més difícil el discerniment.

Aquest taverner, i altres que tenen l'honor de rebre Galvany, no li cobra en compensació per portar-los clientela. I el serveix amb diligència procurant que no se li assequi la gola.

—...Després van anar a la Gran Canària. Allà es va haver d'arreglar el timó de *La Pinta*, la nau d'en Martín Alonso Pinzón, que va fer substituir les veles triangulars per unes altres de quadrades...

Això també ho sabia, però ja no de primera mà.

Els homes, tots sense cap exclusió, se l'escolten amb ulls assedegats de fortuna. Només si la vida és miserable o dissortada, és llavors quan empeny l'home a canviar el seu destí. Envegen Pinzón i tots aquells pirates que han fet de la seva vida una perillosa però lucrativa aventura.

—... El dia 6 de setembre vam continuar l'expedició rumb al desconegut. No va resultar fàcil per a ningú i durant la travessia hi va haver diversos conats de motins.

Entre el 13 i el 17 de setembre, l'almirall Colom va observar l'efecte de la declinació magnètica.

—Parla'ns de les índies, Galvany!

Els temes científics no interessaven gaire la parròquia, però el mariner es fa pregar. Parlarà de les dones indígenes quan ell ho cregui oportú, prou que els ha parlat ja de la «loba» de les Canàries. Que s'esperin.

—...El 22 de setembre, l'Almirall va enviar la seva carta de navegació a Pinzón. El descontentament i la por es van estendre per la tripulació: la nit del 6 al 7 d'octubre es va produir un intent de motí a la *Santa María*. Finalment, entre el 9 i el 10, l'Almirall i els seus capitans van prendre la determinació que es tornaria en el termini de quatre dies si no s'albirava terra. Però abans d'expirar el termini, la nit de l'11 d'octubre, el sevillà Rodrigo de Triana, mal llamp el confongui!, cridà des de *La Pinta*: «Terra a la vista!». Al cap de trenta-sis dies de viatge, el 12 d'octubre, la flota arribava a l'illa anomenada Guanahani, que Colom rebatejà amb el nom de Sant Salvador...

Galvany continuà explicant els avatars a una colla d'homes endormiscats per l'explicació i per l'efecte del vi barat.

—... el 25 de desembre, la nau capitana, la *Santa María*, va embarrancar...

Curiosament, però, quan arriba a aquest punt, Galvany fa via, no explica què va passar.

—... les seves restes van ser usades per construir el fort de La Nativitat. Aquest és el primer assentament a les Índies Occidentals, on s'hi han quedat trenta-nou homes sota el comandament de Diego de Arana. Després, vam desembarcar a unes altres illes de què no recordo el nom...

Guerau s'està d'intervenir, però li agradaria dir a la concurrència que l'embarrancament de la nau no devia ser un accident sinó un altre tripijoc de Martín Alonso, que procurava desbaratar de totes totes l'objectiu de l'Almirall.

Ara ja, els tertulians l'escolten sense gaire interès; a banda que el més segur és que ja l'haguessin sentit explicar-ho, el que volen és que els parli de les nadiues, les dones, que per aquells verals van totes despullades, que només es cobreixen amb un tapall quan tenen la regla.

—De les dones, parla'ns de les dones! —esclata un que ja ha perdut la paciència.

—Com hi ha món —segueix Galvany— que no hi ha terra com aquella. Quin bé de Déu de fruits que creixen arreu, quina meravella de paratges... Inigualable! I les dones, oh les dones!

L'home que és a prop de Guerau baveja només d'imaginar-les.

—Ens creien déus, als que vam arribar... Se'ns oferien com un regal...

—I tu, Pere, quantes te'n vas tirar?

Galvany somriu amb murrieria deixant entendre que un bon feix.

Guerau no dubta que afegeix de la seva collita. És l'oportunitat d'aparèixer davant aquella corrua de miserables com alguna cosa especial. I qui ho sap, d'alguna se'n devia beneficiar.

Creu que exagera tot el que diu, però d'altra banda no és ell qui per contradir-lo, ja que no era allà amb ell per saber si diu o no la veritat. I tant si és cert com mentida, ho explica amb tanta vehemència que sembla creïble del tot. I després d'explicar-ho tantes vegades, segur que Pere ja s'ho creu. Allò que passa, que quan un repeteix i reitera una mentida, acaba convertint-se en la més gran de les veritats.

Guerau sap de debò que de mentides, volgudes o no, n'ha dit unes quantes. Des de les nadiues que ha conquerit, fins que és el primer home que ha trepitjat les Índies.

No serà ell qui li tregui la il·lusió d'haver arribat a terres ignotes, ni de l'engany de creure's la bona fortuna que va tenir l'Almirall quan va dir que si al cap de quatre dies no havien trobar terra emprendrien el viatge de tornada.

És clar que la va encertar. I si ho va fer va ser perquè sabia perfectament on i per on anaven. I si ho sabia, era perquè, simplement, ja hi havia estat.

MAIG 1493

El dia 3 de maig el papa Alexandre VI va emetre la butlla «Eximial devotionis», on deia que les terres descobertes de les Índies Occidentals pertanyien a Castella. Tot just a l'endemà n'emetia una altra, la «Inter caetera»,[18] *on s'estipulava que el Mar Oceà quedava dividit entre Castella i Portugal pel meridià*[19] *que hi ha a cent llegües a l'oest de les Açores.*

Tanmateix, el dia 10, es van celebrar Corts al convent de Santa Anna, Corts que havia convocat el rei Ferran II. I el dia 20, Colom va rebre del rei un nou escut d'armes que afegia més noblesa a la que ja posseïa.

A finals de mes, el dia 28, es confirmà la mercè reial que els reis havien donat a Colom el 30 d'abril de 1492 i que es deia «Privilegios», més coneguda com les «Capitulacions de Santa Fe».

18. La butlla està datada en el mes de maig, però hom creu que va ser redactada durant el juny del mateix any.

19. Fins a la meitat del segle XVI no se'n va dir meridià.

V

CARTES

En el decurs dels dos últims segles, Barcelona s'ha estès considerablement. La darrera muralla, la que es va construir al segle XIV, va incorporar i va tancar dins de la ciutat zones que durant molt de temps quedaven extramurs. Hi havia contribuït la mateixa topografia que divideix de manera natural el terreny. És el cas de la torrentera[20] que baixa de la muntanya al mar, al costat de la qual es va construir la segona muralla. Entre aquesta i la tercera, es dispersen convents i hospitals que si bé han quedat integrats a Barcelona, no obliden l'antiga condició de quedar fora de la ciutat.

Els hospitals han experimentat força canvis des de primers del segle anterior arran que el Consell de Cent va decidir fusionar els sis hospitals que hi havia a Barcelona en l'Hospital de la Santa Creu i Santa Eulàlia, que es va aixecar allà on havia estat l'antic hospital d'en Colom. L'Hospital de Marcús, el de Vilar o de Sant Macià, el de l'Almoina, Sant Eulàlia i Santa Margarida, el dels Mesells o dels Llebrosos... tots, de mica en mica, han anat cedint

20. On ara hi ha la Rambla.

la primacia al de la Santa Creu, que es va ubicar entre els dos camins del Llobregat.[21]

Els convents, el de Natzaret, Montalegre, les Jerònimes, Sant Antoni Abat, Santa Maria de Jerusalem o Sant Pau del Camp també aporten la funció d'auxili, si bé en el seu cas el de l'ànima. I entre els convents i els hospitals, hi conviuen també els bordells, establiments poc dignes i que per decència s'han apartat del centre de la ciutat. D'aquesta manera, pagesos, esclaus, clergues i prostitutes comparteixen la part occidental de la Barcelona que queda entre muralles. Aquí també s'hi poden trobar artistes ambulants que ofereixen el seu espectacle en un teatre improvisat, i menestrals que no formen part de cap gremi. És terra de ningú i de tothom.

En aquests moments, Guerau de Gualbes és en un dels bordells considerats de més categoria de la zona. Un indret proper a Sant Pau del Camp on s'escampen els horts i els morts soterrats. Al prostíbul hi viu la seva bona amiga Cecília, una bella cortesana —ella mai no diu que és una meuca— que l'ha ajudat a canviar d'aspecte.

—Ni la teva pròpia mare et coneixeria —comenta Cecília contenta del resultat.

Guerau pensa que la seva pobra mare tampoc no el reconeixeria ni que el pogués veure amb la seva aparença natural. Però no diu res i li alaba la feina.

—Vaig aprendre la tècnica d'una noia veneciana —diu Cecília—. De tota la vida que han decolorat els seus cabells...

Guerau la deixa dir, però poc li importen aquestes qüestions.

Ja fa unes tres setmanes que Cecília li va tenyir els ca-

21. Actuals carrers del Carme i de l'Hospital.

bells d'un color com el de la palla enfosquida, un to que no crida l'atenció, però que li canvia la imatge. I ara hi ha tornat, perquè els cabells creixen i cal retocar-los d'acord amb les recomanacions de la noia. Guerau els té foscos i l'arrel es distingeix aviat. I no només li ha decolorat els cabells, sinó també les celles, abans ben espesses i que ara Cecília ha aprimat.

—Encara ets més atractiu... —afirma la jove.

—Què vols que et digui, no em plau gens veure'm com un mitja doneta.

—No volies canviar d'aspecte? —pregunta Cecília.

—Sí, sí, és clar... —respon Guerau resignat.

Ben cert que ha canviat notablement. Tant, que feia uns pocs dies que s'havia creuat amb Blanca i aquesta no el va reconèixer. Val a dir que Guerau evità la seva mirada.

Els ulls eren miralls que podien delatar. Però l'esguard absent i un caminar que procura ben diferent del seu natural imprimeixen una imatge externa que és difícil d'identificar.

Que a més es vesteixi com un trobador, amb els camals de les calces de dos colors diferents, i mostri unes maneres exquisides i afectades, l'allunya del tarannà baronívol que li és propi. Li cal ocultar la seva identitat i ho ha aconseguit gràcies a Cecília, la noia amb qui fa anys que es coneix i amb qui manté una bona amistat, només amistat.

La història de Cecília forma part de les històries d'entre muralles. Ella era un infant de comú, «gitat», una criatura que va ser abandonada només de néixer. Va ser «donada» a l'hospital de Sant Macià, deixada a la porxada sota el llantó d'ofrena a la imatge de la sobrellinda, activitat que acostuma a fer-se durant les hores de foscor, la del seny del lladre. Però ja fa temps que Sant Macià ha perdut la seva funció d'aixopluc de pobres i pelegrins i acull els leprosos.

De Cecília se'n pot refiar i això que, si una cosa ha après en aquesta vida, és a no fiar-se de ningú. Ho va saber quan va comprendre que no podia confiar ni en la seva mare, no per falta de voluntat, sinó per impotència.

Va ser precisament fent un encàrrec de Bartomeu Cristòfor de Gualbes que la va conèixer. Anava a Sant Pau a dur personalment una carta a l'abat de part del prior, quan de camí al monestir benedictí va sentir crits, uns crits femenins. I Guerau no se'n sap abstenir d'intervenir, si alguna dona, sigui reina o plebea, està en perill.

El fet que Guerau la lliurés del brètol que la va sorprendre gairebé a portes del monestir va propiciar la seva coneixença i posterior amistat. Ja fa uns anys que dura, els mateixos que quan es va enamorar de Blanca. En el decurs d'aquest temps, s'han anat assabentant de la vida i els problemes de l'un i de l'altre. Guerau, però, només explica allò que creu convenient.

Fa un parell d'anys que Cecília viu més tranquil·la, menys exposada a la violència dels brivalls i bagassers de carrer. Ho fa que la noia és una protegida de fra Arnau, sotsprior de Santa Anna.

Més d'una vegada, Guerau s'ha preguntat si el prior també fa aquesta mena d'escapades. Però no, segur que no, Bartomeu Cristòfor de Gualbes i Setantí és tan recte com poc humà.

—Vols que et dibuixi una piga? —pregunta Cecília abans de treure-li el davantal que li havia col·locat perquè no es taqués.

—No, no cal, gràcies —assegura Guerau aixecant-se de la cadira.

No pot evitar de pensar què opinaria Blanca si el veiés. No, millor que no el vegi.

Anar d'aquella manera també li permet escapolir-se

de dona Elisenda Pallarès, la noble senyora que es va trobar a Santa Maria del Mar.

Aquesta qüestió, que s'hagués d'escapar d'una dona, a Cecília li va fer molta gràcia quan li ho va explicar, però a Guerau cap ni una, perquè sap que el cor ferit d'una dona és molt pitjor que la daga més esmolada.

—Fa força dies que no veig fra Arnau... Què en saps? —pregunta Cecília.

—El trobes a faltar? —pregunta sorneguer.

—No, només és curiositat.

—Està enfeinat. A Santa Anna s'hi celebren Corts, el rei les ha convocat. I el prior es passa els dies donant ordres a tort i a dret.

—A Santa Anna? —pregunta Cecília—. I per què les celebra en aquest convent?

—No ho sé, però per al prior és tot un honor que s'hi celebrin.

Sí que ho sap, però això no cal que Cecília ho sàpiga. El motiu és ben simple, per la vinculació que l'orde del Sant Sepulcre té amb l'orde del Temple.

—Tens més noves del descobriment? —pregunta Cecília amb interès.

—No res que ja no t'hagi explicat —menteix Guerau—, i que ja en preparen un altre, de viatge.

Des que l'almirall Colom ha tornat de les Índies Occidentals, que el «descobriment» és el principal tema de conversa. Guerau somriu de pensar com es pot arribar a popularitzar una mentida i convertir-la fins i tot en gloriosa.

Protegit amb la nova aparença, Guerau se'n va després de pagar a l'amo del prostíbul la quantitat estipulada. Que la seva no sigui una relació carnal, ja que és de total fraternitat, no li importa en absolut a Segimon, i ni Cecília ni Guerau es molesten a explicar-li-ho.

Segimon, un home malgirbat que ni per equivocació ha treballat mai a la vida, a la seva manera té cura de Cecília i n'escull els clients. La noia és una bona font d'ingressos i procura que la font li ragi molts anys.

Guerau travessa el portal de la Boqueria i s'endinsa pels carrerons insalubres de la ciutat. En això tenen avantatge els que viuen entre les dues muralles, per on s'estenen horts i creixen arbres i herbei que lluiten per conservar el seu espai.

La seva nova imatge li ha permès fer uns tractes amb la tranquil·litat que més endavant, si pot recuperar el seu aspecte natural, ningú no el relacionarà amb l'actual.

Finalment, ja és a punt de tenir la carta que li havia demanat el prior, la que l'Almirall va enviar a Santàngel després de fer-se'n còpies al taller de Pere Posa.

Posa és clergue, llibreter i impressor, prevere de l'església de Sant Jaume, rector de Talamanca. Té el seu taller[22] al carrer de la Boqueria, al costat de l'església de Santa Maria del Pi, i edita sobretot en llatí i en català.

Com que era de suposar que Pere Posa no li donaria la carta, va fer via i l'anà a buscar directament; ni excuses, ni mentides. Havia de ser hàbil perquè ningú no l'enxampés. I ni tan sols ell s'hauria de comprometre, perquè sempre hi ha qui fa la feina; tot és qüestió de preu.

Va estar observant durant uns dies els quefers, les anades i les vingudes de la gent que treballava a la impremta, i s'hi va presentar en qualitat de client per poder examinar l'indret i triar amb els ulls qui li serviria. L'escollit va ser un moret, un jovenàs de tarannà decidit i, evidentment, un esclau. Els esclaus acostumen a ser els més ido-

22. Primer impressor d'origen català. Fins l'any 1505 va ser la impremta més activa de Barcelona.

nis perquè tenen poc a perdre. Mai no podran accedir a cap càrrec dins del gremi. És més que probable que morin amb la condició d'esclavatge amb què han nascut. Però en aquest cas tampoc no pot ser un esclau qualsevol. Ha de saber de prou lletra per distingir el document que li cal sostreure.

I va fer la proposta, proposta que de primer el noi no va acceptar, però davant la perspectiva sucosa d'obtenir uns bons sous finalment afluixà, com ja era de preveure.

—És ben fàcil —va argumentar Guerau—, d'aquí a un parell de dies la tornaràs a tenir, la podràs deixar on era i aquí no haurà passat res...

El moret va claudicar, no sense fer-se pregar. Guerau, durant la «visita» que va fer a la impremta, va copsar que el noi sabia on Pere Posa desava les claus i on guardava els documents importants.

—Assegura't d'agafar la carta correcta, la que el teu amo va fer imprimir a primers del mes d'abril passat... Si no és la que necessito, no hi ha tracte.

Guerau va donar les instruccions precises: volia la carta que l'Almirall va transmetre a Lluís de Santàngel el 15 de febrer just tornant de les Índies.

I ja la té.

De nit, poc abans que les portes de la ciutat la reclo-guin, el noi li lliura la carta, que canvia per unes monedes, que no són moltes, però que també li han costat molt poc de guanyar. La inquietud que manifesta, però, alerta Guerau d'alguna contrarietat.

—La carta és una còpia, senyor... L'original no hi és, a la impremta... He buscat bé, sé on es troben si la té el meu amo...

Això no agradarà gens al prior, pensa Guerau.

—... Però us puc assegurar, perquè jo vaig ajudar a

fer-la (m'encarrego de subministrar la tinta), que es va copiar tal qual.

—No és el que havíem convingut...

—Doncs no en parlem més, senyor, me la quedo de nou.

Guerau rebufa. No li agrada que sigui una còpia, però igualment li interessa, i la fica dins del sarró.

—Quan me la tornareu, senyor? —pregunta l'esclau.

—Si tot va com ha d'anar, demà mateix a aquesta mateixa hora.

—No falteu, senyor, si l'amo se n'assabenta, m'hi va la vida...

Guerau pensa que el xicot acaba de fer una petició innecessària. Primer, perquè a ningú no li importa la vida d'un esclau. I segon, és molt punible que un esclau faci negocis d'amagat del seu senyor. En conseqüència la seva vida encara val menys. Però Guerau no és cap tirà i si pot, ni que sigui per salvar la miserable existència d'un esclau, demà no faltarà a la cita.

Al pla de la Boqueria, el joc d'ombres d'una nit que encara no ha cobert la ciutat amb el seu mantell li fa reviure el trist record del seu avi, ajusticiat allà mateix, al davant d'una de les portes de més afluència a la ciutat, on el paraire Pere Colom va ser penjat a les forques dels horts de la Boqueria.

Les forques no són fixes, s'aixequen allà on es creu convenient, generalment a prop d'on viu el reu. D'aquesta manera la família i els coneguts veuen amb qui es tractaven.

D'acord amb el que Guerau sabia, algú va intercedir per ell, de segur que familiars prou nobles. No van demanar el perdó, això seria inviable, sinó que l'execució es realitzés immediatament. L'acte no va ser anunciat per evitar al reu la vergonya, la presència de públic que sempre s'apunta a contemplar i constatar que hi ha algú que encara és més desgraciat que ells.

Però per al seu avi, i malgrat la intervenció dels Colom, no s'havia acabat el periple vergonyant. El Consell de Cent el va treure de la forca quan ja estava a punt de ser penjat i el va tornar a la presó, perquè l'endemà tothom pogués assistir a l'execució, amb la qual cosa l'àvia i la mare de Guerau no es van poder deslliurar de la humiliació.

Guerau es dol que sempre li toca estar a la banda equivocada, en aquest cas la dels Colom desventurats i empobrits.

S'apressa a travessar el portal i s'endinsa de nou pels horts de Sant Pau del Camp. Però ara no va al bordell on viu Cecília sinó a una fonda on pensa estar-se uns dies hostatjat. Mentre no marxi de Barcelona, anirà canviant de lloc ben sovint perquè no tinguin temps de fixar-se en ell.

Donarà la carta al prior, però abans en farà una còpia.

Amb l'estómac buit, però, no pot fer-la i demana a l'hostaler que li serveixi alguna cosa per menjar.

El potatge de llenties és dolent com una metzina, però se l'empassa de seguida i puja a la cambra a fer la còpia.

Un cop a dalt, del farcell on té desades les pertinences en treu un flascó de tinta, fragments de paper i un càlam, tres objectes dels quals té cura com tresors preuats i que procura reemplaçar així que se li acaben, i llavors els sostreu de les dependències del prior.

Vol fer via perquè desitja lliurar la carta com més aviat millor a Bartomeu Cristòfor de Gualbes. Però s'entreté una estona llegint-la. Es fixa en allò que havia dit el prior: la possibilitat que la carta no hagués estat escrita per l'Almirall. Però després de llegir-la amb atenció està segur que és d'ell, és el seu to.

És una còpia, i en castellà, però evidencia que l'autoria és d'una persona que té com a llengua pròpia la catalana. Hi ha massa paraules que ho deixen palès. O potser és cosa de la impremta, perquè a la de Posa hi treballen en llatí i en català. D'aquestes dues llengües en saben un munt, però de castellà... També sembla feta de pressa, amb urgència, i això explica la poca cura del redactat.

Tampoc no desestima que potser aquell moret l'ha enredat i s'ha quedat amb els diners sense haver-li lliurat la carta que buscava.

Qui sap si a l'original l'Almirall hi havia deixat algun senyal, algun missatge ocult. Guerau agafa la carta i l'acosta a la llum de l'espelma per comprovar si a contraclaror hi veu informació reservada. Com ja s'imaginava, no hi troba res, a la còpia, ho ha fet com un acte reflex.

Com que això no té remei, la torna a llegir i ara para atenció al contingut. La carta dedica llargs paràgrafs a les illes descobertes i als costums dels seus habitants. Parla de Guanaham,[23] que rebatejà com a San Salvador, de Santa María de la Concepción, de la Ferrandina, d'Isla Bella, de Juana, de la Hispaniola...[24] Dels indígenes diu que són gent pacífica, monògams, sense propietat privada ni religió, la qual cosa implica que serien fàcils d'evangelitzar.

A més de les illes visitades, també aporta informació d'altres terres: d'una illa habitada per caníbals, d'una altra governada per dones, d'una on hi havia molt or i on els seus habitants anaven amb el cap pelat. Afirmava que se'n podien obtenir molts beneficis, d'aquelles terres: or, es-

23. Més coneguda com Guanahani, però aquest topònim no apareix fins a l'any 1500, en un mapa de Joan de la Cosa.

24. Juana és el nom que Colom va donar a l'illa de Cuba i la Hispaniola és l'actual Santo Domingo.

claus i espècies vegetals apreciadíssimes com el cotó, el ruibarbre, la canyella, el llentiscle...

Però no parla, no dóna informació més concreta sobre el viatge, dels vaixells que formaven l'expedició, de quan van sortir i d'on, i quin era el recorregut que van seguir... És evident que no vol que aquestes dades apareguin a la carta.

I algunes de les dades que aporta no acaben d'encaixar, com la durada del viatge o la data de tornada a Lisboa. A Guerau també li estranya que l'Almirall digui que havia deixat un vaixell i una guarnició a la Hispaniola, en un fort al qual posà nom de Nativitat. I el sorprèn, perquè Galvany explica que la nau havia embarrancat. I el mateix Martín Alonso ho va afirmar.

I li crida l'atenció que al final de la carta posi «Illes Canàries»... Guerau tenia coll avall que l'havia escrit des de Lisboa.

Potser no té cap importància. La podia haver començat a redactar a una banda i haver-la acabat a l'altra. Tanmateix, Guerau sabia que de tornada passaria per les Canàries perquè li interessava tancar tractes amb Francesco de Riberolo, un genovès amic de l'Almirall.

Quan acaba la còpia, es queda amb una estranya sensació, la mateixa que quan escolta explicar a Galvany el periple del viatge i quan ell l'explica a Cecília. Fins ara no es planteja obertament una possibilitat: la d'haver trepitjat també aquelles terres.

No. És impossible.

S'oblida de les impressions i amaga la còpia sota la màrfega amb la intenció de treure-la ben aviat d'allà per desar-la en un lloc segur.

Necessita descansar i dormir i s'estira damunt del llit tan llarg com és. Una trobada amb el prior sempre requereix estar amb tots els sentits alerta. Confia que es despertarà a trenc d'alba just quan a l'hostal es reprèn l'activitat després d'unes poques hores de descans nocturn.

Un aldarull que prové del carrer el deixondeix i fa que Guerau s'alci abans de l'hora prevista. Es guarneix de nou de fra Antoni tot procurant d'amagar els cabells tenyits sota la caputxa, que es cala bé.

El prior ja ho sap, que ha de passar desapercebut, però prefereix no haver-li de donar cap explicació. Ell considera que això de tenyir-se és pecaminós.

A trenc d'alba, aprofitant que les portes de la ciutat es tornen a obrir, Guerau parteix cap al convent de Santa Anna.

Quan fa una estona que camina, es gira malfiat. Asseguraria que algú l'està seguint, però res, no veu ningú. En un acte reflex, comprova que la bossa on du els diners està a bon recer del seu cinyell i es tranquil·litza. En treure les mans de sota el saial, s'adona que les du brutes, tacades de tinta. Com quan era petit...

Que jo recordi, des que tinc us de raó sempre m'ha agradat potinejar amb la tinta, un líquid màgic que aviat vaig aprendre a convertir en lletres i paraules que jo escrivia damunt del paper (i on fos possible), un paper que es feia, sobretot, a partir de draps vells i de lli.

Quan encara no en sabia, ni de llegir ni d'escriure, per a mi era com una mena de miracle que aquelles taques negres, petites mosques que esquitxaven el paper, donessin tota mena d'informació.

Per aquest motiu, com que en tenia moltes ganes, de seguida que en vaig tenir oportunitat, en vaig aprendre. Ho vaig fer gràcies als ensenyaments i paciència del pare Maties, el rector de la parròquia de Sant Antoni de Tàrrega.

Altres aprenentatges m'han costat força d'assolir, però llegir i escriure no gens, hi feia que hi posava molt interès.

—Va bé, Guerau, va bé —em deia el pare Maties aplaudint els meus progressos, que si els comparava amb els de la resta de mainada jo els avançava amb escreix.

El pare Maties era un home bonhomiós i caritatiu que, quan disposava d'estones, les dedicava als marrecs que volíem aprendre. Era inflexible, això sí, amb aquells que només hi anaven per jugar i fer gresca, per passar-ho bé amb els amics.

—Au, ja te'n pots anar per on has vingut! —deia ventant un clatellot i sense donar cap més explicació a tot aquell que feia l'ase. Li agradava ensenyar, però només a qui volia aprofitar els seus ensenyaments.

Sembla que el vegi: era molt menut i prim com una griva. Vist pel darrere, i amb el cap cobert, podia passar per un minyó, perquè encara que tenia una edat avançada caminava dret i lleuger com un jovenàs. Tot en ell era menut. Els ulls els tenia petits com un caganiu, riallers, però; i el nas era gairebé imperceptible, com les orelles, que amb prou feines sobresortien entre els quatre pèls que tenia al cap.

A la mare li agradava que anés a aprendre amb el pare Maties, sabia que estava aixoplugat a l'església de Sant Antoni i que allà, sota l'esguard de Déu, em tenia segur.

—Fes bondat, Guerau —em deia cada matí fent-me un petó al front.

La mare s'aixecava molt aviat, tan bon punt sortia el sol, i anava a treballar de cosidora —era el que sabia fer— a diverses cases de senyors. Apedaçava, sargia i confeccionava d'acord amb la voluntat de la mestressa de cada casa.

La veia contenta, gairebé feliç. Però això era abans que aparegués Miquel Barberà.

De ben menut que vaig aprendre a espavilar-me sol. No tenia una altra opció. La mare havia de sortir de casa, una de molt miserable per la qual pagava un lloguer excessiu, però encara gràcies.

No vaig tenir mai la impressió que casa meva fos miseriosa. No em faltava res important. Anava tip, aprenia amb el pare Maties i encara em quedava temps per jugar. I la tenia a ella, la mare, que cada nit m'explicava històries d'un mar que jo no coneixia. Un mar, deia, immens i de color blau, però que de vegades es posava gris com el color dels meus ulls.

Jo em mirava a un mirall escantonat que tenia la mare i en contemplava les ninetes dels ulls per imaginar-me com devia ser aquell munt d'aigua.

—Mare, quan hi anirem, a veure el mar? —li preguntava.

—Així que puguem, anirem a Barcelona, Guerau. Veuràs quina ciutat...

Sempre me'n parlava embadalida, de Barcelona. La mare havia nascut a l'antic barri del Quarter de Mar. I per això, imagino, com que l'enyorava, el mar, li devia plaure quan Barberà li va dir d'anar a viure a la costa, a Palamós.

I jo, encomanat per ella, em sentia atret per aquell mar blau que encara no havia vist.

Deia que vaig aprendre a llegir i escriure de ben petit.

Aviat, el pare Maties destinà per a mi un petit ofici. Em vaig convertir en el seu escrivent i lector. El pobre home, de cop i volta, va començar a perdre vista a passes gegantines. I com que jo ja n'havia après prou, de llegir i d'escriure, vaig substituir els seus ulls.

Li llegia allò que ell em demanava, la correspondència o les sagrades escriptures. Sovint no em fixava en el contingut, el meu afany era desxifrar en veu alta què posava. I també escrivia les cartes que el pare Maties em dictava.

—Fes bona lletra, Guerau, que aquesta és una carta important —m'advertia.

I jo també me'n sentia, d'important, i per això m'hi esmerçava tant com podia. Eren estones plaents, aquelles, em confortava i ho continua fent, el rac-rac suau que fa el càlam damunt el paper, material que he procurat tenir i estalviar sempre, ni que sigui petits bocins.

Amb això, no vull dir que no m'agradés jugar. Ja ho crec, que m'agradava! I barallar-me amb els companys també. Comprovar qui era el que tenia més punteria, qui corria més o qui pujava més amunt dels arbres on ens enfilàvem. O esbatussar-me de valent, si calia.

De mar, no n'hi ha a Tàrrega, però hi ha un riu i rierols. El riu és l'Ondara, que neix al terme de Talavera i quan arriba a la vila s'eixampla i s'obre.

Aviat estàvem a punt de posar-nos a banda i banda del riu per llançar-nos pedres. Ho fèiem per la part estreta. No vull pecar de fatxenda, però he de dir que qui anava en el meu bàndol guanyava, perquè tenia molt bona punteria i encertava de ple els meus trets.

Però també gaudia resseguint i omplint el paper d'aquelles taques negres amb significat. I la raó, simplement, era que per a mi també era un joc.

Els companys no m'entenien. Em deien «l'escolà».

—Tufeges a ciri, Guerau! —m'etzibaven per fer-me enfadar.

Això només m'ho deien quan em volien fer enrabiar. I jo fingia que m'empipava moltíssim. D'aquesta manera evitava que es fiquessin amb mi per coses importants. Tenia present que no tenia un pare.

Però no seria just si digués que no es van portar bé amb mi. Va ser una bona època, aquella, ja ho crec.

Ajudar el vell capellà ens reportava beneficis. Sovint eren en espècies, que si sal, que si cigrons o hortalisses... Tot era bo per fer bullir l'olla.

—M'agrada que ajudis el pare Maties, Guerau —em deia la mare.

La seva veu ressona a les meves orelles, clara, nítida.

De to elevat, potser massa, la mare tenia una veu cantaire i melodiosa que em recorda la de les dones de la península Itàlica.

Enyoro aquell temps en què em deixava bressolar per la bonhomia del passar dels dies, la cadència de les estacions que s'encadellaven l'una a l'altra de manera natural, com la meva vida.

Però tot es va esquerdar el dia que vaig llegir una carta que jo no havia d'haver llegit. Tafaner com era, no me'n vaig saber estar, sobretot quan em vaig fixar que el pare Maties l'havia apartat de la resta que jo li havia de llegir i després, si calia, escriure'n la resposta.

L'home s'hi veia poc, però suficient per copsar-ne el contingut, i si creia que alguna cosa jo no l'havia de saber, la deixava dins la calaixera que hi havia a la sagristia.

Recordo que ell es posava ben a prop de la llum natural quan havia de llegir.

—Amb la llum del sol m'hi veig molt més, Guerau —em deia enganxant la vista al que estigués llegint en aquell moment.

I si no, ho feia a la llum de les espelmes. Jo li recomanava, i ho feia perquè la mare m'ho havia dit, que no llegís amb una llum tan minsa, perquè es faria malbé la poca vista que li quedava.

—La mare, quan cau el sol —li deia al pare Maties—, ja no agafa ni el fil ni l'agulla.

Aquella carta que havia apartat cridà la meva curiositat, sobretot per la cara que va fer el bon rector. Se'm va acudir que era alguna cosa relacionada amb mi, o amb la mare. Potser era alguna carta dels Gualbes, que em volien conèixer i em reclamaven a Barcelona. Ves quines idees que se m'acudien.

Vaig aprofitar que el pare Maties havia sortit de l'església per anar a fer un encàrrec, i me'n vaig anar cap a la sagristia. Vaig obrir el primer calaix i no vaig haver de buscar gaire perquè allà estava la carta, damunt d'una pila de casulles molt netes i polides que feien olor d'encens.

Amagat en un racó, vaig desplegar amb compte la carta i la vaig llegir amb impaciència. Era un escrit molt educat que anava adreçat al rector, una carta on es demanava en matrimoni la meva mare. El cor em va fer un tomb. No hi havia dubte que era ella perquè apareixia el seu nom, Maria Colom. I qui l'havia escrit al·legava que, com que la mare no tenia pare ni germà a qui poder fer-ho, que la demanava a ell com a pare espiritual. Deia que anava amb la millor de les intencions, que es volia casar amb ella i fer-se càrrec del noi que tenia, és a dir, de mi.

Tot hauria estat la mar de bé, m'imagino, si s'hagués tractat d'una altra persona, però el problema és que quan vaig llegir la signatura em vaig voler fondre, perquè jo, tot i que només l'havia vist en una ocasió, sabia qui era aquell Miquel Barberà que signava la carta. I no m'agradava, gens ni mica.

Va ser un dia de mercat, que a Tàrrega sempre era en dilluns. Això era, d'acord amb el que m'havia explicat la mare, gràcies a la mercè que el rei Joan II havia fet a la vila, indret estimat tant per ell com després pel seu fill, si bé per altres motius.

El cas és que vaig anar al mercat amb la mare. Aprofitàvem el dilluns per comprar el que ens feia falta per a la setmana. Jo l'ajudava a carregar.

Era l'únic matí que la mare no treballava. Bé, el del dilluns i el del diumenge, quan anava a missa. Després parlava de mi amb el pare Maties, dels meus avenços, fet que feia feliç la mare, que ja em veia convertit en un gran escrivà. Perquè no va tenir l'oportunitat de conèixer-lo, però m'imagino que a la mare li hauria agradat que fos una mena de Lluís de Santàngel; ella mitificava la gent que sabia escriure, i un escrivà era el màxim a què podia aspirar per al seu fill.

Era al mercat, fent cua en una de les parades —de vegades mentre ella era en un lloc jo era en un altre—, quan de reüll vaig veure que la mare, que era dues parades enllà, parlava amb un home. De lluny se'l veia ben plantat. Semblava un mercader, i no em vaig equivocar, perquè més endavant em vaig assabentar que ho era.

No em va passar desapercebut que l'home mirava amb interès la mare, hauria assegurat que la galantejava. I en això tampoc no em vaig equivocar.

—Guerau, vine —em va cridar la mare.

Amb certa recança, m'hi vaig acostar.

—Així que aquest és Guerau —va dir l'home—. M'agrada conèixer-te, segur que serem amics.

No, no ho seríem. El seu to era afectuós, però a mi em va semblar de compliment i fals. Ell no tenia cap interès a ser el meu amic i jo tampoc.

Em vaig quedar alleujat quan ens en vam separar. Però dues ocasions més, potser van ser tres, ens el vam anar topant, i a la segona vegada prou que vaig veure que anava darrere de la mare, cosa que no li puc retreure, perquè encara era una dona jove i bonica.

Per això, quan vaig veure la carta que havia escrit al pare Maties, el meu món es va ensorrar.

En vaig parlar amb ell. Vaig guarnir una mentida per explicar que havia llegit la carta sense voler, que la vaig veure en desar una casulla dins la calaixera, una que m'havia donat la dona que s'ocupava de rentar-les i tenir-les a punt (si li ho preguntava em cauria un bon esbronc).

—Serà bo per a la teva mare, Guerau —va dir conciliador el pare Maties—, tenir un home al costat.

—Però aquest home no és bo, pare.

—I tu com ho saps, quins motius tens?

—Ho sé, no m'agrada com mira... No diu la veritat.

—Guerau, Guerau, em sembla que tens fred de peus...

—Que no, que ho dic de veritat, no és bo.

La llàstima és que el pare Maties es va equivocar i jo no gens.

Un vent acanalat i furient es filtra pels carrerons de la vella ciutat. Al seu pas, xiula retrets, escampa misèries i aixeca pols i faldilles.

Guerau s'agafa amb les mans la caputxa tot procurant de dur ben agafat el sarró on du la carta per al prior i va directament al palauet on viu, just al costat del convent.

Bartomeu Cristòfor de Gualbes el rep amb una mena de remuc. No cal ser gaire perspicaç per adonar-se que està de mal humor.

—No acabarem, mai —es queixa així que el veu entrar—. El rei està nerviós. Prou es veu que té ganes d'anar-se'n, però la situació és massa seriosa perquè ho faci. La reunió de les Corts no finalitzarà abans que no hagi acabat per més que el rei vulgui fer via.

A Guerau el sorprèn que el prior s'expressi amb tanta contundència contra el rei.

Tanmateix, pensa que ja li va bé que el monarca estigui preocupat amb altres assumptes, tot i que per ell potser seria millor que se'n tornés cap a Castella.

—El rei vol fer una nova reforma —continua el prior com si fes un discurs— per la qual els consellers han de ser tres ciutadans honrats, un mercader, un menestral i un artista, que s'alternaran any per any, mentre que el Trentenari[25] tindrà trenta-sis membres, és a dir dotze ciutadans pels tres estaments, els mercaders, els artistes i els menestrals... M'escoltes, Guerau?

—És clar... —respon sense gaire convenciment.

—Però espera't, que també hi haurà reformes del mateix Consell de Cent...

—I us afectarà a vós? —intervé Guerau sabent que el prior és també el conseller en cap.

—No ho sé —respon enutjat—... I la carta? M'imagino que per això has vingut —diu ara canviant de tema i displicent.

Guerau la hi dóna i li explica com l'ha obtingut —no oblida que li ha de passar comptes de com gasta els seus diners—, i li aclareix de seguida que és una còpia.

—I això? —pregunta el prior, contrariat, però prenent-la-hi de les mans—. De què em serveix, una còpia?

Guerau es limita a relatar com ha anat tot plegat.

Bartomeu Cristòfor de Gualbes la llegeix amb atenció

25. Instrument de preparació de les propostes que havien de ser decidides pel Consell de Cent, format per trenta-dos membres, vuit de cada estament.

tot acarant-la a la llum que entra per la finestra. De tant en tant s'atura i la gira del dret i del revés. Guerau ja sap que no hi trobarà res.

Remugant i rebufant, el prior fa el gest d'anar-la a desar al seu escriptori.

—Hauria de tornar la carta a la impremta, millor que evitem problemes... —afirma Guerau.

El prior calla uns instants com si valorés el que ha dit i manifesta:

—D'acord, però fes-ne la còpia, aquí mateix, i ara.

Guerau se sent com un deixeble castigat, com quan el pare Maties li feia repetir un escrit per la cal·ligrafia quan no era prou òptima. Per segona vegada en un lapse curt de temps, llegeix i copia. Pensa, si més no això sembla, que al prior no li importa que ell en sàpiga el contingut. O, com és d'esperar, com que abans que res és un home pràctic, deu tenir coll avall que ell ja l'ha llegit.

Li crida l'atenció que el prior no es mogui d'allà, que s'assegui al seu davant i el contempli. El vigila, potser?

Mentre escriu, Guerau es fixa en els diversos flascons de tinta que hi ha damunt la taula. Li agrada especialment el de tinta vermella, que no sap d'on es treu. Ja fa temps que la negra s'obté de la combustió de fustes resinoses, riques en taní i en goma. Aquesta idea, la de les fustes, li recorda el perfum que Cecília fa servir i que tota ella emana.

Ja li deu agradar al sotsprior Arnau, aquesta aroma?, no pot evitar de preguntar-se. Però s'oblida del frare luxuriós i segueix copiant.

La vista se li'n va als caps dels dits i agafa el flascó de tinta vermella i l'aixeca per observar-lo.

—Vigila què fas, no l'aboquis... —el renya el prior.

—D'on l'obteniu, aquesta tinta?

—D'una mescla de vitroli i nous d'agalla.

—Ah...

Guerau es queda igual, no sap per què ha fet la pregunta i s'afanya a continuar la seva tasca.

Amb la vista, busca els flascons de tinta d'or i plata. No els veu. Sap que el prior els té per a documents importants, però els deu tenir ben desats.

Guerau agraeix poder emprar un càlam prou fi, amb un tall oblic ben fet al final de la canya, la qual cosa permet que llisqui amb fluïdesa damunt del pergamí. El prior sempre fa servir material de primera qualitat.

Mentre escriu, pensa que la seva mare es va equivocar deixant-lo sota la custòdia de Bartomeu Cristòfor de Gualbes i Setantí. És veritat que és persona preeminent i que per aquest motiu la seva mare l'hi confià, però no hi ha cap mena d'afecte, ni per una banda ni per l'altra.

Tanmateix, el prior l'havia calat, havia entès de seguida que no era pasta d'agnus, que la seva natura era portadora d'una vessant fosca que si bé no és de dolenteria, queda molt lluny de les bones accions.

Guerau vol pensar que tot s'hauria desenvolupat d'una altra manera si ell s'hagués guanyat l'estima del prior. Però no en va saber ni ara n'és capaç. De tota manera, potser només és una qüestió de comunió d'ànimes. I qui sap si en el fons són més semblants del que aparenten.

—Aquí ho teniu —diu al cap d'una llarga estona aixecant-se i endreçant l'esquena, que li ha quedat encarcarada perquè no s'ha assegut bé.

Bartomeu Cristòfor de Gualbes i Setantí observa la còpia. Guerau dedueix que hi dóna el vistiplau.

—Té, doncs —diu tornant-li l'original, la carta que ha sostret de la impremta—, ja te la pots endur... No diu res que m'interessi, malaguanyats els diners que he llençat.

—Si més no, potser serveix per descartar —observa

Guerau—... I potser és així mateix el que va escriure, conec l'Almirall des de fa molts anys i el to de la carta sembla el seu, això costa de falsificar...

—Potser sí, però jo volia l'original —repeteix, decebut—... I de Santàngel, què me n'has de dir? Quan el penses anar a veure?

—Ja ho vaig fer. Vaig estar a casa seva, deu fer cosa d'unes setmanes...

—Com és que no m'ho has dit? —pregunta el prior visiblement contrariat—. El que hagis pogut parlar amb ell és molt més important que la còpia d'una carta que pot estar falsificada.

—De la visita a Santàngel us en volia parlar quan vingués amb la carta del taller de Pere Posa...

—I per què no t'has apoderat de la carta que deu tenir Santàngel? Ell sí que deu tenir l'original... Per obtenir-la podies haver emprat el mateix procediment que amb Pere Posa...

Guerau fa que no amb el cap.

—No és el mateix i ho sabeu. Una impremta és un lloc públic on es pot entrar amb facilitat. Infiltrar-me d'amagat a la casa de Santàngel, o encomanar-ho a algú, requeriria molt més temps. I no crec que sigui convenient, perquè si l'escrivà de ració s'adona que li ha desaparegut aquesta carta o qualsevol altre document relacionat amb l'Almirall, de qui primer sospitaria seria de vós...

Bartomeu Cristòfor de Gualbes es mostra tens i capficat mentre escolta les explicacions de com va anar la trobada amb Santàngel. Evidentment, Guerau només li explica el que li convé.

Més relaxat, si més no en aparença, el prior enceta un altre tema.

—Es confirma la partida de l'almirall Colom —anuncia—, ho farà tan aviat com pugui. Si és possible, aquest estiu mateix... La majoria de la tripulació serà d'aquí, cosa que no agradarà gens a la reina, però de moment no cal que ella n'estigui informada.

—Si l'Almirall va tan de pressa —argumenta Guerau—, deu ser perquè ja ha resolt les diferències contractuals amb el rei.

—No ho crec. Ell potser sí, que s'ho pensa —diu el prior amb murrieria—, però les capitulacions que va signar, datades el 17 d'abril, poden esdevenir paper mullat.

—Què voleu dir?

—Que en realitat només són una mercè reial.[26] I encara més: el dia 30 d'abril de l'any passat, tretze dies després que se signessin les capitulacions, els reis van concedir a Colom una altra mercè. Com que és un document posterior, aquest és el que tindrà validesa.

—Com ho sabeu?

—Perquè el mateix rei Ferran m'ho ha dit.

El prior fa una pausa i mira amb atenció Guerau. Aquest s'incomoda sobtadament; s'havia oblidat del seu nou aspecte.

—Et veig estrany —comenta Bartomeu Cristòfor de Gualbes—... Què t'ha passat a la cara?

26. Les capitulacions tenien la finalitat de regular les condicions per projectar l'expedició, però no van ser pensades com un contracte bilateral, sinó com una concessió i mercè, com molts altres documents signats pels reis en aquell temps.

VI

BRESSOLS

Guerau s'ha quedat preocupat amb la notícia: més que capitulacions, el que s'ha signat és una carta de mercè, una gràcia que concedeixen els reis i que, en conseqüència, poden retirar quan vulguin.

En aquest tema, hi ha una altra qüestió important: la mercè reial de la qual li ha parlat el prior està signada per Joan de Coloma, que ho fa en nom dels reis. Però això no encaixa, perquè Coloma només és secretari del rei Ferran, és a dir de la Corona catalano-aragonesa, no pot signar per la reina de Castella. És evident, doncs, que és un cas particular, no d'estat.

Li agradaria entendre-hi més en assumptes legals, però el que queda clar és que ningú no pot assegurar que el rei complirà tot el que l'Almirall creu que van pactar. A Guerau no se li fa gens estrany, perquè coneix la natura de Ferran II, però el problema és que l'Almirall se'n refia massa.

Guerau ara es planteja, i això també ho sap pel prior, que quan es van conquerir les Canàries bé que es va capitular, amb el pioner Benítez de Lugo, per a la conquesta de Tenerife i de Palma.

Si el rei ho ha fet d'aquesta manera deu tenir motius

importants. Ben mirat, era molt estrany que accedís a les demandes que havia fet l'Almirall.

I com és possible que no se n'adoni?

Aquest matí, però, Guerau té altres preocupacions, més que preocupacions uns interessos molt immediats: la necessitat de veure el seu fill, perquè avui és el seu aniversari, avui Guillem fa cinc anys.

De bon matí, surt de l'hostal, d'on pensa marxar l'endemà mateix, i se'n va cap al barri de Santa Maria.

La intenció és poder veure el nen, ni que sigui de lluny —no vol ser vist—, per poder gravar la seva imatge a la memòria, aquesta memòria traïdora que és capaç d'esborrar les imatges més estimades.

Mentre fa camí, es dol del fet que, al pas que va, mai no podrà ser una persona amb una vida pacífica, normal: poder veure els fills, abraçar la dona que estima...

Entra pel portal de Trenta Claus, enfila el carrer dels Ollers i voreja les restes del que havia estat l'antiga muralla romana fins a arribar a casa de Blanca.

El primer objectiu que s'ha plantejat és parlar amb Teresa i obtenir la seva complicitat.

Truca a la porta. Si l'obre qualsevol altra persona que no sigui la vella dida, es farà passar per un venedor passavolant que vol fer tractes amb la capelleria.

Guerau té sort i és Teresa qui obre la porta.

La dona no el coneix. És un bon senyal, Cecília ha fet una bona feina.

—Teresa, sóc jo, Guerau...

La vella, sorpresa i amb el dubte reflectit a la cara, bada la boca sense acabar de donar crèdit a qui té al davant.

—Ah, passió de Déu! —diu persignant-se.

Guerau no pot evitar de riure en veure l'efecte que acaba de causar a Teresa.

—Noi, noi, noi... no anem bé —diu la dona—. Què feu guarnit així? L'altre dia de frare, ara de... No sé pas de què... I els cabells... Mare de Déu Senyor!

—De moment he aconseguit que no em coneguessis. És el que busco, Teresa, passar desapercebut.

—La senyora i el nen no hi són... Avui...

—Ja sé que avui el meu fill fa anys, me'n recordo perfectament...

—Hauríeu d'haver estat aquí, Guerau...

—Prou que me'n penedeixo, Teresa. No saps pas què donaria per poder tornar enrere... Si us plau, els voldria veure, a distància, no la vull importunar, però desitjo veure el meu fill el dia que fa anys.

La dona sospira, atabalada.

—No pretenc posar-te en cap compromís —insisteix Guerau—, no cal que em diguis res. Sé els llocs que freqüenta Blanca... només assenteix amb el cap.

Teresa encreua els braços damunt del pit en un gest que sembla cercar protecció i torna a sospirar, ara llargament.

—Blanca anirà a fer beneir el nen —s'avança Guerau—, i el més segur és que vagi a Santa Caterina... M'equivoco?

La dona fa que no amb el cap i diu:

—No sé pas si faig bé, no ho sé pas... La senyora ha anat a Santa Caterina, sí. Vol fer beneir el nen i agafar aigua per a les terçanes.[27] Ja ho sabeu, que les aigües del pou del convent són guaridores, oi?

—Sí, tenen fama arreu.

—Diuen que ni per terçanes ni quartanes no toquen campanes, però el nen encara és petit i tot el que es faci per

27. Febre intermitent que repeteix al tercer dia, pròpia del paludisme.

protegir-lo és poc... Hi serà a l'hora de l'àngelus —concreta Teresa.

—Gràcies, t'ho agraeixo moltíssim, estic en deute amb tu... —diu acomiadant-se i dirigint-se cap a Santa Caterina, el convent més gran que hi ha en tot Barcelona.

Li hauria agradat dir a Teresa que si el necessita, pel que sigui, que compti amb ell.

Però és absurd, perquè no té cap lloc concret on dir-li que el pot anar a buscar.

El campanar tan característic de punxa piramidal del convent es retalla enmig de les nuvolades que, perseguides per un vent feiner, no s'hi aturen gaire i permeten que es vegi en tota la seva esplendor.

Encara falta perquè toquin l'àngelus, i Guerau s'entreté passejant pel convent. Ja li va bé tal com va, amb aspecte d'artista. Al convent s'hi organitzen jocs florals i ell pot semblar un poeta més que es vol presentar a algun dels certàmens. Si li vaga, després anirà a l'esplèndida biblioteca que hi ha a Santa Caterina. En una ocasió, el prior li va explicar que tenia més de vint mil volums.

Li acaba de dir a Teresa que tant de bo pogués tornar enrere i esmenar el que no ha fet bé. Li dol que no va estar al costat de Blanca quan va néixer Guillem. Hauria volgut ser-hi, és clar que sí, però en aquell moment era a Puerto de Santa María, a Cadis, a la casa de Luis de la Cerda, el duc de Medinaceli, que durant prop de dos anys hostatjà l'Almirall. No va comptar que el naixement de la criatura s'avancés tres setmanes sobre el temps previst. Ja va ser mala sort. D'acord amb el que va saber després, el que li va explicar Teresa, de poc que la criatura no mor, de tan menuda que era. Ara, en canvi, se'l veu un vailet prou refet.

No, no es vol enganyar. És cert que el nen es va avançar. Blanca hauria entès que ell hagués tornat a Barcelona al cap d'aquell temps, el problema és que encara va trigar un parell de mesos més.

Sovint pensa que, distanciant-se'n, fa un favor a Blanca i al seu fill. No és una bona companyia. Li sap greu, però no en sap prou, d'estimar.

El seu, de pare, tampoc no en va saber o no va voler protegir la mare. Ben sola que es devia trobar quan el va infantar. I lluny de la Barcelona on havia nascut. No pot evitar sentir ressentiment. La ironia és que ell ha fet el mateix.

Intenta escampar les boires del pensament i passeja pel magnífic claustre amb els braços darrere l'esquena. Carregar-se de la pau i serenor que traspua el convent mai no és sobrer. S'atura un moment i contempla el seu voltant. Santa Caterina és un indret bell, magnífic. I eminent. Durant molt de temps, era punt de trobada dels membres del Consell de Cent, però a causa d'una diferència que van tenir entre framenors i dominics, per un cas d'heretgia, van deixar-se de reunir-s'hi i ara ho fan al convent de Sant Francesc.

Els dominics...

El germà de Bartomeu Cristòfor de Gualbes, Joan Cristòfor, el Gualbes revolucionari i dominic, havia estat inquisidor a València i, anteriorment, havia estat prior de Santa Caterina. Encara sort, pensa Guerau, que la seva mare no encomanà a aquest Gualbes la seva protecció. No l'ha conegut, però pel que sap d'ell és un fanàtic abrandat, tant si era per defensar al príncep Carles de Viana com per imposar la fe cristiana.

En un gest que fa sovint de manera inconscient, comprova que la bossa dels diners continuï al seu lloc, i tot seguit agafa un llibre del sarró que duu penjat a l'espatlla dreta; li convé oferir la imatge de lletraferit.

Unes rialles infantils provoquen que el cor li faci un tomb. S'amaga rere el llibre que fa veure que llegeix tot recolzant-se en una de les columnes del claustre. De reüll, observa les persones que passen pel seu costat. Blanca, el nen i el germà de Blanca, Llorenç. Una minyona també els acompanya. Hi hauria d'estar ell en lloc d'aquest germà, però encara gràcies que és un germà i no un altre home qui li ofereix protecció, perquè aleshores això sí que no ho podria suportar.

A distància, dins de les limitacions que té, observa els trets de Guillem, en busca la semblança.

Vol pensar que sí, que és la seva viva imatge de quan s'emmirallava en el riu Ondara de Tàrrega. Els cabells els té igual, però els ulls... Mai no ha pogut veure'l de front cara a cara.

Decideix seguir-los discretament.

Blanca i companyia s'adrecen al pou on hi ha més gent reunida al seu voltant. Al seu torn, agafen aigua guaridora que aboquen a la gerra que du la minyona.

Al cap de poc, apareix un frare dominic acompanyat d'un escolà que porta un bol, de segur que d'aigua beneita.

Blanca acosta Guillem al frare i aquest li fa el senyal de la creu al front després d'haver mullat els dits dins del recipient. Tots plegats resen l'oració que ha encetat el dominic.

Des d'on és ara, Guerau pot veure bé el seu fill. L'observa amb la intenció de deixar gravada la imatge de com porta tallats els cabells, com va vestit, els gests que fa...

Una íntima satisfacció es barreja amb la impotència de no poder anar amb ell i abraçar-lo ben fort.

Quan s'acaben les benediccions, entren a dins l'església i es confonen amb altres parroquians que assisteixen a missa. Guerau no s'hi queda. No. Ja s'ha mortificat prou.

Neguitós, se'n va cap a la capella de Sant Judes, l'Iscariot. Diuen que és l'única imatge que hi ha al món d'aquest sant. No sembla adient ni propi que sigui aquí. Però la creença popular diu que a la mitjanit dels divendres, si se li dedica una oració ben fervorosa, el sant concedeix tot allò que se li demana, per més gros que sigui. Farà el prec. El fet que aquest sant Judes sigui un proscrit com ell potser el farà posar de la seva banda. El sant està gairebé amagat en una petita capella que, si no saps on és, passa del tot ignorada. El sant llueix una corona mig rovellada i porta una capa vermella. Tot ell és vermell. Diuen també que el diable té preferència per aquest convent i que si se l'invoca, apareix.

Però Guerau no ha anat a la capelleta de Sant Judes per resar al sant, sinó per veure si troba l'accés a la mina subterrània que condueix al palau dels comtes de Barcelona. La mina passa per sota de la muralla romana de la Tapineria i de la gran claveguera de la riera de Sant Joan, tot travessant el carrer de Mercaders i la placeta de Santa Caterina.

No triga gaire a trobar-lo, l'accés. Al costat del retaule hi ha una porta que queda amagada dins d'una fornícula on hi ha una gran palmatòria de ferro forjat i un ciri cobert de pols. Només prement una mica, la paret cedeix i mena cap a un pas estret. Guerau hi entra. Com a casa de Galvany, la humitat i la fredor hi són senyores. Pensa que li agradaria ensenyar aquest amagatall a Guillem, perquè a tots els nens els agrada descobrir llocs ocults que esperonen la seva imaginació. Per això ha vingut, per comprovar si encara hi és, i qui sap si algun dia li ho podrà ensenyar.

No li dirà res, però, sobre que aquest lloc havia estat punt de trobada entre ell i dona Elisenda Pallarès.

A ella, que fuig de la rutina com de la pesta, li va plaure de fer l'amor dins la mina. Menuda com és, a Guerau li va ser ben fàcil enfilar-la damunt seu. Ell, amb l'esquena recolzada a la paret i els calçons abaixats. Ella, asseguda al seu entrecuix amb les faldilles arromangades. I anar fent, que la passió no té fre ni mesura.

El fet que poguessin ser sorpresos afegia més emoció a la trobada furtiva, perquè ara dona Elisenda és vídua, però llavors era ben casada.

Es diu que els monjos de Santa Caterina fan servir la mina per a trobades secretes i per a anades i vingudes al Palau Reial. En una de les ocasions en què van repetir l'experiència amb dona Elisenda, van resseguir la mina i sí, van anar a petar a unes dependències del palau dels comtes on des de fa uns pocs anys s'ha instal·lat la Inquisició.

Surt de la mina i pensa on podria trobar a aquelles hores el lloctinent de Barcelona, el comte d'Empúries. Ell ha d'estar informat de l'assumpte de les capitulacions. És important.

Ja es troba a punt de sortir al carrer, quan a la portalada de l'entrada del convent veu una rotllana de gent que volta una dona jove que fa xiscles ofegats i plega les mans sota el ventre.

—Ha trencat aigües... —assegura una altra que és al seu costat.

Ja sap que és habitual, però a Guerau sempre el sorprèn la circumstància que una femella, de l'espècie que sigui, es pugui posar a infantar en el moment més impensat.

La rotllana, que primer era força gran, s'ha anat desfent i deixa la pobra partera en mans de la providència, que sovint acostuma a fer l'orni.

Guerau dubta si avisar els monjos, però es decideix per anar a l'encalç d'alguna de les dones que feia només un moment eren allà.

—Segur que coneixeu alguna llevadora... pagaré el servei a qui la dugui.

—Jo mateixa puc servir —assegura una altra dona que ha escoltat què deia i s'hi ha acostat.

Guerau té un primer rampell d'engegar-la.

—Ara que ensumes monedes, ara sí que pots ajudar, oi?

La dona, d'aspecte malcarat, s'encongeix d'espatlles i diu:

—Si vols que l'ajudi, dóna'm els diners abans.

—Te'n donaré una part i tindràs l'altra si fas la feina ben feta —afirma Guerau mentre agafa la bossa del cinyell, que la dona mira amb cobdícia.

Fet el tracte, la improvisada llevadora s'acosta a la partera, que jeu a un racó de la portalada, panteixant adolorida.

Mentrestant, un nou cercle s'acaba de formar. La llevadora s'ajup davant de la futura mare, li arromanga les faldilles, li separa les cames i observa la situació.

—Ja corona, acabarem aviat... I vosaltres foteu el camp, inútils! —escridassa els tafaners passavolants—. Tu no te'n vagis, que m'has de pagar la feina —diu ara a Guerau, que s'ha apartat per no fer nosa.

Al cap d'un moment, apareix una nena que no deu tenir més de vuit anys. Penjat al coll hi du un menut mig adormit que fa la pipa.

—Mama... —diu a la partera, que en aquests moments i a indicació de la llevadora empeny amb totes les seves forces.

—És la teva mare? —li pregunta Guerau.

Ella fa que sí amb el cap. Sembla espantada.

—I el teu pare? On és? —demana Guerau.

—És fora de Barcelona, el pare és traginer...

Un altre que no és on pertoca, pensa Guerau.

—És una mossa —avisa la llevadora amb indiferència traient una criatura sangonosa d'entre les cames de la seva mare—... No portareu pas al damunt un ganivet?

—Per què?

—Per tallar el cordó umbilical... Prou que es veu que no sou pare!

Prou que es veu que no sou pare...

Guerau aparta aquestes paraules del pensament i s'afanya a donar-li el coltell que sempre duu. Tot seguit es treu el gipó per embolcallar la criatura, que plora fort —els brams deuen ressonar per tot el convent—, amb ganes de viure.

La partera es contreu i expulsa una massa de carn, un conglomerat de vísceres.

—Què és això? —pregunta la nena—. Es morirà, la mare?

—No pateixis —diu la llevadora—, que d'aquesta ta mare se'n surt. És la placenta, nena, cal que la teva mare ho tregui tot perquè el teu pare la pugui tornar a prenyar.

La dona trafegueja amb la mare i la criatura. Sembla que sàpiga el que es fa. Al cap d'una estona, s'aixeca i s'eixuga les mans al davantal.

—Feina feta... —diu parant la mà a Guerau.

Ell li paga la resta i la dona desapareix carrer avall, sense un trist mot de comiat.

—Gràcies, moltes gràcies, senyor —mussita la partera, que ja s'ha incorporat de cintura en amunt recolzant l'esquena a la paret—... Déu vos ho pagui... Com us dieu, senyor? Voldria posar-li a la nena el vostre nom, en femení, és clar.

—Em dic Guerau... Però Gueraua no em sembla bonic... Li podríeu posar Caterina, ha nascut al convent que du el nom de la santa.

El rostre de la dona s'il·lumina, li agrada la idea.

Guerau s'ofereix a acompanyar-la a casa seva, però ella diu que està bé, que hi pot anar tota sola i que ja té la Mundeta, la filla gran, perquè l'ajudi.

—Adéu, senyor —s'acomiada la Mundeta fent-li adéu amb la mà que té lliure, ja que amb l'altra aguanta el seu germà.

Se'n va de Santa Caterina amb el cor encongit. Les paraules de la llevadora l'han afectat: «Prou que es veu que no sou pare».

El naixement d'aquella criatura, que primer era anònima, però a qui he acabat posant un nom, em desvetlla records antics, vivències pròpies que tinc presents perquè me les han explicat, sobretot la mare, però no perquè la meva memòria les hagi guardat; era massa petit per poder-ho fer.

No he parlat de com es va esdevenir la meva aparició en aquest món, que per descomptat no va ser gens remembrable, perquè a banda de la meva mare ningú no m'esperava.

Diuen que vaig néixer sense fer soroll. No pas per discreció, virtut de la qual mai no he gaudit, ni perquè volgués passar desapercebut, condició que m'hauria pertocat, sinó perquè va ser un part fàcil, tant per a la meva mare com per a mi. El naixement sense complicacions de la Caterina m'ha recordat el meu.

I quan dic «diuen» és perquè en lloc de la llevadora ambulant qui va fer costat a la mare en aquest tràngol natural de la vida, però que sovint s'emporta al fossar mares i nadons, va ser una veïna disposada que durant els quatre primers anys de la meva existència em va fer d'àvia amatent. La llàstima va ser que Marcel·lina va morir al cap d'uns pocs anys, i vaig passar de la seva falda protectora al suport i ensenyament del pare Maties.

Vaig néixer el mes d'octubre de l'any 1455, el dia de la festivitat de Sant Guerau. Deia que ho vaig fer sense fer soroll. Jo no, però les campanes de l'església de Sant Antoni sí que en van fer, perquè no van deixar de repicar tot el dia. No pas per celebrar el meu natalici, sinó perquè s'havia calat foc al tossal de Sant Eloi.

D'acord amb el que he après, el costum dicta que els nascuts duguin el nom del pare o de l'avi tot depenent de l'ordre en què es neix dins la família. El meu era no tenir-ne, d'ordre, ja se sap que un bord no en té.

La mare no va tenir cap dubte de batejar-me amb el nom de Guerau. No només perquè vaig néixer el dia del sant, sinó perquè així es deia el seu padrí, una persona que ella estimava moltíssim i de qui sempre parlava amb molt d'afecte. Al padrí, però, li deien Grau. La mare m'explicava que era el nom familiar que es donava al meu.

—A molts Gueraus se'ls diu Grau...[28] —m'explicava la mare.

—Per què? —demanava jo.

—Perquè és més fàcil de pronunciar...

De petit no ho acabava d'entendre, per a mi era més fàcil dir Guerau.

Més endavant, el pare Maties em va explicar que el meu nom venia de lluny, que era d'origen germànic, de l'arrel «ger» o «geir», i que volia significar alguna cosa així

28. Variant també de Gerard.

com «guerrer poderós amb la llança». Ja he dit que m'agradava la idea de ser fort i valent i em va agradar dir-me així.

El pare Maties, però, em va fer aprendre els goigs de sant Guerau:

Puix el Senyor vos confia
dels tresors divins la clau,
als devots que vos imploren
socorreu, gloriós sant Guerau.

Mai no vaig esperar tresors, ni claus, ni glòria, ni la confiança del Senyor, ja que pertanyien al sant, però sí que tenia l'esperança de rebre el seu auxili, gràcia que mai no em va ser atorgada, i això que li ho vaig demanar. De petit li resava, a sant Guerau. Però ja fa molts anys que ho vaig deixar de fer. És possible que no ho hagués fet amb prou fervor i convenciment.

Els dos o tres primers anys de viure a Tàrrega devien ser difícils per a la mare, molt, si bé jo no n'era conscient. Ella sempre deia que quina sort havia tingut amb Marcel·lina. Mai, en canvi, no es queixava d'aquells parents, els Ferrer, que en principi havien d'haver tingut cura d'ella i de mi.

Eren parents llunyans per part de mare, però aquest havia estat el pacte: la família Gualbes va pagar uns bons sous als Ferrer de la Segarra perquè ens acollissin, però ni tan sols van esperar al meu naixement. Es van treure de sobre la mare com qui s'espolsa les puces. I, que jo sàpiga, ni Bartomeu Cristòfor de Gualbes i Setantí ni cap altre membre de la família no es va preocupar mai de saber si els parents havien complert. És un tema que tinc pendent, perquè sempre n'hi ha d'altres més urgents que passen al davant.

—No ens podien mantenir, Guerau —em va explicar en una ocasió la mare, encara disculpant-los.

Era el principal problema de la mare, que era massa bona. I encara gràcies de l'ajuda que va rebre del pare Maties, que li procurà casa per viure i feina de cosidora. I sort també d'haver-se topat amb Marcel·lina, que la va acollir com una filla i a mi com un nét, encara que només fos la veïna.

Marcel·lina vivia al costat nostre, un parell de cases més enllà dels afores de Tàrrega, ja que al centre de la vila era impossible trobar allotjament que fos assequible a les possibilitats econòmiques de la mare.

La circumstància que ja tingués els fills grans i criats, i que havien anat a raure a altres terres, va fer que en certa manera ens afillés. I al seu home, un pagès de rostre sorrut, però de tarannà amable, ja li estava bé.

Es veu que amb ella, amb Marcel·lina, jo hi passava llargues estones quan era menut, el temps que la mare era fora treballant de cosidora.

—Sempre em deia que eres un regal del cel —m'explicava la mare quan em parlava de Marcel·lina.

Si jo era bon minyó, devia ser perquè un sisè sentit m'alertava que em calia portar-me bé, que no podia donar la tabarra com fan altres marrecs consentits i rondinaires.

De vegades, quan encara era un nadó, la mare se m'emportava amb ella a treballar. No ho podia fer en totes les cases, això, però en una d'elles la mestressa era bondadosa i amant de les criatures.

—Porta'l amb tu, dona, que no fa cap nosa —m'havia comentat la mare que li deia.

I això feia, se m'enduia dins d'un cabàs que tant feia servir per anar a comprar com de bressol per a mi.

He imaginat sovint la imatge plaent de la mare cosint al

costat d'una finestra, a prop de la llum i a tocar de mi, cantant dolces cançons que m'endormiscaven. I això sí que ho tinc present, perquè encara em ressonen dins el cap.

El problema va ser quan vaig començar a caminar, ja que llavors no era tan fàcil tenir-me controlat.

Pocs records tinc d'aquella infantesa primerenca, records propis, no explicats.

Sí que tinc present que quan ja era més grandet, amb uns quatre o cinc anys, m'agradava pujar a l'ermita de Sant Eloi i des d'allà dalt veure la plana.

Però, en general, la muntanya no em feia patxoca, devia ser perquè vaig ser engendrat en una ciutat marinera. M'agradava, això sí, xipollejar a la vora del riu Ondara, per rierols i safareigs, triscar amb l'aigua.

La mare em renyava poc, però sortia de polleguera quan em veia jugant amb colobres d'aigua i amb vidriols.

—Qualsevol dia prendràs mal, amb aquestes bèsties...

—Que no fan res, mare —li deia acostant-li una colobra a la cara.

I em queia una plantofada que jo acceptava, perquè era un joc més. Em divertia que tingués por dels amfibis i rèptils que a mi m'agraden tant.

A l'Ondara, no només hi anava per agafar bestioles i fer guerres de pedrades. Als xicots ens agradava mesurar qui feia la pixarada més llarga, la que arribava més lluny. En això no guanyava, qui ho feia era un noiet que tenia els cabells vermells, Elies.

Jugar m'agradava, ja ho he dit, però aviat vaig trobar en els llibres, les tintes i els papers una de les meves grans aficions. Aquesta i la d'esbatussar-me amistosament amb els altres xicots eren les meves preferides.

Aquest era un tema que cridava molt l'atenció al pare Maties.

—Sembla mentida, Maria —li comentava el rector a la meva mare—, tan aplicat que és amb la lectura i l'escriptura, i que després li agradi tant repartir llenya com el pitjor dels bergants.

No sóc una persona corrent, ja ho sé. A aquestes altures ja ho tinc coll avall. I des del meu punt de vista, no veig que les dues afeccions hagin d'estar renyides.

—Els homes de lletra són gent de pau —em recordava el pare Maties quan em veia ple d'esgarrinxades, els genolls pelats o algun bony al cap.

Però jo li argumentava que gent prou il·lustre, com el gran rei Jaume I, bé que estimava els llibres i en canvi era un gran guerrer.

Ell es veia obligat a assentir, però cantonejava el cap d'una banda a l'altra i anava dient alguna cosa semblant a un «Jo ja m'entenc».

La meva dèria, passada la primera infantesa, era ser intrèpid i coratjós. Admirava la gent valenta i agosarada que no s'arronsava davant les adversitats. M'agradava escoltar les llegendes i les històries dels grans herois, i jo desitjava ser com ells. Gaudia d'una naturalesa forta que m'esforçava a incrementar. Procurava no queixar-me mai per qualsevol dolor físic. La resistència ha estat la meva senyera des que era un infant. I això no vol dir que més d'una vegada m'hagués de mossegar la llengua per no xisclar arran d'alguna ferida o cremada, ja que era un belluguet que sovint es ficava on no s'havia de posar. I és clar que em feia mal, quan m'engaltaven un cop de puny que em feia sagnar el nas o em partia el llavi, però m'aguantava; l'última cosa que volia era demostrar debilitat davant de l'adversari.

En certa manera compensava el temps que havia estat un minyó quiet i bonàs. Quan era un nadó, de ben poc que m'haurien servit aquestes qualitats. He de dir, però, que la fortalesa física era una aptitud que quan vaig ser una mica més gran no vaig saber desenvolupar com desitjava el meu protector. Millor dit, no vaig voler.

M'adono que he estat injust amb Bartomeu de Gualbes i Setantí quan he dit que no procurava per mi. Una vegada, tot i que a la seva manera, sí que ho va fer.

Tenia set anys quan la mare i el pare Maties em van donar una notícia que no em va agradar gens:

—Ja ets gran, Guerau —em va dir la mare—, i convé que tinguis una bona formació...

Recordo perfectament que no va poder continuar parlant, les paraules se li van travar i li era impossible pronunciar-les. El pare Maties ho va fer per ella.

—Aniràs amb els hospitalers, els cavallers de l'orde de Sant Joan de Jerusalem, al castell de l'Espluga Calba.

L'Espluga Calba...

Un poble a prop de Tàrrega, a unes sis hores caminant.

—Dins de l'orde dels germans hospitalers —va continuar el pare Maties— aprendràs diverses disciplines, com el llatí...

—Ja m'ho ensenyeu vós, tot el que em cal! —vaig protestar.

—També aprendràs l'ús de les armes i la disciplina militar. I això, Guerau, no t'ho puc ensenyar. T'agrada la brega, noi, seràs un bon hospitaler.

Vet aquí. Em vaig penedir d'haver-me mostrat bel·licós i vaig estar un dies suplicant que no me'n volia anar de casa, però la mare es va mostrar intransigent.

—Bartomeu Cristòfor de Gualbes i Setantí, el teu protector, creu que és el millor per a tu.

Ves què m'importava, el meu protector! Si ni tan sols el coneixia.

Ara, amb la perspectiva que donen els anys, crec que no m'agradava la idea perquè em venia imposada de fora, perquè en realitat —això, però, ho penso ara— sempre m'han agradat les arts marcials i convertir-me en un *milites Christi* era un bon destí per a mi.

No me'n vaig sortir en la meva negativa i al cap de pocs dies, de matinada, vaig partir acompanyat del pare Maties.

Abans d'anar-me'n, la mare em va abraçar tan fort que gairebé em va fer mal.

—Fes bondat, Guerau —em va recomanar amb llàgrimes als ulls i amb la promesa que ens veuríem aviat, perquè l'Espluga Calba no era lluny.

Vam fer el viatge a dalt d'una mula. Tots dos érem petits de mida, el pare Maties per constitució i jo per edat. El meu equipatge era mínim, amb la qual cosa no representàvem una càrrega gaire feixuga per a l'animal.

—Allà ja et donaran tot el que et faci falta —em va explicar el rector.

I així va ser. I ben poques coses necessita un soldat a banda de la seva armadura. Però jo encara no ho era, de soldat, hi havia anat per aprendre'n.

El castell de l'Espluga Calba està estretament vinculat a l'orde del Cister i, evidentment, es remet a l'orde del Temple. I aviat vaig aprendre que tenia una regla pròpia redactada per sant Bernat de Claresvalls.

No seria fidel a la veritat si digués que no em van tractar bé. Amb rectitud i severitat, sí, però també amb justícia. El problema era que jo no m'hi volia estar.

Pensava en el que m'havia explicat el pare Maties durant el viatge d'anada. Em va dir que el rei Jaume I, quan era petit, va estar al castell de Montsó sota la protecció de l'orde del Temple. I que allà es va instruir com a rei. Imagino que ho deia per fer-me content, que si tan magna figura havia estat educada pels templers, era tot un honor que jo també fos educat pels seus hereus, els hospitalers. Però ni jo seria rei ni tenia fusta per romandre tancat acatant una fèrria disciplina.

El castell em va impressionar així que el vaig veure. Vaig creuar la porta adovellada de la façana principal amb un profund respecte. És un edifici gòtic de planta quadrangular que disposa de diversos cossos construïts al voltant d'un pati central, el pati d'armes, on al bell mig hi ha una gran pica de pedra que fan servir per guardar oli. Les estances interiors són senyorials, sobretot l'aula magna i la capella. Finestres gòtiques amb columnes coronelles ornamenten les quatre façanes del castell, així com una galeria d'arquets de mig punt a sota del ràfec de la teulada.

Durant el temps de la meva permanència al castell vaig saber de l'eminent Arnau de Torroja,[29] gran mestre del Temple, i de Pere Ramon Sacosta, que en aquella època ostentava el títol de gran mestre templer. I vaig aprendre quatre nocions bàsiques de com emprar amb eficàcia l'espasa, la daga, la llança i l'alabarda. I a resar el *pater noster* inscrit a la *crux dissimulata*.

Sis mesos, només vaig durar sis mesos.

M'enyorava dels meus i del meu entorn, de la llibertat de córrer lliurement sense haver d'acatar les ordres pertinents de com ho havia de fer. M'avorria solemnement a les misses i a les oracions diàries. No era pas que no resés amb el pare Maties, ja ho crec que em feia resar, però els precs que compartia amb ell eren meus, de casa.

Sovint, quan tenia una estona d'esbarjo, m'abocava als merlets i albirava l'horitzó sempre en direcció a Tàrrega.

29. Avui Tarroja de Segarra.

Al meu desafecte hi va fer també que no tingués cap company de la meva edat. Tothom era més gran. Hi havia alguns nois de tretze i catorze anys que, evidentment, no feien cap cas d'un mocós que només en tenia set. I encara menys quan comprovaven que malgrat la diferència d'anys no m'acovardia per res, que una cosa era que no estigués de bon grat al castell de l'Espluga Calba i l'altra que no estigués a l'altura del que se'm demanava que fes.

Vaig decidir que no volia quedar-m'hi més temps, que no em feia cap falta. I em vaig escapar. No sabia llavors que això de fugir marcaria la meva existència.

No és un episodi de la meva vida del qual em senti orgullós, al contrari, em fa vergonya i m'empeny a foragitar-lo de la memòria. Però forma part del meu bagatge inconstant.

Ara, passats molts anys, em pregunto el perquè de la meva gosadia, l'atreviment de contradir el destí que se m'havia assignat. Crec que de manera inconscient vaig intuir que tant la mare com el pare Maties m'hi havien dut a contracor i acceptarien el meu retorn. I la vaig encertar.

La mare va fer veure que s'enfadava, quatre renys i amonestacions sense força ni convenciment. I el pare Maties si fa no fa el mateix.

—Ves què dirà ara, el teu protector —van dir tots dos.

Que digués, vaig pensar jo.

L'opinió de Bartomeu Cristòfor de Gualbes no m'afectava perquè ni el coneixia i parava lluny, però el que deia la gent del nostre entorn sí que ens afectava, i en aquest cas no pas a mi sinó a la mare.

La seva manera de ser, la dolçor i bondat innates de les quals gaudia li obrien moltes portes, però hi ha virtuts que són armes de doble tall. I si a aquests atributs hi afegim el de la bellesa, el conjunt es pot convertir en una eina letal, perquè amb facilitat sorgeix la gran enemiga, l'enveja.

De natural confiada, no preveia el que ella mai no faria, perquè n'era incapaç: que altres persones, sobretot del seu gènere, la prendrien pel boc expiatori de les seves frustracions.

Les maledicències de les comares no van trigar a venir.

Imagino que ja feia temps que corrien per Tàrrega converses enverinades sobre la meva mare, però jo me'n vaig assabentar de manera casual, com sovint sol passar, una tarda en què m'havia amagat per llegir en una de les capelles de l'església. Era un costum al qual m'havia avesat i que practicava quan volia que no m'empipés ningú. Situat en un racó, passava desapercebut. Aprofitava la primera hora de la tarda, una estona en què els capellans feien la migdiada. Encarat com estava a la rosassa, m'arribava prou llum per poder llegir.

Vaig trigar a associar la meva mare amb la conversa que mantenien dues dones que estaven assegudes en un banc proper.

—S'entén amb el rector...

—Vols dir? Amb el pare Maties?

—Ja ho crec. Fixa-t'hi, sempre estan junts...

El fet que entremig s'hi barregessin paraules com «cosidora» o «no té marit» em va fer deixar la lectura per escoltar-les.

Em va fer mal, sentir-les, ja ho crec. Perquè eren mentides malintencionades. No hi havia dret, com deia el pare Maties, allò era una blasfèmia. I em vaig quedar amb les ganes de sortir del meu amagatall per defensar-la.

Aquelles dones, allunyades de la bondat, no preveien que podien perjudicar persones innocents. O potser sí, qui ho sap.

Ja era gran, uns nou anys devia tenir llavors, per entendre què deien.

La relació entre la mare i el rector era neta i sincera. El vincle d'unió entre ells dos era jo. Poso les mans al foc, amb el convenciment que no em cremaria, que mai no va existir res que no fos amistat i estima mútua.

Però és molt fàcil escampar calúmnies, perquè són més llaminers i creïbles que no pas les veritats.

En vaig sentir més, de converses, perquè a partir de llavors prou que vaig procurar anar amb les orelles ben parades. Qui sap si em ve d'aquell temps, la meva habilitat per fer d'espia.

—Ves què fa una dona jove, tota sola...

—Es podria tornar a casar...

—No ho fa, perquè ja té el rector...

De tot el que vaig anar sentint, el que se'm va quedar més gravat va ser: «Es podria tornar a casar».

Sí que podria, és clar, moltes vídues ho feien.

Va ser per aquella època quan vaig llegir aquella carta que el pare Maties em volia amagar.

I per això ho van fer.

No dubto que les maledicències devien arribar tant a la mare com al pare Maties. I ara, després dels anys, puc entendre la decisió d'ella de casar-se. Canviar de paratge era la millor opció per posar fre a les enraonies.

I una cosa va portar l'altra.

Sempre havia respectat el silenci de la mare de no dirme obertament qui era el meu pare, acceptava que tot quedés en un «Ets un Gualbes, Guerau».

D'acord. Però quan ella em va anunciar el seu casori amb una persona que jo rebutjava, aleshores em vaig revoltar i vaig demanar el nom patern. I ho vaig fer de mala manera, amb crits i exigències.

La vaig fer plorar.

Em sap greu, però jo volia saber.

El pitjor va ser que no me'n vaig sortir. Havia d'haver estat més diplomàtic i tal vegada, en una altra ocasió, ho hauria aconseguit.

Vam discutir fort. En la meva temptativa vaig fer una pregunta directa per saber si l'home del qual em parlava amb tant de respecte i a qui ella confiava la meva protecció, si calia, si aquell home, Bartomeu Cristòfor de Gualbes i Setantí, era el meu pare.

Em va mirar amb severitat, ofesa.

—No, no ho és —va ser la seva rotunda resposta.

A partir d'aquí es va tancar en banda pel que fa a aquest tema i em va fer prometre que mai més li tornaria a fer aquella demanda.

A contracor li ho vaig prometre, no em va quedar més remei. I ara me'n penedeixo, perquè és un compte pendent, saber del cert quin Gualbes era el meu pare.

VII

RETROBAMENTS

Conviure amb Cecília li resulta tan fàcil com respirar. Llàstima que només sigui a estones, que la seva relació fraternal no pugui ser duradora com la d'una família normal i ben avinguda.

Ara és amb ella, aquesta nit Guerau s'ha quedat a dormir al bordell. Segimon li ho permet sempre que pagui el preu estipulat, que una cosa és que li caigui bé i l'altra fer d'ànima caritativa. Això no entra dins dels paràmetres de vida de l'alcavot.

La cambra que habita Cecília és petita, però amb capacitat suficient perquè, a banda del llit i les gibrelles pertinents, també hi càpiga una arca on desa la roba i una taula i dues cadires. La noia va fer entendre a Segimon que molts homes, a més de relacions carnals, necessiten alleugerar l'ànima de les feixugueses pròpies de la vida quotidiana. El fet que les converses es puguin acompanyar d'un vi acceptable i de menges comestibles converteix l'habitacle de Cecília en un petit paradís.

Quan s'aixeca, ella ja no és al seu costat, està asseguda a la taula, vestida encara amb la camisa de dormir, i contemplant bocabada una ampolleta de les hores.[30]

—Bon dia, Guerau —saluda Cecília, alegre.

—D'on l'has tret? —pregunta Guerau acostant-s'hi.

—Me l'ha regalat el sotsprior Arnau.

—Ha estat aquí? —pregunta Guerau inquiet. Confiava que estaria prou ocupat amb l'enrenou que hi deu haver al convent de Santa Anna amb la celebració de les Corts.

—Sí, però no pateixis. Ja he avisat Segimon que m'alerti si torna —respon Cecília—... D'altra banda, el sotsprior té més motius per patir que no pas tu.

—Sóc més lliure si ningú no m'identifica, Cecília...

Guerau oblida per un moment les angoixes i contempla aquell giny que des de fa uns anys els monjos de Sant Pau es dediquen a fer i vendre i que gent d'arreu ve a buscar perquè de tan ben fets, diuen, només se'n fan en aquest monestir de Barcelona.

—El sotsprior m'ha dit que és molt precís —explica Cecília—, que l'ha revisat l'horer, un dels monjos que és astrònom i l'adapta a les nostres hores.

Guerau bada amb l'ampolla de vidre, els dos cons invertits i units pels quals passa la fina sorra, el lliscar del temps.

El seu, de temps, s'esmuny massa de pressa.

—Me n'hauré d'anar, no sigui que torni fra Arnau, el sotsprior... —diu Guerau amb un deix d'ironia.

Cecília, que fa cara de preocupació, deixa l'ampolleta de les hores i es trena els cabells, rossos com el blat, mentre contempla Guerau.

—Si ja no t'estàs amb Galvany —pregunta—... On aniràs? A casa teva no pots...

—Ja ho sé, prou que em dol.

30. Rellotge de sorra.

Guerau també es fa la mateixa pregunta, però per tranquil·litzar-la li diu:

—Segurament aniré vora port, a alguna taverna, a una on per unes poques monedes lloguin una habitació. I, com que anem de cara al bon temps, si cal puc dormir a la platja.

Fàcilment serà el que farà, i això no compromet la noia. Per aquesta raó, perquè l'aprecia de debò, tindrà prou cura d'allunyar-se'n.

—Seria hora, Guerau —diu Cecília lligant un llaç al final de la trena que s'ha col·locat de costat—, que cerquessis un lloc segur, definitiu. Acabaràs prenent mal...

—Ja m'ho diu el prior, que sóc carn de forca...

—No ho diguis, això!

A Guerau li agrada comprovar que a ulls de Cecília ell mereix un altre destí. Però el fet va a la seva i no sembla que ell sigui sant de la seva devoció.

—Tornaré aviat: els meus cabells s'entossudeixen a créixer i me'ls hauràs de tornar a tenyir —anuncia Guerau, fent-li un petó a la galta, acomiadant-se.

Quan surt, es creua per l'escala amb una noia que porta una faldilla oberta per lluir les seves cames. Guerau hi bada i de poc que no ensopega amb els esglaons.

A la porta, saluda Segimon, que com un fidel cerber les té ben custodiades. Des d'on és, pot vigilar el petit hortet que hi ha al costat de la casa en direcció a la muntanya de Montjuïc.

Al final del carrer-camí, que és a tocar del bordell on viu Cecília, tot just al portal de Sant Pau, hi ha un estany[31] pudent de mida força considerable, potser el més gran que hi ha a Barcelona. Les seves aigües estancades són a

31. Els estanys eren un cau de miasmes, efluvis nocius causants de malalties infeccioses i epidèmiques com el paludisme.

tocar de la plaça de la Podrida, si bé hi ha qui li diu del Pardal pel fet que molts «pardals» fan trobada a la zona, on es poden trobar moltes dones de vida alegre.

Guerau du al damunt el lleu equipatge repartit entre farcell i sarró. Només ha fet quatre passes que torna a sentir la sensació que algú el segueix. Com l'altra vegada, tot i que ha estat molt ràpid en girar-se i observar al seu voltant, no ha vist ningú que sigui susceptible de ser el seu seguidor.

Li passa pel cap que potser és fra Arnau... Podria ser, és clar. Però el més segur és que només siguin manies i son acumulada.

Des d'ahir que «persegueix» el comte d'Empúries, el lloctinent de Barcelona. Va anar al seu palau del carrer Ample i no l'hi va trobar. Previ pagament per les molèsties, però, un criat el va informar que el comte avui havia d'anar a la Diputació del General, que és on ara es dirigeix.

Un hort, molt més ben cuidat que el d'en Segimon, volta el palau de la Generalitat, que encara no s'ha acabat de construir, i això que aviat farà un segle des que van començar les obres.

Se sent absurd buscant el comte. Deu ser dins i no sap quina excusa empescar-se per entrar-hi. De moment s'espera prop de la porta d'entrada principal que dóna al carrer de la Font[32] —hi ha qui encara l'anomena el carrer «devers la porta del call de la ciutat»—, des d'on es pot veure qui entra i qui surt, i aquesta circumstància li fa pensar en Segimon.

Avorrit, al cap d'una estona entra al pati del palau i va cap a sota de la gran escala on hi ha la font, una de molt gran, amb diverses canelles. Té set.

32. Actual carrer de Sant Honorat.

Diuen d'aquesta font que va ser la primera que hi va haver a Barcelona, gràcies al mecenatge del noble senyor Jaume Fiveller, que va fer dur l'aigua d'una deu des de Collserola. És una font que raja sempre, com la que hi ha al pati del Palau Menor i al pati del General.

Guerau s'ajup i bada boca sota la canella. Just s'incorpora que veu com una dona que era a prop seu és foragitada de mala manera.

—Fuig, aquí no es pot rentar roba! —li etziba un guàrdia.

No se n'havia adonat, que la dona rentés. Guerau se'n va de la font i sent com el guàrdia comenta a un altre que sembla mentida que la gent no faci cas de les ordenances, que aquella font només hi és per beure.

No és el millor lloc per esperar-se i canvia d'indret tot fent la volta pel carrer Bisbal,[33] on hi ha una altra entrada.

I allà el veu. Va acompanyat d'un home el rostre del qual li és conegut, però de moment no l'identifica. S'espera a certa distància perquè no vol interrompre ni ser vist per l'altre.

El comte i el seu acompanyant discuteixen, gairebé alcen la veu, es mostren violents. La curiositat de Guerau va en alça.

Té sort, al cap de poc el desconegut se'n va, i així que es fa fonedís Guerau, que no ha perdut de vista el comte d'Empúries, va al seu encalç.

—Bon dia tingueu —el saluda.

El lloctinent el mira desconcertat, els seus ulls pregunten: i tu qui ets?

—Mireu-me i escolteu-me bé...

33. Carrer del Bisbe. Ha anat canviant força vegades de nom: Santa Eulàlia, de la Diputació, Zurbano, Obispo Irurita...

—Guerau, Guerau de Gualbes?

—No ho digueu gaire alt, que les pedres escolten.

—Es pot saber què...

—Lamento no haver-me'n pogut anar encara de Barcelona, tinc lligams, ja ho sabeu.

—Sou ben boig!

—Segur que teniu raó, però això... Deixem-ho córrer. Potser ja ho sabeu, però si no és important, perquè tal vegada vós hi podreu fer alguna cosa.

—Digueu, va.

—Que les capitulacions de Santa Fe només són una carta de mercè.

—Com ho sabeu?

—Ho haureu de guardar en reserva, però les meves fonts són fiables, ho sé pel mateix prior de Santa Anna.

S'aparten de l'entrada i es queden en un racó allunyats del pas i de la vista de tothom.

Guerau li fa repàs de les darreres notícies i s'assabenta que l'home amb qui parlava el comte és Jaume Destorrents, un patrici barceloní a qui es pot titllar de tot menys de bona persona. Ambiciós i intrigant, s'ha convertit en la mà dreta del rei Ferran. La seva posició com a advocat municipal el situa com a cap del partit favorable a la intervenció del rei Ferran en el municipi.

—Ha redactat un privilegi —explica el lloctinent— pel qual governarà la ciutat fins a l'establiment de la insaculació.[34] I sobre aquest tema, n'hi ha molts que no se'l prenen seriosament, no entenen que afavoreixi l'entrada de simples administradors en detriment dels polítics, un

34. Procediment d'elecció pel qual el rei aprovava una llista de totes les persones idònies per als càrrecs. Els noms es col·locaven en unes bosses corresponents als diversos càrrecs o oficis de la corporació.

fet greu que es desdibuixa el tarannà de les nostres institucions.

Feia anys del malestar creixent entre l'oligarquia catalana, eminentment rendista, pel fet que persones dels estaments inferiors arribessin a ser consellers de la ciutat, tota una revolució que enfrontava els partits de la Biga i la Busca.

Guerau ja sap que el comte d'Empúries està en contra del rei, sobretot pel tema de la insaculació, que s'oposa clarament a les intencions de Ferran II d'interferir directament sobre la Generalitat i el Consell municipal de Barcelona.

—I no és pas que el rei no tingui coneixement —continua el lloctinent— que les reformes que fa del Consell de Cent no són acollides de bon grat.

Mentre el comte d'Empúries parla, Guerau, de reüll, veu passar pel carrer Bisbal una persona que li recorda... No, no és possible que sigui ella.

Oblida la dona i es torna a immergir en la conversa —hauria de dir monòleg— que manté amb el lloctinent.

—Ja ho veieu, Guerau, tot camina cap a la dependència respecte del poder de Castella, tot comporta una pèrdua creixent de decisió en els estaments catalans... El mateix president de la Generalitat ja va ser nomenat directament pel rei.

Enric II sempre s'ha implicat en la política, no se'n pot estar, forma part de la seva natura. Com quan, en la qüestió remença, va anar a favor dels senyors feudals —ell ho és, és clar— i actuà amb molta fermesa contra els pagesos de l'Empordà.

L'Empordà...

Allà precisament va ser on va conèixer el comte d'Empúries.

D'ençà que em vaig escapar de Palamós, fugint del meu padrastre i després de tres anys de navegar, necessitava fer un alto en el camí. Desitjava tornar a casa per veure la mare i dir-li que em sabia greu haver marxat sense acomiadar-me'n.

Amb quinze anys, encara era una mica tendre, però la vida de mariner, millor dit, d'aprenent de corsari, havia endurit el meu cos de natural ja prou fort. Llavors, però, jo no m'hi veia gens, de tendre, al contrari, em creia tot un home i Barberà havia deixat de fer-me por. Anava preparat. Si gosava enfrontar-se'm, trobaria un rival difícil. Encara més, ho he de reconèixer, volia venjar-me de Barberà, però primer em calia veure la mare i no volia fer res que la perjudiqués, només desitjava fer-li mal a ell.

Ara que han passat molts anys, em fa l'efecte que em movia més la voluntat que la realitat. Però el cert era que em creia capaç de menjar-me el món a queixalades.

Durant aquells tres anys, no és que m'hagués allunyat gaire de l'Empordà, perquè sovint vorejava les seves costes. Estàvem en guerra contra el rei Joan i l'any que em vaig escapar Joan de Lorena, el fill del rei Renat, feia campanya militar a la zona. Però encara que era a prop, no vaig tenir ocasió d'anar a Palamós. Primer perquè no volia, més endavant perquè no trobava el moment d'encarar-me amb els meus fantasmes.

En vam parlar, amb l'Almirall, és clar, de la meva intenció de tornar a Palamós, perquè no volia anar-hi sense el seu consentiment.

—Aviat ens tornarem a veure, no et desfaràs de mi, vailet —em va dir donant-me un calbot amistós.

No et desfaràs de mi...

I ara en fuig com d'un leprós.

Vam quedar que a través de Vador —oh, com desitjava abraçar-lo!—, que marinejava per tota la costa i coneixia un munt de gent, ens mantindríem en contacte.

D'altra banda, jo no podia —no volia, vaja— tancar un termini de trobada, perquè no sabia el temps que em quedaria a Palamós. La idea inicial era quedar-m'hi unes setmanes, el temps suficient per guanyar-me el perdó matern. Però no sabia amb què em podria trobar, vull dir que el més segur és que no em quedés a casa, una casa que era de Barberà. Només ho faria en cas que ell fos fora, viatjant, com feia sovint.

No sabia, doncs, el temps que m'hi quedaria. El que m'agradava era la idea de ser jo l'amo de les meves decisions. I l'Almirall me les respectava.

Ell va partir amb la seva galiassa cap a Savona i abans em va deixar a mi a Palamós. Així que vaig trepitjar el port de Palamós, vaig voltar-hi i també per la platja amb la idea de veure Vador, Marcel, o qualsevol altre dels seus homes. No vaig trobar cap cara coneguda. No em va preocupar, temps hi hauria, el més segur era que fossin a mar, pescant.

Me'n vaig anar cap a casa. Hi havia un bon tram, però aviat vaig fer via. Em va fer gràcia constatar que com que les cames havien crescut em permetien fer gambades llargues que escurçaven el camí.

Era l'horabaixa d'una tardor acabada d'estrenar, com els quinze anys que havia complert feia poc. Vaig pujar pel petit turó on hi havia la casa. Al pas, em vaig anar trobant amb algun veí que em mirava amb certa curiositat: la meva cara no devia haver canviat gaire, però ja tenia pèls a la barba i sobretot havia crescut molt, gairebé era alt com sóc ara. Desitjava que ningú no m'aturés, temps tindria de saludar, i caminava capcot i de pressa.

Rumiava què li diria, a la mare.

Si podia evitar de dir-li què havia passat, ho faria. No la volia fer patir.

Feia voltes i imaginava escenes per quan em trobés amb Barberà. M'adelitava amb la idea que poc s'ho devia imaginar que em presentés.

A l'hora que era, però, si no estava de viatge devia estar entaforat en alguna taverna i no tornaria fins ben entrada la nit. No creia que hagués canviat uns costums que tenia tan arrelats.

En acostar-m'hi vaig accelerar el pas, frisava per veure la mare i, sobretot, per l'alegria que li donaria amb el meu retorn. Però quan ja hi vaig ser, em vaig trobar la porta tancada i barrada i les finestres amb els finestrons ben closos.

Em vaig quedar tan, tan parat, que no sabia què podia fer ni com calia reaccionar. M'esperava qualsevol cosa menys allò. Ja m'havia fet mil i una idees de com em barallaria amb el meu padrastre, de com li demanaria perdó a la meva mare per la meva llarga absència. Tot, m'ho havia imaginat tot, però...

La veu d'una veïna em va treure del desconcert.

—Guerau, xicot... Ets tu? El fill de la Maria?

—Sí, Justina, sóc jo...

—Mare de Déu del cel, com has crescut, ja estàs fet tot un «homu».

Justina vivia just al costat de casa. Era una bona dona que sempre ajudava tothom, d'aquelles persones que són grates de tenir a prop, com Marcel·lina de Tàrrega. Però de Justina, sí que en guardo el record ben viu, perquè tenia gairebé deu anys quan vam anar a Palamós. He de dir també que era una dona una mica tafanera, que estava al cas de tot i que quan explicava una cosa sempre hi afegia de la seva collita, però d'altra banda, quan et calia alguna ajuda, la tenies al costat i s'escarrassava per tenir tothom content, semblava que fos en aquest món per fer feliços els altres.

No em va agradar el posat que feia, la manera com fregava entre elles les mans sarmentoses, unes mans a les quals sempre se me n'anaven els ulls perquè se li marcaven molt les venes, tant que semblava que anessin a rebentar. La Justina era d'aquelles dones que costava d'imaginar que alguna vegada havia estat jove.

—Guerau, fill... La teva mare...

—On és? On ha anat?

Vaig veure com s'empassava la saliva, com s'obria pas per la gola que el coll, sec i prim, traslluïa.

—Se la va endur el Senyor, Guerau, ja fa un any que va morir.

Que va morir...

—No, Justina, no m'ho digueu, això... —vaig aconseguir dir amb un filet de veu. I després, no em sortien les paraules. Les llàgrimes van brollar, imparables; davant de Justina no em sabia greu deixar-me anar.

La dona em va abraçar i jo em vaig abandonar als seus braços escanyolits.

—Entrem a casa, Guerau —em va dir quan em vaig haver calmat una mica—... i parlem tranquils... M'has d'explicar què dimonis se n'ha fet de tu... Tant de temps, Mare de Déu Santíssima!

Justina vivia sola. Bé, sola no, vivia amb una filla que no hi era tota, pobreta. Si fa no fa tenia la meva edat, una mica més gran potser. Es passava el dia asseguda a una cadireta baixa de vímet com la que fan servir les cosidores; la mare també en tenia una... La pobra noia, que tenia aspecte de nena petita, no feia altra cosa que gronxar-se a la cadira, ara endavant ara endarrere, mentre anava tarallarejant una cançó, sempre la mateixa. Es deia Regina. No li esqueia aquell nom, no gens, perquè a més de faltar-li un bull, pobrissona, era més lletja que un pecat.

Justina era vídua de feia molts anys i es guanyava la vida fent cistells i paneres de palla. També sabia fer seients de cadires amb materials de boga i de vímet.

—De moment et quedes aquí, per això no pateixis... —em va dir quan va veure que jo sotjava per la finestra i havia caigut la nit.

No, no m'importava no tenir cap sostre on aixoplugar-me, em lamentava de no haver-me pogut acomiadar d'ella. Per això, amb la mirada perduda al cel, intentava... Jo què sé, què intentava.

I de nou em vaig posar a sanglotar, jo, que em creia un home dret i fet, jo que quan era més petit pensava que era capaç de dominar els sentiments i sobretot les ganes de plorar.

En sentir el meu desconsol, Regina va callar una estona la seva cantarella. Es va aixecar, cosa que rarament feia, se'm va acostar i em va fer un petó a la galta.

A Justina també se li van negar els ulls.

—De què va morir, la mare? —vaig preguntar així que em vaig sobreposar una mica, i convençut que Barberà hi tenia alguna cosa a veure.

—De part... No va anar bé...

Una altra persona a qui no he fet costat.

—I la nena també va morir... —va afegir Justina.

Una germana, tindria una mitja germana.

—I... Barberà? —vaig preguntar rabiüt.

Justina es va encongir d'espatlles.

—No ho sé què se n'ha fet... La gent d'aquí no el volia, ja te'n deus recordar...

No, la veritat era que no me'n recordava.

—Hi ha qui diu que el van empresonar...

—A la presó? —vaig interrompre una mica revifat.

—No ho sé del cert, són coses que es deien. El que és veritat és que el poble va aprofitar la desgràcia de la teva mare per treure-se'l del damunt. Era bregós, tenia deutes de joc, bevia i provocava aldarulls...

—Però... I casa seva? —vaig preguntar.

—Ha servit per pagar un munt de deutes... No sé res més.

Justina va fer una pausa i, canviant de tema, em va preguntar:

—I tu, Guerau, què m'expliques de tu?

Qui va empassar-se la saliva, llavors, vaig ser jo. Temia que preguntés per mi.

La Justina, però, va afegir de seguida:

—No passis angoixa que ja sé per què te'n vas anar, només preguntava què havies fet durant aquest temps.

—I com és que...

—Ho vaig saber per la teva mare.

—Per la mare? —vaig preguntar sorprès.

—Sí, i el que et diré ara et confortarà —va dir Justina agafant-me les mans.

Vaig obrir els ulls, expectant.

—Va ser Vador qui ho va explicar a la teva mare i ella a mi.

En aquell moment vaig sentir com el cor s'alleugeria, deixava anar un pes feixuc.

—Maria, la teva mare —va continuar—, estava molt neguitosa, ja t'ho pots imaginar. No vivia. Primer, va esperar amb ànsia la teva tornada, després et va donar per mort. El pitjor, deia, era que ni tan sols tenia el consol de poder-te enterrar. A Vador li va costar fer el pas, però tota la vila n'anava plena, de la teva desaparició. Li va dir que eres ben viu i a bon recer, però que no havia de dir res al seu home, perquè precisament havies fugit per culpa seva.

Llavors que ja havia començat, Justina no tenia aturador.

—No va fer falta que li digués res més, que ella va deduir què havia passat, que amb el temps que feia que era casada amb ell ja en tenia prou per saber de quin peu calçava, que només s'havia casat amb ella perquè li servís de tapadora, però que les seves inclinacions eren unes altres. I es va culpar per no poder-te protegir. Però l'animava la idea de saber que eres viu i que tornaries, això mateix li va dir Vador que faries. Llàstima, fill, que no vas arribar a temps, però això no és culpa teva, ni de ningú.

Aquella nit gairebé la vam passar en vetlla explicant-nos coses, gairebé confessant-nos.

Sembla mentida, perquè amb Justina jo hi tenia només una relació veïnal, allò de dir «bon dia» i «Déu vos guard», però vaig ser capaç de confiar-m'hi molt més que amb altres persones que m'eren més properes. Les circumstàncies, és clar, també ho van afavorir.

L'endemà, el primer que vaig fer va ser anar al petit cementiri que hi ha al costat de la parròquia. Justina em va acompanyar per ensenyar-me on estava enterrada la mare, però així que hi vam ser se'n va anar.

—M'imagino que deus voler estar sol...

Vaig assentir amb el cap, agraït, i la vista em va quedar fixada en la làpida.

MARIA COLOM I FERRER
(MCDXXXVI – MCDLXIX)

La mare va morir massa aviat, només tenia trenta-tres anys.

Em vaig quedar un parell de dies a casa de Justina, i així que el vaig trobar, em vaig enrolar amb Vador.

Quina alegria tornar-lo a veure!

—Vatua l'olla, carallot, quin ganàpia que estàs fet! —em va dir repassant-me de dalt a baix.

Vam parlar pels descosits, no donàvem l'abast d'anar-nos donant tanda per explicar-nos què havíem fet durant aquells gairebé tres anys que no ens havíem vist. Més d'una vegada, solcant les aigües de les nostres costes sota el comandament de Guillaume Casenove Coullon, sotjava el mar a veure si veia el seu llagut, però no ens vam trobar.

Vam parlar molt, sí, però com a dos homes que érem no vam parlar de sentiments, tal com havia fet amb Justina.

Li vaig agrair, això sí, que hagués explicat a la mare per què me n'havia anat.

Va ser molt agradable reprendre l'amistat i l'afecte que m'unia a aquell llop de mar.

I tornar a pujar a la *Riallera*, el llagut, que es feia vell, però que encara solcava les aigües amb eficàcia i que els servia de mitjà de vida.

—Ja ho veus, Guerau, la *Riallera* encara sirga!

Marcel quan em va veure se'n feia creus, de la meva alçada.

—Ja t'ho deia, que els calçons se't quedarien curts!

El mestre Colom va ser el centre principal de les converses amb Vador i amb tots els seus homes. Em sentia important de veure que jo, un jovenàs de quinze anys, despertava l'admiració entre ells pel fet d'anar amb dos grans navegants i corsaris com eren Joan Colom i Guillaume Casenove Coullon.

—Quan eres petit, era jo qui t'explicava històries —va dir Vador—. Ara ho has de fer tu, Guerau.

Tot el que els vaig explicar eren variants del mateix: la lluita aferrissada de les tropes de Joan II contra les nostres.

—Des de l'any passat que anem perdent terreny —vaig anunciar d'acord amb el que sabia per l'Almirall.

—I això? —va preguntar Vador—. Tenia entès que, amb l'ajuda del rei Lluís XI, Joan de Lorena havia pres la Força de Girona...

—Sí, però el duc Joan de Lorena no s'entén amb els diversos caps, ni amb la Generalitat.

—Vatua l'olla, ara sí que l'hem fumut... —va remugar Marcel.

Era talment com els ho vaig explicar, les divergències del duc de Lorena amb la Diputació del General cada vegada es feien més grans.

El parell de mesos que em vaig quedar amb ells, de tant en tant anava a visitar Justina, i aprofitava així per portar-li peix. Però... No m'he oblidat del que deia al principi, que va ser en aquesta època quan vaig conèixer el comte d'Empúries, el meu admirat i apreciat infant Fortuna.

Si Vador havia possibilitat que conegués l'Almirall, també va fer possible la primera trobada amb el comte d'Empúries, que aleshores era el lloctinent de l'Empordà i participava activament en la guerra civil.

Vador de vegades rebia encàrrecs que no tothom estava disposat a fer. En temps de guerra els camins no eren segurs i desplaçar-se d'una banda a l'altra podia representar tot un perill. El seu mitjà era el mar, però si calia ell o alguns dels seus homes, entre ells jo, portàvem el peix a algunes cases de senyors. A més, estava avesat a mercadejar i no es feia enrere pels inconvenients.

El vaig conèixer el dia que anava amb Vador a casa de la marquesa de Palamós, dona Hipòlita de Liori i de Requesens. Li portàvem un cove ple de peix acabat de pescar.

De camí ens vam trobar amb un seguici d'homes que anaven a cavall, uns cavallers acompanyats de soldats.

—El que va al davant és un principal —em va dir Vador—, és Enric II, el lloctinent de l'Empordà i cosí germà del príncep Ferran.

Sí, aquest últim ja havia tingut ocasió de conèixer-lo, però aquesta és una altra història que encara no he explicat.

Enric II es va aturar al nostre pas.

—Caram, quin goig que fa, aquest cove —va dir, fixant-s'hi.

—Doncs quan vulgueu, senyor, us podem portar peix. A port, només cal que pregunteu per Vador, el de la *Riallera*.

El lloctinent va assentir amb el cap i es quedà uns instants mirant-me a mi.

—I tu, noi, com et dius?

—Guerau, senyor, Guerau...

Anava a afegir que de Gualbes, però em vaig empassar les paraules. No sabia si pronunciar el cognom podia ser perjudicial i no volia comprometre Vador. En aquell moment, jo només era un pescador.

El seguici va continuar el seu camí i nosaltres el nostre. No ho sabia encara, però aquella marquesa a la qual portàvem el peix era una bona amiga de l'eminent cartògraf Jaume Ferrer de Blanes, amic també de l'Almirall.

M'hauria agradat quedar-me més temps a Palamós, però una dèria se'm va ficar al cap: trobar el meu padrastre. En certa manera ell havia provocat la mort de la meva mare. La causa de la meva dèria va ser que havia sentit converses d'aquelles que esgarrapes al vol, que se n'havia anat cap a la Segarra, que allà hi mercadejava.

Era possible, és clar.

Volia retrobar-me amb l'Almirall, però abans volia el cap del padrastre, passar comptes amb ell.

Me'n vaig anar a la Segarra, sí. Però aquella notícia que hi podia ser no va tenir cap fonament perquè no l'hi vaig trobar.

I va ser llavors, a Tàrrega, que vaig conèixer dona Joana.

El comte d'Empúries i Guerau se separen i aquest es queda rumiant en la dona que ha vist passar pel carrer Bisbal acompanyada d'una serventa. De bona gana hauria deixat plantat el comte i hauria anat al seu encalç, però el més segur és que només sigui un miratge pel qual no es vol preocupar.

Guerau no creu que se'n surti, però ha decidit anar a casa de l'Almirall. El comte li ha dit que s'hostatja a la casa que la família té al carrer dels Mirallers.

El cop de porta ja el té i, si més no, no es quedarà amb la recança de no haver-ho intentat per darrer cop. Seria bo esperar-se, deixar que el comte d'Empúries preparés el terreny, però no pot ni vol deixar passar més temps.

Tomba pel carrer dels Especiers i baixa en direcció a la plaça del Blat. No té pressa i va badant per les parades que hi ha muntades.

Les aromes de les espècies acolorides i aromàtiques tenen la poca fortuna de barrejar-se amb la ferum de femtes i podridures que transporten ràfegues de vent.

En alçar la vista i mirar cap avall del carrer, el sobta tornar a veure les dues dones, una de les quals li ha cridat l'atenció. Apressa el pas. Ara sí que podrà comprovar si és qui pensa que és.

Elles tomben pel carrer de la Tapineria i Guerau se n'hi va.

Quan hi arriba, no en veu cap rastre. Deuen haver entrat a alguna botiga... Les busca. Va sotjant l'interior dels establiments, és fàcil que hagin entrat en alguna de les sabateries que hi ha al carrer, famós per haver-se especialitzat en aquest tipus de calçat. Sens dubte, és on es poden trobar els millors tapins que es fan a Barcelona.

Una veu femenina, coneguda, però perduda en el temps, fa que entri dins de la sabateria on està convençut que l'ha sentit.

Allà hi són. La dona que buscava mira amb atenció uns tapins.

Guerau dissimula fent veure que observa la mercaderia i com treballa el sabater, que en aquests moments confecciona uns tapins de seda amb brocats.

No pot evitar recordar la imatge de dona Elisenda enfilada dalt d'uns tapins molt exagerats. Sabia per ella que l'objectiu —ell li va preguntar quina necessitat tenia de posar-se allò al peu— era resguardar les robes de la brutícia i el fang i estilitzar de pas la figura.

Per descomptat que no ho compartia. A Guerau li semblaven incomodíssimes, impossible fer passes apressades sense que caiguessin dels peus.

Recordar dona Elisenda li fa pensar que encara li deu la visita, visita que no li ve gens de gust i per això l'ajorna. Però no la podrà demorar gaire més.

Durant una estona es dedica a observar la dona. L'observa amb deteniment i sí, no en té cap dubte, és ella, dona Joana Nicolau.

Guerau no s'amaga gens d'ella. Al contrari, la mira

intensament amb la intenció que ella també ho faci. És difícil que no el reconegui, han passat molts anys i ha canviat el seu aspecte, però aprofitant un moment en què ella es fixa en ell —per què em mira tant, aquest individu?, sembla pensar—, Guerau fa un gest amb els llavis, un gest que només coneix ella. Té per norma no repetir mai cap detall privat que hagi emprat amb una dona amb qui s'hagi relacionat amorosament.

Dona Joana s'ha quedat bocabadada, ha deixat caure el tapí de les mans. La serventa el recull de seguida i li pregunta, això sembla, si li passa alguna cosa.

—No res, Sileta —sent que li diu.

La sorpresa inicial de dona Joana ha canviat pel desconcert.

Guerau surt al carrer i decideix esperar fora, li ha semblat que ella s'incomodava. Si vol, quan surti, ja parlaran.

Dona Joana no es fa esperar, surt de seguida.

—Ara torno, Sileta —diu a la minyona.

Guerau veu com el sabater es contraria, de segur que deu patir per perdre una clienta.

Quan té dona Joana al davant, se sent ridícul amb la indumentària trobadoresca que llueix.

—Guerau, sou vós? —pregunta ella repassant-lo de dalt a baix.

Per un moment, es penedeix d'haver provocat que es fixi en ell. De primer, perquè sembla haver oblidat que, ni que fos a contracor, el va trair. I després, perquè no sap quines són les seves circumstàncies actuals. Però com sempre, la curiositat, qui sap si el gust pel risc, pot més que el seny.

Guerau assenteix amb el cap.

—Ai, Jesús! —exclama dona Joana ajuntant les

mans—. Esteu molt canviat... —diu ara mirant-li els cabells.

—Jo a vós us veig molt bé, i me n'alegro —diu ell amb sinceritat.

S'adona, a més, que el possible ressentiment que podia sentir per ella s'ha esvaït.

—Gràcies —respon dona Joana—, però només deu ser l'aparença. No és que em pugui queixar, però... No vam tenir sort, Guerau.

—I jo continuo sense tenir-ne. Ja us avanço, us demano millor dit, que no m'heu vist, us acabeu de trobar amb un fantasma.

—Fugiu?

—Podríem dir que sí. Ja ho veieu, han passat els anys, però continuo fugint. No dec saber fer una altra cosa...

—Ja han passat vint anys, Guerau, però jo sempre us he tingut molt present.

—Què se n'ha fet de vós? —demana Guerau.

—Vaig tenir una filla —explica dona Joana—, es diu com jo... El rei la va reconèixer com a seva i ha vetllat per ella.

—... Si em permeteu la pregunta... Us veieu, vós i el rei?

Ella acota el cap i fa que no.

—No, jo només vaig ser una flor d'estiu... La veritat és que me n'alegro, que hagi estat així. Jo no l'estimava... Entrem dins? Aquí al carrer estem més exposats a la vista de tothom.

Mentre tornen a entrar, Guerau recorda el que li havia dit Bernat, el company de cavallerisses, que ella no havia pogut triar, que era el rei qui ho feia.

—Us he fet aquesta pregunta de si el vèieu perquè m'ha sorprès trobar-vos a Barcelona, i com que ell ara és aquí...

—Fa anys que hi visc, la llàstima és que la meva filla no, des que es va casar que viu a Burgos.

Dona Joana li explica com el rei Ferran va seguir la criança de la filla i afavorí la seva educació, i que va tenir per tutor Jaume Ferrer de Blanes. Li diu també que el rei la va voler casar amb el rei d'Escòcia, però que els ambaixadors van estroncar l'enllaç, perquè van fer veure que era filla legítima d'un matrimoni secret. El rei Ferran es va enutjar de veritat i el rei escocès encara més, perquè no va acceptar de casar-se amb una filla bastarda. Al final, la va fer casar amb el gran conestable de Castella, don Bernardino Fernández de Velasco, duc de Frías, molt fidel al rei Ferran.

A Guerau no li interessa gaire, per no dir gens, la vida de la filla de dona Joana. Potser ho fa que és una filla del rei. Però l'escolta perquè ella té necessitat d'explicar-ho. És la seva filla, és clar. A ell també li agradaria poder explicar coses del seu Guillem.

—Com deia —continua ella—, la pena és que viuen lluny. El conestable ha fet construir a Burgos una preciosa casa a la qual anomenen El Cordón. Al meu gendre li plau la literatura i escriu cròniques sobre el rei, i a ell això li agrada.

Si poc li interessa què fa la filla, encara menys què fa el gendre.

—He anat a Burgos en una ocasió i hi tornaré, però per poc temps. No vull que la meva presència sigui inoportuna.

—Els bords, és clar —diu Guerau sense voler, cosa que la fa envermellir.

—El que em sap greu —afegeix dona Joana— és que el rei hagi revocat la clàusula testamentària per la qual li atorgava unes rendes. Va al·legar que ja no li serien necessàries, atesa la posició econòmica del seu marit. És un garrepa, el rei Ferran, un *cicatero*, que diu el meu gendre.

El darrer comentari fa somriure Guerau. Desconeixia aquesta vessant del rei. Un demèrit més a afegir a la llarga llista de greuges que acumula contra ell.

Una sensació d'incomoditat s'ha anat apoderant d'ell i té ganes d'anar-se'n. Però ha d'assegurar-se de la discreció de dona Joana.

—No voldria abusar, perquè sé que gràcies a vós —diu Guerau aixecant-se del seient— el rei em va perdonar la vida, però ara em veig obligat a demanar-vos que vetlleu per mi de nou i que silencieu que ens hem vist.

A Guerau li fa l'efecte que ella espera que li pregunti on resideix o que sigui ell qui li digui on el pot trobar. Doncs no farà ni una cosa ni l'altra per més que sigui el que pertoca.

Però ella s'avança.

—Si necessiteu el meu ajut, sigui quin sigui...

Què li ofereix dona Joana? No li agrada el to amb què ho ha dit. I no ho vol esbrinar.

Se'n va amb la melangia per un temps que no va existir, però que havia somniat amb placidesa, l'enyor de quan no tens encara dues dècades de vida, quan creus que pots forjar-la al teu gust i conveniència.

Ha callat que sabia que la seva filla havia estat educada per Jaume Ferrer de Blanes, i tant que ho sabia. Tampoc no li ha dit que coneix la nena, una filla que hauria pogut ser seva.

Però no, no té cap desig de tornar a veure dona Joana.

VIII

PÈRDUES

Amb l'ànim carregat d'inquietud, un malestar que no encerta a trobar-ne la causa perquè hi ha massa per triar, Guerau surt del carrer de la Tapineria, travessa la plaça del Blat i s'atura a una taverna on sap que també serveixen menjars. Confia que la panxa plena i la gola ben regada ajudaran a esvair el mal humor.

Procura asseure's en una taula que queda arraconada —ell sempre buscant racons— i comprova que la bossa dels diners continua on ha d'estar. De bona gana deixaria el sarró a terra, però està massa llardós i opta per deixar-lo damunt la falda.

S'imagina que el serviran aviat, perquè no hi ha gaire gent.

El taverner, que allà on hi hauria d'haver una cintura hi du lligat un davantal que fa joc amb la brutícia del terra, se li planta al davant amb els braços fent nanses.

—No sembleu pas de Barcelona, vós... —comenta amb ganes d'entaular conversa.

Guerau no en té ganes, però li segueix la veta.

—Sóc de la Segarra...

—De la Segarra? Com la meva dona, doncs! Constança, vine! —crida l'home cap a unes cortines on al darrere, presumiblement, hi ha la seva dona.

Al cap d'un moment apareix una dona grassoneta, galtavermella i d'aspecte afable.

—Diu que és de la Segarra... —li comunica el taverner.

—Oh, quina il·lusió! —manifesta la dona—. No ve gaire gent d'aquella terra cap aquí... I d'on sou, senyor?

—De Tàrrega.

Encara voldrà el diable que la dona també sigui d'allà, pensa Guerau.

—Jo sóc de Cervera... I què se us hi ha perdut, a Barcelona?

Guerau fa treballar el magí de pressa i confegeix una nova personalitat.

—He vingut a consultar la biblioteca del convent de Santa Caterina, sempre trastejo amb llibres —diu traient del sarró un dels volums de l'*Ars amatoria*, d'Ovidi. El llibre de poemes li dóna el complement que necessita per crear l'aura de persona que estima les lletres, això quan va guarnit d'artista.

Quan els ensenya el llibre se sent fora de lloc, poc que els deu interessar Ovidi. Però sembla que ha caigut en gràcia als taverners i se l'escolten admirats. Deu ser inusual que un poeta entri al seu local on la majoria de la gent, per no dir tota, no sap ni llegir ni escriure.

La inesperada conversa ha servit perquè la dona li porti un suculent estofat de carn que Guerau es menja ben de gust.

I quan acaba el dinar, encara manté una altra tanda de conversa. Com passa sovint, tot és començar, ara que ja sap qui és —els ha dit que és Emili Ferrer— li és més fàcil anar donant detalls de la seva nova vida. I això de Ferrer no és del tot mentida, perquè també n'és una mica, de Ferrer, és parent d'aquells de la Segarra que aviat es van treure la seva mare del damunt.

La veritat és que no volia estar-s'hi tanta estona perquè la intenció des que s'havia acomiadat del comte d'Empúries era anar al carrer dels Mirallers, però no comptava trobar-se ni amb Joana ni que fes una amistat improvisada amb uns taverners.

Quan se'n va, els reitera que tornarà, i en dir això sí que no ha dit cap mentida, perquè s'ha sentit a gust, el malestar ha desaparegut.

Segueix camí a la vora de la riera del Merdançar i s'endinsa al carrer dels Mirallers, ben proper al dels Banys Vells. Pensar que té tan a prop Blanca i que a la vegada és tan distant el fa tornar a posar de mal humor, l'efecte benèfic del vi i de l'estofat li ha durat ben poc.

No s'entreté gaire a pensar quina excusa oferirà perquè el deixin passar i tira pel dret amb una mentida. Avui té corda i li surten sense cap esforç.

El criat que li obre la porta rep una notícia falsa, ja que Guerau s'anuncia com Enric II, el comte d'Empúries, el lloctinent de Catalunya.

El servent no deu ser persona de gaires llums ni fa la seva feina amb prou cura, perquè no s'ha dignat a reparar en ell.

—Passeu, passeu, Enric —diu l'almirall Colom sense aixecar la vista de la taula on treballa—, ja veieu que estic enfeinat...

Sí que ho està. Damunt la taula s'amunteguen rotlles de pergamins; deuen ser cartes de marinejar. Guerau ja sap que treballa en els preparatius del segon viatge, del segon viatge oficial, és clar.

—«No a nosaltres, Senyor, sinó al teu nom dóna glòria»... —deixa anar Guerau en to solemne.

L'Almirall, xocat, aixeca la vista de la taula.

—Guerau? —pregunta sorprès per l'aspecte del visitant.

Deixa el portolà que mirava i se li acosta.

—La teva insolència és infinita —expressa indignat—, em sembla que vaig parlar prou clar!

—No sigueu injust perquè m'hi jugo la vida fent el que estic fent —talla Guerau—. Però no vull que quedi cap ombra de traïció vers vós. Accepto moltes culpes, però aquesta no.

Ho ha exposat amb tanta contundència i convicció, que l'Almirall afluixa una mica, a la defensiva.

—Presentar-te com el comte d'Empúries, quines sortides que tens... I de què dimonis vas vestit?

—Per què no em voleu creure? —insisteix Guerau sense respondre a l'Almirall.

Colom inspira fort i diu:

—Vés-te'n, si us plau, no m'obliguis a treure't de mala manera.

—Ho haureu de fer, doncs, si no m'escolteu, només us demano l'oportunitat de defensar-me.

—Ja te la vaig donar al palau del comte d'Empúries, de qui ara fas servir el nom, i no em vas convèncer.

Guerau opta per anar directe al moll de la qüestió.

—Aneu errat en la percepció que teniu de les meves actuacions, però no us avorriré més insistint-hi, el temps ja s'encarregarà de posar cadascú al seu lloc. A contracor vostre, sóc aquí per alertar-vos: feu el favor de concretar amb el rei les vostres aspiracions i voluntats, perquè les capitulacions només són una carta de mercè que el rei pot revocar quan li convingui. No cal que us ho expliqui ni que us en faci relació, pregunteu-li-ho a Lluís Santàngel, parleu amb ell. I amb el comte d'Empúries també.

—Amb el primer ja ho he fet...

Pel posat que fa l'Almirall, pel seu to de veu, se sobreentén que no desestima l'alerta que Santàngel i ell li fan.

Per fi s'ha obert l'escletxa de dubte que l'Almirall evitava de mostrar.

—No sóc cap ingenu, Guerau —diu mirant-lo directament als ulls—. Sé que el rei m'utilitza, ens utilitzem tots dos, aquest és el tracte, i encara que sigui jo qui hi acabi perdent res m'aparta de l'objectiu final pel qual vaig començar aquesta empresa, la de recuperar la Roca, el Sant Sepulcre de Jerusalem. Això no treu que, a tu i a Santàngel us he de donar la raó, no procuri pels meus propis interessos.

—Si em permeteu la pregunta, que d'altra banda voldria que també us servís d'alerta... el prior de Santa Anna, Bartomeu Cristòfor de Gualbes, sospita de vós, creu que us allunyeu del Temple per seguir els vostres orígens, amb la qual cosa us decanteu pels objectius de Santàngel. De quina banda esteu?

—De totes dues, això no és nou, ja ho saps. Servir el Temple i l'orde del Sant Sepulcre no m'aparta de seguir el regne d'Israel, que no té res a veure amb el regne de Judà. El prior pot estar tranquil, no sóc judaic, no segueixo la llei de Jahvè. Ja fa temps que els meus van deixar la fe jahvehita. Sóc cristià.

—D'acord, però us recordo que, amb la més mínima sospita, la Inquisició castellana fa anys que crema gent de la nostra terra. No tinc cap dubte que li plauria tenir-vos de víctima.

—No pateixis, Guerau, que per aquí no em podran agafar. Si no han pogut amb Santàngel...

—Part de la seva família va morir a les seves mans.

—Ell no caurà, a ell el rei el protegeix.

—No deixa de ser una contradicció —afirma Guerau—, perquè Santàngel odia el rei... En això tenim molt en comú. La diferència principal és que mentre que protegeix Santàngel, a mi em vol eliminar.

L'Almirall es queda pesarós, immers en els silencis en els quals sempre li ha agradat resguardar-se. Ajunta les mans, que enllaça i seguidament desfà, un gest característic en ell quan rumia alguna qüestió.

—No sé pas què fem de peu dret, seguem —diu indicant la cadira que hi ha davant de la taula on treballa mentre ell va i agafa la que hi ha al darrere, on seia quan ha entrat Guerau.

Amb cansament, l'Almirall s'asseu.

—D'acord, fem taula rasa —diu ara, conciliador—. No sé si faig bé, però vull creure que em dius la veritat.

Guerau sent un alleujament infinit. Fa massa temps que espera aquest moment i afegeix al seu favor:

—Sempre us he estat fidel. Us recordo també que per vós em vaig quedar més temps del que em pertocava quan éreu a casa del duc de Medina Sidonia, vós vau passar per davant de la dona que estimo i del meu fill.

—Ah, no, això sí que no —talla l'Almirall—, no em facis servir d'excusa per a les teves inseguretats. Mai no t'he obligat a res, t'he deixat lliure de prendre les decisions. El teu problema, Guerau, i ara permet-me que em sinceri amb tu, és que tens por al compromís, al compromís de crear una família. Vols i dols.

Guerau s'ha quedat sense parla, no esperava aquella reflexió, que d'altra banda, i si vol ser objectiu, és del tot encertada. Vet aquí que volia reforçar la seva defensa i encara ho ha enredat.

—No et vull sermonejar —continua l'Almirall—, de

segur que per a això ja tens el teu parent, el prior de Santa Anna.

Guerau somriu, té raó.

—Vine, t'ensenyaré una carta de navegar que encara no has vist —diu l'Almirall aixecant-se de la cadira.

Guerau el segueix i observa la que li mostra damunt la taula.

—L'ha fet el mestre mossèn[35] Jaume Ferrer de Blanes...

Mentre l'Almirall li va ensenyant amb detall el document cartogràfic, Guerau repassa mentalment la personalitat de Ferrer de Blanes.

El cartògraf, nascut a Vidreres, té deu anys més que Guerau. Després d'haver voltat per la Mediterrània, va tornar a Catalunya i es va establir a Blanes, d'això ja fa uns tretze anys. Anteriorment, havia servit el rei de Nàpols, Ferran I i Joana d'Aragó, la germana de Ferran, a la tresoreria reial i en temes de comerç marítim i de cartografia. I també havia estat joieller i lapidari.[36] Respecte a aquest últim càrrec, va ser negociant de pedres precioses de la reina Joana. Feia viatges per tota la Mediterrània a compte d'ella, és clar. Feia més de trenta anys que navegava. Havia estat a Terra Santa, Egipte, Damasc, Xipre, Venècia...

—Aquest és la darrera carta de navegació —diu l'Almirall—... me l'ha confiat.

Guerau s'adona que ha recuperat la seva confiança, o això vol creure.

35. Tractament que es donava als cavallers, als ciutadans o burgesos honrats, i als altres membres de la mà major. Cal no confondre'l amb el tractament actual que es dóna als sacerdots.

36. Qui té per ofici tallar i polir les pedres i gemmes. Jaume Ferrer de Blanes va redactar l'any 1476 un tractat, *Lapidari*, que a diferència d'altres no conté moralitzacions.

—El rei, i crec que la reina Isabel també, està interessat en aquesta carta de navegar, on ja veus que hi surten les terres i els oceans, les seves delimitacions... Els urgeix que quedin ben definides amb el regne de Portugal. De moment només és un esborrany, però no trigaran a reclamar-lo...

—No crec que això li agradi a Jaume Ferrer, no li interessa que es trobin les terres, ell també és comerciant i obté pedres precioses de les terres ocultes.

—És cert, no ho crec, a més d'un no li plaurà que quedin al descobert.

Guerau, ara que ha vist la carta, la localització precisa de les terres ocultes, recorda aquells números que l'Almirall escrivia a la sorra i fa una associació que fins ara no se li havia ocorregut.

Sap que la consigna del Temple, «No a nosaltres, Senyor, sinó al teu nom dóna glòria», correspon al salm que en el Llibre dels salms de la Vulgata, la versió catòlica de la Bíblia, està numerat amb el valor cent tretze, però en el text hebraic, el Salteri, és el número cent quinze. El número u i el número cinc, les constants numèriques a les quals, amb el set, sempre es refereix l'Almirall. Ell i Jaume Ferrer de Blanes, a través d'aquest salm van saber la ubicació exacta d'on s'havia de buscar l'orde del Temple a l'altra banda del gran oceà.

Ara ho veu ben clar.

Calia cercar a partir dels onze graus i mig de latitud nord on hi ha el riu d'Or.[37]

—L'existència d'aquest riu —diu l'Almirall, que s'ha adonat que Guerau es fixa en aquest punt—, ja la conei-

37. Riu Sant Joan, que neix al gran llac de Nicaragua i desemboca al Carib.

xien els avantpassats de Jaume Ferrer, de qui va obtenir la informació. A través del riu d'Or podrem accedir a l'altra banda de l'oceà.

—És la ruta que busca el rei Ferran.

—És així.

—I ja hi vau arribar?

—Encara no, però confio poder-ho fer aviat... Si la *Santa María* no s'hagués encallat en aquell banc de sorra i m'hagués fet perdre tant de temps, qui sap, potser a hores d'ara ja coneixeria la ruta.

Guerau vol parlar de la nau, però l'Almirall s'avança amb un altre tema.

—Un naufragi sempre t'agafa desprevingut... Te'n recordes, Guerau? Te'n recordes del que vam patir davant del cap de Sant Vicent?

I tant que me'n recordo, és una experiència que si tens la sort de sortir-ne viu no l'oblides mai, per anys que passin.

El proper mes d'agost farà disset anys que vam naufragar en aigües portugueses. I en aquest episodi, abans de parlar de nosaltres, de l'almirall Colom i de mi, m'he de referir a l'home de mar més agosarat i temible que ha solcat les aigües d'aquest món, Guillaume Casenove Coullon, amb qui durant força temps vam navegar.

En anteriors ocasions l'he citat, però poca cosa he dit més enllà que era un corsari que es va convertir en almirall.

La seva grandesa en tot el que es refereix als coneixements marítims, que abasta els secrets del mar, el comandament dels vaixells i les tècniques de navegació, anava de bracet amb la seva crueltat, molt més gran que la d'un pirata barbaresc, perquè encara que el rei de França l'hagués nomenat almirall, si vull fer honor a la veritat, he de dir que mai no va deixar de ser un pirata. El seu objectiu era el saqueig sistemàtic i l'aniquilació de tota tripulació que hagués tingut la desgràcia de topar-se amb ell.

Els orígens de Casenove Coullon eren catalans. Descendia de Guillem Colom, l'eminent banquer, i de la família Casanova, tot i que hi havia qui assegurava que procedia de la Gascunya, que era oriünd del comtat de Foix, contigu al Rosselló. Fos com fos, no tinc cap dubte que era parent de l'Almirall.

Aquell estiu jo tenia gairebé vint-i-un anys, i aleshores sí que ja podia considerar-me un home fet i dret. Vaig viure una època convulsa, pràcticament bèl·lica, amb innumerables batalles que es defensaven al mar. Especialment virulenta va ser la que es va produir entre la flota franco-portuguesa i els vaixells de Gènova i Flandes, aquella en què vam naufragar.

Va ser durant el mes d'agost que el rei Alfons V de Portugal va contractar Casenove. Quatre anys abans, el corsari havia lluitat al bàndol del rei Renat contra Joan II, bàndol al qual ens vam afegir l'Almirall i jo.

Per aquella època França era aliada de Portugal i totes dues nacions tenien un enemic comú, Castella.

Abans de referir-me al naufragi, he de dir també que Casenove havia sigut primer aliat de Portugal —un dels seus objectius era malmetre tot el litoral andalús—, però després va passar al servei de Lluís XI de França, i puc assegurar que aquest monarca, pel que sé d'ell, no té cap mena d'escrúpol: el nomenà almirall de la seva esquadra com a pagament per les atrocitats comeses a la costa cantàbrica i a l'estret de Gibraltar.

Ja ho he dit, Casenove abans que corsari era pirata.

Les seves depredacions s'estenien des del canal de la

Mànega i des de més al nord fins a la Mediterrània, passant pel golf de Gascunya i l'estret de Gibraltar.

Casenove Coullon[38] havia adquirit una fama tal que un parell d'anys abans del nostre naufragi el Senat de Venècia va escriure al rei de Portugal per demanar-li que intercedís amb *Columbum piratuam* per la seguretat de les tripulacions venecianes que havien estat capturades.

I malgrat que tant a l'Almirall com a mi no ens agrada el vandalisme per si sol, també hi vam participar. No ens en podem vanagloriar, doncs.

Va succeir que aquell agost de 1476 navegàvem amb la flota de Casenove per les costes de Portugal. L'objectiu era protegir el rei portuguès, que es traslladava de Lisboa a Cotlliure per poder anar a la cort de Lluís XI i demanar-li ajuda en la seva lluita contra els reis Ferran i Isabel. Érem onze vaixells, als quals s'havien de sumar les dues galeres portugueses carregades de soldats que havia deixat el rei Alfons.

Navegant prop del cap de Sant Vicent, vam coincidir amb una flota mercant genovesa composta de quatre naus; les acompanyava també una urca flamenca. Transportaven mercaderies a Anglaterra, sobretot cautxú.

I Casenove va decidir d'atacar-les.

—El que pretén falta a tota regla marinera! —em va dir l'almirall Colom alarmat.

Però ni que haguéssim anat en el mateix vaixell no l'hauria pogut convèncer. Atacar un estol de naus era una qüestió de què Casenove no es podia estar.

—És un error —va comentar l'Almirall—, ja no és que contravingui les regles, és que menysté els geno-

38. També se'l coneixia per Colombo, Coullom, Colom o Collora, tot depenent d'on i amb qui pirategés.

vesos. No es rendiran a la primera, lluitaran fins a la mort.

Casenove va voler capturar les naus de manera ràpida, enganxant-les amb garfis per acostar-s'hi i saltar dins a l'abordatge.

No era al seu costat, però sabia què deia als seus homes, perquè en altres ocasions m'ho havia dit a mi.

—Ataqueu, llops de mar! No deixeu cap rastre de vida!

Escoltar el seu crit de guerra esfereïa i s'encomanava de tal manera que ni les braves onades podien silenciar els brams furients de la batalla.

La topada entre les naus va ser ferotge. El combat va durar des del matí fins al capvespre. Em va sorprendre que en lloc de fer servir espases, dagues o coltells, ells fessin servir un foc que explotava i s'expandia cremant-ho tot al seu pas.

—Aquests maleïts genovesos fan servir pólvora! —va exclamar l'Almirall.

Allò no va agradar a Casenove, que devia titllar els adversaris de covards.

—Els homes lluiten cos a cos! —deia sempre.

Aviat es va calar foc a la nostra nau, conjuntament amb la genovesa, amb la qual ens havíem travat amb els ganxos i cadenes de ferro per poder-nos hi acostar. Cap de les dues podia ser auxiliada, estaven condemnades a anar al fons del mar.

El foc creixia, augmentava per moments devorant el fustam i el que es topava al seu pas. El vaixell s'havia convertit en l'avantsala de l'infern.

—Abandoneu la nau! —va cridar l'Almirall.

Els que no havien mort o no estaven ferits es van llençar a l'aigua. La calorada de les flames era insuportable.

L'almirall Colom i jo vam ser els últims a saltar.

Les aigües eren braves i les onades no permetien veure més enllà del propi cos. En remuntar damunt d'una onada vaig divisar l'Almirall. No érem lluny l'un de l'altre.

—Compte! —vaig cridar en veure que l'arbre de trinquet es precipitava sobre ell; es devia haver cremat per la base.

No va tenir temps d'apartar-se i va rebre el cop de ple.

Amb grans braçades vaig aconseguir encalçar-lo. Encara sort que el vaig poder agafar abans que s'enfonsés. Havia perdut el coneixement. Amb molta dificultat, vaig aconseguir que surés.

Mentrestant, la cridòria de la tripulació que encara vivia es confonia amb la remor de les onades, on les restes del vaixell esbombat i les despulles humanes esquitxaven un mar embravit.

Ens devien separar unes dues llegües de la costa.

—Resistiu —vaig demanar tot procurant que el cap li quedés fora de l'aigua i que el recolzés damunt un tros de fustam que s'havia desprès de la nau.

La fortalesa física de què gaudia en aquell moment, la joventut plena, va aconseguir que poguéssim arribar a les costes de l'Algarve. Vaig patir, però, perquè l'alçada de les onades era superba i ens envestien amb força. Vaig dominar-les, cercant els seus continus viratges i embranzides i procurant sempre que el cap de l'Almirall quedés fora de l'aigua.

Ens en vam sortir.

Per a Casanove va ser ruïnós, perquè va perdre set embarcacions i cinc-cents homes, si bé la flota genovesa també va patir pèrdues importants en el combat, tres galeres i tres-cents cinquanta homes. Però això no el va fer desistir de noves escomeses, era un llop de mar, un llop de mar rabiüt.

—Et dec la vida, Guerau, mai no me n'oblidaré —va ser el primer que va dir l'Almirall quan va recuperar el coneixement.

Joan Colom i Guerau rememoren l'odissea en aigües portugueses, on van estar a punt de perdre la vida.

La confiança ha arrelat de nou.

—No tinc la salut de llavors —afirma l'Almirall—, però encara em queda empenta suficient per continuar el periple. Però tornem a seure, les meves cames ja no m'aguanten tan dret com voldria.

Guerau assenteix i s'asseu al seu davant.

—Em va costar anys —continua l'Almirall— aconseguir que el rei em donés la carta de navegar que em feia falta, la que en el seu dia va tenir el rei Joan I, la que li va donar Cresques.

—Parleu-me del proper viatge —demana Guerau, interessat.

—Tinc molta confiança en aquesta nova empresa. I aquesta vegada serà molt gran. He comptat que pel cap baix necessitaré uns disset vaixells, cinc naus i dotze caravel·les.

—Això implica que hi hauran d'anar molts homes...

—Més de mil cinc-cents.

—Res a veure amb l'anterior expedició.

—En absolut... Fixa't que he parlat d'empresa.

—Teniu pensat qui us acompanyarà?

L'Almirall agafa un pergamí, el desenrotlla i el mostra a Guerau.

—Encara l'estic confegint, però la base ja està feta... Vindrà el meu germà, Jaume, perquè Bartomeu encara és a França, a la cort de la regent Anna. Hem acordat que s'unirà a l'expedició així que pugui... Ja veus que també compto amb el pare Casaus, amb Joan de la Cosa...

—Perdoneu —interromp Guerau—... si a mi se'm titlla d'espia, a De la Cosa... en podríem parlar molt.

—Ja ho sé, ja ho sé, però me l'he de jugar, el necessito, no puc prescindir d'un excel·lent cartògraf com ell, i els seus coneixements nàutics són més que notables... Segurament vindrà... Ara està a l'espera de rebre una indemnització per part dels monarques per l'enfonsament de la *Santa María*, ja saps que ell n'era el patró.

Guerau ara no perd l'oportunitat de parlar-ne.

—Ara que ho esmenteu... Com és que es va enfonsar? —pregunta observant quina és la reacció de l'Almirall.

—Perquè vam embarrancar. Vam intentar evitar el seu enfonsament: vam desarborar-la, la vam descarregar amb l'ajuda de les canoes dels indis, però no hi va haver res a fer. Encara sort que vam poder salvar les persones i el forniment.

—Pensava que hauria estat per culpa de Martín Alonso —comenta Guerau, que s'adona que l'Almirall ho ha explicat sense gaire convenciment.

—No, no va ser cosa seva, tot i que no m'hauria estranyat...

De sobte, l'Almirall s'atura i canvia de conversa, reprèn la lectura del llistat.

—... Pere Bertran i Margarit, Miquel Ballester, Pere Casaus, Pere de Sala, fra Ramon Pané, Fra Boïl, Guillem Coma, Antoni d'Alemany, Pere de Requesens, Lluís d'Urrea, Nicolau Esteve... I segurament també vindran Miguel de Cunneo, Diego Alvar Charca, Juan Ponce de León...

Guerau escolta l'extensa relació, noms il·lustres, tots plegats.

Se n'està d'interrompre de nou, però així que acaba manifesta la seva opinió.

—Voleu dir que és encertada la presència de Pere Bertran i Margarit?

—Un altre espia? —pregunta Colom sorneguer.

—Un fidel sicari del rei Ferran —Guerau fa un gest aturant la rèplica de l'Almirall—... I no té res a veure amb la meva enemistat amb el rei, de debò. Tampoc no me'n refiaria gaire de fra Boïl...

—Em sembla que veus fantasmes arreu —diu l'Almirall sacsejant el cap, traient-hi importància.

—Aquest és l'estat de la situació: Pere Bertran i Margarit serà el capità de l'expedició, és cert que per nomenament reial, però no el puc deixar fora.

—També va ser per nomenament reial el de Martín Alonso, el gran dels Pinzón, i ja sabeu què va passar.

—Són conjectures, no ho sabem del cert.

Guerau pensa que té raó. No ho saben del cert. Martín Pinzón li va negar moltes de les acusacions que li va fer.

—No és nou —continua Colom—, ja ho sé que hi ha un munt d'interessos per damunt dels meus, fins i tot els del rei...

—Continueu buscant per ell els hereus de l'orde del Temple? —pregunta Guerau.

L'almirall Colom fa una pausa, sospesa el que dirà.

—M'interessa que ell pensi que els busco, però...

—Però?

—En tinc seriosos dubtes... Hi van ser, Guerau, hi van ser, però ara... Temo que ja els hem perdut. De tota manera —diu Colom canviant el to afligit per un altre d'animat—, el projecte continua i més viu que mai. Si ha de servir perquè el rei, amb l'ajuda papal, restauri l'orde del

Temple, allà aniré tant si trobo els successors dels templers que es van escapar com si no.

Colom fa un pausa, recolza bé l'esquena a la cadira i encreua els braços damunt del pit.

Guerau no intervé, coneix l'Almirall i sap que en aquest moment busca les paraules adients per afegir alguna cosa que l'incomoda.

—Fa unes setmanes em vas retreure les demandes que vaig fer al rei a canvi de descobrir les terres ocultes —exposa Colom—, i ara et diré les meves raons. De les Índies Occidentals tothom en vol treure el suc. Només per citar-ne alguns: Miquel Ballester busca el negoci de la canya de sucre, Bertran Margarit vol honors i glòries militars, Ferran II es vol convertir en el rei efectiu de Jerusalem... Seria absurd que jo no me n'aprofités també, Guerau. Per les molèsties i treballs que durant tants anys m'he pres, i ho saps, crec que tinc dret a rebre determinats honors.

Guerau gaudeix d'aquest moment de confiança. Ja era hora que arribés, que no estigués a la defensiva. I aprofita l'ocasió per fer una pregunta que fa setmanes que l'inquieta. D'ençà que l'Almirall va arribar de les Índies, de tot el que ha sentit explicar a Galvany i també del que s'ha difós en les cartes, es planteja un dubte que el mortifica.

—Us he de fer una pregunta...

—Digues...

—Us demano encaridament que em digueu la veritat...

—Pregunta, no donis més voltes.

—Digueu-me... Hi he anat, jo, a les Índies Occidentals?

Colom el mira als ulls, fit a fit. I respon:

—Sí, sí que hi has estat.

JUNY 1493

Es ratifica la butlla del papa Alexandre VI «Inter Caetera» (la menor), que defineix un meridià a l'oest del qual totes les terres trobades i per trobar pertanyen als regnes de Castella i Lleó. La butlla afavoria ostensiblement els Reis Catòlics en detriment de Portugal.

La notícia del descobriment de les Índies Occidentals s'estén per tot Europa gràcies a la difusió de la impremta, invent en plena expansió.

El rei Ferran va escriure als seus procuradors a Roma proposant al Papa el nomenament del pare Boïl com a delegat pontifici de les noves terres.

El 28 de juny, els monjos de Montserrat van ser foragitats i substituïts per monjos de la comunitat benedictina de Valladolid. L'abat Joan Peralta[39] *va ser apartat de Montserrat i nomenat bisbe de Vic. El nou abat montserratí serà García de Cisneros.*

39. També era el president de la Generalitat (1491-1494).

IX

VIATGES

El mes de juny avança enrarit, sense acabar de decidir-se a deixar pas a l'estiu. Les freqüents pluges, convertides a estones en violentes tempestes, han enfredorit la primavera més del que pertocaria. La constant presència de nuvolades crea tendals invisibles que aixopluguen i condensen la humitat. Aquesta circumstància s'accentua vora mar, on les onades embravides i els aiguats caiguts xopen la platja i tot el que hi resta al damunt. I més de nit, quan la foscor estén el seu mantell absent de llum i de sol.

Al pla de Framenors, també dit el pla de les Barques, tot just tocant al convent dels pares franciscans, uns quants homes volten una fogata. La majoria són gent de mar, però també hi ha un parell de frares que, d'amagat dels seus superiors, s'hi han afegit. La mina subterrània que hi ha al convent —a Barcelona n'hi ha unes quantes, de mines— condueix directament a la platja. S'hi arriba a través dels estrets passadissos de framenors. Primer, però, cal passar per la cripta on hi ha enterrada gent principal com la reina Maria de Xipre, l'esposa de Jaume II, el rei Alfons, el Franc, o Sibil·la de Fortià, la darrera muller del rei Pere, el Cerimoniós.

Als mariners i als pocs frares que de manera eventual es convoquen a la platja, ja els escau aquella mena de trobades, però no gens al col·lectiu de framenors.

L'emplaçament del convent té l'inconvenient d'haver de suportar el xivarri que fan els mariners embriacs, que sovint s'engresquen en baralles sorolloses que de tant en tant s'acaben amb algun mort. Els franciscans es queixen als dirigents de la ciutat sense que els facin gaire cas. Volen acontentar els frares, però tampoc poden suprimir la diversió als mariners, que cercarien altres indrets per deixar anar les ganes de sarau, gatzara a què amb freqüència s'afegeixen dones de vida poc honesta.

Aquesta nit, Guerau fa rotllana amb un grup de mariners que s'han aplegat a la platja. Ha deixat les vestidures trobadoresques i, guarnit de mariner, s'ha confós entre ells. Acaba de trobar-se amb Pere Galvany, assidu d'aquestes reunions nocturnes.

Guerau hi ha anat expressament per confiar-li l'explicació que l'almirall Colom li va fer quan li va afirmar que ell ja havia estat a les Índies Occidentals.

Fa un parell de setmanes que Guerau no es treu del cap que hagi travessat el gran Mar Oceà, encara no ho ha paït. I ara és ell qui se sent traït per l'Almirall. Hi ha moments en què creu que ha somiat la conversa que van mantenir.

Necessita compartir sensacions i sentiments amb algú de confiança, que el pugui entendre perquè també hi hagi estat, i ningú millor que Galvany. Aquest, però, s'ha sorprès molt quan l'ha vist.

—Et feia fora de Barcelona...

—Així hauria de ser...

—Què t'entreté?

—Ara ja poca cosa...

—Dones?

—Blanca, per descomptat, però n'hi ha una altra a qui dec una explicació. Te'n recordes de dona Elisenda Pallarès? Em sembla que te n'he parlat...

—La menuda aquella que sempre et va al darrere...

—La mateixa.

—Per important que sigui, crec que hauries de fotre el camp —insisteix Galvany.

Guerau s'encongeix d'espatlles.

—No vindrà d'aquí. Han passat més de dos mesos des que el comte d'Empúries em va alertar que me n'anés.

—Et refies massa —respon Pere Galvany amb el semblant preocupat—... La teva sort pot canviar...

—He pres i prenc precaucions, no et preocupis.

Galvany no el contradiu, però el seu posat mostra que no hi està d'acord.

L'espetec que fa una gran onada embravida en xocar contra la paret de la muralla els distreu de la conversa. El mar s'està revoltant. La muralla acaba, precisament, al convent de framenors, a partir del qual la platja queda oberta al pla. En el decurs del temps, els frares s'han vist sorpresos per les envestides marines ja que no queda prou protegit. En ocasions, els danys que han provocat les inundacions han estat importants i al convent li ha costat de refer-se malgrat que ha comptat amb l'ajuda de la monarquia i de les institucions municipals, que han sufragat les despeses de la reconstrucció.

—Aprofitem-ho, companys, abans no ens caigui una tamborinada! —exclama fra Berenguer traient del sarró una ampolla—. No badeu, que és aiguardent del bo!

—Poc farem, amb una ampolla! —rondina un mariner.

—No passis pena, que en porto més, ha, ha! —respon el frare mostrant el contingut del sarró.

Guerau desitja parlar a soles amb Pere, però la perspectiva de beure és massa atractiva perquè de moment li faci cas només a ell. A més, el frare del sarró, fra Berenguer, és un bon amic de Galvany i aquest ha de repartir afectes i ara no és el moment de menystenir la generositat del frare.

La conversa entre el grup s'anima, si bé el que diuen a Guerau no li interessa gens. El fet que parlin del rei Ferran només contribueix a minvar-li l'ànim i desfermar les ires que intenta guardar amagades. I això que el que diuen no l'afecta, perquè parlen de les festes que es fan al pla quan ve a Barcelona algú important. Però el posa de mal humor que un dels contertulians rememori els honors que es van brindar al rei quan va venir a Barcelona.

—Encara era un nano, llavors —diu el mariner de qui no sap el nom—, no devia tenir més de nou anys.

—Van construir un gran cadafal al pla de Framenors —explica fra Berenguer adreçant-se sobretot als que no ho han viscut—, just davant de la casa dels Montcada, i van fer envelar la plaça amb tot d'antenes[40] i banderoles que la deixaven ben coberta.

La casa dels Montcada, una altra de principal com la del comte d'Empúries, presideix el pla de Framenors, on s'aixeca un empostissat cada cop que uns reis entren per primera vegada a Barcelona i on juren guardar els privilegis de la ciutat.

—Fa uns dotze anys —continua fra Berenguer— també es va aixecar quan va venir la reina Isabel...

40. Pal fix en posició més o menys vertical on s'hissa una bandera, una ensenya o qualsevol altre distintiu.

Ves per què han d'esmentar els Reis, pensa Guerau, fastiguejat.

Ell volia passar una bona estona i, sobretot, parlar amb Galvany. Però està massa entretingut amb l'aiguardent. Doncs s'haurà d'afanyar i fer-ho abans no vagi massa begut.

—Pere, necessito parlar amb tu —li diu Guerau amb to greu, suficient perquè el seu amic s'adoni que és important.

Amb certa recança, Galvany s'aixeca de la rotllana —Guerau ja ho ha fet— i tots dos s'aparten una mica del grup.

—T'he d'explicar una cosa molt estranya. De fet, a mi encara em sembla mentida...

—Deixa't estar de misteris, que ja saps que no m'agraden.

—Abans, però, et vull fer una pregunta concreta: què va passar amb la *Santa María*? Ja ho sé que tu i l'Almirall expliqueu que va embarrancar, però què va succeir en realitat?

Galvany deixa anar una rebufada.

—Fa de mal assegurar —diu sacsejant el cap—, però jo diria que l'Almirall va deixar que embarranqués.

—Per què?

—No ho sé —respon Pere encongint-se d'espatlles—... Però va, oblida la nau i explica'm aquesta història tan estranya.

—Fa un parell de setmanes —comença Guerau—, finalment vaig aconseguir que l'almirall Colom m'escoltés.

—Ja us heu reconciliat?

—D'aquella manera —diu Guerau pesarós—, perquè ara sóc jo qui està ofès amb ell.

—Tu? —pregunta Pere Galvany, que fa un posat de no entendre res.

—Sí, perquè considero que m'ha enganyat. Vaig fer-li una pregunta que des que vau tornar del viatge m'ha corsecat... I en part tu hi has contribuït.

El desconcert de Galvany va en augment.

—Tot el que vas explicant de les terres descobertes... ha fet que alguna cosa es remogui dins meu i m'ha trasbalsat profundament; m'ha fet adonar d'un episodi de la meva vida que tenia del tot oblidat.

No ho esmenta, però la carta que va copiar, aquella que va sostreure del taller de Pere Posa, també va contribuir a refrescar-li la memòria.

Guerau sap que el que li dirà també afectarà el seu amic. Per això ha passat dies rumiant si fer-ho, perquè el primer impuls va ser anar-li-ho a explicar de seguida. Però ja s'ha decidit, perquè qui sap si li pot arribar per una altra banda i és millor que sigui ell mateix qui li ho digui.

—Pere, jo també he estat a les Índies Occidentals.

Galvany no reacciona, l'observa com aquell que contempla algú que de manera sobtada ha perdut l'enteniment.

—Ja sé que et deu semblar una bestiesa, però és la veritat, m'ho va confirmar l'Almirall.

—Venies amb nosaltres?

Guerau somriu interiorment, Pere deu creure que anava de polissó.

—No, va ser en un viatge anterior...

—Impossible!

—Jo també m'ho pensava, però és la veritat.

Guerau s'adona que la perplexitat de Galvany està sent substituïda per la decepció.

—No ho entenc —diu Pere—... I quant temps fa, d'això?

—Uns onze anys...

—I com és que no me'n vas dir res? —protesta Galvany—. Ara sóc jo qui se sent traït.

—Perquè no ho sabia, no n'era conscient...

Galvany sacseja el cap intentant desvetllar l'enteniment.

—Amic —diu Guerau—, perquè em puguis entendre, t'ho hauria d'explicar des del principi.

No és fàcil reprendre el fil del temps quan l'ha segrestat la memòria, confós entre les boirines de l'oblit.

Abans de relatar el meu estrany i fugisser pas per les terres ocultes, m'he de referir als anys anteriors, uns anys en què els viatges eren constants i fèiem vida al mar.

Després d'haver sortit sans i estalvis del naufragi a les costes del cap de Sant Vicent, a Portugal, la peregrinació va continuar. Vam prosseguir el viatge cap a Galway i al cap d'uns mesos vam arribar a Thule, a les costes d'Islàndia. I d'això, sí que en vaig ser conscient. Em va agradar conèixer-ho, però difícilment hi tornaré. Són paratges inhòspits, poc acollidors, i la seva gent està empeltada de la fredor de la seva terra. Encara sort que no hi vam fer gaire estada. Era només un viatge de reconeixement, una expedició cap a les terres nòrdiques on vaig anar més per la meva fidelitat a l'Almirall que per la meva voluntat.

El que tinc molt present és que a partir de llavors va fer un tomb, s'operà un canvi dràstic de portes enfora. Per a mi, però, continuava sent la mateixa persona que vaig conèixer a Marsella.

Es marcà uns objectius que anaven més enllà dels desitjos personals que en certa manera implicaven sacrifici. De tornada cap a la terra lusitana, em va dir:

—Necessito una esposa... Ha de ser portuguesa i de llinatge.

Les seves paraules anaven plenes de convicció i no vaig tenir cap dubte que acompliria el seu propòsit.

El casament no va ser instantani, és clar. D'una banda necessitava trobar l'esposa i de l'altra tenia obligacions professionals que el lligaven, i de rebot a mi. Durant un parell d'anys, aproximadament, i mentre estàvem a Portugal, que vam treballar per la casa Centurione de Madeira. Amb el seu germà Bartomeu, fèiem còpia i venda de cartes de navegar. En aquesta època vam canviar les activitats corsàries per les comercials. Vam realitzar nombrosos viatges, als quals sovint s'afegia Miquel Ballester. Anàvem a destinacions molt variades, des de Genòva fins a Anglaterra o Irlanda, rutes que els portuguesos freqüentaven a més de les habituals de les costes occidentals d'Àfrica, com la Guinea o les illes Canàries... Així va ser com l'Almirall es va assabentar de la Volta da Mina i el corrent dels alisis del Mar Oceà.

La Volta da Mina era la ruta que permetia el retorn del sud d'Àfrica des del cap Verd i després dirigirse cap al nord creuant el Mar Oceà central a la latitud de les Açores, on els vents de l'oest facilitaven el rumb cap a Lisboa, fet que va possibilitar que els portuguesos s'aventuressin a anar cada vegada més lluny de la costa.

S'aprofitaven els vents del nord i de l'est del Mar Oceà. D'aquesta manera es va poder deixar la navegació costanera pel continent africà i endinsar-se al gran oceà.

He de dir que en pocs anys la navegació ha fet grans avenços. Abans sempre es navegava en cabotatge, seguint la línia de la costa i emprant rems o *ventos de feição*, que diuen els portuguesos. El pilot tenia pocs recursos. Escollia la ruta pels coneixements pràctics que tenia dels llocs, els mars o els corrents. Encara que ja es coneixia l'agulla de marinejar[41] i les ampolletes de les hores, els instruments nàutics, les cartes de navegació i les observacions astronòmiques no eren prou útils. Però l'Almirall va aprendre dels àrabs el *kamal*, l'instrument per determinar la latitud basant-se en els astres.

Els coneixements que posseïa l'almirall Colom, molt superiors als de la resta dels navegants, eren un compendi del que havia après a l'escola de Sagres de Portugal, del llegat dels Cresques, els quals ja havien heretat el de Dulcert,[42] i els de Ramon Llull. I, per descomptat, els dels templers, que tant havien contribuït a divulgar els avenços i la saviesa dels musulmans. I quan dic això de l'escola de Sagres, he de puntualitzar que més que una escola, era una trobada de mariners, navegants, cartògrafs i homes de ciència on s'intercanviaven noves tècniques i informació. De rebot, jo aprenia de l'Almirall i amb l'Almirall. I mai no oblidaré el que em deia quan jo era un jovenàs: «No menystinguis mai cap saber, vingui d'on vingui».

Deia que l'almirall Colom s'havia marcat uns objectius. El prioritari en aquell moment era infiltrar-se a la cort portuguesa. Va fer un alto en el camí, doncs, i s'ocupà de buscar una esposa influent que l'hi pogués conduir.

I la va trobar. Parlo de Felipa Moniz i de Perestrello, una noble lisboeta, filla del colonitzador de les illes de Madeira, Bartomeu de Perestrello, i germana del governador de Porto Santo, una illa de l'arxipèlag de Madeira.

—Em caso, Guerau —em va comunicar.

No se'm va fer gens estrany perquè l'havia acompanyat unes quantes vegades a la casa dels Capités Donatorius do

41. Brúixola.

42. Cartògraf mallorquí del segle XIV, autor dels portolans més antics de l'escola mallorquina.

Espíritu Santo de Madeira, el convent de les monges de l'orde militar de Santiago on vivien les senyores de més alta posició social de Portugal. Felipa vivia al convent, però no havia professat els vots. No tenia gaires diners, però gaudia de bons contactes i es relacionava amb el poder, que al capdavall era el que interessava a l'Almirall.

Tinc un record difús de Felipa, potser perquè no tenia cap atractiu, si bé era una dona molt digna i virtuosa, però com ja he dit l'Almirall no s'hi va casar per les seves qualitats personals, sinó perquè li obrís les portes de la cort portuguesa. Van tenir un fill, a qui van posar el nom de Jaume,[43] i així es va consolidar un matrimoni governat pel respecte mutu.

Va ser llavors, quan encara el seu fill era molt petit, que vam partir cap a les Índies Occidentals.

Ara, després d'haver repassat mentalment, una vegada i una altra, les explicacions de l'Almirall, tinc la certesa que tant ell com Jaume Ferrer de Blanes, que també ens acompanyava, van fer tots els possibles per ocultar-me aquell viatge.

Quan en vam parlar, ara fa un parell de setmanes, i li ho vaig retreure, em va dir que si tot hagués anat d'una altra manera m'ho haurien dit... Qui ho sap, però només puc jutjar allò que sé, i el que és cert és que vam partir de Madeira amb la intenció d'anar cap a les Canàries per fer un periple per les illes i, de tornada, per anar a les Açores. I ben cert que hi vam anar, a les Açores, però abans vam passar per les Índies Occidentals.

Sembla impossible, ja ho sé.

Sóc mariner bregat, i ja llavors, a prop de vint-i-set

43. Jaume, hipocorístic de Dídac i Santiago. La història «oficial» ens parla de Diego.

anys, perquè érem al mes de juny, no em podia passar desapercebut que anàvem en una direcció que no era la prevista. Hauria estat així, sens dubte, si nó hagués emmalaltit com mai ho he fet. Encara més, aquella va ser l'única vegada que m'he posat malalt en tota la meva vida.

Quan anàvem cap a les Canàries ja no em trobava gaire bé, però no hi vaig donar cap mena d'importància, vaig pensar que el mar em revifaria com sempre ho ha fet.

Érem a l'illa de Ferro[44] quan l'Almirall va canviar de parer. A aquesta illa, la més petita i occidental de les illes Canàries, també la podem anomenar Fer O, ja que és punt clau de partida.

—Guerau, és millor que et quedis aquí —em va dir— i t'encarreguis de les gestions comercials per l'arxipèlag canari, i mentrestant nosaltres anirem a les Açores. No vull trigar tant de temps a tornar a casa.

I que ens retrobaríem a Madeira.

Em va semblar lògic, tot i que jo tenia ganes d'anar a les Açores, unes illes que encara no coneixia. I en certa manera també em recava que fos mossèn Ferrer qui anés amb ell. Però era raonable que fos així, perquè jo coneixia bé les Canàries i podia espavilar-m'hi perfectament. I allà on jo no arribés, la col·laboració de Francesco de Riberolo i de Miquel Ballester m'ho facilitaria. En aquella època, entre molts d'altres, ells valoraven quina mena de rendiment es podia treure a les illes Canàries, illes que encara no pertanyien a Castella i de les quals tothom intentava treure un profit.

44. Fins a la segona meitat del segle XX trobem mapes on el nom de l'illa de Hierro és «Ferro». Fa referència al meridià zero de Ptolemeu, «Illa de Fer 0» Si bé el número 0 ens els van portar els àrabs segles després de Ptolemeu, cal remarcar que els mapes no apareixen fins a les versions impreses del segle XV, ja amb el 0.

A través de Ballester, que en aquell moment era a Ferro, em vaig fer amb una petita caravel·la, suficient per navegar per les illes, ja que la que havíem fet servir per arribar-nos a les Canàries des de Madeira era la que emprarien l'almirall Colom i Ferrer de Blanes per anar a les Açores.

Abans que ells no partissin, vaig voler comunicar a l'Almirall el pla d'actuació comercial i de recerca de territori que havia planejat, i em vaig dirigir a la seva caravel·la, on pressuposava que estarien fent els preparatius.

Em vaig encaminar cap al fondejador on hi havia varada la seva caravel·la. De sobte, el meu estat es va anar agreujant per moments. Les nàusees es van barrejar amb uns intensos i incontrolables tremolors; devia tenir molta febre.

El cas és que vaig entrar dins la caravel·la aguantant-me amb prou feines dret. No vaig trobar-hi l'Almirall ni Ferrer. I de tripulació ben poca. Vaig suposar que devien estar aprovisionant-se de queviures i aigua dolça. Però quan vaig baixar a la bodega, no fos cas que fossin allà, vaig veure que estava ben proveïda. No vaig tenir temps d'elucubrar res més, perquè un fort rodament de cap em va fer desplomar.

—Quan ens vam adonar que eres dins —em va confessar l'Almirall en la trobada que fa dies vam tenir—, ja érem en ple oceà. No sé quant de temps vas estar inconscient. Primer vaig pensar que eres mort. Vam dubtar de tornar, però l'ajuda que et podien oferir a l'illa de de Ferro quedava per sota de la que et podíem donar nosaltres, Jaume Ferrer o jo mateix.

L'Almirall em va dir que va témer per la meva vida, si bé havia confiat en la meva forta naturalesa. En certa manera, també li dec que me la salvés, perquè ell i Ferrer es van estar de beure el que els pertocava per poder-me donar a mi l'aigua que la febre xuclava.

D'altra banda, quan m'explicava tot això, no m'ho deia afectat, com qui tem perdre un bon amic. Això em va cridar molt l'atenció, perquè si hagués estat a l'inrevés, jo m'hauria desesperat.

La veritat és que no me'n recordo de gairebé res.

Els dies es van encavalcar amb les nits, sumit en un estat febril de somieig i inconsciència. Havia perdut la noció del temps, la llarga travessa em semblava que era fruit del meu malestar. I quan els preguntava com era que trigàvem tant, em deien que no malgastés les forces parlant, que les necessitava per lluitar per la meva vida.

Vam aterrar en una de les illes Lucaies,[45] a Guanaham, la que posteriorment l'Almirall va batejar com San Salvador. Però jo no sabia on érem, si bé suposava que érem a les Açores.

Recordo que em van haver d'ajudar a incorporar-me perquè el meu cos estava baldat, la fluixera a les cames era immensa i de nou em van venir rodaments de cap.

—On som? —vaig preguntar gairebé sense esma.

—No ho sé, encara —em va respondre l'Almirall, eixut—, hem anat a petar en una illa ignota...

Quan vaig parlar amb ell, ara fa dies, em va dir que no m'havia mentit, que llavors no sabia ben bé on era, si bé sospitava que havíem arribat a les Antilles.[46]

Defallit com estava, em van deixar al resguard d'un cobert fet de canyes i branques a la platja on havíem desembarcat, sota la cura —ara crec que devia ser vigilància— d'un dels mariners que ens acompanyaven.

De tant en tant canviàvem de situació, jo amb la idea

45. Les Bahames.

46. Les Antilles: en mapes antics apareixen els vocables «ant» i «illes», illes anteriors, de l'altra banda.

que estàvem en una illa de les Açores, de segur que apartada, que encara ningú del vell món no havia trepitjat.

Però així que em vaig anar recuperant i vaig poder prendre consciència dels meus sentits, només de vagarejar una mica em vaig adonar que era una terra molt diferent de la que els meus ulls havien vist mai.

Tot em sorprenia. Els sorolls, particularment els sorolls, la piuladissa de les aus, la remor de les plantes exuberants mogudes per un vent càlid que acaronava. I les olors tan diverses, estranyes i intenses. Els mateixos núvols, grans i propers, es diferenciaven del cel que fins llavors m'havia aixoplugat.

Aquests detalls, als quals llavors no vaig donar importància, han ressorgit ara després d'escoltar aquells que també hi han estat.

I la carta, aquella carta que l'Almirall va enviar a Santàngel, pel que explicava es podia deduir que aquelles eren unes terres on es podia plantar fàcilment la canya de sucre. Aquesta és la raó, ara no en tinc cap dubte, que per poder dir això personalment a Riberolo, quan va tornar va passar pel sud de la Gran Canària.

Però podien ser les Açores, és clar, perquè jo no les coneixia i eren prou llunyanes per ser diferents.

I sobretot, tenia coll avall que ho eren, perquè no tenia cap sentit que si hagués estat a les Índies Occidentals ells no m'ho haguessin dit.

La tripulació, ben escassa, li seguia la veta i no deia més del que havia prescrit l'Almirall. Eren uns pocs esclaus que es cuidarien de dir res, a mi i a qui fos, perquè la promesa d'obtenir la llibertat i uns guanys que els permetrien començar una nova vida era prou gran per mantenir els seus llavis segellats.

El fet que tornés a recaure —dedueixo que encara no

estava recuperat— em va obligar a restar quiet, pràcticament reclòs al cobert, fins que l'Almirall va decidir de marxar.

A la tornada, se'm va fer estrany que triguéssim tant a trobar una altra de les Açores, on se suposava que anàvem.

—Hem perdut el rumb i hem hagut d'endreçar —em va respondre Jaume Ferrer quan els vaig demanar explicacions.

Podia ser, és clar.

No vaig trigar a perdre la consciència que havia recuperat i aquesta vegada no va ser per culpa de la febre, sinó pel cascall que em van proporcionar. En conseqüència, en escurçar-se'm el temps dormint, em vaig trobar finalment a les veritables Açores. I ara sé que la distància a què es troben en direcció a les Índies Occidentals és el doble que la que hi ha respecte del nostre continent.

—Per què? —vaig demanar enfurit a l'Almirall—. Per què no em podíeu dir que vam anar a les Índies Occidentals? Quina necessitat hi havia de complicar tant l'assumpte?

—Em sap greu —em va dir pesarós—, però va ser llavors, durant aquella època, que vaig començar a sospitar de tu, a creure que d'amagat meu feies d'espia al millor postor aprofitant-te dels meus coneixements. Comprènme, tenia dubtes i me n'havia d'assegurar.

En aquell moment, però, jo em vaig creure tot el que em van dir. I si bé el notava estrany i distant, creia que el seu capteniment i reserva, que havia augmentat notablement, es devia al fet d'haver-se casat amb una dona de qui no estava enamorat.

I potser perquè, qui sap si la intuïció m'alertava, a partir de llavors hi va haver un punt d'inflexió en la nostra relació, que s'havia esquerdat malgrat que encara vindrien anys de compartir projectes.

Un cop vam arribar a Madeira i ja recuperat del tot, així que em va ser possible me'n vaig anar a les Canàries per reprendre la meva activitat comercial. Vaig recalar a La Gomera, illa per la qual sempre he sentit debilitat.

I allà va ser quan vaig conèixer dona Beatriz de Bobadilla. Jo també tenia ganes de tenir una dona al meu costat. La caçadora d'homes no era la més indicada, però com ja he dit em va encisar.

En aquell moment, ella encara estava casada amb Hernán Peraza, una bèstia per dir-ho sense embuts, un fornicador nat a la recerca d'una fèmina, si era possible ben tendra encara.

Hauria tingut sentit que si a la «loba» li esqueia que fóssim amants, que ho fóssim, ja que en aquella època cap afecte seriós em lligava a cap dona, però llavors no va ser possible, llavors que no em comprometia a res.

La Gomera em porta sempre records contrastats. D'una banda l'exotisme illenc, la sensualitat que sens dubte associo a Beatriz. I de l'altra, el perill màxim, el de perdre la vida.

Vaig tornar a coincidir amb Miquel Ballester. Com ja he explicat, la complicada orografia de La Gomera la feia poc apta per treure'n un rendiment. Per descomptat que aquells homes que havien contribuït d'una manera o altra a la conquesta de les Canàries eren els que també volien treure un profit de les Índies.

En aquell moment a mi m'interessava dona Beatriz, que amb divuit anys era un pom de flors.

Però Hernán Peraza, tan gelós de tot el que era seu, inclosa la seva esposa, no podia permetre que un nouvingut com jo la hi prengués.

Beatriz no se'm va mostrar gens esquerpa, ben al contrari: se'm va oferir.

—Aquesta nit us espero a la meva cambra —em va convidar amb tota naturalitat.

Em va sorprendre d'allò més, perquè encara tenia present, malgrat que havien passat força anys, l'actitud melindrosa de dona Joana, que si bé era una dona sensual, li agradaven un seguit de prolegòmens i galantejos abans de cedir al joc amorós.

La trobada no era fàcil perquè havia d'entrar a casa seva d'amagat. Però ja m'agradava, perquè era un joc més. Suposava tot un repte escalar fins a arribar a la terrassa de les seves estances. Una corda amb nusos que servien d'esglaons i que ella havia deixat anar em va facilitar l'ascens dels deu metres que em separaven del terra.

Ara que han passat els anys, em pregunto com era que tenia tan a punt aquella corda. Un entreteniment més dels seus, m'imagino, i que feia gala de la seva fama de devoradora d'homes.

En aquell moment, però, l'emoció afegida de prendre un fruit prohibit m'engrescava.

La llàstima és que només vam tenir temps de quatre petons i abraçades, suficients per encendre cos i ànima, que es va sentir la veu de tro de Peraza que acabava d'arribar.

—Fugiu, de pressa! —em va advertir Beatriz—. El meu marit us matarà...

L'agilitat de què gaudeixo va jugar al meu favor, vaig baixar per la mateixa corda per la qual m'havia enfilat amb la frustració per companya.

Fugir és el meu malfat.

Però ja fa massa temps que dura. I n'estic ben fart.

La matinada ha sorprès Guerau i Pere dialogant a la platja. Alguns dels mariners jeuen a prop seu ben adormits tant de fatiga com pels efectes de l'aiguardent. Fra Berenguer i el seu company ja fa estona que no hi són. Sempre són els primers a marxar abans que no els trobin a faltar al convent.

Pere Galvany, després de la llarga conversa, accepta l'evidència del que li ha explicat Guerau.

—Saps què és el que em sap més greu? —exposa.

—Què?

—Que ja no podré explicar les meves històries com ho he fet fins ara. Una cosa és que afegeixi de la meva collita i l'altra saber de debò que jo no he estat el primer home que ha trepitjat les Índies Occidentals. Jo m'ho creia...

Guerau fa que sí amb el cap. El comprèn perfectament. D'una altra manera, però tots dos han estat enredats. S'aixeca i s'espolsa la sorra de la roba, que ha quedat humida de tanta estona d'estar a la platja, i això que ha compartit una manta vella de Pere per asseure-s'hi al damunt.

—Te'n vas? —pregunta Galvany.

—No encara, el que passa és que m'estava quedant encarcarat.

—Jo també... Precisament et volia dir que per no quedar-me rovellat partiré cap a les Índies en el proper viatge.

—Quan serà?

—Al setembre... L'almirall Colom es devia fer un panxó de riure —diu ara Galvany canviant de conversa— quan em sentia reivindicar que jo era el primer que havia trepitjat aquelles...

—No t'hi encaparris més, deixa-ho estar —talla Guerau.

—I què fas, avui? —demana Galvany.

—Aniré a visitar dona Elisenda Pallarès.

Pere fa que no amb el cap. El seu gest li anuncia que es tornarà a ficar en un embolic.

—Li dec una explicació —afegeix Guerau—. Fa temps que intento quedar en pau. Tinc projectes...

—Explica-me'ls, si vols, però anem a la primera taverna que trobem, que tinc la gola seca.

—On vols anar, tan de matí?

Pere corruga el front.

—No et pensis que tinc gaire per explicar —continua Guerau—: desitjo que el rei estigui prou enfeinat perquè s'oblidi de mi... Vull començar de nou, Pere.

—Ha! No et pots refiar que el rei et deixi anar, ni que el prior t'ajudi.

—No vull començar el dia de mal humor —remuga Guerau—. Ja he decidit que aniré a veure dona Elisenda.

—Ara?

—Més tard, home! Encara deu estar dormint el primer son.

—I penses anar-hi d'aquesta manera?

—Amb ella no he de patir, ja li agrada que vagi ben arrossinat. Com més estrany vaig...

—Imagina't —interromp Pere alliçonador— només per un moment, imagina't, que Blanca s'assabenta que has anat a veure la Pallarès.

—Tan sols vaig a acomiadar-me...

—Ha! No t'ho creus ni tu! Potser sí, que ara ho vols, però no saps dir que no a una dona i aquesta és de les que insisteixen.

—Jo sé el que em faig, deixem-ho estar.

—Si vols venir a casa, a dormir una estona...

Guerau dubta. Vol i dol.

—No dius que no ve d'aquí, d'això d'anar-te'n? —insisteix Galvany.

—D'acord, m'anirà bé dormir.

Potser és perquè fa dies que no hi ha estat, però quan entren al cau de Galvany nota que put més que mai.

Tant és. S'estira damunt la màrfega tan llarg com és i es queda com un soc fins que un fort aldarull provinent del carrer el desperta. S'aboca per l'obertura que dóna al carrer —impossible dir-li finestra— i veu com dues dones es barallen violentament, esgarrapant-se i estirant-se dels cabells. La batussa ha provocat que es facin dos bàndols amb la cridòria corresponent.

Com que Galvany ronca feliçment —quan agafa el son res no el desperta—, Guerau se'n va sense acomiadar-se'n.

En sortir al carrer, s'ha d'obrir pas entre els curiosos que volten la baralla. Se'ls acabarà aviat perquè s'acosten uns sentinelles. La gent es dispersa de seguida i Guerau prou que procura esmunyir-se i confondre's entre la gentada. No vol cap raó amb els representants de l'ordre públic.

Puja pel carrer de la Plata, travessa el carrer Ample i agafa Regomir. El seu fat vol que d'una manera o altra passi per les diverses cases dels Gualbes.

S'atura un moment a la font de Sant Just i beu llarga estona. De bona gana esmorzaria. Té el rampell d'anar a la taverna de Constança —com es deu dir el seu home?—, però en una parada ambulant compra dues peces de fruita.

—No vols res més? —li pregunta la marmanyera insinuant-se-li amb un gest obscè—. Casa meva és a prop...

Guerau fa que no amb el cap, paga i gira cua tot seguit.

A prop de l'església de Sant Just i Pastor, hi ha el palauet de la família del germà de dona Elisenda, on ella li va dir que s'hostatjava. Mira des de fora de la tanca a veure si veu algun criat per preguntar per la senyora.

Un home que té totes les traces de ser un jardiner va cap a ell fent cas del gest que li ha fet Guerau de voler fer una demanda.

—Aquí no en trobaràs pas, de feina, ja pots fotre el camp...

—No vull feina, dona Elisenda Pallarès m'ha demanat que vingui.

L'home l'esguarda amb desconfiança, però li respon.

—Aquí ja no hi és, ara s'hostatja al palau dels Desvalls.

Guerau fa una salutació cortesana que desconcerta el jardiner i desfà camí cap al carrer Montcada, on resideixen els Desvalls i altres famílies principals de la noblesa que hi tenen casa.

Ja fa molt de temps, d'això, de quan aquests indrets eren un rieral de les aigües que baixaven de la muntanya i anaven a petar a mar. No va ser fins al segle passat, però, que es van aixecar cases de dues plantes; abans només en tenien una.

El carrer havia allotjat els primitius mercaders que es van anar convertint en ciutadans honrats, en senyors poderosos amb mèrits per rebre títols de cavalleria i noblesa.

La mare de Guerau li explicava que en èpoques del rebesavi es van enderrocar unes cases del capdamunt del carrer Montcada, immediates a la placeta de Marcús, per tal que el començament del carrer fos a la mateixa línia de la capelleta que hi havia. Això es va fer amb la finalitat de facilitar el pas dels entremesos que concorrien a la processó i que sovint es malmetien perquè l'indret resultava massa estret.

Els viatgers i els passavolants que visiten Barcelona

queden admirats de la grandiositat de les cases i els palaus construïts amb pedra massissa, tal com si fossin castells, fruit de la bona feina dels molers i els picapedrers que saben tallar la pedra.

Arribat al palau dels Desvalls, Guerau opta per anar directament a les cavallerisses. Però ho fa amb parsimònia, per contemplar el bell edifici. El palau té una torre alta, una mena de mirador que recorda les d'homenatge i defensa de les antigues fortaleses.

Travessa el pati central, d'on arrenca l'escala descoberta i en angle recte. La majoria de les escales dels palaus del carrer Montcada tenen aquest patró: el primer tram amb pocs esglaons, que menen al replà on viu l'administrador de les hisendes i els béns del senyor de la casa. Guerau passa de llarg amb la recança de saber que mai serà el propietari d'un palau com aquest, un palau que, en certa manera, li recorda el de la Floresta de Tàrrega.

Quan és a dins de les cavallerisses pregunta per dona Elisenda Pallarès, i diu que ella li ha encomanat que vagi a veure-la.

—Qui la demana...? —pregunta un servent.

—Li dius que vinc de part de fra Antoni —respon Guerau per evitar de dir el seu nom.

Mentre espera, torna a sortir al celobert. Enlaira la vista a la galeria superior i observa les finestres que l'envolten. Separades per un rengle de columnetes amb bells capitells, pertanyen a les estances principals, que s'aboquen al pati.

—Eh, tu, mariner —l'avisa el criat des de les cavallerisses—, segueix-me!

Guerau ho fa i per una escala interior arriben al primer pis. El criat el fa passar a una sala i li diu que s'esperi.

Dona Elisenda Pallarès no triga a aparèixer. Com sempre, va calçada amb uns alts tapins que avui són de color vermell,[47] igual que el seu vestit.

—Quina agradable sorpresa... Ja em pensava que us hauria d'anar a buscar personalment... Què els ha passat, als vostres cabells?

Guerau la contempla amb amabilitat, però no li contesta. S'ha recolzat en una columna amb els braços encreuats damunt del pit i deixa que dona Elisenda vagi fent preguntes i donant respostes tota sola, un costum que té, com si jugués a les endevinalles. Però sempre arriba el moment en què ella espera la resposta.

—De qui us amagueu? —pregunta amb murrieria.

—D'un munt de gent, senyora, gent principal, no us penseu —diu per evitar d'explicar massa. Malgrat que se'n refia, la coneix poc per confiar-se-li plenament. De moment, doncs, guardarà certa reserva.

—Bé, no m'ho digueu i celebrem els vells temps. Veniu, seguem —diu indicant-li un moble tot encoixinat.

—Us he anat a buscar a casa del vostre germà...

—És clar, quan ens vam trobar a Santa Maria del Mar encara hi era. La veritat és que si no vull barallar-me amb la família, el millor és estar ben poc temps junts, el just per intercanviar les notícies més notables, així no hi ha raons. A més, amb la meva cunyada no m'hi avinc gens.

—De la companyia no en puc parlar —diu Guerau—, però aquest palau és molt millor.

—Sí, però en això que dieu de la companyia esperem que no s'espatlli. Res a veure amb els Desvalls, que són un encant, però el problema és que els dirigents de la ciutat, i si no el mateix rei, adjudiquen palaus a gent principal

47. El vermell era el color preferit de les dames durant els segles XV i XVI.

que ve a Barcelona. Quan hi va venir el duc de Calàbria, deu fer cosa d'uns quinze o setze anys, li va ser assignat aquest palau perquè pogués presenciar des d'aquí el pas solemne de la processó organitzada en honor seu. No us sembla una falta de delicadesa?

Guerau fa que sí amb el cap, ara no és el moment de parlar, perquè dona Elisenda no admet interrupcions. No sempre li ho ha permès, per descomptat, però avui no vol discutir amb ella.

—I no fa pas gaire —continua— uns ambaixadors de la ciutat de Saragossa, uns que havien vingut a la cort de Ferran II, que ja deveu saber que s'estava aleshores aquí, a Barcelona, s'hi van instal·lar.

Ferran...

Si us plau, que no li parli del rei.

Sortosament no ho fa.

—Així tan ros, encara sou més atractiu...

Guerau no sap si prefereix que parli del rei, perquè dona Elisenda acaba d'iniciar una conversa perillosa. Si les trobades amb la «loba» de les Canàries eren sensuals i apassionades, les de dona Elisenda Pallarès eren explosives. Ella, tan menuda, concentra en poc espai un esperit molt fogós.

Es van conèixer en un periple per la Mediterrània, en una escala que va fer a Sicília on va coincidir amb Ferrer de Blanes quan «treballava» per a la reina Joana, la germana del rei. Les circumstàncies van fer que durant uns dies s'hostatgés a casa de la senyora, que llavors feia poc que havia enviudat.

I Guerau encara no coneixia Blanca.

Dona Elisenda li va agradar. Per la seva intel·ligència viva, el seu caràcter alegre i les sortides imprevistes i enginyoses amb què amaneix les converses.

Viatja molt per tota la Mediterrània. Les estades més

llargues, però, les fa a Sicília, a Barcelona i a la Torre Pallaresa, propera a Badalona.

És una dona que gaudeix d'una atractiva personalitat i d'un físic prou llaminer, però és una persona amb la qual no podria compartir la vida per sempre, perquè així que fa una bona estona que és amb ella, acaba atabalat per la seva vessant organitzativa i manaire.

És més gran que ell, tot i que no sap del cert l'edat que té. Per delicadesa, Guerau tampoc no li ho ha preguntat. Tanmateix, està convençut que ni sotmesa a la tortura del poltre ho arribaria a confessar.

—Em sap greu, Guerau, no haver-vos rebut com m'agradaria, però pel que m'heu dit l'última cosa que voleu és cridar l'atenció sobre la vostra persona.

—Ho encerteu de ple, Elisenda.

Ella somriu, li agrada la manera com pronuncia el seu nom, lletrejant-lo amb parsimònia, com si l'acaronés.

—Abans us deia que us escauen aquests cabells, tot i que jo us prefereixo al natural... Ja em direu com us els tenyiu...

—No és mèrit meu...

—Ja, els vostres mèrits són uns altres —diu amb ironia—... Una mà femenina, suposo.

—Una mà femenina, sí, però no us equivoqueu. És com la meva germana petita.

Dona Elisenda fa un gest que denota que no sap si creure-s'ho, però que farà veure que sí.

Guerau l'observa discretament.

Vesteix bé, amb gust, però li falta aquell posat senyorívol que només tenen les persones escollides que gaudeixen d'elegància natural.

I no pot evitar de pensar en Blanca i com n'estaria de meravellosa si pogués anar vestida com dona Elisenda.

Una criada apareix amb una safata que deixa damunt la tauleta que tenen davant d'ells, i la seva senyora la fa fora de seguida amb un gest despectiu.

La noia s'afanya i tanca les portes, unes belles portes envitrallades que filtren la llum que ve del celobert.

—Serviu-vos, si us plau —ofereix dona Elisenda.

Guerau observa l'assortit de formatges, melmelades i confits.[48] Les menges van acompanyades d'una gerra amb vi i dues copes.

—Us agradaran aquests confits de poncem[49] i carabassa —afegeix dona Elisenda—; estan fets amb sucre. El vi és monestrell de l'Empordà.

Guerau en menja i en beu de bon grat. Ja fa estona que ha paït la fruita que ha comprat a la marmanyera.

Ara és ella qui el contempla.

Guerau fa una pausa, deixa la copa de vi damunt la taula i diu:

—Us demano que em feu el favor de disculpar-me per haver marxat de manera tan precipitada de la Pallaresa, motius imperiosos m'hi van...

Dona Elisenda fa un gest perquè aturi el seu parlament.

—Ja m'ho imagino, si bé m'hauria agradat que us acomiadéssiu, però... Parlem clar, Guerau. Si deixem de banda que fugíeu d'algun dels vostres embolics...

Fa una pausa i s'enretira cap enrere els rínxols que li cauen damunt la cara.

—Mireu... ja no som joves, jo molt menys que vós.

48. Fruita confitada amb mel o sucre. El sucre era una novetat de la darreria de l'edat mitjana.

49. Fruit semblant a la llimona.

I no sóc cap enze per adonar-me que com a dona ja he deixat d'agradar-vos.

—No...

—No us escarrasseu —interromp dona Elisenda— a malgastar paraules amables. Deixem-ho aquí, conservem-ne el bon record, i m'agradaria que per a vós també en quedés algun de petit.

Guerau en part es tranquil·litza. Ella no vol gresques amoroses, és un alleujament, és cert, però alhora un petit desencís... Està perdent atractiu? Ja no inspira desig?

Tanmateix, el descàrrec condicionat dóna pas a una alarma.

Què vol d'ell, dona Elisenda?

No creu que l'hagi fet venir aquí per recordar temps passats. Vol preguntar-ho, però s'espera lligant la impaciència que tant li costa de dominar.

—Us deveu preguntar què vull de vós, oi?

Guerau assenteix amb una mirada embolcalladora, aquella que sap que tan bé li funciona.

—No em mireu així, que encara em desdiré del que us he dit fa un moment...

Guerau fa l'esforç per dominar la vanitat, la por a perdre ascendent amb les fèmines.

I canvia el rostre adoptant un posat neutre, amatent i interessant, però fred, distant.

—No patiu, que no us vull requerir com el meu amant... Però he de demanar-vos un favor: Guerau, necessito que feu un encàrrec per a mi.

X

FÚRIES

Parlar del port de Barcelona és parlar d'un projecte interminable que s'ha anat arrossegant des de la fundació de la ciutat. El litoral marítim no ho ha afavorit perquè no té resguards naturals com els de Porto Vecchio de Gènova, o el de Vieux Port de Marsella, per citar-ne uns.

Les mancances portuàries no han impedit el trànsit marítim, però és una evidència que viles costaneres força menys importants n'han gaudit molt abans. És ben cert que és una contradicció que Barcelona encara no tingui un moll prou sòlid.

La construcció d'un port és una obra costosa, però es fa inevitable per acollir i facilitar l'estada de les grans naus mercants. I més tard o més d'hora, una ciutat o una vila s'hi ha d'enfrontar.

Però cal tenir present que quan no hi ha protecció natural fer un espigó o un mur de contenció no només és car, sinó molt difícil de dur a terme.

Fa cosa de setze anys que es va bastir la primera pedra del port barceloní. El rei Joan II, conscient de la necessitat, va empènyer les obres malgrat que els estralls de la guerra civil minvaven els esforços. El seu avantpassat el rei Alfons, el Magnànim, ja havia donat els permisos per construir el port artificial. Durant el seu regnat, gràcies a un espigó, es va unir la petita illa de Maians, a uns cent metres de la costa, amb la terra.

I no podem oblidar que, el segle passat, la construcció de les drassanes, obra impulsada pel rei Pere, el Cerimoniós, va representar l'avantsala de l'obra portuària.

La platja, que en temps pretèrits es feia servir de fondejador, havia quedat inservible. Durant molt de temps, els vaixells havien varat allà on hi ha una petita península que forma la muntanya de Montjuïc i la desembocadura del Llobregat.

Des de sempre que el litoral barceloní era poc segur i tenia poc calat per a l'entrada constant de sorra, que arribava a formar una barrera. Aquest mur d'arena, estès davant de la ribera, s'anomenava les Tasques i dividia el «port» en dues zones. A la banda de dins hi ancoraven les embarcacions petites; en alguns llocs la fondària arribava a uns deu peus.[50] I per la banda de fora, ho feien les naus de més calat, d'uns quaranta peus[51] de fons i més. La primera era anomenada la Platja, i la segona, el Sorgidor de les Naus, on feia de mal estar-se en cas de temporal. Quan això succeïa, calia que els vaixells llevessin àncores i busquessin refugi en un altre port.

Ara ja s'han aplanat gran part d'aquestes dificultats, però encara queda molta feina per fer.

El que no ha canviat gens és l'activitat que regna en el port i la gentada que s'hi aplega. Naus que entren i surten, proveïdors que hi acudeixen per abastir les embarca-

50. 3,30 metres. Font: Marcel Pujol.
51. 12 metres. Font: Marcel Pujol.

cions, els estibadors que feinegen amb la càrrega perquè no es mogui dins de la bodega.

Guerau coneix prou bé tot aquest tràfec, que, si fa no fa, és igual al de tots els ports que ha trepitjat.

Ara mateix acaba de parlar amb Genís Miralles, mestre d'aixa, complint el favor que ahir li va demanar dona Elisenda. Primer ha anat a les Drassanes, però un calafat li ha indicat que el mestre havia anat al port.

Amb l'excusa d'encarregar-li una nau i demanar-li pressupost, s'ha fet passar per un parçoner i s'ha assegurat que és qui busca. I sí, no té cap dubte que és el mestre d'aixa que va incomplir el tracte que en el seu dia va reblar amb el noble Onofre Desplà, el marit de dona Elisenda Pallarès, quan encara era viu.

—Tinc prou contactes —li va dir ahir dona Elisenda— perquè no torni a treballar, si més no al port de Barcelona.

Incomplir la palmada, l'acord de mans i de paraula sobre una construcció naval, és greu. Qui ho fa s'exposa al rebuig, a la ignomínia del sector. Tanmateix, és força estrany que passi, perquè pel propi prestigi tots els mestres d'aixa procuren respectar-lo.

Des de Sicília estant, ja que els mestres d'aixa van allà on hi ha feina, va construir per a mossèn Desplà un vaixell de dimensions més grans de les que havien acordat, amb el consegüent augment del material i jornals. Quan això passa, és el mestre d'aixa qui es fa càrrec de les despeses. Però Genís Miralles, aprofitant que el patró Onofre Desplà acabava de traspassar, va cobrar a dona Elisenda el cost total de la coca que havia construït.

—Ningú no m'enreda impunement, Guerau —es va doldre ella.

Que mossèn Onofre Desplà hagués estat l'únic patró va contribuir al fet que la seva dona no tingués prou elements de judici. Si com passa sovint el cost de l'embarcació es reparteix entre uns quants parçoners, aquests mateixos li haurien fet veure que no era la palmada acordada.

Guerau ha resolt aviat la qüestió, perquè Genís Miralles ni tan sols s'ha preocupat de canviar d'identitat. Considerant que era un fet dat i beneït, ha menystingut que una dona li pogués buscar les pessigolles. I ha errat de ple, perquè Elisenda Pallarès no és una senyora qualsevol.

Fet l'encàrrec, surt del port i entra de nou a la ciutat passant per la Torre Nova.

Quan es troba a l'altura del pou de l'Estany, pateix de nou la desagradable i inquietant sensació de ser seguit. Continua caminant, però, perquè el possible seguidor es confiï, a la vegada que carrega d'atenció tots els sentits. De tota manera, no triga a girar-se d'una revolada cercant amb la vista qui el segueix. I avui l'ha enxampat. De moment només és una ombra desconeguda que s'ha esmunyit a corre-cuita girant cap al pla de Llull.

Guerau li va a la carrera, és prou veloç, però l'ombra sense identitat també ho és i es perd entre els intricats carrerons del Born.

—Dóna la cara, maleït covard! —crida enfurit Guerau.

Unes dones que passaven pel seu costat apressen el pas atemorides davant la possible presència d'una baralla entre brivalls.

Ara Guerau en té la certesa, no eren imaginacions.

Però no és la guàrdia reial qui el segueix perquè, evidentment, no té cap necessitat d'amagar-se quan vol detenir algú.

Maleeix la poca habilitat que ha tingut. Ara el seu seguidor sap que ell estarà a l'aguait i que extremarà les precaucions.

Gira cua i, assedegat per la corredissa, beu a la font de Santa Maria del Mar.

Decideix no enquimerar-se més i adreçar-se al convent de Santa Anna, on tenia previst d'anar. Abans, però, entra a Santa Maria i busca un racó per treure's la roba de gentilhome i vestir-se amb l'hàbit de sargil. Ha de posar fi d'una vegada per totes a aquesta comèdia, aquest no viure.

Paciència, paciència, es va dient.

Quan surt, en passar pel carrer dels Mirallers i per la casa de l'Almirall, rebrota el malestar de sentir-se traït per ell. No té pau, quan no és un neguit és un altre.

I l'angúnia que ara se li ha afegit és la del dubte, la de pensar que tal vegada era Pinzón qui tenia raó, o part, en el que li va explicar a les portes de la mort, després d'haver tornat de les Índies: que l'Almirall no tenia cap escrúpol, que volia glòria només per a ell quan per justícia l'havia de repartir. I no només amb els Pinzón, sinó amb aquells que li van parlar de manera concreta de com anar a les Índies Occidentals.

De mal humor i capficat, Guerau travessa la plaça del Blat i puja pel carrer dels Especiers amb el sentiment que encara es posarà de més mal humor quan es trobi amb el prior.

Una cridòria l'avisa que hi ha una multitud congregada a la plaça del Rei i se n'hi va.

Tal com ha suposat, es tracta d'una execució.

No li plauen aquesta mena d'espectacles, però no se'n pot estar de veure'ls. És la part morbosa que emergeix així que pot, una manera de consolar-se de les pròpies desgràcies i constatar que sempre hi ha algú que ho passa pitjor.

Però les paraules del prior ressonen al seu cap: «Ets carn de forca, Guerau».

Com el desgraciat que ara està a punt de ser ajusticiat. És un espectacle llastimós, sí, però espectacle en estat pur, perquè una execució pública és tota una interpretació dramàtica on no hi falta cap element: l'escenari és el patíbul, el botxí i la víctima són els actors principals, i el populatxo els espectadors.

Aquest és l'objectiu que es persegueix: provocar la vergonya del reu i la família i que serveixi d'exemple a la purrialla.

Un espectacle de fira cruent que es realitza a l'aire lliure i on es fa necessari el moviment. L'objectiu és recórrer carrers i places públiques per tal que ho pugui veure tothom. I un cop ets dins l'espectacle, anar-se'n esdevé una opció incorrecta, perquè hi ha una ordre no escrita que obliga a contemplar-lo per no desairar els protagonistes.

A la plaça del Rei s'hi ha aixecat un cadafal. A dalt, el pregoner llegeix la sentència. Un joglar l'acompanya amb la trompeta i el timbal tot fent-lo ressonar en el moment oportú per emfatitzar l'acte.

El pregoner anuncia el recorregut que se seguirà. Si fos noble el decapitarien, si fos comú el penjarien a la forca tal com li va passar al seu avi. Però no és ni una cosa ni l'altra, és un pobre invertit que com els adúlters i els heretges acabarà rostit a la foguera.

Guerau reconeix el reu, un company de gresques de Galvany, un desgraciat que es fa dir Dolça encara que el seu nom autèntic sigui Hilari. En alguna ocasió l'ha sentit cantar i ballar, amb nocturnitat i cautela, a les tavernes on desplega les seves qualitats artístiques dignes d'una odalisca oriental.

Hilari ho té magre. Als homosexuals se'ls castiga amb duresa, molt més que a aquells que maten la muller, que n'hi ha un munt. D'altra banda, és difícil provar la seva culpabilitat, ja que amb freqüència les víctimes han patit «accidents». La dona que s'atreveix a matar el marit, en canvi, rep tot el pes de la justícia.

L'han fet pujar al cadafal tot despullat. El fan girar a tot vent, perquè tothom pugui veure les seves vergonyes i comprovar que ha nascut mascle.

—Bardaix! Porc cosó! —crida la gent exaltada i animada a desfermar les ires contra qui saben que no es podrà defensar.

Hilari plora com una Maria Magdalena, gairebé brama com l'ase on l'acaben d'enfilar.

Guerau ja sap el que vindrà. L'aniran fuetejant mentre faci camí Bòria avall fins a arribar al Portal Nou. I d'allà el duran al Canyet, on s'enterren les bèsties mortes o s'hi deixen perquè serveixin d'aliment als voltors. Tal vegada el faran baixar pel carrer de l'Argenteria, seguirà pel Born i el pla de Llull i sortirà pel portal de les Menoretes. Faci el camí que faci, però, acabarà igualment cremat.

No, no vol seguir aquest recorregut de mort.

—Invertit! Sodomita! Truja pudenta!

La guàrdia té feina a evitar que no li llencin pedres, no pas per estalviar-li el mal al reu, sinó pel temor que una de ben llençada pugui posar fi a la seva vida i no es pugui acomplir el càstig imposat.

Abans d'anar-se'n, cosa que haurà de fer dissimuladament perquè no quedi palesa la seva deserció, escolta què diuen un parell de dones que té al costat. Parlen que fa només un parell de dies un home va ser condemnat per haver mort la dona. Curiosa la pena que s'imposa, macabra, la de desenterrar el mort, la morta en aquest cas, i col·locar-la damunt del reu, boca per boca.

—No ho va poder suportar i va morir aterrat...

—La dona ja estava ben podrida.

—Devia morir de fàstic... S'ho ben mereixia, l'atonyinava de valent. Me'n faig creus que aguantés tant, la pobra Delfina.

—Semblava penedit...

—Ja pots comptar, la majoria d'aquests que estomaquen la seva dona i l'acaben matant després semblen desesperats.

Sense esperança...

Com el pobre Hilari, que pel que se sap era un tros d'ànima beneïda. Una mica orat potser sí, però és exagerada la pena a la qual se'l sotmet.

Molts altres haurien d'estar en el seu lloc. Per uns moments, Guerau s'imagina que qui està enfilat a dalt de l'ase és Miquel Barberà, el seu padrastre.

Oh, com li agradaria veure'l passar per aquest tràngol!

Però la justícia no castiga els que s'aprofiten de les criatures.

Els breus instants en què s'ha delectat imaginant-se l'escena s'esvaeixen en un tancar i obrir d'ulls. S'esborrona de pensar que recorda, i tan nítidament, la imatge del seu padrastre i en canvi no pot recordar la de la mare.

Discretament, es va allunyant cap a la font de Sant Jaume quan uns altres crits el distreuen dels pensaments enquimerats. Avui és dia de baladreig.

Dos vailets que no deuen tenir més de dotze anys s'han enredat en una baralla ferotge.

—Ets un mentider, un mentider podrit! —exclama un d'ells, el que ha batut l'altre tirant-lo a terra.

Se li abraona al damunt clavant-li cops de puny a la cara, cops carregats de fúria imparable.

Guerau dubta d'intervenir. Però se n'està, perquè ja no són petits. Té el pressentiment que el que estomaca ho fa amb tota la raó.

Ja s'ho faran, pensa.

Tant de bo que quan ell tenia una edat semblant li haguessin permès de continuar la batussa que havia iniciat. De segur que el curs de la història no seria el mateix si li hagués pogut partir el cap.

Això va passar el mes de febrer de 1465, quan jo tenia nou anys ben complerts i feia poc que la mare s'havia casat amb Miquel Barberà.

Durant la primera època, aquell primer any, he de dir que la convivència va ser acceptable, fins i tot diria que bona. Tots dos, Barberà i jo, procuràvem guardar les aparences i ho fèiem per la mare.

Un dia va disposar que l'acompanyés a la Segarra. No se'm va fer estrany, perquè ja he dit que era mercader i voltava molt.

—Cal que el vailet aprengui l'ofici —va dir a la mare.

Ella va assentir, però sense gaire convicció, perquè li agradava més la idea que em convertís en un escrivà. Però ja no érem a prop del pare Maties perquè em pogués continuar ensenyant.

A mi em va plaure de poder tornar tan aviat a la terra on vaig néixer i em vaig il·lusionar amb la perspectiva que potser podria passar una estona amb els meus amics.

—Si passem per Tàrrega, que no ho sé del cert, no ens vagarà temps —em va dir Barberà com si m'hagués llegit el pensament.

—Si hi aneu, no us oblideu de visitar el pare Maties —va intervenir de seguida la mare—, li agradarà molt de veure-us.

No entenia per què la mare ho deia incloent-hi Barberà. Ves quin afecte podia sentir per una persona a qui amb prou feines coneixia. Però ara que ha passat el temps, vull entendre que era una manera de demanar-li que m'hi acompanyés.

—Mare, i vós, per què no veniu amb nosaltres? —vaig preguntar.

—Millor que em quedi aquí, fill, serà un viatge llarg...

No em va convèncer la seva resposta, però vaig intuir que potser estava prenys, i per la poca idea que jo tenia d'aquells assumptes sabia que els viatges no eren gens recomanables per a les dones gràvides.

La nit abans de partir jo ja era a la meva cambra quan vaig sentir que la mare i Barberà conversaven. I vaig parar atentament l'orella.

—No sé pas, Miquel, no crec que sigui oportú que marxeu —va argumentar ella—. Estem en guerra i anar pels camins és perillós.

—No puc deixar de treballar, Maria —va dir ell amb vehemència—, no sabem quan s'acabarà, la guerra. I quan s'acabi, segur que en començarà una altra. No cal patir, que no ens passarà pas res.

Mal em pesi, Barberà tenia raó.

Estar en guerra no era nou. Aquell, però, era un moment àlgid de la contesa. No feia gaire, cosa de tres anys, que la reina Joana Enríquez i el seu fill, el príncep hereu Ferran, havien estat assetjats a la Força de Girona.

Feia temps que duraven les tensions, ja venia d'abans que morís el príncep Carles de Viana, el fill gran de Joan II i Blanca de Navarra, l'anterior esposa. L'empresonament del príncep pel seu pare va fer passar a l'ofensiva les classes privilegiades, que a les Corts de Lleida de l'any 1460 van exigir al rei el seu immediat alliberament; una mostra evident de la importància de les Corts, i motiu pel qual ara el rei Ferran se'n vol desfer.

Les Corts van obligar el rei a acceptar la capitulació de Vilafranca, on es prohibia que el rei entrés a Catalunya sense permís de la Generalitat. Això mentre no s'aprovessin les lleis que la desenvolupaven.

La sobtada mort del príncep al cap de tres setmanes del seu alliberament —les veus populars i les que no ho són tant diuen que el va enverinar la reina Joana, la madrastra— va alterar la pacificació. El rei va enviar a Barcelona la reina amb la intenció d'aigualir la capitulació de Vilafranca i accentuar la divisió entre els dirigents catalans. Era una bona estratègia, perquè la reina era d'allò més artera i capaç de convèncer un mort.

Les relacions de Joana Enríquez amb els organismes representatius de Catalunya van ser molt dures durant els sis mesos que va viure a Barcelona amb el seu fill, de manera que va decidir de marxar amb ell a Girona, concretament al mes de març, on feia uns mesos que els pagesos de remença s'havien aixecat contra els seus senyors per reivindicar l'abolició dels mals usos. Entre aquests senyors hi havia Enric II, el comte d'Empúries.

La reina, a qui ningú la podria titllar de fleuma ni de no procurar pels interessos del seu espòs, a l'abril següent va convocar el Consell General a Girona i va organitzar la milícia ciutadana per procedir a la reparació urgent de les muralles i torres de la ciutat. Al maig va enviar a Bernat Joan de Cabrera, cap de les forces del castell d'Hostalric, dos-cents homes per a la seva defensa, i el Consell del Principat va trametre un emissari als jurats d'Hostalric per assegurar una bona acollida de la host del Consell del Principat que es dirigiria a Girona.

La reina va signar una aliança amb Francesc de Verntallat i els seus camperols, i va combinar amb ell un pla estratègic per barrar el pas a l'exèrcit rebel a Hostalric. Va enviar el cap dels remences amb sis-cents homes i un vaixell d'armes i queviures a Sant Feliu de Guíxols per guanyar temps mentre els pagesos s'organitzaven a Girona. Però serien derrotats i Verntallat es va haver de retirar a Girona.

Al mes de juny, la host del Consell del Principat, amb Hug Roger de Pallars al davant, va ocupar tota la ciutat menys el reducte de la Força, on eren la reina i el príncep. Però al mes de juliol, l'exèrcit de Lluís XI, aliat de Joan II, va entrar a la ciutat i va aixecar el setge.

Era de preveure, doncs, que la ràbia i l'animadversió de la reina les traspassés al seu fill. Ferran tenia uns deu anys, i el devia impactar tot el que acabava de viure. Jo crec que aquell va ser el punt de partida del seu odi pregon contra els catalans.

El puc entendre, una mare pesa molt.

Manyaga i embolicaire com era la reina Joana Enríquez, prou devia inculcar al seu fill que aquella gent i aquella terra mai no l'acollirien, que es mereixia un altre regne. Sense cap mena de dubte, el seu: Castella.

Li va durar poc, però, perquè al cap d'uns pocs anys, quan ell en tenia setze, la reina Joana va morir d'un mal lleig, que deia sempre la mare. Aquí tenim un punt en comú, jo també vaig perdre la meva sent un jovenàs.

Amb aquest ambient tens i enrarit, ens en vam anar cap a la Segarra.

—Vigileu molt —va dir la mare en acomiadar-nos repartint abraçades i amb llàgrimes als ulls.

El que era cert era que Barberà tenia prou coratge i mala bava per enfrontar-se a qui fos.

El viatge no el fèiem sols. Ens acompanyaven dos mossos. Un d'ells, Guiamon, ja era un home fet i dret, una persona callada que només obria la boca si li preguntaven alguna cosa. Que jo sàpiga, ell mai no va encetar una conversa. L'altre, Alberic, era molt jove, tretze anys em va dir que tenia. Em portava uns tres anys, doncs, però ningú no ho hauria dit, perquè era molt escanyolit. Era tot el contrari de Guiamon, parlava pels descosits i en el decurs d'aquell viatge ens vam fer una mica amics. Dic una mica perquè era un nyicris que s'espantava per qualsevol cosa.

—No em peguis! —exclamava esporuguit així que jo simulava una amenaça. Em feia un panxó de riure de veure'l tan acoquinat i poruc, encara més que una nena.

Una nena...

Llavors no entenia com era que el meu padrastre el podia tenir de mosso. Va haver de passar un cert temps perquè ho entengués.

Viatjàvem a peu. El carro que portàvem, arrossegat per un ase, el dúiem per transportar les mercaderies que anàvem a buscar a la Segarra. De tant en tant, però, Barberà permetia que hi pugéssim, ara un, després l'altre, per descansar de les caminades. Ni ell ni Guiamon mai no s'hi van enfilar.

La idea era fer un periple pels punts més importants de la Segarra. L'objectiu principal era Calaf, una vila emmurallada que queda a dalt d'un puig. De fet, tota la comarca és terra d'altiplans.

Barberà tenia interès per anar al mercat de Calaf, un punt de trobada bàsic per a la compravenda de cereals i sobretot per als ramaders. Des de feia segles se celebrava mercat a fora muralles i servia per a l'intercanvi de productes entre els habitants de l'alta Segarra i els d'altres contrades.

I allà vam anar.

El matí que vam arribar era un dia molt fred del mes de febrer. Queia una boira gebradora que pintava el paisatge de gris perlat. Estava embalbit, no notava les puntes dels dits i al voltant del nas se m'havia fet una mena de crosta de mocs gelats.

Pel que sabia, Barberà feia d'intermediari entre ramaders i acordava compres i vendes. I pel que vaig poder observar, era bo en la seva feina.

En aquell mercat s'hi podia trobar de tot, no només cereals i ramaderia, els productes principals que s'hi venien, sinó també eines, teles, ceràmiques... Feia goig de veure-ho tan ben exposat.

Em va cridar l'atenció que Alberic s'enamorava de les robes i ornaments per a vestits que es venien a les parades. No vaig pensar res més enllà del fet que ho devia voler per a la seva mare o per a alguna germana, o vés a saber si tenia alguna estimada.

L'ambient feiner, alegre, jo diria que gairebé festiu, es va estroncar de cop en sentir tocar les campanes que alertaven amb repics de guerra.

—De pressa, anem a dins la muralla! —va manar Barberà.

Amb recança, Alberic va deixar les teles que el tenien captivat i jo un coltell del qual m'havia enamorat; feia comptes per si el podia comprar.

Els pagesos i els mercaders es van afanyar a recollir el que van poder de les parades i amb els passavolants i tothom que hi havia fora muralles, tots plegats, ens vam aixoplugar dins dels murs, que semblaven inexpugnables.

Ens va costar d'arriar l'ase, que espantat per l'esvalot de la gent no volia fer ni una passa. A cop de xurriaques, però, Barberà el va fer creure.

D'acord amb el que vaig saber després, es va entaular una batalla entre l'exèrcit de Pere el Conestable de Portugal, que comandava Jofre de Rocabertí i de Montcada juntament amb Bernat Gilabert i de Cruïlles, contra els partidaris del rei Joan, comandats per l'aragonès Fernando de Rebolledo i Joan Ramon Folc IV de Cardona, batalla que acabà amb la victòria reial.

Nosaltres, amb l'ase i el carro, ens vam quedar en la recolzada d'un carrer principal a la cantonada d'un altre sense sortida procurant de no destorbar el pas. No volíem fer nosa ni cridar l'atenció, per no provocar que ens prenguessin l'ase i les pertinences, que no és que fossin res de l'altre món, però eren nostres.

—Quedeu-vos aquí —ens va dir Barberà a Alberic i a mi mentre ell i Guiamon se n'anaven sense dir-nos on. Jo hauria anat amb ells, perquè tenia ganes de veure la vila en lloc de fer de guardià d'un ase i d'escoltar els planys d'aquell xicot que tant temia de morir vestit.

I de moment no hi havia motius per patir, allà dins com érem, la batalla es produïa a fora muralles.

Com que m'avorria, vaig demanar a Alberic que fes un joc de malabarisme.

—Va, fes ballar aquestes pomes... —li vaig dir agafant-ne tres d'un cabàs que hi havia al carro.

Alberic tenia una traça tremenda per fer acrobàcies de tota mena, sobretot jocs malabars. I no és que jo no ho hagués intentat, però no tenia la rapidesa ni l'habilitat necessària per llençar enlaire boles diferents i tornar-les a agafar sense que em caiguessin de les mans.

—Ho faré si abans ho proves tu —em va dir, convençut, ja que li agradava superar-me en alguna cosa.

—Em cauran i es macaran... —vaig afirmar.

—Prova-ho, jo te n'ensenyo —va insistir.

Ho vaig fer, però va resultar infructuós, com sempre. Encara més, les tres pomes em van caure a terra, una es va quedar travada entre les llambordes i les altres dues van rodolar i van sortir al carrer principal.

Alberic, diligent, va anar-hi al darrere, mentre jo em quedava com un estaquirot desconcertat per tanta malaptesa. No havia aconseguit mantenir-ne dues a l'aire que ja m'havien caigut.

Badant amb les pomes, no em vaig fixar que Alberic havia ensopegat i xocat amb un xicot que anava vestit com un soldat.

—Surt del meu pas! —li va dir apartant-lo amb un fort cop de puny a les costelles, que va fer gemegar de dolor el pobre Alberic.

Em vaig plantar al seu davant per barrar-li el pas. Jo devia trobar a faltar les meves bregues amb els xicots de la Segarra, perquè amb Alberic ja he explicat que no tenia cap gràcia barallar-m'hi. I aquell jovencell em va semblar oportú per deixar anar les meves ires.

—Aparta't! —va dir empentant-me per les espatlles.

Tenia força i era més gran que jo, però no em vaig arronsar i el vaig empènyer pel pit, que duia protegit per un plastró. Ho vaig fer amb tota la força de què vaig ser capaç, cosa que el va fer recular unes passes.

—Demana-li disculpes! —vaig exigir.

—Que jo em disculpi? —va preguntar desembeinant l'espasa que duia al cinyell.

—Amb una espasa com la teva jo també seria molt valent! —vaig replicar.

—I es pot saber qui ets, tu?

—Em dic Guerau...

Em va repassar de dalt a baix...

—Ja veig, un pagès...

—I tu, pel que sembla, un aprenent de soldat.

—Com goses? No saps amb qui estàs parlant.

—Amb un fatxenda covard. Lluita amb els punys, si en saps! —vaig reptar-lo, posant-me en guàrdia.

—Desgraciat, amb tu no en tinc ni per començar —va dir foteta—... Vés-te'n, que encara prendràs mal.

En aquell moment uns homes armats es van acostar a nosaltres.

—Deixeu-me, Folc! —va dir el xicot a un d'ells—, que ja me'n desempallego jo sol.

—Lluita! —vaig insistir així que els soldats es van apartar.

—Tu ho has volgut! —va dir llavors. Va deixar l'espasa, es va treure l'armadura i es disposà a lluitar segur de la seva victòria.

Ni em va passar pel cap que jo pogués perdre, i això que ell em guanyava en alçada i era més corpulent.

Però ja ho he dit més d'un cop: sóc fort i m'agrada esbatussar-me.

Vaig veure de reüll que Alberic s'havia recolzat a la paret i somicava.

—Aneu-vos-en! —va manar el xicot als soldats.

Ho van fer i nosaltres ens vam embrancar en una baralla que prometia no acabar mai, perquè semblava que ens donàvem tanda per clavar-nos cops. El va desconcertar la meva resistència, devia pensar que de seguida em venceria. De segur que amb el cop que vaig rebre a la mandíbula un altre ja hauria caigut. Però a mesura que avançava la batussa, la meva ràbia creixia i se'm concentrava en els punys. Vaig aconseguir abatre'l, i assegut damunt el seu pit vaig començar a apunyegar-lo a la cara.

—Demana-li disculpes, demana-li disculpes! —cridava enfurit.

La meva veu es barrejava amb la d'Alberic, que em demanava que el deixés, però jo no tenia aturador, fins que vaig entendre bé què em deia.

—Para, Guerau, deixa'l, que és el príncep Ferran!

El príncep Ferran...

—Fugim, anem-nos-en! —va dir Alberic estirant-me de la samarra.

Atordit per la sorpresa, finalment vaig fer-li cas. M'estirava perquè anéssim cap al carro, mentre jo seguia contemplant el meu adversari, que s'aixecava amb dificultat.

El príncep Ferran, ja incorporat, em clavà una darrera mirada, i recollint l'espasa i l'armadura de terra se n'anà.

En aquell moment van arribar Barberà i Guiamon. El meu padrastre, veient-me amb la cara macada, preguntà què havia passat.

Alberic s'afanyà a explicar-ho. Barberà em va girar un revés que em va fer sortir sang del nas. I ventà un fort calbot a Alberic.

—Què voleu? Que ens matin a tots plegats? És el fill del rei! —ens renyà.

—Ho ha fet per defensar-me —va insistir Alberic.

Barberà devia témer una represàlia, però no va passar res. El príncep Ferran se'n devia guardar prou de dir que un xicot més petit que ell l'havia guanyat.

L'havia guanyat i humiliat, sí.

I per això mateix, no m'ho ha perdonat.

Quan es troba a prop de la catedral, Guerau s'atura. Sospesa el que se li acaba d'ocórrer i decideix canviar de propòsit. Tenia previst anar al convent de Santa Anna, però abans passarà a veure Cecília. Tant de bo que pugui estar per ell i li «retorni» el color natural dels seus cabells.

Rectifica les passes i agafant el carrer dels Banys Nous surt per la porta de la Boqueria per anar cap als horts de Sant Pau del Camp.

El dia convida al passeig. La ciutat s'ha vestit de llum daurada, un sol amable busca camí per filtrar-se pels racons, envaint els espais humits que han deixat les darreres pluges.

Mentre s'hi adreça, Guerau pensa en el pobre Hilari i en la condició humana, en el fet que la gent treu la ràbia contra qui pot, no contra qui ho mereix.

De rebot, recorda Alberic, de qui no ha sabut res més d'ençà que la seva família, al cap de poc que tornessin de la Segarra, se'n van anar de Palamós. Qui sap què els va motivar a marxar. Si tal com sospita, Barberà s'aprofitava del noi i la seva natura, potser això va empènyer la família a anar-se'n. Però aquesta reflexió l'ha fet anys després que ell patís l'abús del padrastre, perquè quan Alberic va partir de la vila sense acomiadar-se va pensar que es devia a alguna necessitat imperiosa, ja que en temps de guerra qualsevol situació es torna més precària i imprevista.

En arribar al bordell de Segimon, abans d'entrar, Guerau comprova que la bossa dels diners continua amb ell. És el primer que li demanarà el vell si vol veure Cecília.

Obre la porta de la tanca, que fa un grinyol llarg i llastimós, i passa entremig de la barreja d'hort, jardí i males herbes que volten la casa. A la porta, al costat del llindar, hi ha Segimon assegut a una banqueta criant panxa. De segur que el grinyol l'ha despertat d'un dels seus sovintejats capcinejos, si s'ha de fer cas de les restes de bava que li regalimen per la comissura dels llavis.

—Déu vos guard, Segimon! —saluda Guerau.

L'home fa una mena de remuc a tall de salutació i s'aixeca mandrosament de la banqueta.

Guerau fa els tractes, que avui s'encareixen perquè ha demanat de fer servir la banyera, un luxe preuat del qual no poden gaudir tots els bordells.

—M'agrada, veure-us amb hàbit —afirma Segimon.

Guerau assenteix amb un somrís. Ja sap que a l'alcavot li agrada tenir clients vinculats amb l'Església. D'acord amb el seu criteri, el clergat dóna prestigi al bordell, fa que els homes hi vagin amb la confiança que els seus pecats són més lleus perquè els comparteixen amb gent pietosa. I per aquest motiu el complauen les freqüents visites del sotsprior de Santa Anna.

—Cecília no crec que trigui... —avisa Segimon.

—L'esperaré... —respon Guerau, que ho aprofita per sortir fora per gaudir de la lluminositat del dia, que ara, amb el sol ben alçat, llueix pletòric.

—Quedeu-vos a prop de la porta, que us vegin —demana Segimon.

Guerau no vol, precisament, que es fixin en ell, però complau l'alcavot i ben cobert amb la caputxa, però a la vista de qui pugui entrar o sortir, s'entreté mirant les hortalisses que hi ha plantades.

Al cap de poc, veu sortir un home amb cara de felicitat, estat d'ànim que fàcilment li durarà ben poc, però el dia convida a viure i a somiar realitats venturoses, amb la qual cosa és molt possible que l'estat joiós es perllongui.

Cecília no triga a aparèixer. Amb la llum solar, els cabells rossos de la noia semblen fils d'or, que li emmarquen la cara de trets dolços que l'associen més amb una Mare de Déu que no pas amb una dona de la vida. Però deu ser veritat el que sempre li recorda el prior, que Déu és a tot arreu.

—M'alegra que hagis vingut... —diu Cecília acostantse-li—, però estaria més tranquil·la sabent que ets lluny.

—Ja no sé què és el més segur... I n'estic tip, d'amagar-me.

—Ui, ja veig que no estàs per gaires alegries...

Guerau s'encongeix d'espatlles. Cecília té raó, el mal humor s'ha aferrat a ell com una paparra.

—Acompanya'm, anem a dalt... —convida la noia.

Quan entra a la cambra de Cecília, Guerau experimenta un sentiment semblant al de tornar a casa i sentir-se aixoplugat.

Es retira la caputxa i deixa el cap descobert.

—Però tu has vist com vas? —exclama Cecília—. Portes els cabells de dos colors.

—Ja ho sé, és una sort que existeixin els capells i les caputxes, si no seria la riota de tot Barcelona.

—M'imagino que has vingut perquè t'ho arregli... Has deixat passar massa temps. Jo em pensava que eres fora i que ja hauries...

—Cecília —interromp Guerau—, va ser una mala pensada la que vaig tenir de canviar el meu aspecte extern. Em sento ridícul. Si us plau, recupera'm el color natural.

La noia fa cara de no compartir el que diu, però fa cas de la demanda de Guerau i ho disposa tot per aconseguir-ho. Amb el vistiplau d'ell, també li talla els cabells, que ja li arribaven a les espatlles.

—Ara sembles un gat mesquer... —diu Cecília enriolada.

—Riu-te'n, del pobre Guerau —respon fent-se la víctima.

—Hauràs de tenir una mica de paciència —explica Cecília—, perquè trigo a preparar la mescla per tenyir.

Mentre s'espera, Guerau l'observa i copsa un cert nerviosisme en la manera de fer, una actitud llunyana del tarannà tranquil de la noia.

—Jo estic pansit —diu Guerau—, però tu estàs inquieta.

Cecília decanta el cap sobre l'espatlla dreta mentre mescla una pasta al morter.

—Què et passa? —insisteix Guerau.

—És el sotsprior...

Guerau no diu res, espera que sigui la noia qui continuï explicant-se.

—Està molt estrany —segueix Cecília—. Com t'ho diria... possessiu. Saps què em va dir l'altre dia?

Guerau fa que no amb el cap.

—Que no vol que estigui amb cap altre home, i que ja té pensat què farà. Diu que em procurarà una casa, que m'alliberarà de Segimon.

—Dona, m'havies espantat —diu Guerau alleujat—. Jo no veig que sigui una proposta dolenta, una altra cosa és que tu vulguis.

—És que...

—Molts clergues tenen amistançades —continua Guerau—... El mateix papa Alexandre en té, i diuen que més d'una, i que té fills i tot.

—Ja ho sé, ja ho sé... Mira, ja ho tinc a punt —diu ara Cecília canviant de tema—. I treu-te l'hàbit, home, que te'l deixaré tenyit...

—No vindrà d'aquí. Ja veus que no sóc un frare polit, i aquest hàbit de franciscà està ben ronyós.

Cecília li aplica la pasta per tots els cabells, procurant que no quedi cap punta de ble rossa sense tapar.

—Ara haurem d'esperar una estona —diu tombant l'ampolleta de les hores.

—Què és el que et preocupa o que no t'agrada, doncs? —demana Guerau reprenent la conversa.

Cecília encreua els braços damunt del pit quasi abraçant-se, com si hagués tingut una esgarrifança.

—Segimon em té estima i no em vendrà així com així. Vull pensar que tindrà en compte el meu parer, però li agraden els diners i pot veure la venda com una bona font d'ingressos. I si el sotsprior Arnau s'avé a la quantitat que li demani...

—No avancis esdeveniments abans d'hora. I encara no m'has dit per què no t'agrada la idea.

Cecília exhala un gran sospir, intentant deixar anar l'angoixa que l'oprimeix.

—Si fos una altra persona en lloc del sotsprior, estaria agraïda d'aquesta proposta, però...

—Però...

—Estic avesada a tractar homes de tota mena, però s'hi estan una estona i se'n van, i quan algun d'ells m'ha molestat, només ho he hagut de dir a Segimon perquè no el torni a deixar entrar. Ja saps que em cuida, i com que no li falta clientela... En certa manera, estic bé amb la vida que m'ha tocat viure.

—Ja veig que el problema és el sotsprior Arnau —comenta Guerau, que es mossega la llengua per no inquietar-la més, ja que li anava a explicar el seu, de neguit, la sospita que és fra Arnau qui el segueix.

—Abans era diferent —continua Cecília—, molt diferent. Era amable i considerat, però des de fa unes setmanes s'ha tornat molt agressiu. L'altre dia, en un rampell de fúria va llençar a terra l'ampolleta de les hores i l'endemà, penedit, me'n va portar una altra... i em retreu que sigui una meuca... Ves quina ximpleria! Si és en un bordell on m'ha conegut.

—Es deu haver enamorat de tu i et vol només per a ell.

Cecília fa que no amb el cap.

—No és això, Guerau, no és que no m'agradi o no m'hi avingui, que en aquesta qüestió prou sé que no és a mi a qui correspon decidir. El problema...

—Va, deixa-ho anar... —convida Guerau.

—El problema és que em fa por.

XI

CREUS

Sempre que traspassa el llindar de l'entrada del convent de Santa Anna, Guerau té la mateixa sensació, la de penetrar en un món aliè i distant, al contrari de quan entra a la cambra de Cecília. No té res a veure amb el fet que sigui un edifici religiós, perquè quan va als altres convents no li passa. L'ambient de pau i serenor a Santa Anna s'esquerda. Una aurèola de misteri indesxifrable ha impregnat els murs o, simplement, és la presència del prior que el desconcerta.

Hi contribueix l'accés, perquè el de Santa Anna és molt peculiar. El convent queda amagat en una placeta interior rere la línia de cases que s'arrengleren a banda i banda del carrer, al bell mig del qual s'obre una ampla portalada per permetre el pas d'un carruatge tal com correspon a l'entrada d'un gran casal, que en aquest cas és un convent. Hi ha un tram cobert que acaba en un arc suportat per dues columnes coronades per capitells enganxats a la paret.

Des del pati estant, hom pot veure el campanar de dos ullerals que s'alça a l'esquerra del convent. A dalt de la porta, hi ha un escut amb la creu de quatre braços, la del patriarca de Jerusalem.

Guerau no ha fet ni quatre passes que es creua amb el sotsprior Arnau.

—Amb la pau del Senyor —saluda Guerau inclinant el cap.

El sotsprior li torna la salutació inclinant també la testa, però sense proferir cap paraula.

Instintivament, Guerau es gira i es troba amb la mirada de fra Arnau, que ha fet el mateix. Mantenen durant uns instants l'esguard i reprenen cadascú el seu camí.

Reconeix en ell, potser, el frare franciscà que visita Cecília?

És l'única explicació possible que troba al fet que espiï què fa, la gelosia. Que ell sàpiga, però, mai s'han trobat al bordell de Segimon.

També es planteja que el segueixi per ordre del prior, que desconfia dels seus actes.

No, aquesta opció és absurda perquè Bartomeu Cristòfor de Gualbes encarregaria aquesta tasca a un frare de condició inferior.

Ara Guerau es penedeix de no haver-se-li plantat al davant exigint-li explicacions. I si s'ha equivocat, n'hi hauria prou amb excusar-se.

El fet que no és sant de la devoció de fra Arnau és evident. Només cal veure el posat que sempre li fa quan coincideixen a Santa Anna. Això és possible que sigui per la seva condició de suposat frare franciscà, que es creï distància pel sol fet de pertànyer a una altra orde.

A dins del convent, Guerau s'adreça a les dependències del prior. Truca amb els artells de les mans a la porta, que està tancada. S'espera. Torna a trucar, però ningú no contesta.

Un frare se li acosta.

—Si busqueu el prior, no és al convent —li diu—, és a casa seva...

Guerau agraeix al frare la informació i tot sortint del convent se'n va al costat, al palau de Bartomeu Cristòfor de Gualbes i Setantí.

S'atura a la tanca de ferro i contempla les creus forjades que la decoren: tres creus patriarcals, la de doble travesser desigual.

El criat que li obre la porta ja coneix fra Antoni i el deixa passar. Puja les escales que menen al primer pis i es queda a l'entrada de la sala que el prior fa servir d'estudi. La porta és oberta i veu que a dins hi ha el prior.

—Déu vos guard... —saluda adreçant-se a ell, que en aquest moment desa un llibre a la prestatgeria de la biblioteca que ha anat engrandint en el decurs de la seva vida.

Bartomeu Cristòfor es gira cap a Guerau.

—Passeu, «fra Antoni», i tanqueu la porta, si us plau —respon el prior.

Ha dit «si us plau»...

El prior no acostuma a dirigir-se-li amb tanta deferència.

—Seu, Guerau —li diu quan és a prop seu—, ara fa dies que no ens veiem i caldrà que fem intercanvi de notícies.

Guerau assenteix i l'observa. Diria que el veu envellit. No se li fa estrany, perquè té massa responsabilitats a les quals potser no hauria d'haver accedit. No deu ser gens fàcil ser el prior de Santa Anna i conseller en cap de la Generalitat a més d'atendre les sovintejades demandes del rei.

—No acostumes a venir tan tard.

El prior diu aquestes paraules com una evidència, sense retrets.

—Si vols, podem sopar plegats —afegeix.

Què? Ho ha escoltat bé? El prior el convida a compartir un àpat amb ell?, es pregunta Guerau molt sorprès.

No sap si alegrar-se'n o preocupar-se'n, però respon amb tota l'amabilitat de què és capaç.

—Serà un honor acompanyar-vos.

—Ho anava a fer d'aquí a poca estona —explica el prior—, sempre sopo aviat... Vine, anem al menjador... No t'enretires la caputxa?

—Teniu raó —afirma Guerau deixant-la anar cap enrere i alegrant-se de no haver de donar-li explicacions sobre els seus cabells; ja sap que li retrauria que anés contra natura.

Que ell recordi, mai no ha estat aquí. El menjador, una sala gran presidida per una taula on poden caber força comensals, destaca pel tinell que hi ha arrambat a una de les parets. Molt ben parat, exposa ceràmica i porcellana fina.

S'asseuen en un dels extrems de la taula, un davant de l'altre. I enceten una conversa sobre les picabaralles amb els membres del Consell i les reunions amb les Corts, que es dilaten més del que caldria esperar.

Així que els criats els serveixen, a Guerau li crida l'atenció que el sopar és abundós i treballat, digne d'un rei. No té res de frugal. Queda palès que el prior és un noble patrici que no s'exclou de tots els plaers mundans.

De primer un guisat d'oca[52] amb salsa de naps, i després un potatge de faves, tot regat amb bon vi negre, i de postres fruita fresca. Guerau escull una pera.

Així que acaben, diu a un servent molt jove:

—Tingues cura que ningú no ens destorbi.

El noi tanca les portes i es retira.

El prior espera uns instants, els suficients perquè el criat s'hagi allunyat. Passeja la vista per l'estança com per comprovar que no hi ha ningú i diu:

52. En aquella època les carns se servien de primer plat.

—Estic preocupat, Guerau, no m'agrada gens com es desenvolupen els esdeveniments.

Guerau inclina el cos cap endavant, amb els colzes recolzats damunt la taula, les mans encreuades i la barbeta al damunt.

—Què us amoïna? —pregunta interessat.

El prior tamborineja els dits damunt la taula, un gest que implica nerviosisme i impaciència, i diu:

—El rei.

Això Guerau no s'ho esperava i no pot evitar de somriure interiorment, encara es faran amics.

—Temo pels nostres germans de les Índies Occidentals —continua el prior—, perquè el rei té massa interès a trobar-los. M'amaga alguna cosa que no diu.

—On voleu anar a parar?

—Tinc la sospita, i crec que amb fonament, que els vol trobar per eliminar-los. Sí, ja sé que això que dic és d'extrema gravetat —s'afanya a afegir—, però és el que penso. I no ho comprenc, perquè... quina necessitat n'hi ha? Si tots anem en la mateixa direcció...

Aquesta nova perspectiva, Guerau no l'havia valorat. Un garbuix de pensaments se li amunteguen, enredant-se, però alhora trobant un camí i una sortida. Pres d'un eufòric esverament, diu:

—Vist tal com ho exposeu, tot cobra un nou sentit...

Guerau s'aixeca, agafa la cadira, l'acosta al prior i s'hi asseu de costat per poder parlar amb comoditat i en veu ben baixa.

—Analitzem-ho des del principi... Quan es va dissoldre l'orde dels templers, les terres que posseïen van passar als seus països d'origen, és així?

—Exacte, així va ser. Els reis que en van sortir més beneficiats van ser Jaume II, de la Corona catalano-aragonesa, i Felip IV, de França, les dues terres més templeres.

—França, l'eterna enemiga, sobretot de Castella —afegeix Guerau.

El prior s'ha quedat expectant i l'escolta amb atenció.

—Imagineu-vos —continua Guerau— que es troben els templers, els hereus, aquells que han seguit en secret l'orde i han passat a les Índies Occidentals... Cap problema si són de la corona catalano-aragonesa o de Castella, però si són francesos tenim un problema internacional.

—Continua —demana el prior.

—Hi haurà un dilema greu perquè França voldrà la part del pastís que li pertoqui en cas que es trobin templers francesos. I si no ho són, el problema desapareix. Per això s'afanyen a repartir les terres entre Castella i Portugal.

—Anem a pams —diu Bartomeu Cristòfor—. No comprenc que s'afavoreixi Portugal.

—No oblideu —explica Guerau— que la mare de la reina Isabel és portuguesa i la reina desitja estar amb pau amb Portugal. Ja s'hi va haver d'enfrontar durant la guerra amb la Beltraneja, a qui els lusitans defensaven. I fa pocs anys que li van prendre les illes Canàries... El que no m'encaixa és que Ferran no involucri Catalunya i Aragó, sembla mentida...

—Amb tot el que has dit... això sí que encaixa, i perfectament. El rei Ferran va més enllà, ell vol ser el rei efectiu de Jerusalem i reserva els esforços per a aquest objectiu. Sap que haurà de pactar amb les nostres Corts, que sempre li posen traves. No cal que et digui que n'estic fins al capdamunt, de les seves exigències. És una creu. Però per a ell també ho deu ser perquè està obligat a demanar-nos permís per a quasi tot.

—Mentre que a Castella fa i desfà.

—Exacte.

—Però les Índies Occidentals són massa llamineres perquè se'n desentengui...

El prior fa que no amb el cap.

—Només temporalment, perquè d'aquí a uns anys passaran al seu fill Joan.

—Tot queda a casa, és clar —rebla Guerau—. No vol esgotar les Corts. Espera fer-ho per a una empresa més gran, per tenir Jerusalem, que el convertirà en el monarca més important de tota la cristiandat. Però crec que s'equivoca, perquè a les Índies Occidentals...

—Hi has d'anar i evitar que matin els nostres germans —interromp el prior.

—Em sembla que no en deu quedar cap ni un.

—Què t'ho fa pensar? —pregunta Bartomeu Cristòfor afegint més vi a les copes.

—Per l'Almirall, que no els ha trobat pas.

—Tampoc és que ens en puguem refiar gaire...

Això també és cert, pensa Guerau. No li replica perquè ja no sap què creure. Abans el defensava a capa i espasa, però ara tots plegats estan immersos en un intens garbuix d'intrigues.

Intrigues...

Els templers, abans que la seva orde fos proscrita pel Papa, també es van trobar involucrats en una conspiració que els va convertir en víctimes dels interessos del rei Felip IV de França i de les enveges de molts altres, entre els quals hi havia dominics i franciscans. Però aquells que van escapar-se de la injustícia reial prou que van procurar de venjar-se del rei Felip, del ministre Nogaret i del papa Climent V, els principals responsables de la dissolució de l'orde, de l'empresonament, tortura i mort dels templers.

La maledicció que va llençar Jacques de Molay abans

de morir cremat a la foguera després d'haver-se retractat de tot allò que l'havien obligat a confessar, es va fer efectiva. La catedral de Nôtre-Dame de París en va ser testimoni. El gran mestre templer, acompanyat dels seus companys de suplici, va emplaçar els culpables a unir-se al judici de Déu en el termini d'un any. Al cap de trenta-cinc dies el papa Climent V moria enverinat i uns mesos més tard també ho feia Nogaret. I abans que expirés l'any, el rei Felip IV va trobar la mort, diuen, en caure del cavall per culpa d'haver topat amb la branca d'un arbre.

Però pels morts ja no es pot fer res, cal pensar en els vius.

—L'Almirall té problemes —diu ara Guerau donant un tomb a la conversa—. Entre d'altres assumptes que l'amoïnen, està preocupat perquè vol recuperar el quadern de bitàcola que va donar als reis així que va arribar de les Índies.

—I encara no l'hi han tornat?

—Que jo sàpiga, no. Molt em temo que el volen deixar de banda... De tota manera, no tinc cap dubte que al diari de bord no hi ha deixat cap indicació clau. Els continua sent necessari. I una altra cosa us he de dir: crec sincerament que professa la fe cristiana.

—En què et bases?

—A banda del que ell m'hagi pogut dir, pel seguit de situacions que he viscut durant tots els anys que he compartit amb ell. Per dir-vos-en una: sovint, a la sorra, mentre rumia qualsevol cosa que el preocupa, dibuixa la *crux dissimulata*...

—Resa el *pater noster*, doncs... *Sator*, *arepo*, *tenet*, *opera*, *rotas*...

—Li ho he vist escriure més d'una vegada. Ell no sabia que jo l'observava. Per què hauria de dibuixar els símbols del quadrat templer si no ho fos? Quin sentit tindria? Repeteixo que ell no ho feia per deixar constància de res ja que ho esborrava després. Crec que puc afirmar que ho dibuixava per trobar pau, per aconseguir desxifrar els múltiples dubtes i limitacions que li han imposat els seus coneixements.

El prior l'escolta amb profunda atenció.

—Quan l'Almirall comença un escrit —continua Guerau—, segueix la recomanació que Llull va fer als cristians i l'encapçala així: «*Jesus sit cum nobis in viam*». I sent també una profunda devoció per la Immaculada Concepció. I mai no he vist que dibuixés una estrella de David...

—Dels dos triangles, un d'ells invertit —afegeix el prior com si dictés una lliçó—, el primer amb el vèrtex cap amunt representa el cel i la llum, el segon la terra i les tenebres...

Bartomeu Cristòfor de Gualbes escura la copa de vi i se'n torna a servir una altra.

Guerau desestima que n'hi serveixi més.

—És convenient que tu vagis en aquest proper viatge. Hi ha massa conversos entre el grup de suport a Colom. M'han arribat notícies que ha marxat de Barcelona, vés a saber on ha anat, ara! No li pots perdre la pista.

—Sé que havia d'anar a Andalusia amb Santàngel...

—Santàngel, el gran convers!

—No patiu, que l'Almirall tornarà a Barcelona abans d'anar cap a les Índies, partiran d'aquí.

El prior deixa que el silenci s'interposi uns instants en la conversa i el mira als ulls.

Amb atenció.

—Potser no t'he valorat prou —continua conciliador—, sempre m'he mostrat excessivament esquerp amb tu.

—I per què? —demana Guerau interessat en aquesta mena de confessió, qui sap si provocada pel vi.

—Per la teva conducta desordenada —diu ara, sever—. No vas voler ser un *milites Christi*, et vas escapar del castell de l'Espluga Calba, recordes? I no ets capaç de dur una vida honorable. De debò que jo m'hauria comportat d'una altra manera si haguessis mostrat obediència i una mica de seny, però contínuament t'has ficat en embolics.

—No oblideu que alguns han estat per servir-vos a vós.

—És cert, però mai t'he dit que festegessis impúdicament senyores de la noblesa ni que tinguessis fills sense haver esposat la mare.

—Només en tinc un, de fill, i prou greu que em sap no haver fet el que havia de fer.

—Pots rectificar, doncs.

—Ho intento, però ella ja no vol saber res de mi. I per descomptat que la seva família encara menys.

—Tu rai, que sempre tens una dona o altra amb qui consolar-te.

—De res et serveixen les altres quan la que vols i estimes et rebutja de ple.

De res, no serveix de res, es lamenta Guerau.

Tant de bo que pogués redreçar el camí, refer de bell nou els meus actes, omplir les absències i dotar de versemblança les paraules. Però aquesta és la creu que em pertoca dur, la del meu propi tarannà.

El pitjor és saber que vaig tenir l'oportunitat d'obtenir la felicitat plena a les meves mans. L'Almirall la va encertar quan em va dir que temia els compromisos, que els evitava. I ara em sembla mentida haver deixat escapar el regal que Déu va posar al meu abast, perquè Blanca irradia saber natural, bondat i bellesa, és llum i vida. La meva vida.

Oh, Déu, per què vas permetre que fos tan enze...

La vaig conèixer fa poc més de cinc anys, l'hivern de l'any 1487. Ja feia un cert temps que jo havia recalat a Barcelona. D'ençà que l'Almirall havia enviudat de Felipa, i en conseqüència se li van tancar a Portugal part de les portes que ella li havia obert, va buscar altres opcions. Va coincidir també que el rei Joan II de Portugal estava més ocupat en el continent africà que no pas a obrir una nova ruta cap a l'oest.

Va ser durant aquella època que vaig tornar a Catalunya i em vaig comprar la casa al carrer Ferrenys de Barcelona. En el decurs dels anys de navegar, havia aconseguit el que per a mi era una petita fortuna, que vaig invertir en l'adquisició d'una casa. Desitjava tenir-ne una de la meva propietat i no tenia cap dubte que havia de ser a Barcelona, ciutat a la qual em sentia lligat tant pels meus avantpassats com pels meus afectes. Sempre estimaré Tàrrega i la Segarra, però Barcelona em té enamorat.

Al cap de poc d'haver arribat a la Ciutat Comtal, uns mesos abans de conèixer Blanca, vaig anar a visitar un parent, un oncle de la mare, un cosí germà del meu avi, el que va ser ajusticiat.

—Si alguna vegada vas a Barcelona, Guerau —m'havia dit un munt de cops—, vés a veure l'oncle Esteve, tintorer de drap.[53]

La mare assegurava que s'estimava molt el seu pare, que per això m'hi adreçava, que tenia molt clar que a segons qui no li ho proposava perquè no seria ben rebut, ja que consideraven l'avi culpable.

53. Els tintorers de drap tenyien els teixits de llana.

Sovint m'he preguntat si l'avi era innocent. Vull creure que sí, però tampoc posaria les mans al foc per ell. Tanmateix, no seré jo qui el jutgi.

La mare va tenir raó i la família de l'oncle Esteve em va rebre amb els braços oberts. I dic la família perquè l'oncle ja havia mort.

—Un fill de Maria sempre serà benvingut a casa nostra —va ser el primer que em va dir Sibil·la, la muller de l'oncle, que ja era molt velleta.

La mateixa bona disposició em mostrà el fill, que també es deia Esteve com el pare. Un home que, si fa no fa, devia tenir la mateixa edat que hauria tingut la meva mare si fos viva.

Durant un temps, mentre jo buscava casa, i a instàncies de la família, em vaig quedar a viure a la seva. Aquell va ser un altre regal que em va oferir la vida: que em van acollir com un fill i amb el goig de comprovar que apreciaven sincerament la mare i l'avi.

Qui ho sap com li hauria anat a la mare si s'hagués quedat amb ells.

—Prou que li ho vam demanar —em va explicar Sibil·la—, però ella volia marxar i va fer cas de la família Gualbes.

I no, ells tampoc no sabien qui era el meu pare.

No només hi vaig viure, sinó que també hi vaig treballar, i així va ser com vaig conèixer l'ofici de tintorer.

La família de l'oncle Esteve, Carbonell de cognom, vivia al barri de la Blanqueria de Barcelona, al costat de Sant Cugat del Rec. No era una feina que m'entusiasmés, perquè a banda de navegar, el que m'agrada és remenar llibres i escrits, però em permetia guanyar-me la vida, de moment. Si comprava una casa sabia que em quedaria escurat, o amb ben poca cosa, i era bo que treballés mentre no em tornés a embarcar.

Però malgrat la bona acollida dels Carbonell, he de dir que em vaig sentir confortat quan Bartomeu Cristòfor de Gualbes i Setantí, a qui evidentment també vaig visitar, em va requerir perquè treballés per a ell com a escrivà. Aquest fet va coincidir amb el seu nomenament com a prior de Santa Anna. Havia idealitzat tant la figura del pare Maties, persona bonhomiosa i carregada de bones intencions, que vaig pensar que amb el prior seria el mateix.

—No són de fiar, els tintorers, Guerau —va afirmar—, ni els teixidors, ni els blanquers, ni els paraires.

Va dir aquesta última paraula amb to de retret, tot recordant-me que el meu avi matern ho havia sigut. I va continuar:

—Aquesta gent canvia l'ordre de la natura: mesclen, remouen, amalgamen, fusionen... són operacions dignes de l'avern, pecaminoses, perquè transgredeixen l'ordre imposat pel Creador.

No vull pensar el que m'hauria dit si m'hagués vist tenyit.

I no és només un criteri del prior, així pensa la majoria. Són tasques que desperten desconfiança i es margina socialment els que practiquen aquests oficis. Una mostra és que els està prohibit als clergues i desaconsellat als creients. En el millor dels casos, són oficis sospitosos.

Però durant el temps que vaig fer de tintorer, em va agradar pel fet que aquella feina em lligava al meu avi, que si bé ell era un paraire, de segur que també estava relacionat amb els tints.

He de reconèixer que la marginació que pateixen, en part se l'han buscat, perquè tant teixidors com paraires o blanquers provoquen picabaralles i són molt freqüents els litigis entre ells. A la mínima provoquen aldarulls, i encara que no m'agrada acceptar-ho, és un fet que són turbulents, busca-raons i pledejants.

Els blanquers són els més mal vistos pel contacte que han de mantenir amb els cadàvers dels animals.

En l'assumpte de les querelles, els que sovint hi surten guanyant són els tintorers, perquè els estatuts, les lleis i les reglamentacions els reserven els monopolis de les pràctiques dels teixits.

El litigi comú, i pel que sé aquell en què es va veure embolicat l'avi Pere, va ser el de les aigües de les torrenteres. El blanquer necessita aigua neta per deixar macerar les pells, condició que les matèries colorants dels tintorers impossibiliten. D'altra banda, l'ordenança gremial prohibeix tenyir una tela amb colors per als quals no es té llicència. Si s'és tintorer de vermell, no se'n pot ser de blau.

Esteve, el fill, s'ha especialitzat en el color vermell i els seus afins.

—El color vermell l'obtinc de l'arrel de la grana —m'explicava amb ganes, visiblement satisfet de la seva feina— i també dels insectes, dels quermes.[54]

I es deixava anar en un munt d'explicacions sobre l'hegemonia del color vermell sobre tots els altres. Em detallava la diversitat cromàtica, de la qual destacava els porpres i els escarlates. Sens dubte, és el color de la noblesa, el color simbòlic del poder. Ho és perquè és el més dificultós de tenyir, ja que el porpra mateix s'obté d'un mol·lusc que cal portar de Tir. Es veu que aquest color va decaure des de la caiguda de Constantinoble a mans dels turcs. El porpra, llavors, va ser suplantat pel carmesí o l'escarlata.

No puc evitar de pensar en dona Elisenda i en el fet

54. Cotxinilles.

que acostuma a lluir vestits de color vermell per deixar palesa, precisament, la seva condició.

—I no n'hi ha prou, cal fixar el tint amb l'alum[55] que importem d'Egipte i Turquia.

En certa manera, jo ja em veia fent un viatge a aquelles terres a la recerca d'aquell alum tan necessari d'acord amb el que em deia Esteve.

No n'hi ha gaires, de tintorers de drap, no més de deu en tot Barcelona. Gaudeixen d'una categoria superior als teixidors i des del segle XIII han format gremi i tenen per patró sant Joan Baptista i sant Maurici. Això, és clar, ho vaig saber per Esteve, que no desaprofitava cap ocasió per alliçonar-me.

I entre la diversa gamma de vermells, l'imprescindible alum i els sucosos quermes, en un matí hivernal, la tintoreria es va il·luminar amb la presència de Blanca.

Va entrar acompanyada de Teresa; havien dut a tenyir uns quants capells.

La seva presència em va captivar.

No sabia absolutament res d'aquella noia bellíssima, ni qui era, ni d'on venia, només m'importava que fos meva. I d'acord amb el que Blanca em va dir posteriorment, ella també es va encaterinar del Guerau que li vaig oferir.

Aquell mateix matí, les vaig acompanyar a casa seva, volia saber on vivia per poder-me convertir en la seva ombra.

Teresa vigilava amatent tal com corresponia, però Blanca de seguida va permetre que la festegés.

Em comportava com un jovencell malgrat que ja tenia trenta-dos anys complerts. Frisava per veure-la a tota hora, el temps se'm feia esquerp i etern quan no era al seu costat embadocant-me amb la seva imatge, amb l'escalfor

55. Sal natural d'alumini.

de la seva veu enamorada i amb el tarannà prudent i senyorívol amb què vestia els seus actes.

Blanca tenia dinou anys i la il·lusió de compartir la vida al meu costat, un somni que només jo, inclement botxí, vaig gosar trencar.

En aquella època, els Carbonell es van trobar immersos en un desagradable plet. Un tal Oleguer Sala, un altre tintorer de drap, acusava Esteve de cometre frau en les tintures. Era un delicte molt perseguit i castigat, representava el descrèdit dins del gremi i l'escarni general, ja que la roba falsament tenyida era cremada públicament.

Hi havia un tribunal tècnic de la llana, ubicat a prop del pont de Campderà, entre el Born i Vilanova dels Molins de la Mar, que s'ocupava de jutjar els possibles fraus relacionats amb els tints. Funcionava a Barcelona des de feia dos segles i la seva sentència era inapel·lable.

Sortosament per a Esteve, aquest tribunal distava molt d'actuar com la Inquisició i no acceptava de manera arbitrària qualsevol acusació. Oleguer Sala s'ho hauria d'haver pensat dues vegades, perquè encara que tenia ascendent sobre algun dels seus membres, el tribunal decidí a favor dels Carbonell, amb el consegüent desprestigi i sanció per a Sala, que posteriorment va acabar arruïnat.

—Mai no m'hauria imaginat —es va doldre Esteve— que Sala ens tingués tanta esquira.

Aquell tintorer de drap havia estat atacat per l'enveja, un sentiment estèril que s'expandeix com una epidèmia i corseca el cor de qui el pateix. Crec que puc afirmar que mai no l'he patit. El meu temperament m'inclina cap a altres defectes: el rancor per aquells que m'han fet mal i un egoisme involuntari que no per aquesta circumstància deixa de fer més mal, i sovint a aquells que més estimo.

Tenia una excusa important quan vaig fugir de Palamós deixant la meva mare abocada al desesper d'haverme perdut. Però, llavors, quan vaig abandonar Blanca, no en tenia cap d'imperiosa. O potser sí que ho era, però havia d'haver actuat diferent de com vaig procedir.

Em dol i em penedeixo d'haver estat el lladre de la seva innocència, el pirata furtiu a la recerca d'un preuat tresor, tresor que em va ser fàcil d'aconseguir perquè ella em tenia tota la confiança. De natural refiada, la vida mai no li havia reportat cap desengany més enllà dels que aporta la convivència, simples renyines quotidianes que es resolen en un tres i no res. L'única pena que tenia i que compartia amb mi era la d'haver perdut la mare quan encara era molt joveneta.

El que em destarota més del meu comportament és que jo havia fet plans de futur amb Blanca, els havia fet molt sincerament.

Quan vaig comprar la casa del carrer Ferrenys, m'imaginava que seria governada per ella. Acompanyats per Teresa, que per ordre de Guillem Vidal l'acompanyava arreu, la hi vaig ensenyar il·lusionat.

—I ja ho veieu, la casa de la vostra família és gairebé al costat... —vaig comentar convençut que afegia un avantatge important. Mentrestant, ella recorria amb entusiasme cadascuna de les estances, contemplant satisfeta tots els racons.

—M'agrada, m'agrada molt! —va exclamar agafant Teresa de les mans tot fent-la giravoltar.

—Ai, Déu meu, senyora, que el meu cos ja no està per aquestes gresques —rondinava sense convenciment, compartint amb els ulls la seva alegria.

Jo també ho era, de feliç. Però alguna cosa fosca i infausta em va impedir de fer el que pertocava: demanar a Guillem Vidal la seva filla en matrimoni.

No, no em vull enganyar, no era cap força oculta, era el meu desig de tornar a navegar.

Hauria pogut evitar tot el que va passar, tant el fet de tornar amb l'Almirall, com el de deixar Blanca embarassada. Ja he dit que em vaig comportar com un egoista, un egoista que tampoc ho era tant per oblidar quina era la meva responsabilitat.

Com dos infants que cerquen l'ocasió per contradir les ordres paternes, ens esmunyíem de la vigilància del pare i el germà. I amb la complicitat de Teresa, que li ho consentia tot a Blanca, fèiem trobades furtives a la casa del carrer Ferrenys.

La vella dida la custodiava, però la seva vigilància era molt discreta. I aviat vam comprovar que, mentre festejàvem pudorosament, la dona pesava figues arraulida a una cadira.

Me n'havia d'haver anat llavors mateix en lloc de ferho al cap de dos mesos després d'haver convertit Blanca en la meva amant. Vaig tenir l'oportunitat de desdirme'n i respectar la seva virginitat, però el desig de posseir-la va ser més fort que la noblesa i la rectitud requerides. O, tal vegada, esperava que ella no em permetés arribar fins al final.

Em vaig equivocar, havia d'haver considerat la seva falta d'experiència, la fe cega que sentia per mi. Estava enamorada i me'n vaig aprofitar.

—Estimar-nos sense haver contret matrimoni és pecat, Guerau... —em va dir amb el dubte reflectit a la veu. M'imagino que esperava una promesa sincera.

—Doncs, cremarem junts a l'infern! —em vaig limitar a respondre, i vaig penedir-me al cap d'un instant d'haver-ho dit; l'última cosa que volia era que les meves paraules la poguessin atemorir.

Em vaig esmerçar a empresonar-la amb besades i carícies delicades, que repartia sàviament per tot el seu cos. El desig s'encomana i, com que també era la seva voluntat, aviat vaig provocar en ella una allau de sensualitat.

No va oposar cap mena de resistència, la negativa va quedar arraconada i va fer companyia a la vergonya que Blanca va anar oblidant.

La roba feia nosa, però no ens podíem arriscar a treure'ns-la del tot.

—I si Teresa es desperta? —va mussitar Blanca com si m'hagués llegit el pensament.

—No patiu, que ja ronca profundament —vaig assegurar, tement que es pogués esquerdar l'encís. Però lluny de trencar-se, vam reprendre el joc amorós.

El fet que ja m'hagués lliurat l'ànima em va ajudar a conquerir el seu cos, àvid de mi. Notava com la seva pell es tibava i s'esgarrifava de plaer. El meu sexe erecte va buscar camí pel seu, encara clos però humit. I, de mica en mica, el vaig obrir profanant la seva candidesa.

Ara, passat el temps, puc comprendre el desencant que va tenir en anar descobrint qui era realment. No tant per la meva vida atzarosa, amb els meus amors entre clandestins i inadequats, sinó pel fet de creure que jo era un home vinculat a un món al qual ella pertanyia, el món dels teixidors, dels sastres, un món gremial on podia ser acceptat encara que no tingués prou nivell.

Però un navegant...

—Per què no m'ho vau dir? —em va retreure quan li vaig anunciar que me n'anava.

—Per no perdre-us... —només vaig saber contestar.

Ja s'havia quedat prou desconcertada quan li vaig explicar que ja no treballava amb els Carbonell, sinó que era escrivà del prior de Santa Anna, Bartomeu Cristòfor de

Gualbes i Setantí. D'una sorpresa, i en molt poc temps, va anar a una altra, i la pitjor de totes va ser la de constatar que no em casava amb ella i que l'abocava al deshonor.

En la meva defensa, he de dir que vaig rebre una carta de l'Almirall amb el requeriment urgent que em necessitava. Això, sumat al desig de complaure també el prior, a qui interessava que seguís de prop les passes de Colom, van ser fets que es van confabular amb el meu desig de tornar amb l'Almirall.

I he d'afegir que no sabia encara que Blanca estava embarassada. Quan vaig partir, ella tampoc no ho sabia. Només tenia coll avall que me n'anava i incomplia els somnis de vida compartida que havíem fet plegats.

—Quan tornareu, Guerau? —em va preguntar inquieta, tal vegada preveient el que anava a succeir.

La vaig tranquil·litzar prometent-li que tornaria ben aviat, que l'estimava i volia passar la vida al seu costat, que volia formar una família amb ella. Això era cert, però ni vaig tornar aviat ni m'hi vaig casar.

Per què ho vaig fer?, m'he lamentat una vegada i una altra. Em podia haver casat amb ella, i posats a fer, haver-me'n anat després. I ho tenia fàcil, perquè els Vidal m'acceptaven, no els importava que fos un bord ni que no m'hagués consolidat en cap ofici.

He arribat a la conclusió que d'una manera involuntària em negava a mi mateix el dret a ser feliç, perquè mai no ho he sigut tant com en aquells dos mesos abans de partir. Una bella època que va durar massa poc.

La vergonya pel meu procedir m'impedeix visitar la família Carbonell, que es va quedar tan trasbalsada com Blanca quan els vaig dir que me n'anava de Barcelona. Ja els havia sabut greu que deixés la tintoreria per anar a treballar amb el prior, però ho van acceptar. No comprenien, en canvi, que escapcés el futur amb la filla dels Vidal, família amb qui mantenien una bona relació personal i professional.

Em dominen l'atracció per l'aventura i els destins incerts que marquen les meves fugides furtives. I em dol constatar que el prior té raó quan em retreu la meva conducta desordenada, quan afirma que sóc carn de forca. Com l'avi matern.

Aquest matí, just l'endemà d'haver-se reunit amb el prior, Guerau ha confirmat a dona Elisenda Pallarès que Genís Miralles és el mestre d'aixa que buscava. Satisfeta amb aquesta informació, ella emprendrà les gestions oportunes per denunciar l'incompliment i el robatori de Miralles.

Ara Guerau torna al palau Desvalls per una qüestió que li ha quedat pendent: la de sincerar-se, la d'explicar a dona Elisenda la inquietant certesa de saber que algú et segueix i no el pots enxampar. Això no ho pot explicar ni a Cecília ni al comte d'Empúries, que prou que l'han avisat que ha de marxar de Barcelona. I amb el prior, millor callar que s'ha ficat en un altre embolic.

El prior...

Guerau somriu interiorment. Li sembla mentida el canvi que s'ha operat en la seva relació. Ha succeït la cosa més impensable: l'ha convidat a hostatjar-se al seu palau quan calgui. Valorarà de fer-ho. Ja sap, però, que si es mostra amable és perquè el necessita com a enllaç amb l'Almirall i perquè vol que faci el segon viatge oficial amb ell, però sigui pel que sigui sempre és agradable que el tracte hagi deixat de ser tan sorrut.

Si aquest matí no ho ha fet, això de sincerar-se amb

dona Elisenda, ha estat per prudència, per no complicar-se la vida. Però després de rumiar-ho, s'ha decidit perquè ella mateixa li ha donat peu a demanar-li el que calgui. I li ha ofert de fer servir les seves estances (la casa no, perquè s'està en condició de convidada) sempre que ho necessiti, ja sigui per rentar-se —allà on ella va, ho fa acompanyada de la seva banyera portàtil d'aram—, descansar sense que ningú el destorbi o simplement per amagar-se d'algun marit ofès.

Només de traspassar el llindar del palau dels Desvalls, es fixa en la noble senyora que baixa per l'escala principal, dona Joana Nicolau, seguida de la seva serventa de companyia, Sileta.

Guerau se sorprèn de veure-la, però ella no gens.

Dona Joana se li atansa amb un somrís i Guerau la saluda amb un acotament de cap.

—No esperava trobar-vos aquí —diu ell.

—Fa anys que dona Elisenda Pallarès i jo som amigues —explica dona Joana.

El patriciat barceloní reunit al carrer Montcada, pensa Guerau. D'aquesta consideració se'n va a una altra: sabrà Joana la seva preterida relació amb Elisenda?

Com si li hagués llegit el pensament, dona Joana s'avança.

—No cal que em digueu res, que ja sé la vostra història —diu amb murrieria—, dona Elisenda m'ho ha explicat. També sé que ara només sou amics.

—Caram, dona Elisenda ha estat poc discreta.

—Ja he dit que som amigues, i sap que en mi hi pot confiar, no sóc de les que ho escampa. D'altra banda, ella és vídua i vós no us heu casat...

—Heu reblat el clau, això és precisament el que em pesa.

—Els mals d'amor són difícils de guarir —comenta dona Joana amb complicitat.

Però Guerau no vol parlar d'aquest tema amb ella i s'acomiada amb unes breus frases de cortesia i un a reveure si a Déu plau.

A través de les cavallerisses, puja per l'escala interior, que condueix a les dependències privades, i es dirigeix a les de dona Elisenda, que el rep amb afabilitat.

—Aviat heu tornat, Guerau...

Ell fa que sí amb el cap i prem els llavis.

—Pel vostre posat, diria que us en passa una de grossa. Aquest matí ja us he trobat inquiet.

—Ho estic. No me n'aniré per les branques: ja fa un parell de mesos que he rebut avís que me'n vagi de Barcelona, perquè el rei vol el meu cap. No em pot acusar de res —s'afanya a dir en veure que ella anava a intervenir.

—Vet aquí per què anàveu tan guarnit, que si ara de frare, que si ara de trobador... Pel que dieu, l'assumpte és prou seriós... Com és que no us n'heu anat, doncs?

Guerau deixa anar un llarg sospir.

—Deixeu que ho endevini... Una dona, potser?

—Sí, però no només ella —diu concisament Guerau, que ara es penedeix d'haver encetat aquesta conversa. És lògic que dona Elisenda pregunti, però se li han passat les ganes d'explicar-se, més que res les de respondre segons què.

Es maleeix a si mateix. És un sac de contradiccions. Per què ha vingut, doncs?

Ella, però, sembla que l'interpreta i diu:

—Esteu cansat, feu ulleres... Us proposo que descanseu una estona i després, si us ve de gust, ja en parlarem. I si no, tal dia farà un any. Podeu comptar amb mi, ja ho sabeu. I no cal que us recordi que aquestes situacions, diguem-ne compromeses, em revifen.

Dona Elisenda rebla les paraules amb un somrís i fa un gest per indicar-li que la segueixi.

—Aquí estareu segur del tot i gaudireu de tranquillitat —diu mostrant-li la seva cambra.

Guerau es fixa de seguida que en un racó de l'habitació hi ha una taula escriptori.

—Si us cal paper i tinta, vós mateix —assenyala dona Elisenda, que s'ha adonat que hi parava atenció.

—Gràcies, sou molt amable.

—I no patiu, que aquí no entrarà ningú sense el meu permís... Ah, no us heu trobat pas amb dona Joana Nicolau?

—Sí, just quan entrava. Pel que sembla està al cas de tot el nostre passat —comenta Guerau amb un cert to de retret.

—Oh, no us penseu que vaig escampant aquesta mena d'històries, de cap manera. Però un dia, de manera casual, parlant de les nostres vides comunes, vau sortir vós en la conversa. No em direu que no és una casualitat haver compartit amant...

—És cert, ho és —respon Guerau una mica incòmode, perquè no li agrada estar a la seva cambra.

—Bé, no us destorbo més... qualsevol cosa, em feu avisar —diu en un to irònic que Guerau no sap com interpretar—. L'uixer que vigila les dependències és de tota confiança. I no passeu pena, que si feu nit aquí, hi ha lloc per a tots dos. Tinc prou flassades que us poden fer de tou perquè pugueu dormir fora del meu llit. Ah, us he de dir que no ronco. Espero que vós tampoc.

Guerau agraeix de nou l'amabilitat de dona Elisenda, però es queda alleugerit quan se'n va.

Abans d'asseure's a l'escriptori, observa el parament de la cambra. L'espaiós llit que la presideix, la bella finestra triforada que dóna al celobert principal. La llar de foc a l'escaire... I la quantitat d'objectes per a l'embelliment que s'amunteguen damunt una tauleta que hi ha a l'altra banda del llit. Cecília en quedaria enamorada. Segur que hi trobaria de tot: pintes, agulles de cap, perfumadors, capsetes, pólvores...

Oblida els cosmètics, s'asseu, agafa un plec de paper que col·loca amb cura damunt la taula i destapa el flascó de tinta. L'olora, un costum que té des que era un nen. És bona, la tinta, l'olor i l'espessor de seguida li diuen si és de qualitat.

Li anirà bé escriure, l'ajudarà a endreçar les idees. Necessita concentrar-se en tot el que està passant.

Anit, al palau del prior, quan van parlar de la *crux dissimulata* li van venir al pensament un seguit de preguntes que, en no trobar les respostes, el mortifiquen i no se'n pot desempallegar. L'Almirall el desconcerta. I que sovint es comuniqui de manera críptica, encara més. Però això ja fa pel tarannà dels hospitalers i en general dels ordes religiosos militars. Del fet que Joan Colom és un terciari[56] franciscà dins de l'orde de Sant Joan de Jerusalem, no en té cap dubte. Hereu dels templers, doncs, que van heretar el quadrat i el van fer servir per passar codis ocults que escrivien en bocins de pergamins i que transmetien, sobretot, als alts càrrecs del Temple.

Els vaixells van anar a les Índies Occidentals amb la creu templera, la creu de les vuit benaurances, la de les quatre alfes i les quatre omegues.

56. Branca seglar de l'orde de Sant Francesc. Els membres són homes i dones laics.

L'amistosa rebuda que els nadius de les Índies van oferir a l'Almirall i als seus homes, i que tant va sorprendre Galvany, va ser perquè els indígenes ja coneixien el símbol de la creu i no els era estrany.

No debades, l'Almirall va escollir la creu templera per no sorprendre els habitants de les Índies Occidentals, que ja coneixien els templers.

Com passa sovint, tot té una explicació...

Quan es va disoldre l'orde del Temple, el papa Climent V, d'acord amb el rei francès, Felip IV, va emetre la butlla *Vox in excelso*, per la qual els béns templers confiscats passaven a mans del rei Felip. Poca cosa va obtenir, perquè els grans tresors no els van trobar mai.

Com a gran organització que era, l'orde del Temple, preveient quin seria el seu destí, va permetre, amb el vistiplau del mateix cap templer, Jacques de Molay, que fos sacrificat a la foguera.

Però Molay va ser el boc expiatori que encobria el veritable Gran Mestre, que va fugir al Nou Món amb altres mestres i gran part de les riqueses templeres.

El rei Ferran els busca, aquests tresors?

Guerau està convençut que sí.

Però ara, més que el rei, qui el té capficat és l'Almirall, i el que sovint l'ha intrigat les darreres setmanes ha agafat una força inusitada.

Fa anys que Guerau intenta endevinar el significat exacte de la signatura de l'Almirall. Més d'una vegada li ha plantejat les possibles respostes, però Joan Colom s'ha limitat a dir:

—T'hi vas acostant, però en les teves deduccions encara hi ha errades importants. Tot és més simple del que penses, Guerau, només cal estar atent.

Sap que no li ho dirà, prou que ho ha provat. No té

més importància, només és una signatura, però no voldria anar-se'n d'aquest món sense saber-ne el significat.

Guerau suca el càlam dins el tinter i l'escriu.

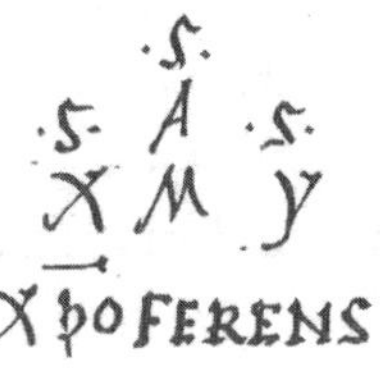

La composició és important, la forma piramidal amb les seves cares triangulars que evoquen la Santíssima Trinitat. Això ho va encertar.

Que tingui set lletres no és casualitat, perquè el set és un número emblemàtic: els set dies de la creació, els set dies de la setmana, el cicle de vida d'una persona que canvia cada set anys... En això també va tenir raó.

Li va costar, en canvi, adonar-se que la lletra «S» no és una lletra, és un número, el número cinc, però en la grafia àrab que només coneixen els savis. Quan va saber que era el cinc, deduir què era aquest número va ser més simple, perquè són cinc les lletres que té el quadrat de l'orde del Temple: *sator*, *arepo*, *tenet*, *rotas*. Cadascuna forma un quadrat de cinc lletres per costat. No havia caigut que els punts d'abans i després de cada «S» indiquen que és un número. Si els suma tots tres fan quinze.

Pel que fa a la lletra «A» central de la segona línia, en la representació numèrica grega l'alfa és l'u, el principi, i es troba al mig dels altres sis símbols. Si l'afegeix al número quinze que sumen les «S» apareix la xifra cent quinze, la del salm: «No a nosaltres, Senyor, sinó al vostre Nom devem la glòria».

D'altra banda, si es llegeix cada «S» amb la «A» hi apareix el número cinquanta-u.

Però aquí es troba en un cul de sac. Li balla la xifra perduda en algun racó de la memòria. De què li sona, de què?

Immers en elucubracions mentals, una trucada a la porta el torna a la realitat.

Guerau s'aixeca i se n'hi va.

—Sóc jo... —sent que dona Elisenda diu des de fora—. No us volia molestar —diu així que Guerau ha obert, però sembla important...

—Què passa?

—Un home ha preguntat per vós, diu que sou amics, es diu Galvany...

—Carall de Pere!

—Sou amics?

—Sí, és un bon amic. I mariner, com jo.

—No me n'he refiat i li he dit que no en sabia res, de vós... Semblava inquiet, i quina pudor que feia, Nostra Senyora del Remei! Li he dit si em volia donar un missatge, per si us veia, però se'n malfiava i no m'ha dit res.

—Fa estona que ha vingut?

—No, ara mateix, de seguida us ho he vingut a dir.

—Potser el trobaré encara... Me n'he d'anar, Elisenda. I, si us plau, cremeu aquest paper que he escrit. Confio que ho fareu —demana Guerau amb vehemència mentre recull el sarró i baixa cap a les cavallerisses, saltant els esglaons de tres en tres.

Quan surt al carrer Montcada, mira a banda i banda amb atenció. Galvany no és persona veloç i l'encalçarà aviat si no erra la direcció. La lògica li diu que deu haver tirat cap avall, cap a Santa Maria del Mar.

Només passen uns breus moments abans de veure com la seva figura rodanxona es retalla entre les ombres foscants del crepuscle. I s'arriba a ell d'una correguda.

—Pere... m'has vingut a buscar —pregunta així que és al seu davant.

—D'on dimonis surts, ara! Com m'ha costat trobar-te! —rondina Galvany sense deixar parlar—. Primer he anat cap a Sant Just...

—I allà t'han dit que era al palau dels Desvalls —escurça Guerau—. Dona Elisenda ara s'hostatja aquí... M'imagino que si m'has vingut a buscar deu ser important...

—Suposo, però no ho sé —respon Galvany encongint-se d'espatlles—. L'Almirall vol veure't, diu que ha de parlar amb tu.

—L'Almirall? Creia ja que era fora de Barcelona... Quan l'has vist?

—Aquest migdia. M'ha vingut a trobar a casa... I no és bo per a tu que et vagin buscant, és aixecar la llebre...

—L'Almirall ja sap que ets de confiança. On l'he d'anar a trobar?

—M'ha dit que t'espera a la casa del carrer dels Mirallers.

—Gràcies, Pere, a reveure —s'acomiada Guerau sense donar oportunitat a Galvany que l'acompanyi.

Amb passes apressades i el cel que vespreja per sostre, se'n va a trobar l'Almirall.

XII

PARANYS

Abans d'anar al carrer dels Mirallers, Guerau travessa el dels Banys Vells, tots dos ben a tocar del de Montcada. Vol passar per davant de la casa de Blanca i quan ho fa alenteix el pas sotjant les finestres amb el desig de veure-la, ni que sigui la silueta.

Guillem ja deu estar al llit. Se l'imagina tapat amb una flassada lleugera dormint plàcidament mentre se li atansa i li fa un petó al front.

—Bona nit, fill meu... —mussita.

Un home que passa pel carrer se'l queda mirant. Guerau, en adonar-se que deu oferir la imatge d'un albat, segueix caminant. No ha fet ni quatre passes que el soroll d'una porta que s'obre —creu que és la de casa de Blanca— el fa ficar-se dins d'un portal de l'altra banda del carrer. Vol veure qui en surt, perquè no ha vist ningú que s'hi adrecés per entrar-hi.

Veu un home, una persona que no coneix, i asseguraria que no és ningú de la família.

El desconegut saluda Teresa i se'n va en direcció cap al mar, però a la primera cantonada gira a l'esquerra i desapareix pel carrer.

Qui és aquest home?

Si Teresa l'ha acompanyat és que deu ser una visita.

I a qui deu visitar? No vol pensar que sigui Blanca. No, a ella no.

Vol sortir de dubtes i, sense pensar-s'ho, truca a la porta desitjant que l'obri Teresa, que no deu haver tingut temps d'allunyar-se'n gaire.

Té sort i és ella qui ho fa. En veure'l, la dona ofega un esglai.

—Marxeu, Guerau —demana atabalada—... Avui no aneu guarnit de frare i si el senyor us veu, no sé de què serà capaç.

—Qui és l'home que ha sortit?

Des de dins, la veu sonora de Guillem Vidal pregunta qui ha trucat.

—Borratxos que fan gresca, senyor! —respon Teresa, dissimulant—... Aneu-vos-en, per l'amor de Déu —diu ara a Guerau, gairebé en un xiuxiueig.

—Teresa...

—Torneu de matinada, a l'hora prima —diu la dona mentre s'afanya a tancar la porta.

Guerau s'ha quedat d'una peça, sense esma, i ha de frenar l'impuls de tornar a picar la porta perquè li obrin. Vol entrar a la casa i parlar amb Blanca, amb tota la família, si cal, encara que això representi sortir-ne malparat. El fet que Teresa no li hagi dit qui és, és un mal senyal. Segur que l'home que ha vist sortir la festeja.

Fins l'hora prima, ha dit Teresa.

Ara no solucionarà res preocupant-se pel que tem, però que encara no sap. I s'esforça per apartar del cap aquests pensaments; ara ha d'anar a casa l'Almirall.

El criat que li obre la porta el fa romandre a l'entrada. Mentre s'espera sent veus que provenen de l'interior. L'Almirall no està sol. Surt al cap d'un moment a rebre'l.

—Endavant, Guerau.

—No us feia a Barcelona...

—Oficialment ja no hi sóc. Confio en la teva discreció... Ah, el meu germà Jaume i Lluís de Santàngel també són aquí.

—Pensava que només hi seríeu vós —diu Guerau una mica contrariat.

Mai no s'ha acabat d'avenir amb els germans de l'Almirall. I encara sort que és Jaume, perquè amb Bartomeu la discussió està garantida. I amb Lluís de Santàngel sempre té la necessitat d'haver d'estar en guàrdia.

—El passat mes de maig —diu l'Almirall cofoi—, els reis van concedir als meus germans el títol de cavaller.

Guerau, sense fer gaire cas del que li acaba de dir, entra a la sala i després de les salutacions mútues de cortesia s'asseu amb ells al voltant d'una taula plena de cartes de navegar.

Se sent incòmode. Li fa l'efecte, però, que trasbalsat com està, avui se sobtarà de tot.

—Parlàvem —diu l'Almirall— que si res no ho destorba, partirem al mes de setembre, a primers si pot ser.

—M'heu demanat que vingui, què voleu de mi? —pregunta Guerau, fent via, i sense ocultar el mal humor. No ha paït encara que en el seu moment no li digués que havia estat a les Índies Occidentals.

L'Almirall intercanvia una mirada amb Santàngel, que pren la paraula:

—Desitjaríem —diu l'escrivà— que demanéssiu al prior Bartomeu Cristòfor de Gualbes que intercedís per l'Almirall davant dels reis, perquè li tornessin el quadern de bitàcola.

Guerau assenteix amb fredor, sense fer cap comentari.

—Voldria resoldre aquest enutjós assumpte —afegeix l'Almirall— i necessito algú de confiança.

—El vostre germà —diu Guerau mirant Jaume— crec que hi podria fer més que jo, els reis els acaben d'honorar...

—Ja els ho he demanat —s'avança Jaume—, no han dit que no...

—... Però el cas és que ho van endarrerint —continua l'Almirall—. No necessito el quadern de bitàcola per fer el proper viatge, no és això. És una qüestió d'amor propi, m'han de tornar el que és meu.

I perquè hi deu haver alguna dada oculta que vol evitar que algú pugui esbrinar, pensa Guerau. Però s'absté de fer el comentari i es belluga inquiet a la cadira. La incomoditat va en augment, perquè la veritat és que no li interessa gens el quadern de bitàcola. El que vol és que arribi la matinada per poder parlar amb Teresa.

—M'escoltes, Guerau? —pregunta l'Almirall.

—Sí, és clar... —respon tornant a la realitat.

—T'he fet anar a buscar amb presses perquè d'aquí a poc temps marxaré de Barcelona i durant unes setmanes seré al sud. Amb Jaume i amb Lluís hem de fer un periple per Sevilla, Cadis i Huelva. Hi ha vaixells que partiran d'allà i ho vull supervisar personalment.

És evident, pensa Guerau, que hi ha d'anar Santàngel, que és qui controla la pirateria andalusa.

—No és nou que el rei vol demostrar —intervé l'escrivà— que el descobriment de les terres ocultes és obra de Pinzón. No oblidem que quan va arribar a Baiona després del primer viatge ell els va escriure i la seva carta va arribar abans que la de l'Almirall.

—Ferran té espies i sicaris arreu que l'ajudaran a propagar aquesta idea —exposa Jaume—. I al sud estimen més Martín Alonso que no pas el meu germà.

—Parleu d'espies —diu Guerau—... Tenen nom i cognom?

—Ja ho crec —respon Jaume—. Amerigo Vespucci conjuntament amb l'ardiaca Fonseca. Sense oblidar dona Beatriz de Bobadilla...

De nou, la «loba» de les Canàries.

En esmentar Beatriz es fa un silenci, breu però espès, que acaba trencant Lluís de Santàngel.

—Vós sort vau tenir d'ella... —comenta l'escrivà dirigint-se a Guerau, que deixa anar una mitja rialla irònica i puntualitza:

—Sí, li he d'agrair que m'impedís de fer el viatge, que m'atonyinessin i que barregés en el meu vi un beuratge adormidor.

Quan diu això, ho fa mirant fixament l'Almirall, per recordar-li que té present que li fes beure cascall de tornada de les Índies.

—Us va salvar la vida —afirma l'escrivà—, malgrat que tenia ordres de no deixar-vos viu. Tenia ordres precises de Pinzón i sabeu que ell treballava per al monarca i vós éreu un aliat de l'Almirall. Calia que quedés tan aïllat com fos possible.

—Doncs sembla que la Bobadilla se'n va penedir —replica Guerau amb sarcasme—, ja que després en va enviar uns altres perquè em matessin.

—Ella no hi va tenir res a veure, aquest atac devia ser fruit de la casualitat...

—Com ho sabeu?

—Perquè Beatriz també treballa per a mi. No sé fins a quin punt me'n puc refiar, però de moment la col·laboració ha estat positiva.

—La Bobadilla, una doble espia! —exclama Jaume amb admiració—. Em feu enveja, tots la coneixeu menys jo!

—Us heu[57] estalviat uns quants problemes, us ho asseguro —manifesta l'Almirall.

—Senyors, tornant al cas que ens ocupa —diu Santàngel—. Si deixem de banda que el difunt Pinzón pugui usurpar l'autoria del «descobriment», cosa rendible perquè la Corona no li haurà de pagar res a ell mentre que a vós sí, hi ha una altra qüestió, un autèntic parany molt ben parat per Coloma, el secretari del rei... Si llegim bé les capitulacions, podem deduir que si l'Almirall no descobreix noves terres per voluntat i treballs propis, sinó com a fruit de l'atzar, sense saber on va exactament i confonent les terres que trobi amb altres indrets geogràfics... la Corona podrà anul·lar el contracte, expropiar-li les terres, prendre-li els guanys i invalidar-li els títols concedits. Per això cal que ho tinguem tot ben lligat.

—És tan injust, tot plegat —es lamenta l'Almirall—. Pinzón podia al·legar que ell havia trepitjat primer que jo el continent, que jo només havia arribat a les illes, potser sí, però no hauria fet res sense els meus coneixements, ell només era un pirata experimentat.

Guerau no li replica, però als Pinzón, a tots tres, se'ls ha de reconèixer, experiència a banda, que gaudeixen de grans aptituds per a la navegació.

—I qui de rebot n'està obtenint més beneficis i els augmentarà —afegeix Santàngel— és Vicente Yanes Pinzón, ja ho veureu.

—De Vicente no m'espero una traïció —manifesta dolgut l'Almirall.

57. A les famílies nobles, els germans es tractaven de vós.

—No he dit que us traeixi —aclareix l'escrivà—, dic que és qui en traurà més partit.

—No us hi encaparreu més, Joan —diu Jaume agafant el seu germà per l'espatlla—... i, perdoneu, però jo me n'he d'anar.

—Sí, jo també —afegeix Santàngel.

Guerau, mentre no destorbi l'Almirall, opta per quedar-se; fins que no sigui l'hora de parlar amb Teresa té tot el temps del món.

Malgrat que té el cap a casa de Blanca, no li han passat desapercebudes dues qüestions. D'una banda, que aquesta reunió significa l'intent per part de l'Almirall de recuperar la relació i la confiança que havien tingut. I de l'altra, que qui dirigeix i organitza «el descobriment oficial» de les Índies Occidentals és Lluís de Santàngel. El que havia pressentit fa cosa d'un parell de mesos, quan va anar a parlar amb ell a casa seva, ara s'ha confirmat.

—Permeteu-me que us digui —diu Guerau així que l'Almirall torna a la sala després d'haver acomiadat Santàngel i el seu germà— que l'escrivà us manipula massa. I el pitjor, al meu entendre, és que l'odi que sent per Ferran pot malmetre els objectius. D'acord amb el prior Bartomeu Cristòfor de Gualbes, el rei vol desvincular la Corona catalano-aragonesa de les Índies per no haver de consultar les Corts. Crec que Santàngel li vol fer perdre el control d'aquells indrets per abocar-lo al fracàs que aquest fet representarà per a ell. No s'adona, vull pensar que no se n'adona, de les conseqüències nefastes que això tindrà per a la nostra terra.

—No et capfiquis ara amb Santàngel —replica l'Almirall—, que això que dius està per veure. I sí, és ben cert que manipula, però sovint a favor. A tu també t'ha protegit...

—Parleu de la Bobadilla?

—No, parlo del rei, Lluís t'ha protegit del rei. Li ha tret del cap que et relacioni amb el cas Canyamars fent-li veure que atacar un membre d'una família patrícia com els Gualbes, amb tots els problemes que ha tingut amb el Consell, ara no seria oportú. I no importa que siguis un bastard. Que el rei apreciï el prior de Santa Anna ho ha afavorit... Perquè, a veure, siguem sincers... Tu creus que, si el rei ho hagués volgut, no t'hauria empresonat?

—És clar, però confiava en el fet que té problemes molt més greus que jo.

—Hi ha un altre tema que et vull comentar —continua l'Almirall—: els monjos de Montserrat seran foragitats i substituïts per una comunitat de Valladolid. Potser ja els han fet fora...

—I això? Com ho sabeu?

—El pare Boïl m'ho ha dit...

Bernat de Boïl, antic ermità de Montserrat, vicari general de l'orde de mínims i secretari del rei Ferran, entre altres títols.

—Ell ho sap del cert. També m'ha informat que el papa Alexandre VI el tramet a les Índies com a missioner i com a superior dels altres missioners.

—I això que dieu de Montserrat...

—M'afecta profundament —diu l'Almirall—. Ja sabeu la devoció que tinc a la Mare de Déu de Montserrat, nom que tinc previst de posar a algun lloc de les Índies...

Guerau sempre li ho ha sentit manifestar, i li recorda el malaurat príncep Carles de Viana, germanastre del rei Ferran, que compartia la mateixa devoció. Sap per l'Almirall que el príncep Carles, i això passava quan ell només tenia cinc anys, havia pujat a Montserrat per invocar la protecció de la Mare de Déu. Eren dies d'angoixa, ja que a Fraga s'hi celebraven Corts i ell podia ser proclamat hereu. No va ser així i a Montserrat mateix va rebre la notícia dissortada. I tot i que podia confiar encara en les Corts que s'havien de celebrar a Lleida al cap de poc, allà va ser empresonat i l'any següent va morir. I amb la mort de Carles de Viana, esclatava la infausta guerra civil.

El monestir anava contra el rei Joan i, de seguida, amb l'abat Antoni Pere Ferrer va donar suport al rei Pere de Portugal, a qui la Generalitat havia atorgat la Corona. En morir aquest, Renat d'Anjou i el seu fill Joan de Lorena sempre es van mostrar devotíssims de Montserrat, abadia que van dotar de privilegis.

Montserrat és el monestir que més aviat s'ha aprofitat de l'art meravellós de la impremta. Guerau desitja anar-hi i comprovar amb els propis ulls el que són capaces de fer les premses montserratines, d'on surten bellíssims volums, estampats alguns a dues tintes i damunt de pergamí.

El monestir tampoc no s'ha escapat de les sovintejades tensions del segle XV. Acabada la guerra civil, la seva situació era negativa. Els camins de Montserrat es planyien de l'absència dels pelegrins, que s'havien vist obligats a allunyar-se a causa de la guerra. Encara sort que l'any 1476 es va començar a revifar amb motiu del jubileu de l'Any Sant, promulgat pel papa Sixt IV. La concurrència de fidels va ser prodigiosa i Montserrat va tornar a ser el santuari de sempre, amb les gràcies prodigades per la santa imatge, amb la fe intensa dels romeus, amb l'observança i l'hospitalitat llegendàries dels custodis de la Mare de Déu, que van fer tot el possible per embellir el santuari. Es començava a construir el claustre, la feina del qual corresponia a Jaume Alfons i Pere Basset, de Barcelona. Un claustre de columnes elegants, capitells delicadament esculpits, tot pedra picada; era el renaixement de Montserrat.

—L'abat Joan de Peralta —afirma l'Almirall— estima que Montserrat resistirà tant com pugui la introducció dels monjos de Valladolid. Però no sé si recordes que el dia que l'abat posava la primera pedra del nou edifici destinat a monestir, la pedra li agafà els dits. Això va ser un mal presagi...

Guerau l'escolta i va assentint amb cops de cap afirmatius o negatius segons convingui. Té temps i no té res millor a fer. I l'Almirall té ganes de parlar, d'evocar temps passats i fer prediccions de futur.

—És tan esplèndid, el monestir. Si el veiessis, Guerau... Un dia hi hem d'anar plegats. No hi falta de res: l'església fornida de rics i abundosos paraments litúrgics, les dotze ermites, bellament edificades cada una amb la seva pulcra capella, amb dormitori, menjador, cuina, hortet i cisterna d'aigua. La Mare de Déu il·luminada per un centenar de llànties, nit i dia... Per què cal expulsar els monjos que han fet tan bona feina? I el pitjor és que se'ls acusa d'abjectes i vils.

—Una injustícia més perpetrada pel rei Ferran —intervé Guerau.

—Sí, tot i que aquí, en certa manera, l'abat Peralta n'ha tingut la culpa. Involuntàriament, és clar. Ara fa deu anys, un cop presa la possessió de l'abadia, Peralta va trametre al rei Ferran, a través de Bernat Boïl, el seu desig de reforma. I ha estat un despropòsit, perquè Peralta va demanar al rei que alguns religiosos de Valladolid assenyalessin la sendera de l'observança als de Montserrat, no que l'envaïssin. És evident que no ha anat com esperava. Els monjos val·lisoletans han acceptat, però amb la condició que Montserrat passi a la immediata i completa dependència de la seva congregació. L'abat Peralta no ho ha admès, però la seva opinió no compta. I ara els reis el fan fora de Montserrat després d'haver aconseguit del papa Alexandre la butlla d'annexió, i l'han nomenat bisbe de Vic.

—I ara, qui serà l'abat de Montserrat? —pregunta Guerau.

—Em sembla que García Cisneros.

L'Almirall fa una pausa i com mogut per un ressort ocult s'aixeca bruscament de la cadira.

—He estat poc hospitalari —diu avisant un criat—... Faré portar menjar i beure.

—La beguda sí que us l'accepto, però no crec que mengi res —comenta Guerau, convençut que el nus que té a la boca de l'estómac li ho impedirà.

—Mals d'amor, potser? —pregunta l'Almirall en to foteta. Però de seguida, en veure que Guerau fa morros pel seu comentari, canvia d'actitud i es queda absort, preocupat.

El criat torna amb una safata i espera que l'Almirall enretiri les cartes de navegar de la taula per poder-la deixar al damunt.

Guerau beu de bon grat el vi dolç que serveix l'Almirall i pensa que potser sí que picarà algunes nous que hi ha en el plat, barrejades amb més fruita seca.

Passen una estona en silenci assaborint un vi aromàtic i apegalós que convida a anar-ne bevent més.

L'Almirall deixa la copa damunt la taula i mentre joguineja amb la closca d'una ametlla exposa:

—Em preocupen les mentides que creixen al meu voltant, Guerau. Quan no em titllen de marrà, de fals cristià, dient que el que vull és conduir els jueus de la Península a la terra d'Ofir, li volen adjudicar els mèrits a Pinzón.

—Ell assegurava que vós us vau aprofitar de la informació d'uns mariners anònims.

—D'on ho has tret, això?

—El mateix Martín Alonso m'ho va explicar.

No he parlat prou d'ell ni de la seva família i és de justícia que ho faci. Difícil serà, per totes les circumstàncies adverses que han viscut, que l'Almirall reconegui als Pinzón la seva importància.

D'origen aragonès, la família es va instal·lar a Andalusia ja en temps del seu avi, que feia de bus a Palos, i quan es va quedar-se cec el van anomenar Pinzón, ja que era molt afeccionat a cantar i recordava els ocells pinçons. La llegenda diu de les pobres bèsties que se les cegava perquè així, sense distraccions, cantaven millor.

El fill de l'avi Pinzón també es deia Martín i va ser mariner com els seus fills: Martín, Vicente i Francisco, indissociables de la figura de l'Almirall per la seva trajectòria, ja que tots plegats, i des de ben joves, es van dedicar al tràfic marítim, fos lícit o no, navegant tant per la costa del Mar Oceà de la península Ibèrica com per la Mediterrània. I he d'afegir que la família dels Pinzón[58] va estar clarament vinculada a Catalunya durant la guerra civil.

Abans del descobriment, amb qui va tenir més contacte va ser amb el segon dels germans, amb Vicente, arran de les seves actuacions per la zona empordanesa i els litigis amb la Corona catalano-aragonesa. Famoses van ser les seves incursions pirates per les costes catalanes i per les Balears, per Eivissa principalment. Que jo sàpiga sempre va actuar amb gran lleialtat a l'Almirall, si bé se n'ha anat distanciant des del «descobriment», m'imagino que influït

58. Els Yáñez o Eanes.

per Martín. De l'altre germà, el petit, en Francisco, m'atreveixo a assegurar la seva íntegra fidelitat a l'Almirall, motiu pel qual Martín sempre el va menystenir.

Però he de tornar al gran, a Martín, i la tèrbola història que em va explicar.

D'ençà de la meva estada forçosa a La Gomera, el primer que vaig fer quan vaig arribar a Barcelona va ser visitar Blanca. Tenia coll avall que volia posar fre a la meva vida disbauxada, vida que vaig estar a punt de perdre pel meu mal cap i per les circumstàncies adverses que van teixir els paranys en què em vaig enredar.

Era l'estiu del 1492, abans que l'expedició arribés a les Índies Occidentals. A contracor, Blanca va accedir a veure'm, més per orgull i amor propi que per convicció.

Ens vam trobar al claustre de Santa Caterina. Teresa l'acompanyava.

—Vull començar de cap i de nou —li vaig assegurar—, desitjo començar amb vós i amb el nen una nova vida.

Blanca m'escoltava amb atenció, gairebé diria que esperançada.

—I no vull que quedi cap ombra de dubte entre nosaltres —vaig continuar—, cap veritat per dir, ni restes de mentides amagades...

Però en voler ser íntegre i fer absolut honor a la veritat, no vaig sospesar les conseqüències de la meva fidel confessió.

Hauria d'haver posat aturador només de veure com el seu rostre s'anava encenent de color i canviava la placidesa per l'enuig.

Li vaig referir tota la meva existència, abreujada però sencera. Sense amagar res, em vaig mostrar tal com era, sense oblidar de fer menció de les principals dones que havien passat per la meva vida: Joana, Beatriz i Elisenda.

—Per què us burleu de mi? —em va demanar exaltada—. Per què m'expliqueu ara tot això?

—Només volia que sabéssiu tota la veritat, que no quedés cap espurna de dubte, i que tot això ja és passat.

Els ulls de Teresa indicaven alarma. L'havia d'haver mirat de reüll a ella abans d'embrancar-me en explicacions que potser no calien.

—Però, vós quina mena de persona sou? Em confesseu amor, em demaneu que ens casem pel bé del nostre fills i a la vegada... em deixeu anar històries d'amor amb altres dones... Puc entendre el que m'heu dit de dona Joana Nicolau, fins i tot que us entenguéssiu amb aquesta noble senyora, amb...

—Elisenda Pallarès.

—Sí, ja veig que us en recordeu bé.

Encara sort que no li vaig dir res de les trobades amb dona Elisenda a la mina de Santa Caterina, d'on tant a prop érem.

—Però que em declareu amor quan just acabeu de deixar la vostra amant, la «loba» de les Canàries, aquesta... Jesús santíssim! —va dir persignant-se i estirant del braç Teresa per anar-se'n.

—Que no ho enteneu? —vaig intentar defensarme—. Us ho he explicat perquè no vull que hi hagi cap malentès entre nosaltres, que ningú no us pugui anar amb una història que vós no sapigueu.

—Em vaig enamorar d'un miratge —va sentenciar—, d'una façana que encobreix un cor voluble i de poc fiar. No, Guerau, no us vull al meu costat.

—Ha volgut fer un acte de contrició, senyora, se us ha confessat —va intercedir Teresa amb l'ànim d'ajudar.

Però Blanca, sense esperar que la vella dida es decidís a anar-se'n, va marxar del convent i del nostre costat.

—Ara no insistiu més, Guerau —va demanar-me Teresa—, ja intercediré per vós, però podíeu haver estat més discret, home de Déu!

Més discret...

No hi ha veritat plena si l'has d'embolicar amb el vel de la reserva.

Blanca m'exigeix la veritat, sí, però a la vegada només aquella que vol escoltar i pressuposa que sóc jo qui l'ha d'intuir.

Amb la pesantor d'haver-me ficat de ple de peus a la galleda, vaig partir de nou. Vaig valorar l'opció d'anar a les Canàries, perquè sabia que de retorn l'Almirall hi aniria primer, ja que desitjava saber del viatge de la seva pròpia veu. Però ho vaig desestimar per Blanca, que s'arribés a assabentar que tornava a les Canàries la faria malfiar que hi anava per trobar-me amb Beatriz. Sabia també que després aniria a Lisboa, i allà em determinava a anar quan vaig tenir notícia que Pinzón, que ja havia arribat a Baiona, tornava a Palos. Estava greument malalt i, abans de morir, volia regressar a la terra que el va infantar.

Érem a la meitat del mes de març d'enguany i em vaig adreçar a casa seva, on els mariners i navegants eren ben rebuts.

Es va sorprendre de veure'm. M'imagino que em suposava mort, i em va contemplar com si tingués al seu davant un fantasma.

Feia llàstima de veure, esprimatxat, cobert de pústules que provocaven grans temperatures i patint dolors intensos que el sumien en la postració total. És injust que un home de la seva talla, posseïdor de gran instint nàutic, més que l'Almirall si això és possible, bon coneixedor dels vents i savi quant a la manera de mesurar el sol, morís podrit per una malaltia indigna.

—Em moro, Guerau —em va dir agafant-me pel gipó—, i vull que se sàpiga la veritat.

Em va explicar, gairebé semblava una confessió, que al cap de poc temps que l'Almirall s'hagués casat, estant a Madeira, es van presentar a casa seva uns mariners per la fama que tenia de confeccionar cartes de navegació. Aquells homes havien tornat no feia gaire d'un viatge terrible que gairebé els va costar la vida.

Navegaven per les costes africanes, es dirigien cap a Anglaterra, quan la seva caravel·la, que transportava fusta i mercaderies, es va veure sorpresa per una gran tempesta que va desviar la nau fins a paratges desconeguts, unes terres ubicades a l'oest molt més enllà del que es podria imaginar, allà on s'acaba el món.

—Que ningú no se'n meravelli —va dir-me Pinzón—, perquè una nau atiada per una tempesta corre com un llamp damunt les aigües i encara més en zones on conflueixen grans corrents marins.

El que em deia corroborava el que m'havia explicat l'Almirall del meu accidentat viatge a les Índies, que tot depenent de les circumstàncies s'hi podia arribar més aviat del previst.

I que allà, va continuar Pinzón, els havien rebut uns homes amb cordialitat com si ja abans n'haguessin rebut d'altres semblants a ells.

Em va assegurar que Colom va prendre nota exacta de tot el que li van dir i que els va matar perquè no poguessin dir a ningú més el que sabien. Martín Pinzón va afegir, per a gran sorpresa meva, que abans de la descoberta oficial ell també havia anat a les Índies Occidentals, que hi va anar amb Alonso Sánchez, que també era de

Huelva, que hi van anar amb la caravel·la *Atlante*. Això va passar l'any 1481, és a dir, un any abans que hi hagués anat jo. La llàstima va ser que quan Martín se'm va confiar jo encara no era conscient d'haver fet el viatge. Si hagués estat així, de segur que li hauria fet un munt de preguntes que ara ja no tindran resposta.

En aquell moment li ho vaig negar tot, vaig pensar que el que deia era fruit del deliri de la seva malaltia. Però ara... em neguiteja pensar, només pensar, si tal vegada em deia la veritat i que l'Almirall es va aprofitar de tot el que li van explicar aquells homes, que sospitosament van morir al cap de poc.

No. Ha de ser fruit del malastre, perquè potser sí que aquells homes podien oferir-li una informació valuosa, però l'Almirall ja en tenia més que suficient per emprendre el viatge.

Tanmateix, i si en Pinzón em va dir la veritat?

Abans, no tenia cap dubte que tot era una falòrnia inventada per Martín Alonso, devorat per la gelosia, però ara ja no sé què pensar. I, tal vegada, des que el vaig escoltar en vaig tenir la sospita, perquè és una conversa que no he compartit amb ningú, ni tan sols amb Galvany.

En canvi, sí que tinc la certesa que Santàngel va treure del mig l'obstacle que representava Pinzón a la vegada que eliminava l'home de més confiança en qüestions marines del rei Ferran.

Dubtes i paranys que se m'entortolliguen al pensament, veritats i mentides que es barregen confabulades amb intrigues que confonen i distorsionen la realitat.

Qui diu la veritat?

L'Almirall li ha jurat i perjurat que és innocent de l'acusació de Pinzón, que és cert que va acollir uns mariners que volien que els fes una carta de navegació, però que quan van arribar-se a casa seva ja estaven tocats de mort.

Han passat la nit parlant i fent-se confidències.

La complicitat es renova i reneix amb l'albada que despunta anunciant una nova jornada.

Guerau no sap si tot el que diu és cert, però vol confiar-hi, perquè no hi ha veritat més autèntica que aquella que vols creure.

Ha marxat abans que les campanes de Santa Maria del Mar toquessin l'hora prima. A certa i discreta distància, vol estar a prop de la porta de casa de Blanca per quan Teresa pugui parlar amb ell.

Una boira, baixa i espessa, llisca pel carrer amarant d'humitat les llambordes i les parets.

Estranyament, no té son. I això que fa hores que no dorm i Déu n'hi do el vi que ha pres.

No ha d'esperar gaire, perquè Teresa obre la porta i sotja el carrer.

Guerau es fa visible i la dona va on és ell indicant-li que tombi cap al carrer del costat. El cor li batega amb força, pot notar-ne el bum-bum accelerat.

—Guerau, Guerau... —diu Teresa així que han quedat arrecerats en un racó poc visible als pocs vianants que circulen—. No sabeu quin greu que em sap, haver-vos de dir això...

—Parla d'una vegada, Teresa, que el neguit de no saber-ho em fa tornar boig.

—Ja fa temps que els senyors, el pare i el germà de la senyora Blanca, volen que es casi. De pretendents no n'hi han faltat... Què voleu que us digui jo que vós no sapigueu, del bé de Déu de gràcies que té la senyora!

Ella ha anat fent-se el ronsa, però finalment s'ha decidit a casar-se.

—No, no m'ho diguis això, això no!

—No ha estat gens fàcil per a ella, determinar-se...

—Prou saps que jo li he demanat de casar-m'hi, que vull fer les coses ben fetes!

—Ah, Verge miraculosa, els senyors no us voldran pas, encara sort que no prenguin mesures contra vós. Són bons i estimen Blanca i saben que li produïren dolor. I com que ella és bona filla, sap que casar-se amb vós seria perdre l'estima de la seva família...

—Sóc el pare del seu fill.

—No sóc qui per retreure-us res, sabeu que malgrat tot us aprecio, perquè sou de cor net, però no us vau portar bé amb ella, no gens.

El nus a l'estómac ha pujat a la gola, s'expandeix i impedeix la respiració. Guerau s'empassa la saliva i diu amb un filet de veu:

—I ella? El vol? L'estima?

—Ho acabarà fent, perquè és bona persona i serà bon pare per a Guillem.

Guerau va fent que no amb el cap.

—Aquest matrimoni no serà bo per a ella, tots dos ho sabem, Teresa. Blanca no serà feliç. No és dona d'estar amb algú per conveniència, és persona que obeeix el seu cor, per això em va estimar, per això ara que se sent ofesa amb mi m'aparta de la seva vida. Si us plau, he de parlar amb ella...

—No ho enredeu més, la senyora Blanca necessita pau i estabilitat. Amb ell estarà bé i és amic de la família i per tot el veïnat és conegut que és un bon home. Fa anys que va quedar vidu, no té fills, és honest i treballador. Estarà bé, ella estarà bé...

—Potser aquestes paraules t'ajuden a convèncer-te, però a mi no.

—Perdoneu-me —interromp Teresa—, però me n'he d'anar abans que no em trobin a faltar. Ja es deuen haver llevat.

Visiblement afectat, camina esmaperdut en direcció a la basílica de Santa Maria del Mar. Les campanes que criden a oració l'hi guien mentre es repeteix la inquietant sensació de ser seguit. Però no es molesta a intentar comprovar qui és. Tant li fa.

A les escales, els captaires matiners pidolen una almoina.

—Per les animetes, una oració per les vostres animetes... —van repetint les veus planyívoles i anònimes.

Guerau dóna una moneda al captaire que té més a prop, que s'afanya de seguida a mossegar-la per comprovar si és de debò.

A dins de l'església, intenta resar, però s'entrebanca, perd el fil de l'oració i ha de començar una altra vegada.

Déu l'ha abandonat, no en vol saber res, de la seva persona, i procura apartar-lo d'aquells que estima perquè no els pugui perjudicar.

S'esgarrifa d'imaginar Blanca en els braços d'un altre home i que el seu fill rebi les carícies de qui no és el seu pare. I si sota l'aparença amable s'amaga un Barberà?

Una nàusea sobtada dóna pas a un glop agre que li puja a la boca.

Necessita aire. Surt fora, però no en troba prou per respirar. Fa l'esforç d'asserenar-se i va cap a la font de Santa Maria, s'ajup tombant el cap cap al raig d'aigua i s'està llarga estona bevent.

Així que s'incorpora, un nen escardalenc i ronyós se li acosta. Doncs per avui s'han acabat les almoines, pensa.

—Senyor... Sou Guerau de Gualbes? —pregunta el vailet.

Ell assenteix desconcertat.

—Tinc un encàrrec per a vós...

El marrec no vol caritat, és un missatger.

—La Cecília de cal Segimon, que diu que hi aneu...

—És ella qui t'envia?

—Diu que hi aneu...

—I com m'has trobat?

El nen, lluny de respondre, s'afanya a anar-se'n, els peus li toquen al cul de tant que corre.

En una altra ocasió, Guerau hauria corregut al seu darrere, però el trasbals en què s'ha sumit li impedeix de raonar i d'actuar.

No li agrada, la intuïció li diu que és un parany, però tampoc no pot fer cas de les intuïcions, que sovint el traeixen. I Cecília potser el necessita. No li pot fallar, no pot afegir una víctima més a les seves deixadeses.

El cap li roda, els sorolls tan quotidians i sabuts d'un matí que desperta esdevenen esquívols, insuportables.

La curiositat l'empeny i decideix anar a cal Segimon.

Talla carrers, transita pels carrerons enrevessats de darrere del carrer Ample fins que arriba al carrer dels Ollers. Travessa el portal de Trenta Claus, que ja és obert, i s'endinsa pels horts de Sant Pau.

Tanmateix, el conforta la idea d'estar una estona amb Cecília, la noia per qui serva sentiments fraternals.

Ella l'escoltarà com sempre ha fet, sense retrets.

Unes campanes toquen a foc. No són les de Sant Pau, el so prové d'una mica més lluny. Observa el seu entorn i cap a l'oest, cap al convent de les Jerònimes, albira una columna de fum. L'aire transporta volves de cendra, petites partícules grisenques que s'adhereixen al cos i a la roba.

Segimon no és a l'entrada. No se li fa estrany, encara és aviat.

Guerau obre la tanca, travessa la barreja d'hort i jardí i s'atura al llindar de la porta. Com que està entreoberta, passa cap dins.

—Qui hi ha? —demana la veu rogallosa de Segimon.

—Sóc jo, «fra Antoni»...

—Veniu molt aviat —diu repassant-lo de dalt a baix, de segur que censurant que no vagi guarnit de frare—. Cecília encara dorm...

—No crec que a ella li importi —diu Guerau ficant la mà entre el gipó per agafar diners i dubtant d'explicar-li que ella l'ha fet anar a buscar, però calla per no comprometre-la, no sap si Cecília voldria que li ho digués.

—Aquestes hores són molt inoportunes... —remuga Segimon.

Guerau li dóna el doble del que pertoca, el sistema més efectiu per fer canviar d'opinió el vell.

—Endavant, pugeu, doncs...

Guerau obre la porta vigilant de no fer soroll. Cecília és al llit. Dorm plàcidament. Ell es treu les botes i s'hi fica dins, vestit com va. I, acostant-se-li, es deixa acaronar pel perfum de sàndal que desprèn Cecília.

Al cap de poc la noia es remou i mig endormiscada es tomba cap a ell i li fa un petó a la galta. Amb dificultat, obre els ulls i l'observa.

—Et veig trasbalsat, quina de grossa te'n passa? —demana Cecília, incorporant-se i asseient-se al llit.

Guerau també s'incorpora, deixa anar els seus neguits i s'oblida de preguntar-li per què l'ha fet avisar.

Cecília l'escolta amb atenció fins que ell interromp el seu plany i diu:

—Disculpa que m'hagi deixat anar amb les meves misèries... I jo he vingut perquè m'has fet avisar per un vailet...

—Jo? No...

—No? Aleshores... quin sentit té?

—No el coneixies, el nen?

—De res.

Atordit, Guerau s'aixeca del llit, es calça les botes i s'acomiada.

—He de trobar aquell marrec, algú està jugant amb mi i n'estic més que fart!

—Com el penses trobar?

—Sembla de la colla de pidolaires de Santa Maria del Mar...

—Vine després per explicar-me què passa —demana Cecília.

Guerau fa que sí amb el cap i surt de casa de Segimon, que per la cara que fa es deu haver quedat parat de veure'l marxar tan aviat.

Per un moment, dubta que el nen captaire no hagi estat producte de la seva imaginació.

La columna de fum del convent de les Jerònimes ja ha minvat i les campanes han cessat el repic. Guerau pensa que si s'hi hagués calat foc de veritat, poca història hauria fet, perquè no té ni un segle de vida. Va ser fundat on abans hi havia hagut l'hospital dels pelegrins de Sant Maties, i per això també se'l coneix amb aquest nom. L'hospital va ser el precursor de l'hospital de Santa Marta, ubicat a la banda oposada de la ciutat, ben a prop del portal de Sant Damià.

Maleït vailet!, es queixa Guerau.

Buscar el marrec és com intentar trobar una agulla en un paller.

Ha tornat a Santa Maria del Mar, ha vagat pels carrers,

ha demanat pel nano als captaires, donant la descripció i prometent recompensa. Ni rastre.

De sobte, una sotragada brusca el remou, desvetllant-li el pensament adormit.

No ha pensat prou en Cecília...

A la carrera, torna als horts de Sant Pau i, panteixant, arriba a casa de Segimon. A fora, hi ha veïnes que tafanegen. De dins se senten laments i gemecs, sembla que de les noies.

S'obre pas i amb quatre gambades puja els esglaons de les escales i va directe a la cambra de Cecília.

—No podeu passar... —diu el sotsprior Arnau.

—I vós m'ho impedireu!

Cecília està estirada al llit. Guerau es tem el pitjor.

—És morta, un malànima l'ha escanyat —diu el sotsprior amb ràbia.

Guerau, astorat, s'aboca al llit. Agafa la mà de Cecília, una mà inerta, sense vida.

—Com us atreviu! —protesta fra Arnau—. Com goseu tocar-la?

—Les preguntes les he de fer jo. Què hi feu aquí? Estic convençut que sou vós qui li ha llevat la vida.

—Quan he arribat, ja era morta... Segimon és qui m'ho ha dit, perquè ha estat ell qui l'ha trobat.

—Cecília... —murmura Guerau observant les marques que té al coll i als braços, senyals que indiquen que ha forcejat.

Guerau no s'ho pot creure.

L'esglai el tenalla.

—No pot ser, no pot ser —es rebel·la—. On és Segimon?

—Ha anat a buscar la guàrdia.

No té temps de més conversa perquè la guàrdia apareix acompanyada de Segimon.

—És ell, l'assassí! —crida l'alcavot assenyalant Guerau.

—Què dieu?

—Només vós l'heu pogut matar! —exclama Segimon—, sou l'únic que ha entrat i abans era ben viva!

La guàrdia l'encercla. Són cinc homes. Dos d'ells l'agafen pels braços i l'immobilitzen. No tenen cap mèrit, Guerau no ha fet res per defensar-se. Està massa confós i atordit.

—Aneu errats, us equivoqueu, de totes totes —manifesta.

—Ja va sent hora —diu fra Arnau— que el prior s'adoni de qui és el seu protegit.

Guerau no es molesta a contestar. Arrossegat per la guàrdia, surt al carrer i escolta els crits de la munió de gent que s'ha amuntegat davant de la casa.

—Assassí, assassí! Pengeu-lo!

I no pot evitar que, una vegada més, dins el seu cap ressonin les paraules del prior: «Ets carn de forca, Guerau».

JULIOL 1493

El dia 1, la reina Isabel de Castella envià una carta a l'almirall Colom on afirmava que se li tornaria el quadern de bitàcola original.

El dia 3, els monjos benedictins arribats de Valladolid a Montserrat es van aplegar capitularment i van elegir prior el pare García Cisneros, que malgrat tot va procurar conservar la identitat del monestir.

XIII

AMENACES

La negra foscor, que de primer sembla absoluta, es va atenuant a mesura que les ninetes dels ulls s'hi adapten i aprofiten la mínima escletxa de claredat per percebre l'entorn entre penombres.

Guerau s'ha anat fent a l'obscuritat tenebrosa de la masmorra. És a la tàvega, la cel·la subterrània de la presó del Castell Vell,[59] també dita de la Cort del Veguer o del Castell del Veguer, ja que el recinte carceller s'ha situat a l'antiga seu del tribunal de justícia civil i criminal, creat fa tres segles.

Aquesta presó, ubicada al final de la baixada del carrer dels Especiers tot fent cantonada amb el carrer de la Tapineria i tocant a la plaça del Blat, utilitza el portal de llevant de la ciutat romana. Coincidint amb les dues torres de l'antiga muralla, l'edifici forma dos cossos, un a cada costat de la baixada, que s'uneixen per la volta del portal. Té entrada per la plaça del Rei i per la part posterior dóna a la muralla romana.

59. Al final de l'actual carrer de la Llibreteria, tocant a la plaça de l'Àngel.

Sovint s'aprofiten les fortificacions de murs gruixuts i resistents com els de les torres de les muralles perquè serveixin de presons.

A més de la presó de la Cort del Veguer, a Barcelona n'hi ha dues més, la del Castell Nou, a l'extrem de l'antic Call, i la del Rei, situada al Palau Reial, on actua la Inquisició.

La presó del Castell Nou va quedar molt malparada arran del terratrèmol de l'any 1428. Les despeses de la reparació van a anar a càrrec d'un mercader convers qui en compensació va obtenir el dret i privilegi de posar-hi llits per a l'ús i servei dels presos, que han de pagar tres diners cada nit.

La tàvega no en té, de llits, per més que algú vulgui pagar el seu cost.

Engrillonat pels canells i els turmells, Guerau es remou adolorit per la posició forçada i la limitació de la llargada de les cadenes. Ara, assegut com està damunt de palla bruta que ja no serveix de tou, s'ha inclinat cap endavant i s'ha separat del mur, que regalima d'humitat.

El mal dels ossos, atuïts per la incomoditat i la falta de moviment, l'ha despertat d'un somieig en què s'havia sumit. No té idea de l'estona que ha passat endormiscat, impossible de predir en un lloc on es perd la noció del temps.

De nou, torna a ser conscient del cantussol inesgotable del presoner que té a prop, que, monòtonament, va recitant lletanies.

—... *Mater salvatoris, ora pro nobis, mater amantissima, ora pro nobis, mater castissima...*

Abans, i tenint en compte que és un «abans» imprecís de situar, Guerau ha intentat parlar amb ell. Però l'home —és un home, d'això n'està segur, perquè a banda que les dones empresonades són en un altre lloc, la veu que sorgeix de la gola de l'engarjolat és masculina—, lluny de respondre-li, tot alçant la veu, ha accelerat el ritme de les pregàries.

—... *Spiritus Sancte, deus, miserere nobis, Agnus Dei, qui tollis peccata mundi, miserere nobis...*

Si aquest home no calla, acabarà boig, pensa Guerau. La presència de l'orat contribueix a exasperar-lo. Per això l'han tret de la presó comuna on estava amuntegat amb altres presoners i l'han entaforat a la masmorra on van a petar els que són considerats més perillosos o aquells a qui cal castigar privant-los del consol de rebre visites.

A la resta de les cel·les, de manera periòdica hi passen el veguer i els consellers. En els darrers temps, les autoritats s'han preocupat per l'estat de les presons. La reina Maria,[60] l'esposa d'Alfons, el Magnànim, disposà en el seu testament un fons de mil florins per a les presons dels dos castells de Barcelona. I va establir que el prior de la Vall d'Hebron i el guardià de Santa Maria de Jesús visitessin els presos cada quinze dies i repartissin almoina entre els captius pobres que s'hi trobessin tancats, ja que la manutenció, el dret a un llit o a una màrfega, corre a càrrec del pres.

Els presos de la tàvega tampoc no tenen dret a anar al corral, el pati interior on, a estones, els deixen sortir perquè passegin una mica per alleugerir-los de les cel·les humides, brutes, mal ventilades i inevitablement insanes.

Guerau s'imagina l'avi Pere i el temps que devia passar pres abans que el pengessin.

Té set. L'aigua que ha begut d'una escudella que li

60. Infanta de Castella i reina consort d'Aragó (1416-1458) pel seu matrimoni amb el rei Alfons. Com que la seva unió no va tenir descendència, la Corona va passar al germà del rei, Joan II, el pare del rei Ferran, el Catòlic.

han deixat al costat l'ha fet escopir de fàstic. Asseguraria que eren pixums.

Com deuen riure-se'n, els carcellers, de les seves misèries!

De la gana se n'ha oblidat, malgrat que no sap quant fa que no menja. El menjar es paga amb les almoines que es lliuren a la presó, però se'ls ha de descomptar la part que es queden els carcellers, que com que no tenen sou s'apropien de la part que consideren que els pertoca. Els seus guanys depenen del dret que cobren de cadascun dels presos per custodiar-los, és el dret de carcellatge. També cobren per altres serveis com ara el lloguer de llits o de flassades, per descomptat que tot vell, brut i arrossinat, però que en la necessitat esdevé un parament de reis.

Aquí, però, no es pot accedir a cap d'aquests luxes, perquè a la masmorra subterrània de la Cort del Veguer no n'hi ha cap, de dret.

L'orat, de qui no sap el nom, de tant en tant interromp la lletania i deixa anar una fonda ranera que fa patir d'escoltar, com si li anessin a explotar els pulmons.

Guerau para l'orella. Sent unes passes que s'acosten i que s'aturen davant la porta.

L'orat accelera el ritme de les lletanies, però abaixa la veu i la converteix en un murmuri gairebé imperceptible.

Una clau penetra pel pany i obre la pesada porta de ferro.

La poca claror que s'escola per l'escala que baixa a la tàvega es barreja amb la llum de la torxa que il·lumina l'estret passadís i permet veure les ombres dels dos cossos que acaben d'entrar, la del carceller i la d'un altre pres que fa molt d'embalum.

—Déu vos guard, família! —saluda el presoner amb sarcasme.

La seva salutació és contestada amb un cop de puny del carceller.

—A veure quan aprendràs a tancar la boca, Macià!

Guerau ara ja en sap el nom. I pel que sembla, aquest és més conversador, però no sap si això serà un avantatge o un càstig afegit.

L'oficial de presó, que va remugant improperis, engrillona Macià mentre l'orat va recitant lletanies.

—Sant Miquel Arcàngel, pregueu per nosaltres, sant Pere i sant Pau, pregueu per nosaltres, sant Joan Baptista, pregueu per nosaltres...

—Com hi ha món, que no se't podrirà la llengua, no! —crida el carceller etzibant-li una puntada de peu que només aconsegueix que l'orat reciti més de pressa i més esverat.

Guerau demanaria aigua de bona gana, però no vol exasperar més el guardià i es passa la llengua pels llavis ressecs.

—Ens coneixem? —pregunta Macià així que les petjades del carceller s'han allunyat.

—Em sembla que no —respon Guerau.

—Qui ets?

—Guerau, Guerau de Gualbes.

—Recoi, això sona molt principal, us hauré de parlar de vós...

—No cal, dins d'aquest cau tots som iguals.

—Com hi heu arribat, aquí? —demana Macià, a qui això de Gualbes l'ha impressionat.

—Se m'acusa d'haver mort una noia...

—Ha, ha! Això és fotut, us penjaran. És clar que ningú us prendrà el que heu tingut... No us he vist prou bé, però feu l'aspecte de tenir les dones a grapades!

—No em puc queixar, però em sembla que això ha estat la meva desgràcia.

—Jo em dic Macià, Macià Sabater...

—Pel que deia el carceller, ets un vell conegut...

—Sí, no és la primera vegada... Ja em falta una mà —diu alçant el braç dret.

Guerau no ho pot veure bé, però intueix el monyó al capdavall de l'extremitat.

—I per què t'han ficat a la tàvega? —demana Guerau.

—Per fotre una guitza a un carceller, un sodomita... Vigila que segur que si et veu li agradaràs.

El comentari incomoda Guerau, que sap que si ve el cas farà com Macià i repartirà guitzes a tort i a dret.

Es queden tots dos en silenci uns instants acompanyats només per les lletanies del company de cel·la.

—*Mater amantissima, auxilium cristianorum...*

—Simó li va fotent, tu, ell a la seva... —comenta Macià.

—Ja el coneixes...

—Sí, és un vell amic —diu Macià amb ironia—... El deixen a la tàvega perquè els carcellers no poden sofrir d'escoltar la seva cantarella i de pas mortifica els que venim a petar-hi.

—I ell, per què és aquí? Què ha fet?

—Ha! Diuen que va enverinar el pou del seu amo!

—I no l'han penjat?

—Prefereixen deixar-lo d'estri de tortura —diu Macià encongint-se d'espatlles i canviant de posició, la que li permet la llargada de les cadenes, que sonen en una estranya i alegre dringadissa—. No ho sé —continua—... He sentit explicar que el bisbe va intercedir per ell, perquè és boig. Diuen que va perdre el seny quan va perdre la família, durant la guerra contra el rei Joan, vés a saber...

Mentrestant, Simó va enfilant lletanies una darrere l'altra.

Guerau es remou damunt la palla intentant adreçar l'esquena i diu:

—Sembla que estàs al cas de tot el que passa per aquí... Fins a quin punt et maten de set i de gana?

—A la tàvega? Tant com poden. I procureu menjar el que us portin —avisa Macià—, per més que us faci perbocar la pudor que farà la poca cosa que us duran. Encara sort que la foscor no ho permet veure, ha, ha!

—T'ho prens prou bé, tu...

—Sóc viu, germà, això ja és prou motiu. I sempre penso que demà serà millor.

Demà...

Tant de bo. A Guerau li agradaria ser tan optimista com el seu company de cel·la, però dubta que per a ell n'hi hagi un, de demà.

—Ara que hi rumio —observa Macià—, si vós sou un Gualbes, deveu tenir uns bons padrins...

—No tots els Gualbes tenim la mateixa categoria...

—Vós sabreu, però si teniu diners o algú que us els pugui deixar... sant Pere canta i s'obren les portes de la presó. Per aquí no en veureu, de senyors, i no serà que no siguin tan poca-vergonyes com els altres. I els pocs que vénen, s'hi estan poc, perquè sempre tenen algú que els treu... A vós us passarà el mateix. Mentrestant, el que heu de procurar és no cridar l'atenció de Trencalòs.

—I aquest?

—Serà millor que no l'arribeu a conèixer... És un guardià i reconegut torturador de la Inquisició, però diuen que no en té prou de la feina que fa allà, que de tant en tant es passeja pel Castell del Veguer i pel Castell Nou. És un sàdic, un voltor que es diverteix torturant.

—I tu... Has caigut a les seves mans?

—No, jo tinc un avantatge, que és el meu escut... Sóc

vell. I els meus ossos poc li durarien. D'aquí li ve el nom, perquè la seva especialitat és trencar-los. Però si tens la desgràcia de ser jove i fort, ja has begut oli.

Guerau s'està empipant amb tantes sentències. Si primer li ha agradat tenir algú amb qui parlar, ara comprova que és pitjor. Macià no calla i sembla que gaudeixi explicant les atrocitats o la tècnica, tot depèn de com es miri, que domina Trencalòs.

Posats a triar, prefereix Simó, que no espera cap resposta, que es conforma a anar amollant oracions.

Ara Macià s'ha cansat de parlar del botxí i parla de la justícia.

—Si hi ha una cosa certa —afirma convençut— és que tothom que ve a petar aquí és culpable.

—Sovint es cometen injustícies —replica Guerau pensant en el pobre Hilari i en el seu avi, de qui sempre ha volgut pensar que era innocent.

—Ca! Bestieses! Tots som culpables, ha, ha! No em vingueu amb romanços que vós no ho sou.

Guerau pensa que no serviria de res explicar-li la veritat i assegurar-li que no va matar la pobra Cecília. Somriu interiorment de pensar que és aquí dins per aquest motiu en lloc del que temia, el de ser encausat pel cas Canyamars.

I Macià s'equivoca en això que li ha dit que se'n sortirà. No se'n sortirà. I en el millor dels casos acabarà penjat. En unes altres circumstàncies no dubta que se n'hauria sortit. Ben segur, sí, però tal com s'ha desenvolupat és impossible.

Impossible del tot.

No puc, si més no per ara, relatar-li a Macià les circumstàncies del meu empresonament voluntari. Voluntari, sí, perquè tot i que em van detenir a casa de Segimon, aviat vaig poder demostrar la meva innocència i no em van tancar a la presó. He d'afegir que amb l'ajuda del prior, això sí.

Qui sap si a Macià li ho explicaré més endavant, entre altres coses perquè no tinc res més a fer, però Déu dirà. I més que Déu, el Maligne, que sembla que és qui guia les meves passes equivocades.

D'ençà que vaig anar a casa de Segimon i em vaig trobar morta Cecília, em vull quedar amb les poques coses bones que m'han succeït des de llavors. La principal ha estat la del suport del prior, que des del primer moment va procedir en la meva defensa, defensa que al principi jo creia que seria fàcil de demostrar, perquè era i sóc totalment innocent de l'assassinat de Cecília.

Però no compta que sigui innocent o culpable. La justícia i la veritat no intervenen en el meu cas particular, que les circumstàncies han sentenciat.

I he de fer un gran esforç per no dir tot el que sé, per callar la veritat dels esdeveniments.

Amb prou feines fa una setmana del dissortat traspàs de la meva amiga, i em dol, d'això sí que me'n sento culpable, que per la meva causa hagi estat assassinada.

Res, però, és el que sembla. Com de vegades ha dit l'Almirall, sovint tot és una gran mentida. Tant fra Arnau com jo hem estat les peces d'uns escacs que han mogut uns fils invisibles des de les ombres.

Jo tenia coll avall que havia estat el sotsprior, l'assassí. El seu procedir, el mirar garneu, i sobretot les temences de Cecília, el feien culpable. Tot feia presagiar que en un rampell de gelosia, d'un injust sentit de la propietat, hagués segat la vida de la noia que estimava.

Els interrogatoris van ser llargs. Puc donar fe, però, que els oficials del veguer van fer bona feina i que ens van tractar amb prou mirament. De tota manera, si això va ser així, sens dubte va ser per la nostra condició. D'una banda, la d'ostentar el càrrec de sotsprior de Santa Anna, i de l'altra, la de la meva nissaga. Que hi intervingués de seguida el prior Bartomeu Cristòfor de Gualbes i Setantí predisposava a la benevolència cap a nosaltres dos.

Fra Arnau va exposar que havia rebut un missatge, el d'un vailet, que li havia dit que Cecília de cal Segimon volia parlar amb ell.

Un missatge com el que vaig rebre jo, doncs.

Però això ho vaig saber després, perquè les preguntes ens les van fer a cadascun per separat, sense que haguéssim tingut temps de poder parlar entre nosaltres per posar-nos d'acord.

L'endemà mateix d'haver estat detinguts, van encalçar el vailet. Terrible amenaça li devien haver fet, perquè tot i que va reconèixer que havia estat ell l'autor del missatge, no va dir res més enllà del fet que no coneixia la persona que li havia fet l'encàrrec.

L'assassí va procurar que jo hi anés primer, perquè quedés evident, a Segimon i a qui em pogués veure, que jo havia estat amb Cecília. Després, així que jo vaig marxar, el sotsprior va rebre un missatge amb la mateixa demanda. Entremig, el botxí de Cecília va procurar d'enllestir la feina perquè el sotsprior i Segimon la trobessin morta i poder-me adjudicar així el seu assassinat.

Jo encara creia que els sotsprior era el culpable fins que vaig rebre una visita...

Abans de parlar-ne, he de dir que per falta de proves, però sobretot pel suport del prior, ens van deixar en llibertat a l'espera de trobar el veritable assassí.

Segimon es va penedir d'haver-me acusat.

—Em sap greu, Guerau, em sap greu.

El mateix va dir, però, a fra Arnau.

El cas era que no volia provocar cap mena d'enemistat amb el prior de Santa Anna, i de cop i volta es va posar de la banda dels seus protegits. Es va desfer en un munt d'excuses, que estava atordit, que va ser un dia infaust, que tot havia començat ja amb l'incendi al convent de les Jerònimes.

L'algutzir no va pressionar més. Primer perquè la víctima no era ningú notable, una meuca menys no es notava a faltar, i després perquè no volia incomodar-se amb el prior, el poder del qual ha quedat palès arran del trist succés. No em vaig escapar, però, de la seva reprovació.

—Com és possible, Guerau? —es va queixar—. Per què no et pots comportar honorablement? No és tan difícil viure una vida ordenada...

Em sap greu, no era la meva intenció ni decebre'l ni complicar-li la vida.

Sé que també hi ha hagut escarment per a fra Arnau. Desconec la penitència que li ha estat imposada, però no dubto que el prior serà sever.

Deia que jo encara pensava que era fra Arnau, el culpable.

Qui podia ser, si no?

D'altra banda, entenia que el prior el defensés, no en benefici seu, sinó de la comunitat. L'orde del Sant Sepulcre no podia patir la ignomínia de tenir un assassí en les seves files.

Alliberat de l'acusació, no pas de dolor ni de culpa, ja que em sentia responsable indirecte de la mort de Cecília, vaig tornar a casa meva, al carrer Ferrenys.

Em sentia protegit. Santàngel em distanciava del rei i

el prior vetllava per mi. Em podia considerar afortunat, doncs.

Just havia obert la porta que, abans de tancar-la per entrar dins, se'm va acostar Feliu, un criat de la casa veïna a qui pagava perquè vetllés per casa meva mentre jo era a fora.

—Senyor, quina alegria veure-us! —va saludar afalagador—. Ja pensava que us havia passat alguna cosa...

L'home no anava errat, però em vaig mantenir en la imatge que havia ofert de mi, la del navegant que passa llargues temporades fora de casa.

Li vaig pagar pels seus serveis i, tot i que no m'importava, es va entossudir a detallar-me la cura que havia tingut de casa. I que en els temps que corríem no era tasca fàcil, perquè Barcelona no era ciutat on un podia jeure tranquil.

—Vós no ho sabeu, perquè heu estat fora...

No, en teoria jo no sabia res d'aquella ciutat on cada dia morien persones innocents i d'altres eren acusades impunement. No, jo no en sabia res.

Vaig acabar de fer la comèdia, tampoc no era cosa d'aixecar sospites, i vaig explicar-li quatre coses dels meus viatges, del llarg periple que havia fet per les Canàries. Feliu m'escoltava admirat, perquè per ell, que mai no havia sortit de Barcelona, jo era un agosarat aventurer. Em vaig adonar, però, que reparava en la meva roba i el meu aspecte deixat, que no podia ser altre després d'aquells jorns enquimerats.

—El viatge de tornada ha estat feixuc, ja veus com vaig, Feliu, amb ganes de treure'm aquests parracs i de descansar —vaig dir convidant-lo a anar-se'n.

—Sigueu molt benvingut, senyor —va dir l'home retirant-se—. I si necessiteu qualsevol cosa...

—T'ho faré saber, Feliu, però ara vull descansar.

El criat es va enretirar oferint-me uns cops de cap a tall de salutació. Era ben cert que necessitaria servei, però de moment volia estar sol.

Vaig entrar a casa, a poc a poc, amb solemnitat, complaent-me en aquells instants.

Feia olor de resclosit, de buidor, una buidor que no era l'evidència d'haver estat desocupada, sinó de la falta de vida, d'ànima. Però aquell espai tan poc acollidor era meu, i em vaig fer el propòsit de convertir-lo en una llar.

Vaig anar-me'n a dormir malgrat que encara era d'hora de la tarda. Ni esma vaig tenir per treure'm la roba i el calçat.

Estirat al llit, un llit gran amb dosser que havia comprat pensant que el compartiria amb Blanca, vaig sentir el pes de les meves circumstàncies, el cansament d'errar contínuament el camí, desitjós de trobar la calma i una estrella que em guiés i m'apartés dels viaranys enganyosos.

Em vaig adormir amb la pena profunda d'haver perdut Cecília, amb el disgust de saber que la seva mort era tan injusta com innecessària, preguntant-me si realment havia estat fra Arnau, quan l'endemà el veritable botxí em va venir a veure.

Encara era al llit quan vaig escoltar trucs a la porta. Vaig aixecar-me empipat pensant que tornaria a ser Feliu.

Però en obrir...

Mai, de debò que mai, no em podia haver imaginat que seria Miquel Barberà, el meu padastre.

Els anys no havien passat en va, estava visiblement envellit, però encara se'l veia prou fort.

—No em convides a passar? —va preguntar, sarcàstic.

—Tu i jo no hem de parlar de res, Barberà —vaig respondre, irat—, no ets benvingut a casa meva.

—Et convé que ho fem, és pel teu interès...

A contracor i dubtant de si faria millor tancant-li la porta als morros, el vaig deixar passar dins però sense permetre-li que anés més enllà de l'entrada.

—Aboca què vols —vaig dir.

—Ja veig que em guardes rancúnia —va afirmar—... però t'asseguro que vaig pagar amb escreix el que et vaig fer.

—Me n'alegro, doncs. I fes via en el que m'hagis de dir, si no vols que avisi la guàrdia.

—Ja l'avisaràs, ja, no et preocupis —va replicar convençut—, però abans m'has d'escoltar...

Es va interrompre un moment i passejà la mirada pel seu voltant.

—No t'ha anat malament, és una bona casa, aquesta.

—Escup, d'una vegada! —vaig dir aguantant-me les ganes de fotre-li un cop de puny a la cara.

—M'hauries de parlar amb més respecte...

—No ho faré. Ja no viu la meva mare, no he de dissimular res.

—Cert, la teva mare ja no viu...

Miquel Barberà va somriure, semblava divertir-se.

—És una llàstima que aquesta noia... Cecília, oi?... hagi hagut de morir.

Les seves paraules van ser una falconada al fetge. Què deia?

No m'ho podia creure. Fins llavors no vaig relacionar que en la mort de Cecília ell hi tingués alguna cosa a veure.

—Et sorprèn? —va preguntar irònic—. Sí, és clar, ja m'ho penso... I si prenem una cadira? Potser m'allargaré una mica i les meves cames ja no aguanten com abans... Te'n recordes de quan vam anar a Calaf? Una mica més i mates el rei, eh? Sempre has estat valent, i això t'ho he de reconèixer.

Amb ràbia continguda, el vaig fer passar a la sala i li vaig oferir seient. Volia assabentar-me de què havia passat i per saber-ho m'havia de sotmetre al tràngol d'escoltar-lo. D'acord, ho faria, després ja li rebentaria el cap.

—Fa temps que visc a Barcelona —va continuar Barberà com aquell que s'explica a un vell conegut—. Sí, força anys. Visc entre muralles, a prop de Sant Pau. Un dia et vaig veure entrar a casa de Segimon. Jo ja en sortia. Havia estat amb una mossa que no té manies per rebre pel darrere. Tu ni em vas veure, i això que vas passar pel davant. Ja fa anys, d'aquella topada, era l'època que et vas encaterinar de la filla de Vidal.

Em vaig trasmudar, tant se'm devia veure que Barberà em va etzibar:

—Sí, Guerau... Ho sé tot de tu.

—I per què t'has pres tantes molèsties?

—Tens raó, han estat molts els afanys que m'he pres per tu. Però sempre que perseguim un objectiu, sovint ens hem d'esforçar per aconseguir-lo.

M'estava inquietant, però prou m'adonava que Barberà fruïa d'aquella situació, havia vingut a casa per anunciar-me alguna cosa que necessitava exposar amb un seguit de prolegòmens. Vaig lligar curt la impaciència, cobrint-me d'una imposada serenor, per poder saber què havia passat.

—Per on anava?... Em faig gran i perdo el fil de les converses... Ah, sí, deia que era una llàstima, pobra noia, però havia de cercar la manera que fossis empresonat.

Vaig haver de contenir les ganes d'arremetre contra ell. Calma, calma, calma, em vaig dir interiorment. Volia assabentar-me de tot plegat. Temps tindria d'esclafar-lo com una panerola.

—Sí, sí, i no ha estat fàcil, perquè pel mig hi havia fra Arnau. Saps que ens coneixem? Un tipus ben estrany, el sotsprior. N'estava molt, d'aquella mossa, i mort de gelosia per tu.

Podia controlar els meus actes, però no que la sang em bullís.

—Has mort Cecília per poder-me inculpar a mi? —vaig preguntar.

—Una mica rebuscat, ho reconec, però efectiu...

—Efectiu? Sóc lliure...

Vaig haver acabat de dir això que de seguida me'n vaig penedir, només calia veure la seva cara de satisfacció, la seguretat de tenir el trumfo guanyador.

—M'imagino que em diràs per què? —vaig preguntar.

—Sí, no pateixis, és just que ho sàpigues...

A partir d'aquest moment va canviar el posat foteta que havia adoptat fins llavors, el seu rostre es va trasmudar, el color citrí va adquirir un to morat com si la sang se li hagués concentrat a la cara en un cop.

—M'ho vas prendre tot, Guerau, tot...

El vaig deixar dir.

—Quan te'n vas anar, deixant la teva mare abocada a la desesperació, el poble, que tot s'ha de dir, mai no m'havia tingut en gaire estima, ho va aprofitar per girar-se'm en contra...

—Tu t'ho vas buscar —vaig replicar—, què hi tenia a veure, jo, amb els teus deutes de joc, les borratxeres i els aldarulls que provocaves?

—Vador també hi va intervenir —va continuar sense fer cas del que jo li deia—, és clar. Si tu haguessis callat la boca...

—Només era un nen, no cap sant.

—Per la teva culpa em van tancar a la presó...

—A un altre beneit, amb aquesta història! La culpa només va ser teva...

—Mai no m'havia passat res —va seguir—, me n'havia sortit sempre de tot fins que em vaig topar amb tu.

—Doncs has d'agrair a la providència que no hagués passat abans.

Es va aixecar de la cadira, exaltat.

—I més, que m'has pres! —va dir acostant-se'm—. Em vas robar la possibilitat de tenir un fill legítim! La teva mare el va perdre per culpa teva i de rebot ella també va morir!

No em vaig poder reprimir més. D'un cop de puny el vaig tombar a terra.

I ell encara anava rient mentre s'eixugava la sang del nas amb la màniga.

—Però m'ho pagaràs, ja ho crec que em pagaràs tots els greuges! —amenaçava aixecant-se amb dificultat.

—Què vols de mi? —vaig preguntar, tip d'escoltar-lo.

Va absorbir mocs i saliva ensangonats i alçant el puny a l'aire em va sentenciar:

—Que vagis a lliurar-te a les autoritats inculpant-te del crim de la meuca de Segimon!

—Ets ben boig!

—No et queda una altra alternativa... Tens amics i protectors, però si tu t'inculpes poc podran fer per tu...

Parlava seriosament i vaig permetre que seguís.

—Pots no fer-ho, és clar, però...

—Però què?

—Que la família Vidal en rebrà les conseqüències...

—Truja malparida! —vaig exclamar intuint per on anava.

—Insulta'm, ara que pots! Però això serà el que passarà si no t'inculpes. Els Vidal són conversos i saps que els conversos sovint continuen practicant la seva fe judaica.

—Fa anys i panys que aquesta família està lliure de tota sospita.

—Això diuen tots els conversos...

—No tens res a fer, Barberà, busca't una altra excusa.

—No, perquè aquesta és prou bona... Ja saps que la Inquisició es deleix per trobar marrans per rostir a la foguera... I sobretot els agrada cremar les dones després d'haver-se'n beneficiat.

—A més de pervertit, ets un miserable! —vaig exclamar mentre començava a apallissar-lo.

—Si jo moro, si a mi em passa alguna cosa —va dir per aturar els cops—, tinc amics que faran la feina per mi.

El molt bacó havia lligat totes les peces.

—Els mateixos amics que s'han dedicat a seguir-me, m'imagino.

—Ho has encertat. I procura que no em passi res —va amenaçar— o la família Vidal serà acusada. I tinc un bon amic, agutzil de la Inquisició, que m'aplanarà el camí.

—Ets una mala bèstia, Barberà, me'n vaig adonar la primera vegada que et vaig veure.

—Tu mateix, jo ja t'ho he dit. Tens un jorn de termini, si demà passat no ets a la garjola, ja saps què passarà.

El molt podrit tenia raó. Malauradament per a mi, Barberà sabia que no tenia cap altra opció.

Guerau n'està convençut, de la decisió que va prendre, no en té cap dubte. El que desitja és que tot el procés s'acabi ben aviat. Aquesta part, la d'arribar fins al final, serà la més costeruda. Mantenir-se ferm assegurant que és culpable quan té una bona defensa no és una tasca gens fàcil. Però és l'únic camí.

Barberà, el fill de la gran bagassa, pensa Guerau, sap què es fa. Volia venjar-se, doncs ja ho ha aconseguit.

I mentre estigui engarjolat, les hi farà passar magres, perquè encara que els tractaments van d'acord amb els diners que aporten els presoners o a la categoria social, al capdavall qui mana de manera efectiva dins de la presó no és ni el veguer ni els consellers, ni tan sols l'agutzil, és el carceller. I Barberà ja s'haurà encarregat prou d'alliçonar a qui haurà convingut.

De moment, per començar, és a la tàvega escoltant els roncs de Macià, que s'ha adormit després d'una llarga estona de xerrameca, i les lletanies de Simó que no, que ell no s'adorm mai, cosa que sembla impossible.

—Senyor, tingueu pietat, Crist tingueu pietat...

Li sap molt de greu pel prior, que a hores d'ara ja se'n deu haver assabentat, que és a la presó. Li va deixar un escrit declarant-se culpable i demanant-li perdó. Ell mateix va anar al palau de Bartomeu Cristòfor de Gualbes i va deixar la missiva a un criat de confiança que ja la hi deu haver fet arribar.

Va procurar esgrimir la seva declaració amb els arguments més sòlids que va saber trobar. El principal va ser que no podria viure amb el remordiment de no haver afrontat la realitat amb responsabilitat i que algú altre acabés pagant pel que ell havia fet.

Un munt de mentides de tinta perpetrades damunt d'un paper.

Se'l creurà?

Malgrat que el seu cor desitja que el prior continuï confiant que és innocent, el cap li diu que serà molt més pràctic que recuperi l'opinió que sovint ha tingut d'ell: «Ets carn de forca, Guerau».

El trepig del carceller s'acosta. Ja ha après a distingir les passes i el dringar de les claus que du penjades del cinyell.

Simó també ho ha sentit, perquè accelera l'oració excitat tot i que abaixant el to de veu.

Quan obre la porta, el soroll de la clau dins el pany desperta Macià, que es remou i rondina contrariat per haver estat arrabassat dels braços de Morfeu.

Sense dir ni ase ni bèstia, el carceller s'adreça cap a Guerau i li treu els grillons que el fermen al mur.

—Aixeca't —ordena—. Que tens visita...

—Sort, company! —desitja Macià.

Guerau s'afanya a incorporar-se i en fer-ho nota tot el cos adolorit. Mentre surt, empentat pel carceller, que l'apunta amb una daga, es frega els canells, lacerats pel fregament dels grillons.

El carceller el mena pel passadís i el fa pujar per les escales i el fa passar per un llarg i estret passadís amb cel·les a una banda. Alguns dels presoners tancats dins s'acosten als barrots, s'hi agafen i els criden improperis que el carceller fa callar a cop de fuetades.

De lluny, li arriben uns crits esfereïdors. Guerau no pot evitar una esgarrifança.

—A un que li acaben de trencar els lligaments... —diu el carceller deixant anar una rialla foteta.

Durant el trajecte, un trajecte que no sap on el du, el guardià va comentant amb tota mena de detalls a quina mena de suplici es corresponen els crits i els gemecs dels torturats.

El carceller, que ja ha deixat de ser persona, es complau a demostrar que sap distingir el tipus de xiscle d'acord amb el turment aplicat. Ho sap fer amb la mateixa perícia que una mare distingeix el plor del seu fill, si és per gana, perquè va brut o li fa mal la panxa.

—Espavila, que és per avui! —crida punxant-lo amb la daga.

De camí, Guerau es pregunta on van, si el seu destí és fer companyia als desventurats que acabaran perdent la vida enmig de terribles sofriments. El carceller li ha dit que tenia visita...

Els presos del Castell del Veguer poden rebre visites a través de la finestra reixada que dóna a una escala on poden accedir els familiars o amics dels reus. Però si parteix de la base que els presos de la tàvega ho tenen prohibit... a quina mena de visita es deu referir?

No ho vol pensar, però inevitablement tem que pugui ser la de Trencalòs.

Conforme caminen, va augmentant la claredat i l'espai s'eixampla. Sí, no en té cap dubte, són a l'entrada de la presó.

A punta de daga, el carceller el fa entrar a una estança, una mena de sala d'espera. I anuncia:

—Aquí el teniu, senyor...

De moment Trencalòs haurà d'esperar, perquè davant seu té Enric II, el comte d'Empúries, el lloctinent de Catalunya, l'Infant Fortuna.

—Guerau, per l'amor de Déu —exclama abraçant-lo—, què significa aquest despropòsit!

—M'alegra de veure-us, amic...

El comte el repassa de dalt a baix amb llàstima. Guerau sent vergonya de l'aspecte que deu oferir.

—Això és inaudit, inadmissible! —es dol Enric II—. Sóc aquí també en nom de Bartomeu Cristòfor de Gualbes, que m'ha explicat el contingut de la carta que li vau enviar. M'hauria acompanyat, però tenia una reunió amb el rei.

Guerau l'escolta sense fer cap comentari ni rebatre tot el que li va dient. I queda ben clar que ni ell ni el prior es creuen que tot el que exposa a la carta sigui veritat.

—Us conec prou —diu el lloctinent— per saber que sou capaç de fer moltes bestieses, però no de matar impunement ningú, i molt menys una dona.

A Guerau el conforta saber que aquells a qui considera amics es mostren com a tals i li fan costat.

—Què, no heu de dir res? —pregunta el comte.

Guerau fa que no amb el cap.

—A qui protegiu? —demana el lloctinent.

—Em sap greu que us prengueu tantes molèsties per mi —afirma Guerau conscient que ha de dir alguna cosa—. De debò que me'n sap, de greu, i ho agraeixo profundament perquè em demostreu la vostra amistat, però el meu destí està sentenciat.

Enric II va fent que no amb el cap.

—Hi ha alguna dona pel mig, segur...

El comte l'encerta, però Guerau està ben determinat a mantenir els llavis segellats.

Enric II deixa anar un rebuf i s'asseu en una de les banquetes llardoses que hi ha a l'estança i convida Guerau que faci el mateix.

—A veure, a veure... —planteja el comte—. M'imagino que teniu motius poderosos per fer el que feu. D'acord, però si em dieu què passa, podem buscar una solució. Sabeu que tinc poder, Guerau, i que el faré servir per vós.

—Us ho agraeixo infinitament, i això em fa més lleu el camí, però...

—Però què?

—Que la vostra autoritat també té un límit.

El lloctinent s'aixeca de cop i exclama:

—Només em limita el rei i ell no s'ha ficat pas en aquest assumpte! Prou que patia, perquè us fes responsable del regicidi de Canyamars... I res d'això! Ha estat la mort d'una meuca el que us ha ficat en aquest atzucac!

Guerau acota el cap i calla que sí, que té limitacions.

El comte va fent passes amunt i avall de la sala, compulsivament, per fer alguna cosa mentre fa treballar el magí. De sobte, s'atura i mira fixament Guerau.

—Ja sé per on aneu... La Inquisició em limita, oi?

El comte espera que Guerau digui alguna cosa, però ell continua amb l'actitud de reserva absoluta.

—Més tard o més d'hora tot s'acaba sabent —afirma Enric II—. Opino que són ganes de fer-me perdre el temps, però m'ocuparé d'esbrinar què i qui encobriu.

—No ho feu, si us plau, no ho feu —demana Guerau—. Si m'aprecieu, cosa que no dubto, oblideu-vos-en...

—No cal ser gaire llest per endevinar que us han parat un parany... No és això?

Guerau torna a abaixar la vista, ja no sap com esquivar les preguntes i els raonaments del comte.

—El vostre silenci em dóna la raó... Faríem més via si m'ho expliquéssiu, però ja ho descobriré jo...

—Us prego que no ho feu...

Guerau fa una pausa i afegeix:

—La meva vida no tindria cap sentit si a la dona que estimo i a la seva família els passés alguna cosa, seria la pitjor de les morts...

No volia dir res, però la tossuderia del comte l'ha empès.

—Digueu el nom d'aquest o d'aquests sicaris del diable —exigeix el lloctinent— i es penediran d'haver nascut...

—Ho ha lligat prou bé, perquè si és detingut, algú s'ocuparà de fer la denúncia al tribunal de la Inquisició.

—Protegiu algun convers? Coneixent-vos, alguna dona hi deu haver pel mig...

—És tota una família. Sí, són conversos, però es van convertir el segle passat... Però, si us plau, pel que més estimeu, no intervingueu...

El comte, desinflat, es torna a asseure i fa aquell gest tan peculiar seu d'encreuar les mans damunt de l'estómac.

—Digueu-me, Enric —demana Guerau canviant de conversa—. Quines noves hi ha de l'Almirall?

—Poques... Ha aconseguit que li tornessin, això sí, el quadern de bitàcola. I, d'altra banda, sé que Ferrer de Blanes és requerit pels reis perquè confegeixi una nova carta de navegar... Segurament faran la trobada el proper mes d'agost.

—L'Almirall em va dir que havia d'anar al sud amb Lluís de Santàngel... —comenta Guerau.

—Sí, ja se n'hi ha anat... Sé que tornarà així que pugui per poder acabar de fer els preparatius per al segon viatge...

En altres circumstàncies, Guerau frisaria per partir amb ell. Però el temps dels somnis i els projectes ja s'ha acabat.

—Us puc fer una petició?

—Endavant...

—Que en nom de l'amistat que ens professem —demana Guerau—, quan arribi el moment, em procureu una mort ràpida.

XIV

PRIORITATS

El meu bon amic, el comte d'Empúries, ha exigit a l'agutzil que se'm tracti amb la consideració que mereix la meva nissaga, que emprendrà represàlies si no es fa així, que farà saber al veguer que han incomplert les seves ordres.

El lloctinent no ha fet una demanda, ha exigit que s'executi la seva voluntat.

Gràcies de tot cor, amic.

Amb disgust evident, però complint les ordres de l'agutzil, el carceller m'ha conduït a una cambra que gairebé és confortable. Hi tinc un llit amb màrfega i flassada, tot prou net. Una gerra amb aigua neta i un plat amb fruita que he devorat en el temps que dura fer un senyal de la creu.

Agraeixo infinitament l'interès, els esforços i l'amistat de l'Infant Fortuna. Si bé accepto de morir, no tinc fusta de màrtir i serà molt ben rebut tot el que m'ajudi a fer més lleu aquest trànsit.

—Que li sigui donat tot allò que demani —ha ordenat.

I sí, de bon grat he demanat paper, tinta i ploma per escriure. Fer-ho m'infon pau d'esperit i acompanya la meva solitud.

És en els moments compromesos quan es demostra qui està de la teva banda, els amics que et són fidels. L'amistat del comte ha quedat fora de dubte i és tot un honor per a mi, que la persona més poderosa i influent de Catalunya, el comte Enric II, el Lloctinent, sigui amic meu. El seu poder, tal com li he dit abans a ell mateix, només el limiten el rei i el tribunal de la Santa Inquisició.

Des que va morir el rei Joan, ja fa catorze anys, la seva autoritat i ascendència ha anat creixent i consolidant-se. Com la nostra estima.

Ja he dit en una altra ocasió que la coneixença amb l'Infant Fortuna venia d'ençà de la trobada que vam tenir a Palamós, aquell dia que amb Vador anàvem a dur peix a la marquesa Hipòlita de Liori i Requesens. Patíem de ple la guerra civil i jo havia tornat per retrobar-me amb la mare, que dissortadament ja havia mort.

La simpatia mútua va sorgir només de veure'ns. És un fenomen que sempre m'ha cridat l'atenció: que les persones s'atreguin o es repel·leixin abans d'haver tingut l'oportunitat de fer-hi coneixença. Uns fils invisibles ens mouen a acceptar una persona i rebutjar-ne una altra.

Enric II, el comte d'Empúries, em va caure bé només de veure'l.

Em sembla mentida que tingui un parentiu tan proper amb el rei Ferran, que siguin cosins, que els seus pares, Enric, duc de Villena, i el rei Joan II fossin germans de pare i mare. Ja ho sé, que això passa, fins i tot amb els plançons directes de les famílies, però no em deixa de sorprendre que la seva evolució sigui tan diferent.

És evident que el fet que durant la guerra anés contra Joan II i es decantés per defensar Carles de Viana primer, i que després formés part del bàndol que donava suport al rei Pere, el conestable de Portugal i el rei Renat d'Anjou, consecutivament, va ser el pas previ per fer créixer les meves simpaties.

Ell, que va néixer Trastàmara, s'identifica plenament amb la nostra terra, que considera una prioritat. I a aquestes altures de la seva vida, ja no crec que canviï de parer.

Recordo perfectament el que em va dir en una ocasió respecte del seu comtat d'Empúries. Les paraules se'm van quedar gravades:

—Les meves terres, el meu comtat, Guerau, mai no serà regit ni governat pels castellans.

Per aquest motiu, el lloctinent de Catalunya no ha comprès mai l'actitud del seu cosí. I jo lamento que la Corona no recaigués sobre Enric.

La bona entesa entre nosaltres va anar creixent arran de trobades aïllades, algunes amb l'Almirall, i la majoria a Barcelona o a l'Empordà.

Les circumstàncies també han contribuït a unir-nos. L'any 1472, després del setge que va patir Barcelona amb la galiassa *Ferrandina* al capdavant, vam coincidir en una breu estada a la terra empordanesa, acompanyats per l'Almirall. Més endavant va ser quan vaig tornar a Tàrrega, corrent al costat de dona Joana amb la intenció de casar-m'hi. De la seva banda, en aquell temps, el comte d'Empúries també tenia intenció de contreure núpcies. S'havia complicat en unes autèntiques intrigues de palau que, si se n'hagués sortit, haurien canviat de segur el curs de la història.

Enric II pretenia casar-se amb Joana, la dissortada princesa dita la Beltraneja. Sent ell com era un Trastàmara, nebot directe del rei de la Corona catalano-aragonesa, era prou adient, doncs, que es pogués casar amb la filla d'Enric IV, el rei de Castella.

Aquesta pretensió, però, l'oposava als interessos de Ferran. Feia uns tres anys que s'havia casat amb Isabel, que pugnava per heretar la Corona castellana en lloc de la filla del rei, la Beltraneja. La guerra per la successió encara es va allargar un parell d'anys. La victòria va ser per a Isabel, que va ser declarada reina.

Les circumstàncies d'ambdós han provocat que estiguéssim llargues temporades separats, però quan s'ha produït el retrobament, ha imperat la sensació que tan sols feia un parell de setmanes que no ens havíem vist. M'imagino que aquí rau la veritable amistat, que trenca les distàncies de l'espai i del temps.

En general, si a mi m'ocupava el mar, a ell la defensa de la terra, dels seus dominis, que com a senyor l'enfrontaven amb els pagesos remences.

Aquesta lluita feia anys que s'arrossegava, des que jo era petit. Però es va intensificar arran de les Corts que es van celebrar a l'any 1480 i que clarament van afavorir els senyors. Els remences no s'hi van resignar. Una part volia dialogar, però l'altra optà per la revolta i, sota el lideratge de Pere Joan Sala, va esclatar la lluita amb el crit de «Terra i llibertat», una guerra que es va estendre des de la Garrotxa fins al pla de Barcelona. Va durar poc, perquè al cap de set mesos l'exèrcit de la ciutat de Barcelona va derrotar els remences i va executar Sala.

Al capdavall, l'any 1486, el rei Ferran va dictar la Sentència Arbitral de Guadalupe, que si d'una banda imposava el càstig als rebels, de l'altra abolia els «mals usos» i es donava la llibertat als remences. A partir d'aquí, ells serien posseïdors del domini útil dels masos i el senyor continuaria com a amo de la terra; desapareixia el remença i seguia el camperol.

El comte d'Empúries defensava els drets dels senyors,

que des d'uns tres segles ençà havien vist disminuir gradualment les seves rendes. Tot plegat, coincidint amb el creixent pas del camp a la ciutat.

—És just que si se'n volen anar paguin una redempció —al·legava Enric.

Jo no compartia aquest parer, però potser si hagués estat un senyor amb tots els drets ho hauria vist com ell. El que és cert és que agraïa no ser un pagès, un camperol lligat a la terra i sotmès al *ius maletractandi*.

D'aquesta qüestió, ja feia molts anys que me n'havia parlat el pare Maties, que sabia de tot. Sovint els pagesos confiaven al bon rector les seves penes, unes penes que s'havien agreujat cap allà als anys seixanta, quan jo encara era petit, i que com he dit van anar en augment.

Tal com acostumava a fer, quan no sabia una cosa i me'n volia assabentar per entendre-la, la preguntava al pare Maties. Li havia sentit dir que els senyors podien maltractar, desposseir i empresonar els pagesos.

—Per què, pare Maties? Que no es porten bé? —preguntava prenent el patró que se m'aplicava quan feia dolenteries.

—Guerau, això és complicat... —va dir amoixant-me el cap.

Jo volia saber de què anava allò dels *ius maletractandi*,[61] del qual no entenia el significat. I, com sempre, el pare Maties va tenir la santa paciència d'explicar-m'ho.

—Doncs que els senyors poden confiscar una part dels béns dels pagesos si moren sense fer testament, generalment un terç. També se'n queden un terç si moren sense

61. Els principals *ius maletractandi*, els «mals usos», eren: intestia, eixorquia, cugucia, arsia, ferma d'espoli forçada i remença personal.

fills, i en cas que pateixin un incendi fortuït han d'indemnitzar el seu senyor.

Això em va indignar.

—Quina culpa en té, el pagès? —vaig exclamar confós pel que jo considerava una injustícia.

—Sovint cap —va dir el pare Maties amb aflicció—, però és la llei de la terra.

Vaig pensar que el senyor mateix podia cremar el mas per cobrar la indemnització corresponent. I de seguida em vaig preocupar per Elies, aquell xicot que sabia fer les pixarades tan llargues. Ell era de família pagesa i els podia passar qualsevol cosa de les que m'explicava el pare Maties. Perquè els abusos no acabaven aquí. Des d'haver de pagar pel molí que feien servir, fins a la prerrogativa que tenia el senyor de quedar-se amb els béns del pagès si la seva dona cometia adulteri, tot passant pel dret de cuixa en cas que al senyor li vingués de gust d'estrenar una núvia. I, evidentment, el pagès havia de pagar la remença si pretenia anar-se'n del seu domini.

Vaig tenir molt clar que no volia ser pagès, per això, tan aviat com vaig poder, el meu destí es va unir al dels mariners. Vaig canviar l'altiplà, els camps de cereals clapejats pels boscos de pins i alzines, per la immensitat de les aigües a voltes calmes, d'altres embravides.

Entenc, però, que el comte d'Empúries considerés que tenia dret a unes lleis que venien de principis del segle XIII, quan es van celebrar les Corts de Cervera.

Pertànyer a la noblesa obliga a una manera de fer des del bressol. En aquesta línia, la seva nissaga s'havia d'unir a una que fos prou alta. Fracassat l'intent de casar-se amb la Beltraneja, va esposar Guiomar de Portugal, que era molt més jove que ell.

No se'm va fer gens estrany que decidís casar-se amb

una filla de la noblesa portuguesa. El comte sempre s'havia mostrat amistós amb la cort lusitana, no debades, quan havia pretès la filla del rei de Castella, ella tenia el suport del seu oncle, el rei Alfons, germà de la seva mare.

S'hi va casar l'any 1478, quan jo ja coneixia Blanca.

Per aquell temps, abans de les seves noces, vam coincidir una bona temporada a Barcelona. El comte s'havia implicat llavors en un assumpte de vital importància: evitar que la Inquisició castellana s'imposés a Catalunya. Hi lluità fermament des que el dominic Tomás de Torquemada, a l'any 1484, va ser proclamat inquisidor general dels regnes de Castella, Aragó, València i Catalunya.

El Lloctinent no estava sol, en aquesta lluita. A Barcelona, totes les autoritats es van mostrar unànimes en la protesta: el Consell de Cent, els diputats de la Generalitat, el bisbe, l'inquisidor tradicional, el capítol, el clergat i els cònsols de Mar. I totes les personalitats: juristes, notaris, homes de ciència, religiosos... Tothom s'hi va alçar en contra.

A Enric li va correspondre presidir els consells que es van anar convocant per fer força, pressionar i intentar canviar la decisió reial.

Va pugnar més de tres anys contra la voluntat reial del seu cosí fins que aquest, l'any 1487, va sortir-se amb la seva. L'autoritat reial, amb el suport de Roma, acabà per imposar-se.

Un migdia, quan anava cap al convent de Santa Anna —he de dir que el prior també es va sumar a la lluita—, em vaig trobar amb el comte d'Empúries, que en sortia.

—He fet tot el que he pogut, Guerau —em va dir, derrotat—, però els reis no volen ni sentir-ne parlar.

D'acord amb la Generalitat i el Consell, els vam enviar un comissionat, Joan Bernat de Marimon, però s'han mostrat inflexibles. No hi ha res a fer...

—El rei és obstinat, i en aquest tema la reina l'empeny a mantenir-se ferm —li vaig dir. Jo també coneixia de qui estàvem parlant.

—Li he demanat personalment que, almenys, ajorni aquesta mala pensada —va exposar—, que s'ho rumiï bé abans de fer-la efectiva.

—El problema és que ell no viu aquí, hi ve molt poc —vaig afegir—. Si hi fos present, si visqués la nostra realitat, no faria el mateix.

—Exacte, però el nostre rei només ho és de Castella! I en aquest assumpte, el rei ha comès perjuri —es va atrevir a dir l'Infant Fortuna—, perquè va jurar respectar les constitucions, les llibertats, els usos i les pràctiques de la terra.

Però no, no ha respectat el jurament.

Catalunya i Barcelona van resistir tant com van poder. Un fet ho demostra sense equívocs: quan el mes d'abril de l'any 1487 l'inquisidor Alonso Espina, nomenat pel gran inquisidor general Tomás de Torquemada, va entrar a la ciutat per tal d'erigir-se com a inquisidor delegat del poder central, cap autoritat no el va anar a rebre. Cap ni una. Però el greuge se'l va cobrar amb escreix, perquè de seguida va fer palesa la seva força i el seu menyspreu per les nostres lleis.

La situació va esdevenir irreversible. La família de Blanca, com totes les famílies de conversos, es va atemorir. Havien esperat i confiat que les institucions catalanes ho poguessin evitar.

—Què se'n farà, de nosaltres, Guerau? —em preguntava Blanca.

Jo la tranquil·litzava dient-li que no havia de témer res, que ells eren bons cristians, que només es perseguia aquells que d'amagat seguien practicant la religió judaica, però el seu temor era del tot justificat, perquè tan bon punt la Inquisició va fer acte de presència va estendre el terror per tota la ciutat.

Algunes famílies van optar per anar-se'n de Barcelona, però Guillem Vidal s'hi negà argumentant el mateix que jo havia dit a Blanca per asserenar-la. El seu pare afirmava que no marxaria de la ciutat que l'havia vist néixer. Per aquest motiu, quan Barberà amenaçà de denunciar la seva família, vaig descartar de seguida la idea de demanar-los que fugissin com havien fet tants altres, perquè sabia que s'hi negaria de ple.

Però era perillós, quedar-se, perquè la Santa Inquisició tenia molta força. Ja en va fer ús fins i tot abans que Alonso Espina s'establís a Barcelona.

La primera víctima, una figura preeminent de la ciutat, va ser Anton de Bardaxí, descendent de Ben Abraham Bardaxí, anomenat «el Ciceró hebreu». Bardaxí era un home savi i prudent de qui no es podia sospitar res contra la fe catòlica. Per aquest motiu, el fet que un cristià com ell fos acusat va escampar el temor entre els ciutadans. I encara sort que Bardaxí va ser avisat a temps i va poder fugir amb la seva família.

Dos dies després de l'entrada d'Espina a Barcelona, els consellers van denunciar que la Inquisició amenaçava públicament amb penes arbitràries que només eren competència de la reial majestat i dels seus oficials.

En vam parlar amb els Carbonell, a la tintoreria.

—Els oficials de la Inquisició campen lliurement pels camins forans —va dir Esteve— i agafen presoners els conversos i altres persones, els acusen d'heretgia i els duen contra llei a les presons que han establert al Palau Reial...

Ningú no estava lliure de sospita. Fins i tot els cristians vells temien i es preguntaven si segles enrere hi havia hagut algun jueu a la seva família. Aquest era el cas dels Carbonell.

—Qui ens assegura, Guerau —em va plantejar Esteve—, que algú no ens denuncia falsament? Mira què ha passat amb Sala...

Sala, el tintorer de drap que els havia denunciat.

—La Inquisició intervé en tot el comerç —va seguir Esteve—. Saps què els ha passat, als argenters? Els han manat que els lliurin tot l'argent comprat a l'encant públic amb el pretext que per aquest delicte els pertany... Això va contra els privilegis i llibertats de Barcelona.

—Els hem perdut, els privilegis. M'he assabentat —vaig intervenir— que obliguen els notaris a presentar els contractes en què han intervingut conversos fugitius i sospitosos de la santa fe catòlica. Això va contra els costums de la ciutat i de l'art de notaria.

—Els corredors defugen d'intervenir en compres i vendes —va afegir Esteve.

—Sí, i els vaixells, temorosos de confiscacions, es retreuen de venir al port de Barcelona —vaig dir jo.

Podíem haver estat hores parlant dels abusos que dia a dia perpetrava impunement el Sant Ofici.

La por de caure en algun error va empènyer i empeny els barcelonins a restringir encara més les negociacions mercantils, ja que la Inquisició imposa pena d'excomunió als compradors de béns que hagin estat dels conversos, encara que n'ignorin la procedència.

Des d'aleshores l'economia es retreu perquè són coneguts els excessos que ha infligit la Santa Inquisició a

Castella, a Aragó i a València, on l'horror s'ha apoderat de tothom.

Un munt de gent, conversos i menestrals, ha fugit de Barcelona amb la conseqüent pèrdua de mà d'obra, de la qual s'aprofita el rei de França, que procura atreure catalans al seu regne.

Al cap d'uns mesos, al desembre, es va fer la inauguració oficial del tribunal a la qual, en certa manera, vam ser obligats a assistir tots els residents de Barcelona. Blanca i la seva família també. Jo també hi era, però a una distància prudencial, perquè llavors feia poc que ens coneixíem.

El Sant Ofici va fer una cerimònia de desgreuges i reconciliació, un trist i lamentable seguici de cinquanta penitenciats, vint-i-vuit dones i vint-i-dos homes. Anaven vestits amb sobrevestes blanques que duien una creu vermella al davant i al darrere, i el capirot vergonyant damunt del cap. Cadascun d'ells duia un ciri negre apagat a la mà, al qual s'aferraven crispats. Capcots, avançaven d'un en un mentre feien tota la volta de la processó del Corpus Christi, sota l'esguard i la custòdia dels frares del convent de Predicadors. De tant en tant, acomplint les indicacions dels frares, els penitents s'aturaven i entonaven de genolls una pregària monòtona:

—Senyor, ver Déu, misericòrdia! Senyor, ver Déu, pietat!

La processó es reprenia tot seguint el pendó del Sant Ofici, que s'elevava musicat pel sinistre redoblament de tambors, pam, pam, pam...

El seguici, que havia sortit de la plaça del Rei, va arribar fins a la catedral, i allà, enmig d'un ofici solemne, es van fer les confessions dels pecadors i la seva conseqüent absolució. Un perdó relatiu, perquè se'ls condemnava a no portar or, ni argent, ni seda, ni a exercir cap ofici públic. No podien ser barbers, ni metges, ni adroguers, ni arrendadors...

Els consellers es van indignar davant d'aquell esdeveniment, que van considerar inadmissible. Però aquella processó funesta va ser d'allò més benigna comparada amb els *autos de fe* que s'havien de produir més endavant, perquè just al cap d'un mes i mig a la plaça del Rei ja es va alçar el cadafal del Sant Ofici.

Van pujar-hi quatre desgraciats, dos homes i dues dones, acompanyats de vint-i-quatre estàtues, l'efígie de dotze homes i dotze dones que s'havien pogut escapar.

Després de patir l'escarni i tota mena d'insults, van ser duts al canyet i tots, estàtues i vius, hi van ser cremats. La pudor de la carn humana incinerada es barrejava amb les despulles podrides dels animals abocats a l'indret més penós de la ciutat.

Des de llavors, de tant en tant s'alça el cadafal amb les terribles escenes que acaben al canyet.

Sé pel lloctinent que en poc més d'un any, del gener del 1488 fins al març del 1489, es van cremar dotze persones i més de dues-centes estàtues. Això vol dir que, si hagués pogut, el Sant Ofici hauria rostit més d'un parell de centenars de persones. I només parlem de Barcelona, perquè així que en tenen ocasió celebren *autos de fe* a altres ciutats catalanes.

L'autoritat de la Inquisició, la preeminència de la fe catòlica, es va consolidar l'any passat amb l'expulsió dels jueus de la Península. L'economia, però, inevitablement se n'ha ressentit.

Barcelona s'ha convertit en una ciutat llòbrega, oprimida i trista, dominada per la por, pel temor de no saber si hi haurà un demà. No parlo per mi, que sé que tinc els dies comptats, parlo del recel i la malfiança que llegeixo als ulls de la gent, de la inquietud i alarma que es dibuixen als seus rostres. De la manca d'il·lusió, de la desesperança.

La visita del comte d'Empúries ha animat Guerau, que ara pot gaudir d'un empresonament amable. A més de ploma, paper i tinta, el lloctinent li ha fet enviar un parell de llibres de poemes. Un és de Joan Roís de Corella, l'eminent poeta valencià de prosa artificiosa, però harmònica i elegant.

La claror intensa de primera hora de la tarda del mes de juliol es busca camí entre els barrots de la petita finestra, que dóna a un pati interior. Guerau aprofita el raig de llum per llegir els versos. S'atura i rellegeix, una vegada i una altra, «La balada de la garsa i l'esmerla». Sembla que l'autor s'hagi inspirat en ell per escriure-la:

...Si muir per vós, llavors
creureu l'amor que us port,
e no es pot fer que ploreu
la trista mort d'aquell que
ara no voleu...

Guerau voldria ser poeta, dominar el llenguatge i escriure a Blanca una balada, el gènere que conreen els trobadors per cantar històries d'amor. Però de trobador només en té la façana de quan s'hi ha guarnit per passar desapercebut. Tants afanys, tant de temps perdut per acabar finalment engarjolat.

La coneixença de l'obra de Roís de Corella té la seva història. Carles de Viana, el germanastre del rei Joan, admirava el poeta valencià i va transmetre el seu gust poètic al comte d'Empúries, atesa l'amistat que tenien. I el comte la va traspassar a Guerau.

Diuen de Joan Roís de Corella que escriu per alleujar els mals de la seva ànima torturada, víctima del desamor.

Guerau també pateix aquest mal, i com el poeta endolceix l'esperit escrivint, encara que no sàpiga revestir de bellesa les paraules.

Assaja una carta, una carta d'amor adreçada a Blanca. No pensa pas dir-li que morirà per ella i la seva família, per descomptat que no. Només vol demanar-li perdó i reiterar-li que l'estima.

Li dol profundament, però, marxar d'aquest món sabent que mai més tornarà a besar els llavis de Blanca i que tampoc no podrà abraçar el seu fill.

No fa pas gaire, creia que li quedava molt per veure, fer i sentir. Enyora el que ja no podrà viure, els crepuscles suaus a la vora del mar, les albades curulles de promeses, els projectes amb l'Almirall, les xerrades amb Galvany... Els petits retalls de felicitat que, malauradament, s'escolen de pressa, com sorra entre els dits.

—*Sator, arepo, tenet, opera, rotas*...

Desitja dibuixar la *crux dissimulata*, però no vol deixar imprès res que pugui dur a conjectures equívoques. La llum que entra per la finestra enfoca ara el terra sorrenc de la presó. Guerau segueix el raig de sol, enmig del qual es fan visibles les partícules de pols suspeses a l'aire.

S'ajup i damunt del terra, amb el dit índex, dibuixa la creu i resa amb un fervor que mai no havia tingut. Va recitant algunes lletanies com les que recitava Simó. Pensa també en Macià, la seva mà escapçada i l'estrany optimisme que traspua. I en la presència silent de Trencalòs.

—*Mater amantissima, ora pro nobis...*

Les campanes de la catedral, les de Sant Just, les de Santa Maria del Mar, les de Santa Maria del Pi... toquen les hores, cadascuna amb el seu repicar característic, que Guerau ha après a distingir.

Esborra amb la mà la creu que ha dibuixat tot recordant l'Almirall quan ho feia a la sorra. I, per un moment, pot sentir la flaire marina, el ventijol suau de les nits d'estiu vora mar.

Una alenada d'inspiració sembla que hagi entrat per la finestra. Inesperadament, la memòria li destapa una dada, la d'aquell 51 de la signatura de l'Almirall que no sabia com interpretar.

El número indica un lloc. Segur, perquè apareixia en l'atles de Cresques amb números romans, LI, «LI Cani Insulae», referint-se a les illes Canàries. L'Almirall va fer servir la carta de navegar del mestre cartògraf mallorquí. Però Guerau es queda aquí, perquè no encerta a desxifrar què indica.

D'altra banda, rumia Guerau, si la «S» i la «A» juntes es llegeixen com lletres, «Sa» és el prefix de força cognoms catalans: Sa Plana, Sa Font, Sa Costa...

—Sa Costa, és clar! —no pot evitar d'exclamar Guerau—. Pere Ramon Sacosta, el gran mestre de l'orde de Sant Joan de Jerusalem a qui l'Almirall ret homenatge en la seva signatura, una manera velada de dir que ell també ho és, d'hospitaler.

Guerau recorda aquella vegada que va dibuixar-la a la sorra i l'Almirall li va proposar el joc de descobrir l'enigma. El gran mestre Sacosta feia ben poc que havia mort.

Entusiasmat, gairebé esverat, escriu les lletres de la tercera línia de la signatura:

X M Y

La primera sap del cert que es refereix a Crist, a Xroferens.

La «M» és la que li planteja més dubtes. Sovint ha pensat que, agradant-li els jocs de paraules com li agraden a l'Almirall, deu ser la inicial del seu nom a l'inrevés, Moloc, el déu a qui les civilitzacions antigues adoraven i a qui s'ofrenien sacrificis humans. O bé és la inicial d'algú que estima. O, molt probablement, de Maria, la mare de Déu.

La «Y» de segur que és el seu nom, Ioan, o qui sap si Iacobus, el del seu fill. I amb aquest nom, Jaume, pot retre homenatge tant a membres de la seva família com a personatges insignes, des del rei Jaume I fins a Jaume Ribes, el seu admirat mestre Cresques.

Esborra de nou el que ha anat dibuixant i escrivint i ho interioritza. Impossible que se li oblidi.

Amb parsimònia, i ara gaudint d'una serenor inesperada, aprofita les darreres clarors del dia per escriure cartes de comiat als amics. El gust de passar la ploma pel paper deixant les empremtes de tinta el remet a la infantesa i als ensenyaments del pare Maties. I pensa també en la diversitat de tintes que té el prior, i en el treball del taller d'impremta de Pere Posa... I en els tints d'Esteve Carbonell.

La porta que s'obre li fa copsar la realitat: ell no és un escrivà, és un presoner. Un carceller entra i li deixa menjar damunt la taula. Pa fresc, formatge i una gerra amb vi. Un sopar de convidat, no pas de reu.

—Gràcies, Enric —mussita Guerau així que surt el carceller—, per fer tan passador el meu traspàs.

La foscor creixent del crepuscle marca el final del jorn.

Quants n'hi queden, de jorns? Quan serà el seu judici?

Aquestes preguntes, que de cop i volta l'assetgen, trenquen la relativa tranquil·litat de fa una estona.

Vol mantenir-se ferm en el seu propòsit d'adjudicar-se l'autoria de l'assassinat de Cecília. I tant de bo que els seus amics desisteixin de la idea de buscar subterfugis per salvar-li la vida. De cap manera voldria que el fessin passar per un pobre orat, com Simó, i passar la resta del que li quedés de vida tancat a la tàvega. Això seria molt pitjor que morir.

Morir...

L'avantatge de fer-ho serà que no envellirà, la pell no podrà marcir-se, les forces no tindran l'oportunitat d'abandonar-lo i la memòria no es perdrà en les dreceres enganyoses de l'oblit.

L'efecte del vi l'ajuda a adormir-se i ho fa contemplant l'estrella que es retalla al bell mig de l'enreixat dels barrots, lluminosa i distant.

És negra nit encara quan el desperta el soroll de la porta que s'obre.

És l'agutzil acompanyat d'homes de la seva guàrdia.

Guerau s'incorpora de la màrfega mig adormit.

—Per ordre del veguer —diu l'agutzil—, us hem de traslladar, senyor...

—On anem?

—Ho sabreu quan arribem a destí, només compleixo ordres, senyor.

—I ja ho sap, el lloctinent?

—El veguer té el seu vistiplau.

Guerau no sap si creure el que diu, però no li queda una altra opció que seguir-los. Potser pensen fer el judici de matinada. Van de pressa. Tot encaixa amb la demanda que li va fer a Enric perquè li procurés una mort ràpida.

—Us hem d'engrillonar, senyor.

L'agutzil el tracta amb deferència, però no oblida que és un presoner.

Amb recança, Guerau mira els fulls escrits i inacabats.

—Si em traslladeu... m'ho hauria d'endur —diu mirant el material de lectura i escriptura que hi ha damunt la taula.

—Un guàrdia us els durà —respon un agutzil alhora que indica a un dels seus homes que agafi els fulls.

Voldria fer preguntes, però se n'està. És conscient, a més, que ara no rebrà cap més explicació de la que ha rebut. Val més que s'afanyi a anar al seu destí i així sabrà quin és.

Escortat per sis guardes armats, Guerau els diria que no cal que pateixin, que no pensa pas escapar-se. S'imagina que, en altres circumstàncies, si més no ho intentaria. No són tants, i tindria possibilitats, sap que en té. Però no les farà servir.

Pugen pel carrer dels Especiers, trenquen pel dels Comtes i passen per davant de la catedral, la plaça Nova i la casa de l'Ardiaca.

Els carrers estan quasi deserts. Clareja. La llum diürna busca camí entre les nuvolades mentre la humitat càlida de l'albada estiuenca s'enganxa a la pell.

A mesura que avancen en silenci, creix la curiositat, la inquietud de no saber on va. Es vol mostrar digne i no vol preguntar als sentinelles. Li agradaria sentir el repic de les campanes, que anessin marcant les passes.

Segueixen camí cap a l'oest. Passen per l'abeurador de Santa Anna, el camí que tant coneix, fins que van a parar al convent, però no s'hi aturen. Ho fan quan arriben al palau del prior Bartomeu Cristòfor de Gualbes i Setantí.

Pugen les escales. Un criat, que sembla esperar-los, els obre la porta i els condueix fins al llindar de la sala.

Un dels sentinelles li treu els grillons, un altre li torna els llibres i la resta de material i el criat el fa passar dins.

Quan Guerau acaba d'entrar, les portes es tanquen.

Davant seu hi ha el prior, assegut en una cadira de braços, de fusta molt ben treballada.

—Endavant, Guerau, passa i seu —el convida amb amabilitat—. Lamento que t'hagin hagut de dur engrillonat, però mai sé quina pot ser la teva reacció. T'aviso, però, que la guàrdia espera fora, pendent d'arrestar-te de nou si convé.

—No serà necessari, no penso pas escapar-me... —aclareix Guerau, que s'ha assegut al seu davant, a l'altra banda de la taula.

—Quan sàpigues per què ets aquí, potser ho intentaràs.

Guerau calla, espera impacient que el prior li ho expliqui.

—Ets lliure, ja no pesa cap acusació sobre teu...

—Què? —diu aixecant-se d'un bot.

—No t'esveris abans d'hora —diu el prior—, ja sabia que reaccionaries així, però primer has d'escoltar-me. I ja t'avanço que no has de patir per la família Vidal.

—És clar que pateixo!

—Escolta'm primer.

Guerau torna a seure, el cor li batega amb força.

—La Inquisició no podrà fer res contra ells... Els Vidal tenen el seu futur garantit perquè no els denunciaran com a falsos conversos —s'afanya a explicar el prior.

—Com és possible, això?

—És gràcies a aquest document signat pel rei, que garanteix la neteja de sang —diu el prior, mostrant-l'hi.

Guerau el llegeix amb atenció. I sí, no hi ha cap dubte, Guillem Vidal i la seva nissaga queden deslliurats de cap acusació contra la seva fe.

—Sé que els Vidal són bons cristians, prou que he procurat d'assabentar-me'n. I sé també que els inquisidors que ens han imposat s'extralimiten en el seu quefer.

—I com és, que el rei ha signat? —pregunta Guerau, encuriosit.

—El rei i jo ens fem favors quan convé —afirma Baltasar Cristòfor amb ironia—... M'he aprofitat que té altres maldecaps i la veritat és que ell tampoc s'ha preocupat de saber quins eren els meus motius. Evidentment, no sap absolutament res que la filla de Guillem Vidal és la dona que tu estimes. Pensava que faria més preguntes, m'ha estranyat, però vull pensar que el fet d'imposar la Inquisició de Castella aquí no acaba de ser del seu grat. Ho fa perquè creu que ho ha de fer...

—Ho ha de fer?

—Sí, és conseqüent amb els seus objectius. La Inquisició és l'única institució comuna a tots els seus regnes, no es pot permetre de perdre-la... Però tornant al que ens ocupa, la teva Blanca i els seus, doncs, poden viure tranquils... Saps? Quan ha sabut que es tractava del capellaire, Vidal ja saps que és el millor que tenim a Barcelona, s'ha apressat a signar. Li agrada dur els que fan al seu taller. Sovint aquests petits detalls són els que mouen les persones. Tanmateix, el rei és conscient dels abusos de la Inquisició i de tant en tant es permet ser magnànim.

Guerau sent un rodament de cap, com si li costés de pair la tot just recuperada llibertat.

—No en tinguis cap dubte —afegeix el prior—: malgrat la teva tossuderia, ets lliure del tot. Ah... La justícia s'ocuparà del teu antic padrastre, Miquel Barberà.

—Com sabeu que...?

Bartomeu Cristòfor dibuixa un somrís al seu rostre eixut.

—Enric II, el lloctinent de Catalunya, i jo mateix sabem prou de la teva vida per lligar caps. I tenim prou recursos per arribar a la veritat quan convé.

—Va ser Miquel Barberà qui va matar Cecília... —s'afanya a dir Guerau.

—Un altre fet pel qual t'he d'amonestar —afegeix el prior—, el de visitar bordells.

—Era una relació fraternal, la que tenia amb aquella noia.

—Als ulls humans era una relació carnal...

—Com podré pagar-vos-ho?

El prior li fa una repassada de dalt a baix.

—Fent el que t'he dit que facis un munt de vegades: comportant-te honorablement.

—I per què ho heu fet? —pregunta Guerau, desconcertat encara pel decurs dels esdeveniments.

El prior s'aixeca, ajunta les mans a l'esquena i amb el cap cot diu:

—En el seu dia, m'havia promès callar-ho, però la vellesa m'empeny a esmenar els errors de joventut...

Bartomeu Cristòfor interromp la parla, ara mira Guerau als ulls, fit a fit, i diu:

—Perquè ets fill de la dona que vaig estimar, perquè ets el meu fill.

Un cop al cap no el podia haver deixat més atordit. Guerau recorda que la seva mare li havia dit que no, que Baltasar Cristòfor de Gualbes no era el seu pare.

El prior fa que sí amb el cap.

—Puc deduir què penses, puc suposar que la teva mare devia negar-ho quan li ho devies preguntar... Ho va fer, oi?

Guerau assenteix, molt confós encara.

—Jo la vaig obligar a jurar-me que mai no ho diria,

que mai esmentaria el meu nom... I que a canvi jo procuraria per tu... He vist de prop la teva mort i la meva que se m'atansa. No vull morir amb cap càrrec de consciència. La meva prioritat era anar pujant de càrrec dins l'Església. He pecat d'orgull, d'ambició, i fins que no he arribat a la vellesa no n'he estat conscient. M'enorgulleixo de tu, de saber que per amor estaves disposat a sacrificar la teva vida. T'admiro. Jo no sé si hauria estat a l'altura... Sí que ho sé: no hi vaig estar.

Les campanes toquen l'hora prima i una estranya pau, la que de vegades provoca la veritat, s'escampa per la sala.

Bartomeu Cristòfor de Gualbes somriu.

—Em sembla que podem dir a la guàrdia que es retiri, oi? —pregunta sense esperar resposta—. No crec que ara vulguis escapar-te...

Guerau, tornant el somrís, fa que no amb el cap.

—Anem a l'església —convida el prior—, acompanya'm a donar gràcies a Déu per la teva salvació. I després t'explicaré la meva història, la nostra història.

XV

ESTUPORS

Fa poc que Guerau ha arribat a casa seva; no ha tingut temps d'acomodar-se, que truquen a la porta. El desagradable record de la visita de Barberà el fa anar a obrir amb recança i cautela. Haurà de parlar amb Feliu perquè l'ajudi a buscar un criat per atendre'l.

Abans no obre, tornen a trucar, amb insistència però amb suavitat; no sembla pas el truc d'un home.

—Teresa! —exclama Guerau ben sorprès.

La dona ofereix un aspecte ansiós, atabalat.

—Puc parlar amb vós? —demana.

—És clar, endavant... —respon Guerau fent-la passar cap dins. Però Teresa només es queda a l'entrada.

—No puc estar-m'hi gaire...

—Passa res, Teresa? —pregunta Guerau amb l'alarma reflectida als ulls.

—Sí, i crec que us agradarà de saber-ho —s'afanya a dir la dona, que coberta amb un vel de lli sembla una marededéu dolorosa.

—De seguida que he pogut, us ho he vingut a comunicar —diu amb un somrís als llavis prims i clivellats—. El pretendent de la senyora Blanca, el senyor Climent Pellicer, se'n vol anar de Barcelona, té família cap al nord, no sé ben bé on... Però el cas és que la senyora no se'n vol anar d'aquí, de cap de les maneres.

—Lloat sia Déu... —mussita Guerau.

—El seu germà, el senyor Llorenç —continua Teresa—, l'ha renyat molt, li ha dit que és una consentida, una aviciada que sempre vol fer la seva. Però el senyor Guillem s'ha posat de banda de la filla... Ha claudicat davant dels desitjos de la senyora Blanca, sobretot perquè no vol perdre el nen, Guillem. És l'únic nét que té, perquè l'amo Llorenç i la seva esposa no en tenen, de criatures; Déu Nostre Senyor no els ha volgut beneir amb mainada.

—Avui és un dia meravellós per a mi, Teresa! —exclama Guerau agafant-la en braços i enlairant-la com una nina.

La dona, entre atorrollada i avergonyida per l'expressivitat de Guerau, forceja tímidament perquè la deixi anar.

—Déu meu, Senyor! No sigueu criatura, home de Déu! —rondina.

—He tornat a néixer, Teresa —diu ell tornant-la a terra—, de la presó he passat a la llibertat i d'aquí a somiar el paradís de poder aconseguir la dona estimada.

—La presó? Què dieu? —pregunta la vella dida, confosa—. Oh, i jo me n'he d'anar...

—T'acompanyo i de camí t'ho explico —suggereix Guerau mentre agafa la clau de la porta—... Però de tot el que et diré, no n'has de dir res a la senyora, ni una paraula.

El tram que separa casa seva de la de Blanca és curt, però suficient per exposar breument a Teresa què ha passat, el parany al qual el va sotmetre Barberà i la miraculosa intervenció del prior. No diu res, de moment, que Bartomeu Cristòfor de Gualbes és el seu pare.

—Que us havien acusat de matar una noia, Déu del cel! —exclama Teresa ajuntant les mans damunt dels llavis en actitud de prec—. En quins embolics us fiqueu... I, si us plau, jo també us he de demanar que no li digueu a la senyora que hi havia una altra dona pel mig! I una cortesana, Verge Santíssima!

—Ja t'he dit que només era una bona amiga.

—No us ho negaré, però no em direu que no és una altra atzagaiada...

—Ja ho sé, Teresa, no sóc gens oportú. I et repeteixo la demanda, no li diguis res a ella del fet que em vaig deixar inculpar perquè la Inquisició no es fiqués amb la seva família. No, no li ho diguis, perquè encara es creurà que és una història inventada, que només l'explico per guanyar-me el seu favor.

—La Santa Inquisició, santa Eulàlia beneïda! —expressa Teresa persignant-se repetides vegades—. Denunciar els senyors! Però si no hi ha família més cristiana i devota que ells en tot Barcelona!

—La veritat no guanya sempre...

La dona el mira amb els ulls negats de llàgrimes, i emocionada li agafa les mans entre les seves.

—Heu estat molt valent, senyor, i generós. El cor em deia que no m'equivocava quan tenia coll avall que sou bo... Llàstima que...

—Sóc un cap de trons —interromp Guerau—. No cal que m'ho recordis, Teresa, ja ho sé, que no he obrat amb ella rectament, i tu saps prou com em dol.

La vella s'eixuga les llàgrimes amb una punta del vel que li cobreix el cap.

—Tot s'arreglarà, ara n'estic segura —afirma amb convenciment—. Dono gràcies a l'Altíssim, a la Verge Puríssima i a tots els sants...

Guerau somriu, els precs pietosos de Teresa li recorden la cantarella inesgotable del pobre Simó.

La dona fa un parell de passes enrere i se'l mira de dalt a baix.

—Ja ho deia jo... Quan us he vist he pensat que anàveu com un arreplegat...

—Encara he estat prou bé, a la presó, però disto molt d'oferir la imatge d'un cavaller.

Teresa somriu, beatífica. Per un instant, sembla més jove, com si la felicitat hagués esborrat el pas dels anys.

El mariner i la dida s'acomiaden amb afecte sentit, amb l'esperança reflectida als ulls. Les seves paraules es confonen entre el parrupeig i el voleiar esverat d'una colla de coloms que s'aboquen delerosos cap a unes engrunes de pa que hi ha a terra.

El benestar s'esmuny de l'esperit de Guerau quan en un gest acostumat, en posar la mà damunt del cinyell, recorda que ja no té la bossa dels diners. No ho sap del cert, però asseguraria que la hi devien prendre a casa de Segimon, quan el van detenir; un dels sentinelles es devia aprofitar de la situació.

Els diners rai, però. Encara sort que en previsió de qualsevol contratemps en guarda una part a casa. D'acord amb l'exemple del pare Maties, els té sota una rajola de la seva cambra. El bon rector guardava als diners al terra de la sagristia, en un racó apartat del pas. Va haver de buscar una solució, ja que sovint li prenien les almoines que els fidels deixaven per als pobres. Guerau se sentia afortunat de compartir el secret.

Oblida la bossa robada i es complau amb la notícia que li ha donat Teresa. Fa plans de futur, elabora estratègies de com enfocar un retrobament amb Blanca i reinventar la seva vida. Ho va rumiant mentre camina cap a la platja, desitjós de sentir a la pell l'oreig del mar i el gust de la salabror als llavis.

Fa calor, molta. Guerau es treu el gipó i es queda només en cos de camisa, que du suada i bruta. Un arreplegat, ha dit Teresa. I no li falta raó. Haurà de comprar-se roba i cremar com un mal record la que porta posada.

Passada Santa Maria del Mar, quan arriba a l'altura del pou de l'Estany tomba cap a la dreta i ressegueix la línia de mar fins al pla de Framenors. S'ha tret les botes i camina amb els peus nus per la riba, trepitjant la sorra mullada i rebent la llepada intermitent de les ones.

S'atura i s'asseu a la sorra, de cara al mar, per contemplar-lo i gaudir de la sensació de llibertat que sempre té quan ho fa.

A prop seu uns nens juguen amb l'aigua, xipollegen i s'esquitxen mentre una mare —imagina que ho és— els avisa que vagin amb compte, que el mar és traïdor.

Traïdor...

No, el mar no enganya, però se l'ha de conèixer. Com les persones. No ha tingut cap sorpresa d'aquells de qui s'ha malfiat de bon començament. Sempre hi ha una excepció, i s'ha endut una sorpresa amb el prior. Qui ho havia de dir...

Encara se li fa estrany que ell, Guerau de Gualbes i Colom, sigui fill del prior Bartomeu Cristòfor de Gualbes i Setantí, una de les personalitats més rellevants de Barcelona.

El rebombori alegre d'unes rialles el fa girar cap a la dreta, cap al convent de Framenors. Tres homes conversen engrescats, riuen i gesticulen exageradament. Guerau somriu de pensar que encara els dura la barrila nocturna.

L'escena li recorda l'amic Galvany i li creixen les ganes de veure'l i parlar-li. S'aixeca, doncs, disposat a anar al seu cau. Enlaira la vista i l'alçada del sol li diu que a hores d'ara Pere encara deu estar dormint la mona.

Anirà a veure'l amb la proposta d'anar a menjar plegats, i per descomptat de beure; vol celebrar la seva llibertat.

De camí cap al carrer de la Plata, es creua amb dos mercaders que, si s'ha de jutjar pel seu abillament, deuen ser prou importants. Són estrangers, segur. I fàcilment vénen de l'alfòndec on s'allotgen els mercaders forans i on se celebren tota mena d'afers comercials.

Només de travessar el llindar de l'entrada, el rep la pudor de resclosit.

Obre la porta, una porta farcida de corcs que mai no està tancada.

Tal com preveia, Pere jeu damunt la màrfega roncant sorollosament.

Guerau força un estossec per indicar la seva presència, però no res, el mariner continua dormint com un soc. Només li queda l'opció de sacsejar-lo amistosament.

Galvany obre un ull, que manté fix uns instants, fins que sortint de la letargia s'adona de qui té al davant.

—Guerau, pensava que eres un esperit! —exclama incorporant-se.

—Sovint sóc una ànima en pena, però de carn i ossos.

—Company, company! Quina alegria veure't —diu Pere abraçant-lo—, temia que no te'n sortiries. Vaig intentar veure't però no m'ho van permetre, van dir-me que eres a la tàvega...

Galvany no calla, les preguntes cavalquen les unes sobre les altres. Guerau té feina per poder dir la seva.

—T'ho explicaré tot amb detall, amic. Et venia a convidar, anem a celebrar-ho...

—Per a això sempre estic a punt, ha, ha! Som-hi!

—Abans haurem de passar per casa meva, no porto ni

una trista moneda al damunt... —comenta tot pensant que hi podia haver caigut abans.

De camí a casa, Guerau li explica com li van prendre la bossa dels diners i li va detallant l'intens i angoixant periple dels darrers dies.

—A Barberà l'haurien de penjar pels ous! —afirma Galvany—. El fill del gran boc!

—És una rata difícil d'exterminar, però ja li ha arribat la seva hora.

Guerau diu això i pensa en el que li ha dit el prior, que faran justícia. I de nou se li fa present que és el seu pare. Però de moment tampoc no diu res a Pere, prefereix fer-ho quan estiguin asseguts a una taverna. Potser anirà a aquella de la plaça del Blat on va anar guarnit de trobador, i és molt possible que Galvany ja la conegui.

—Caratxu! —exclama Galvany així que entra a casa de Guerau—. Ja no me'n recordava, de casa teva.

—Ja saps que la pots considerar teva també, Pere, ja t'ho he dit més d'un cop.

—Ho sé, ho sé, però a mi deixa'm al meu cau.

Guerau se'n a la seva cambra a agafar uns quants sous, quan sent que truquen a la porta amb contundència.

Se n'hi va tot pensant que no pot ser Teresa.

Els cops es repeteixen amb més força.

—Obriu! Obriu en nom de la Santa Inquisició! —sent ara, clarament.

El Sant Ofici...

Guerau i Pere intercanvien mirades de sorpresa.

—Pere, fuig de seguida!

—No, em quedo amb tu.

—De cap manera! —replica Guerau—. Lliure em podràs ajudar millor, avisa el prior de Santa Anna, si convé.

Sense perdre un instant, acompanya Galvany a la part del darrere i el fa sortir per una finestra amb l'avantatge que implica estar a peu de carrer.

Els cops a la porta retrunyen amb violència, l'acabaran espanyant.

Així que obre, els soldats penetren dins la casa.

—Pas a la Santa Inquisició! —criden alhora.

Són vuit. Dos d'ells tanquen la porta i se la queden custodiant mentre quatre més s'escampen per la casa regirant-ho tot.

—Es pot saber què passa? —pregunta Guerau astorat.

—Se us acusa de practicar en secret el judaisme, de ser un marrà —respon el que sembla el cap.

—Mentida! —protesta Guerau—. Sóc cristià, com tota la meva família!

—Això ja li ho direu al pare inquisidor, només complim ordres.

Totalment atònit i amb el pas interceptat per dos dels soldats que l'apunten amb les seves espases, Guerau assisteix a l'inesperat registre de casa seva. No ho pot veure, perquè l'han fet quedar a l'entrada, però sent com els soldats obren caixes, fan saltar daltabaix el que hi ha a les prestatgeries... Els llibres, malaguanyats... Asseguraria que també espellifen la màrfega...

Remenen, busquen, ho escarboten tot sense cap mirament.

—Ja ho tinc! —exclama un soldat la veu del qual li arriba des de l'altra punta de la casa.

Què és el que deu tenir?, es pregunta Guerau.

Al cap d'un moment el que acaba de parlar apareix amb un altre company.

—He trobat un tal·lit... —mostra cofoi al seu cap.

El tal·lit, el xal ritual amb què es cobreixen els jueus per resar.

—I jo una Torà —ensenya l'altre soldat.

La Torà, el llibre sagrat dels jueus.

—Res d'això és meu —es defensa—... A fe de Déu que sóc cristià! Que no us adoneu que algú ho ha deixat, de segur que el mateix boc que us ha avisat...

—Vigila què dius, perquè és el mateix rei qui ha donat l'avís...

El rei...

Ara sí que està perdut, però no pensa rendir-se.

Amb un cop destre i practicat sovint, desarma els soldats que l'apuntaven aprofitant-se que han abaixat un moment la guàrdia badant amb el tal·lit i la Torà. Vol ser prou ràpid per desfer-se dels que custodien l'entrada, però al crit d'alerta del cap tot el grup acudeix a reduir-lo.

No els ho posa gens fàcil. Han hagut d'intervenir tots per aconseguir-ho.

—Us equivoqueu, us equivoqueu... —va repetint Guerau.

—Ets molt poc original, això és el que diuen tots —afirma el cap—... La casa es precintarà i no hi podrà entrar ningú, tot serà requisat.

És clar, d'això es tracta: li prendran la casa.

Malparits!

Fes que em desperti, Déu meu, deslliura'm d'aquest malson injust, dóna treva al meu cor i al meu pensament abans que no em torni ben boig.

Tanco els ulls amb l'esperança que quan els torni a obrir la raó i la veritat ja s'hauran fet presents. Però no, em trobo envoltat d'altres que, com jo i aquí a la presó del Palau Reial,[62] esperen acudir davant la presència de l'inquisidor Antonio de Contreras o de qui ell delegui en el seu nom.

Als ulls dels meus companys d'infortuni hi puc llegir la por, el temor, la malagradosa sensació que no hi haurien de ser, aquí, que són innocents. Com jo.

L'espai del Tinell, tan digne i solemne, no és el lloc més adient per haver-se convertit en presó. Al rei Pere III, el Cerimoniós, que va ser qui el va idear, li cauria la cara de vergonya si pogués veure la funció que li ha destinat el seu descendent.

La gran sala rectangular, amb sis arcs de mig punt que sostenen una coberta plana de fusta en una sorprenent exhibició d'equilibri i de força, corprèn per la seva magnificència.

El rei Pere va voler que fos una gran sala de recepcions, una cambra tan àmplia com l'indret d'una catedral per poder homenatjar personatges il·lustres. Hi ha qui diu que fa pocs mesos que en el Tinell va ser rebut l'Almirall... És ben trist comprovar que el palau comparteix cerimònies assenyalades amb processos que sovint acaben en sentències de mort.

Si ho penso bé, però, l'objectiu del rei Pere no ha estat tan desvirtuat, perquè el Tinell continua sent una sala de recepcions: l'inquisidor, assegut dalt d'una tarima de tres esglaons, coberta amb un dosser, rep un a un els detinguts. Als costats, amb només un esglaó de nivell, seuen davant d'unes taules laterals els escrivans, els notaris i els teòlegs qualificadors.

62. Actualment encara es pot veure l'antiga entrada a la presó. Mirant el palau frontalment, a la part inferior començant pel segon arc a l'esquerra, hi havia la porta, ara cegada. S'hi accedia per uns pocs esglaons i conduïa directament al saló del Tinell.

I al fons, en un racó, els detinguts.

—Bernat Masllorens! —crida un agutzil.

L'home que tinc al costat s'aixeca, deu ser ell, el Masllorens citat. Els ulls li brillen d'aguantar-se el plor amb esforç. Els llavis li tremolen, tot ell ho fa. Tothom li dedica mirades de llàstima, de comiat. Jo opto per abaixar la vista, per no afegir més vergonya davant del seu mal pas.

Ara l'aixeco, la mirada, quan ja sé que l'acusat ha arribat a la tarima i de genolls s'ha postrat davant de l'inquisidor. Els contemplo ara l'un, ara l'altre, els que ens trobem en aquest impàs d'espera.

De segur que la majoria d'ells no saben per què són aquí, encara no els han informat de què se'ls acusa. D'acord amb el que de vegades m'ha explicat el comte d'Empúries, no ho saben ni tan sols quan són engolits per les flames. L'inquisidor i els seus ajudants només pregunten i pregunten a l'espera que la pobra víctima es contradigui, caigui en el parany de defensar-se del que no pertoca i evidenciï la seva indefensió afegint més càrrecs en contra seu.

En això jo els porto avantatge: han trobat un tal·lit i una Torà a casa meva, material prou condemnatori per anar de dret cap a la foguera. Si abans menteixo confessant que sóc judaïtzant i manifesto un intens penediment, obtindré la gràcia d'escapar-me del turment del foc. Si ho faig, com que sóc noble em degollaran; si fos un serf, em penjarien de la forca.

El malparit de Barberà s'ha sortit amb la seva. Només ell pot haver deixat el tal·lit i la Torà a casa. Quan ho deu haver fet, però? El dia que vam parlar és impossible, perquè vam estar junts tota l'estona. Per força ha d'haver entrat furtivament. Qui sap si ha rebut l'ajuda d'algú. Potser ha estat Feliu a canvi de diners... No, no vull pensar malament d'ell.

Quanta metzina que serva el seu cor, quantes molèsties s'ha pres per deixar-ho tot ben lligat. M'ha seguit i m'ha fet seguir. I, a hores d'ara, on deu ser?

Juro pel meu fill, en cas que tingui la sort de sortir-me'n, que el mataré amb les pròpies mans si la justícia encara no ho ha fet.

Em falta aire. L'espai és prou gran, però no suficient per evitar el meu ofec. Un pes feixuc m'oprimeix el pit. Intento calmar-me fixant la vista en els alts finestrals de l'esquerra, que permeten passar la llum, una llum de tarda d'estiu que aviat s'abocarà en el crepuscle i en les ombres de la nit.

Que era el mateix rei qui ho ordenava, ha dit el cap dels soldats.

Potser només és un formulisme, una manera d'imposar autoritat quan entren a una casa i fan un registre.

Ningú no em podrà defensar.

Ni el lloctinent de Catalunya, ni el prior.

El prior...

El meu pare.

La història que m'ha explicat ressona amb força dins el meu cap.

Que va ser molt egoista, em va manifestar.

—M'agradaria refer el camí, Guerau —em va dir afligit—, voldria tenir l'oportunitat de començar de nou.

Un munt de vegades m'he fet la mateixa reflexió.

Quan m'ho va dir, vaig pensar que sí, que era fill seu.

—No em vaig portar bé amb la teva mare...

Jo tampoc m'he portat bé amb Blanca...

No voldria haver transmès al meu fill aquesta mancança, aquesta capacitat d'esgarrar una bella relació.

—Jo ho volia tot, Guerau —em va dir el prior—, desitjava prosperar en el món eclesiàstic, però també la volia a ella.

Guerau lamenta que la seva mare no hagués sabut triar. Primer es va deixar seduir, així mateix li ho va confessar el prior, i després, de segur que decebuda pel destí que l'esperava sent l'amistançada d'un clergue, es va topar amb el senyor d'una de les cases on feia de cosidora i se'n va enamorar.

Avançant-se a la pregunta que jo li anava a fer, ell em va aclarir:

—No vaig voler saber quin dels Gualbes era. Però és molt possible, gairebé segur, vaja, que fos Joan Lluís de Gualbes, casat amb Elionor Colom... La teva mare va ser honesta amb mi, va dir que no m'estimava prou, que m'apreciava i que sentia per mi una profunda estima. I que per això mateix no volia jugar a dues bandes.

El prior es va quedar moix, fins i tot es va arraulir, ell que és tan esquenadret i de posat arrogant.

—La tarda que es va sincerar —va seguir el prior—, en l'intent absurd de retenir-la vaig insistir que fos meva per última vegada. Ella, sentint-se culpable pel mal que sabia que em feia, ho va permetre, va cedir. I va quedar embarassada. Quan m'ho va dir, no me la vaig voler creure. «És de l'altre», vaig rebatre exagerant l'ofensa. La gelosia m'havia enverinat.

Em podia imaginar la pena, el disgust de la meva mare, com les llàgrimes que per la meva culpa he fet vessar a Blanca.

—En el fons del meu cor —va dir—, sabia que eres meu. I el temps m'ho va anar dient, perquè si hagués estat de Joan Lluís de Gualbes, la seva dona no hauria posat objeccions a tenir cura de la teva mare i de tu mateix, prou que s'havia ocupat d'altres criatures que el seu home havia tingut fora del matrimoni. I d'acord amb el que la teva mare em va explicar, no era possible que fos d'aquell Gualbes, perquè quan va quedar embarassada ell era fora de Barcelona.

—Això ho podíeu haver esbrinat fàcilment —vaig intervenir.

—Ja ho sé, ja ho sé. Però no només vaig preferir quedar-me amb la meva idea, negant l'evidència i la valentia d'afrontar la veritat, sinó que la vaig insultar dient-li que la criatura podia ser de qualsevol dels Gualbes a les cases dels quals anava a fer de cosidora.

El prior, que fins llavors havia estat dempeus a la sala de la biblioteca del seu palau, es va asseure abatut, recolzant-se a la cadira de braços. Es va quedar quiet, amb els ulls tancats; tal vegada intentava recuperar algun fet de la memòria. Mentrestant, jo recordava la mare quan em va negar que Bartomeu Cristòfor de Gualbes era el meu pare. Que jo en sigui conscient, ella mai no m'havia mentit. Aquella mentida, però, valia per moltes, encara que s'hi hagués vist forçada.

—Per caritat cristiana li vaig prometre —va continuar el prior— que quan arribés el moment tindria cura de tu, però que se'n guardés prou de dir a ningú, ni a tu mateix, que jo era el teu pare. Li ho vaig fer jurar. I la vaig enviar lluny de Barcelona, apartant-la de mi i del seu estimat, que devia rebutjar-la aviat en veure que havia estat traït, que estava prenys d'un altre home...

Bartomeu Cristòfor de Gualbes —encara em costa dir «el meu pare»— es va aturar de sobte, interromput per un fort atac de tos, m'imagino que produït per l'angoixa d'uns records que el mortificaven.

Avisat per mi, un criat es va apressar a dur-li aigua, i al cap d'una breu estona va poder continuar el seu relat.

—Podem seguir un altre dia —vaig suggerir.

Però ell va dir que no, que m'ho volia explicar tot.

—Amb els anys —va dir en veu ben baixa per no forçar la veu—, cada vegada que et tenia al davant era un càstig per a mi... T'assembles tant a Maria... La teva imatge me la recordava amb tanta vivor que veure't era un patiment.

Va tornar a fer una pausa i amb la màniga de l'hàbit es va eixugar la suor que li queia pel front.

—Em dol haver estat tan esquerp, a voltes fins i tot injust amb tu...

—I alguna vegada la vau tornar a veure, la mare? —vaig gosar preguntar.

—Més d'una vegada en vaig estar temptat —va dir compungit—. Només em vaig posar en contacte amb ella per carta, i això a través del rector de la parròquia de Sant Antoni de Tàrrega, quan vaig advocar perquè entressis al castell de l'Espluga Calba.

—Em sap greu —vaig intervenir—, sé que us vaig decebre.

El prior, però, va seguir obviant el que acabava de dir.

—Em dol profundament no haver parlat amb ella, qui sap si hauria pogut impedir el matrimoni amb aquest mal cristià... El fet d'haver-la perdut sense demanar-li perdó és part del meu càstig. Saps? Mai no he estat amb cap altra dona... A partir de llavors, em vaig voler allunyar de la promiscuïtat dels clergues que han ofert la seva vida a Déu i en canvi tenen relacions carnals. Ja ho pots veure, però, que la més alta jerarquia eclesiàstica no predica amb l'exemple.

Es va tornar a aixecar i jo també ho vaig fer, amb la intenció de socórrer-lo perquè temia que caigués.

—Vine, acosta't —em va dir obrint els braços—, permet-me que faci el que tants cops he desitjat i mai no he fet.

Ens vam abraçar amb emoció sentida mentre a cau d'orella sentia les seves paraules, «fill meu», «fill meu».

Si hagués obrat amb sinceritat, ens hauríem pogut estalviar molts disgustos, qui sap si aleshores fins i tot hauria esdevingut un *milites Christi.*

Qui ho sap, qui ho sap.

El passat no es pot corregir, només a partir d'ell podem esmenar el futur.

Una veu profunda em destorba dels meus pensaments.

—Guerau de Gualbes! —repeteix l'agutzil en veure que ningú no li ha respost.

És el meu torn de comparèixer davant de l'inquisidor.

M'aixeco de la banqueta i amb una mirada breu m'acomiado dels companys d'espera, que em tornen la seva, amarada de condol.

Dos soldats del Sant Ofici, en lloc d'acompanyar-lo davant la presència de l'inquisidor, el treuen del Tinell i el fan sortir de les dependències de la Inquisició. Continuen dins del Palau Reial, però.

On van, es pregunta?

Caminen per un llarg passadís. A través de les finestres que hi ha a una de les bandes, veu la plaça del Rei ja vestida de nit.

El fan aturar i passar a una sala espaiosa. Al bell mig hi ha una taula molt gran i unes quantes cadires que l'envolten. A les parets, hi reposen prestatgeries plenes de llibres i objectes de mesurar: astrolabis, brúixoles... També hi veu una ampolleta de les hores. En un racó hi ha un braser apagat que segurament no s'encendrà fins que no s'enceti la propera tardor. Un bell finestral de tres arcs amb vitralls molt ben treballats dóna opulència a l'estança, una barreja de sala de reunions i biblioteca. De dia, els diversos colors dels vidres deuen oferir una càlida il·luminació.

Guerau ho contempla tot mentre és custodiat pels soldats que romanen al seu costat, tots tres dempeus; fa l'efecte que esperen algú.

Un judici privat?

Tal vegada el prior o el lloctinent ja deuen haver pogut intervenir i li demanaran excuses... és el que pertocaria.

Deuen haver fet confessar Miquel Barberà. Això és el que vol pensar, per força ha de ser així, perquè la raó i la veritat estan de la seva banda.

Mentrestant, un criat té cura d'encendre les torxes penjades a la paret per il·luminar la sala.

El soroll d'unes passes que s'acosten acceleren el bategar del cor. Són les d'unes quantes persones. N'espera impacient l'aparició.

No ha hagut d'esperar gaire, però els instants se li han fet eterns.

Se sorprèn de veure el rei Ferran II en persona acompanyat de mitja dotzena de soldats de la seva guàrdia, que es reparteixen pel recinte de la sala. Els del Sant Ofici, que l'havien custodiat fins ara, surten davant una indicació del rei.

—Seu —el convida Ferran—, sé que t'agraden els llibres, per això he triat la biblioteca del palau.

Quina consideració, pensa Guerau, que encara no sap com prendre's aquesta trobada.

—Fins i tot t'agraden els llibres jueus... —continua.

—Si us referiu a la Torà, no és meva —s'afanya a dir Guerau.

El rei insinua un lleu somrís i fa un gest eloqüent amb la mà.

—No et preocupis, que farem un judici just.

A Guerau no li agrada gens el to amb què ho ha dit, ja sap com van els judicis «justos» de la Inquisició.

Ferran II enretira el cos cap enrere, recolza bé l'esquena a la cadira i s'estira lleument. Les mans, totes dues, descansen damunt dels braços del seient.

—Quants anys fa que ens coneixem?

Fa la pregunta com aquell que no espera la resposta.

—Més de vint-i-cinc... —continua dient.

—Vint-i-vuit —replica Guerau, que ha fet el compte ràpidament.

Durant uns instants els dos homes se sotgen, es prenen les mides.

—Em vas clavar una bona panadera, Guerau de Gualbes —afirma Ferran II—, he de reconèixer que em vas agafar per sorpresa i, certament, no vaig estar a l'altura.

Ell no respon, només li aguanta la mirada.

—Van passar força anys fins a la següent trobada. En aquella el sorprès vas ser tu —diu el rei amb ironia—. El noi que torna de la guerra a la recerca de la seva estimada...

Guerau l'escolta amb atenció. Tot el que va dient el rei és calculat. Sap perfectament què diu, coneix la seva vida. Sap que va tornar de la guerra i deu saber també que lluitava contra el seu pare al costat de Renat d'Anjou.

—No ha de ser agradable —continua Ferran II—, en això et puc comprendre, però hi ha prioritats, i jerarquies, un ordre preestablert que qui gosa trencar-lo en surt malparat.

Sens dubte, ell, el bastard que va gosar enfrontar-se a un príncep. Passeja la vista per l'estança i la fixa ara en un tapís de la paret, l'únic que hi ha perquè la resta està plena de prestatgeries. Té coll avall que el rei només li fa un repàs de greuges. No cal que s'hi capfiqui.

—Potser ja te'n vas assabentar —segueix el rei—, però al cap d'uns mesos de la nostra topada va néixer una de les meves filles, dona Joana. Saps? El seu tutor ha estat Ferrer de Blanes... tu ja el coneixes. He volgut que tots els meus fills, tant els legítims com els que no ho són, rebin una bona educació. Dels que tinc amb la reina, és ella qui se n'ha ocupat, i molt bé, però dels altres, els que com tu són bastards, n'he tingut cura.

Guerau, que no fa cas que el rei li refregui que és un bord, es pregunta si sap que el prior és el seu pare. Es tenen una relativa confiança i potser Bartomeu Cristòfor de Gualbes li ho ha dit... No, segur que no, el prior és molt discret.

El rei, com si no tingués altra cosa a fer, s'entreté a fer repàs de la seva vida, dels èxits aconseguits, de les contínues guerres, dels seus amors... Sí, també parla dels seus amors, com si fossin amics de confiança. I recalca les grans i de vegades greus dificultats amb el propi regne, la Corona catalano-aragonesa.

—Dol que no et vulguin els de casa...

—De casa? Mai no heu tractat el vostre regne com a propi —no es pot estar de dir Guerau—, només cal veure les poques vegades que l'heu trepitjat.

El rei s'enerva i prem crispat els braços de la cadira. El posat distès que ha mostrat fins ara s'esvaeix.

Guerau no pot dissimular la satisfacció d'haver-li-ho pogut retreure a la cara. No té res a perdre, perquè ja ho ha perdut tot. Han calgut poques paraules perquè s'adoni que els seus dies, tant de bo que siguin hores, estan comptats.

—No penso oferir cap explicació de les meves actuacions a un judaïtzant com tu...

—D'això se m'acusa falsament... Sóc cristià tant com ho podeu ser vós...

—Atura't, Gualbes! Vigila el que dius i no gosis comparar-te amb la meva persona!

De bona gana li diria que és una sort que no s'hi assembli, però no vol afegir més llenya al foc; l'únic perjudicat seria ell.

Ferran II s'aixeca i Guerau rep la patacada d'un dels soldats que esguarden al darrere perquè també ho faci. És evident que cap súbdit pot estar assegut si el rei està dret.

—Torna a seure —mana el rei, que també ho fa com si hagués canviat d'opinió—. No em cal donar-te cap explicació, però vull fer-ho. Tinc prou motius contra tu per fer que se t'esborri de la capa de la terra. Abans et deia que Barcelona i aquesta terra no m'estimen... Deus recordar que fa uns mesos, la tardor passada, un remença va intentar posar fi a la meva vida. Em van arribar acusacions que tu hi eres al darrere...

Calla un moment, somriu amb sornegueria i afegeix:

—Sí, el delator va ser el mateix que el d'ara...

—Miquel Barberà —intervé Guerau.

—Exacte...

—Sou conscient, aleshores, que és una delació interessada i que és una injustícia que jo sigui aquí...

—Ja t'he dit que això es demostrarà en el judici, és un quefer que correspon a la Santa Inquisició. El que et vull dir és que t'hauria pogut fer capturar moltes vegades... Ja des que eres un nen i et vas atrevir a humiliar-me.

—Vós ho heu dit, era un nen i no sabia qui éreu. Tanmateix, jo vaig actuar en legítima defensa, perquè vós havíeu humiliat el meu amic...

—Per això no vaig fer res contra tu, perquè ho entenia i no sóc un covard. Ni tampoc no vaig fer res en contra teu quan al palau de la Floresta et vas atrevir a reptar-me. Comprenia el teu cor decebut, al cap i a la fi era jo el guanyador... Però tot això, que estaria molt bé entre iguals, no ho és per a nosaltres. En vaig ser conscient quan et van foragitar del palau, quan dona Joana em donava explicacions. Aleshores vaig comprendre que m'havia equivocat. I per això vaig rectificar tot recordant els oportuns ensenyaments del meu pare: que els escurçons s'havien d'esclafar abans que et mosseguessin... Recordes què et vaig dir?

—Perfectament...

—Em vaig prometre destruir-te si gosaves ficar-te en el meu camí —continua el rei, que sembla no tenir aturador—... Ja t'he dit que tinc prou motius. El primer i el més important és que vas lluitar contra el meu pare. D'altres ho han fet, ja ho sé... El mateix Almirall, no et pensis que em passa desapercebut. Però el seu cas és diferent, perquè els seus coneixements m'interessen i sóc capaç d'oblidar moltes ofenses. Però tu, Guerau de Gualbes, només ets un bastard imprudent.

Un tro que retruny amb força interromp la conversa després d'un llamp lluminós, que per un instant omple de claror la sala. Tot seguit, cau una cortina d'aigua, una pluja forta i sorollosa. Una fredor pròpia de l'hivern s'apodera del recinte ja de natural fred, temperat només per l'escalf dels tapissos i la calidesa sàvia dels llibres.

—Hem arribat al final del camí, Guerau de Gualbes —anuncia el rei—... Però farem les coses ben fetes i tindràs un judici... El Sant Ofici va trobar a casa teva un tal·lit i una Torà... Tota una evidència que no es pot consentir. Ja saps que la reina i jo vetllem per la fe catòlica.

—I també sabeu que és una calúmnia de Barberà...

El rei no contesta, es limita a somriure i després a contemplar-lo amb menyspreu.

A una indicació seva, la guàrdia s'emporta Guerau mentre la ziga-zaga d'un llamp es retalla al finestral i el tro conseqüent fa tremolar els vitralls.

XVI

IMATGES

Després d'haver passat la nit en una masmorra comunitària, a trenc d'alba se celebra el judici al qual és sotmès Guerau.

Tal com esperava, és pura farsa.

Quatre preguntes rutinàries i reiteratives per arribar sempre a la mateixa conclusió: que a casa seva s'hi ha trobat un tal·lit i una Torà. De res serveix que digui que res d'allò és seu, que és un parany que li han parat.

—Si signeu la vostra confessió —proposa amb vehemència l'inquisidor Antonio de Contreras—, us estalviarem un mal tràngol innecessari.

D'aquest inquisidor es diu que és clement i just, que no té res a veure amb el seu predecessor, fra Alonso Espina. Però les proves contra Guerau són concloents, simplement, perquè d'antuvi ja s'ha decidit que ho siguin.

—No puc signar aquesta confessió, sóc cristià —replica Guerau amb fermesa—... Hauríeu de fer confessar el meu delator, Miquel Barberà.

Fra Antonio de Contreras fa cara de sorpresa. Sovint els acusats no saben qui els ha denunciat, ja que sempre es protegeix el delator. L'inquisidor adreça la mirada als seus ajudants i comenta alguna cosa a cau d'orella al frare dominic que té al costat. Un altre frare se'ls acosta i deliberen plegats.

Seria lògic que abans interroguessin l'acusador per assegurar-se que no es tracta de cap venjança personal. Però el Sant Ofici es limita a prendre informació sense plantejar-se si és veritat, perquè tot acaba convertint-se en una font d'ingressos considerable. D'aquesta manera li podran prendre impunement la casa. És evident que només per aquest motiu ningú no té cap interès a pronunciar-se a favor seu.

Els ajudants de l'inquisidor es resituen als seus llocs corresponents i Antonio de Contreras proclama amb solemnitat:

—Guerau de Gualbes, atesa la teva tossuderia a no confessar la teva culpabilitat, seràs interrogat a la masmorra. Que Déu Nostre Senyor s'apiadi de la teva ànima.

Ja sap què vol dir això i el que l'espera: el turment.

Conduït per soldats del Sant Ofici, Guerau baixa escales avall fins a arribar als passadissos subterranis, que menen a una cambra il·luminada amb torxes on hi ha una variada relació d'estris de tortura. Alguns desgraciats pengen de les parets, uns lligats amb cadenes i grillons, d'altres entaforats dins d'estretes gàbies on no poden ni moure's.

I al bell mig de la tètrica sala, un personatge que sembla fer d'amfitrió. La seva imatge recorda la d'un voltor, gran i robust. Els seus cabells són blancs, però la barba és ben negra. Als ulls, esquitxats de sang, hi intueix bandes concèntriques, grogues, vermelles i negres, com les de l'au rapinyaire. Els braços, llargs i prims com les ales estretes del voltor, acaben amb unes mans nerviüdes a imatge i semblança de les urpes del trencalòs.

Trencalòs...

Sí, Guerau no té cap dubte que es troba al seu davant.

—Benvingut a casa —saluda el botxí amb un somrís gèlid.

Aquest és el primer objectiu, provocar basarda només amb la seva imatge, tal com li va explicar Macià.

—M'agraden els que són com vós —comenta Trencalòs—, forts i valents, perquè aprecieu millor la meva feina. N'hi ha que es fan de cos només de veure'm.

Guerau pensa que no li donarà aquest gust, si més no per ara.

La guàrdia se separa d'ell a una indicació del botxí, que es mou amb elegància i parla amb educada afectació, dos trets impropis del seu ofici.

—Acompanyeu-me —diu a Guerau—. Per un temps, que de vós dependrà que sigui llarg o curt, sereu el meu convidat. Permeteu-me que us mostri casa meva...

Voldria tancar els ulls per no haver de veure res, però això seria mostrar covardia i se n'està.

Uns quants esbirros de mirada garneua romanen escampats per la masmorra a l'espera de rebre ordres de Trencalòs. Són despulles humanes, servidors indignes d'un tracte inhumà.

—No teniu aspecte d'haver fet vida a gaires presons —comenta el botxí—, de segur que mai no heu vist un bressol de Judes...

Guerau contempla una mena de tamboret al damunt del qual hi ha una piràmide punxeguda. A dalt, al sostre, hi pengen un seguit de cadenes amb grillons als extrems.

—La idea és lligar convenientment el reu a les cadenes i deixar que caigui assegut damunt de la piràmide... El bressol de Judes, però, no és adequat per a vós, m'agrada fer-lo servir per als invertits, que es fan una truita amb els ous i el cul —explica rient—... I les dones també, especialment les barjaules que han gosat tenir tracte amb el diable. No n'hi ha ni una, però, que ho reconegui a la primera.

Trencalòs va fent relació, amb professionalitat i indiferència, dels diversos i enginyosos aparells destinats a mutilar, trencar o esquinçar el cos humà.

—Als porucs m'agrada tancar-los dins de la «donzella de ferro». Veieu? —diu indicant les esmolades punxes del temible sarcòfag—. Es poden graduar a voluntat d'acord amb les mides de la víctima. La idea, és clar, és que cap punxa no penetri en un lloc vital.

Guerau ja sap que els suplicis poden durar dies, tot depenent de l'aguant del reu i de la mala voluntat del botxí.

—Ah, perdoneu, que no m'he presentat... El meu nom ja fa temps que s'ha oblidat, tothom em coneix per Trencalòs.

Guerau no li dóna el gust de dir-li que ja ho sap, de contribuir a confirmar que la seva fama és prou coneguda.

—M'agrada explicar que trencar ossos i articulacions és la meva especialitat. Tots els botxins, els bons, és clar, en tenim una... i la meva és la roda i la politja, aquesta última sobretot. Us ensenyaré com funciona.

Trencalòs ho fa, gairebé acarona el mecanisme, una politja subjecta al sostre de la qual penja una corda. I s'esplaia explicant la llargada que cal que tingui, els càlculs que cal fer per mesurar el pes de la persona...

—A Castella n'hi diuen la *garrucha*, un oficial de la Inquisició de Toledo m'ho va ensenyar. I bé, he pensat que aquest és l'instrument adequat per a vós.

El botxí calla uns instants i el contempla de dalt a baix, com si li prengués les mides; segurament ho deu fer. Mentrestant, el seu silenci permet d'escoltar els laments llastimosos dels condemnats.

—Ara, m'haureu de disculpar una estona —anuncia Trencalòs— perquè he d'atendre un altre assumpte.

Obeint ordres, un parell de sicaris encadenen Guerau a la paret amb els braços alçats i les cames separades, tot ell formant una aspa.

El repte de saber fins on resistirà, la voluntat de voler fer prevaldre la raó i la veritat damunt la mentida; l'agosarada pretensió que es faci justícia. Un miratge tot plegat, perquè la seva sort ja està decidida.

Guerau vol morir amb honor i dignitat, però això de què li serveix?

Ben pocs se'n recordaran. I a canvi ell haurà de pagar el preu altíssim d'una agonia interminable, perquè té la dificultat afegida de gaudir d'una salut i una capacitat de resistència molt superiors a les normals.

Només pot despertar el respecte de Trencalòs, en cas que se n'admiri. Una fita minúscula, sense importància davant del tràngol d'una mort tan injusta.

Després d'un crit esfereïdor, li arriba pudor de socarrim, de carn cremada; algú deu haver patit la marca d'un ferro roent.

En girar la cara cap a l'esquerra s'adona que el company de grillons penja tot desmanegat. S'hi fixa i els ulls esbatanats i la mandíbula desencaixada li indiquen que deu ser mort, qui sap el temps que fa.

Malviatge, tot plegat!

No té temps de fer més elucubracions mentals, que torna Trencalòs. No va sol, va acompanyat d'un frare dominic que deu representar l'inquisidor, d'un notari, d'un escrivà i d'una altra persona que de moment no sap com classificar.

En llegir l'acta condemnatòria, el dominic fa constar que ja tenien el permís del Suprem Tribunal de la Inquisició, requisit bàsic perquè un noble sigui sotmès a un interrogatori sota turment.

L'home que no sabia com classificar se li acosta i li fa un reconeixement. És un metge, és clar. Encadenat com està, s'entreté una estona a fer-li una revisió rudimentària.

—No hi ha cap lesió —afirma—, és un home completament sa.

Si n'hi hagués hagut alguna, caldria buscar un sistema de turment alternatiu, perquè en principi la teoria és no deixar lesions permanents. Però només és això, una teoria.

—Que segueixi el procediment, doncs —manifesta el frare.

Trencalòs fa un senyal als seus sicaris abans no el desencadenin de la paret i diu:

—Admiro la gent que com vós mostra fermesa, valor. Per aquest motiu, i això només us ho diré una vegada, confesseu que sou culpable i no tocaré ni un cabell de la vostra persona. Valoreu si paga la pena de quedar tolit abans de morir.

—Sóc innocent del que se m'acusa...

El botxí somriu.

—Ja ho sabia, que diríeu això.

Els ulls de Trencalòs brillen d'excitació, amb Guerau podrà demostrar la perícia que té a manipular la *garrucha*.

Els esbirros del botxí, ara sí, el treuen de la paret i el traslladen a un extrem del calabós on hi ha la politja que abans ja ha vist.

Obeint Trencalòs, els sicaris li lliguen els braços a l'esquena amb la corda de la *garrucha*. Mentre ho fan, Guerau s'esforça a pensar en els sants que van oferir el seu martiri i no van defallir, els sants dels quals sempre parlaven la mare i el pare Maties.

Al seu torn, l'escrivà té cura de l'ampolleta de les hores. El protocol inquisidor diu que el procés no pot sobrepassar la mitja hora.

—Aixequeu! —ordena Trencalòs.

I els esbirros, ben ensinistrats, ho fan. Lentament.

El propi pes contribueix a accentuar el dolor de les espatlles i els braços. I això no és res, perquè Guerau tem el que vindrà a continuació. Quan arribi a dalt, el deixaran caure violentament, però sense que toqui a terra.

Un crit sec i profund sorgeix de la gola de Guerau en sentir per tot el cos la violenta estrebada.

La seva vista es fixa en l'ampolleta de les hores. Molt poca sorra ha passat a la part inferior.

—Baixeu-lo! —ordena el frare inquisidor, cosa que sembla contrariar Trencalòs.

Quan els peus toquen a terra, Guerau nota una intensa fiblada que li ressegueix tota l'espinada.

—Per segona vegada —diu el dominic—, se't commina a dir la veritat. En nom de Déu i del Sant Ofici, confessa que són teus el tal·lit i la Torà, que ets un relapse i que professes la fe judaica.

—Ho nego, sóc cristià vell —afirma Guerau.

Ja pot dir el que sigui, però, perquè l'únic objectiu que persegueixen és que claudiqui i que confirmi la seva culpabilitat.

La suor li regalima per la cara. En notar que li arriba a l'altura dels llavis, hi passa la llengua, que llepa la humitat salada.

Guerau creua la mirada amb Trencalòs, el voltor que s'alimenta d'ossos i restes d'animals morts i grans. L'au té l'habilitat de remuntar ossos i closques fins a grans altures per deixar-los caure sobre les roques i menjar-se la medul·la del seu interior una vegada han esclatat.

Viu molts anys, aquest voltor. Aproximadament uns quaranta, l'edat que gairebé segur que deu tenir Trencalòs. Un botxí, però, no en té, d'edat. Des que comença a fer aquesta tasca, arrabassar la vida de les víctimes, el seu temps ha quedat ancorat en un espai indefinit de l'infern.

Es disposen a tornar-lo a aixecar després que Trencalòs ha comprovat la posició de les cordes. Guerau mira l'ampolleta de les hores. Queda molt de temps per endavant.

Imagina que el botxí té cura de no trencar-li els ossos de seguida. Primer només cal provocar luxacions, després esquinços i esqueixades i finalment sí, és clar, el trencament.

L'ascensió és calculadament lenta i exasperant per fer témer encara més la terrible estrebada que acabarà per dislocar-li les espatlles. I es pregunta d'on ho han tret que no s'han de deixar lesions permanents.

El tem, tem l'instant en què el botxí el deixarà anar de cop i ell amb el seu pes caurà sense acabar-ho de fer a un parell de dits de terra. El que ve a continuació és insuportable. Ofega un crit.

Unes quantes vegades el pugen i el baixen, sense treva. Li fa tant mal, que no sent el dolor. Tant de bo perdi la consciència.

El metge s'hi acosta.

Guerau desitja que intervingui dient que s'han d'aturar.

—No, encara no té cap lesió important —afirma—... Però recomano una pausa.

Això vol dir que continuaran.

Els sicaris l'enretiren i el duen a un calabós fosc, estret, on només pot jeure assegut, impossible estar estirat.

Put a fems, a orins, a suor, a sang podrida i, sobretot, a mort.

Fregant-se el canells segats per les cordes, es pregunta si els seus, si el lloctinent i el prior, tal vegada podran intervenir al seu favor.

Es mor de set. Les fiblades el turmenten i ja sap que quan hi tornin serà pitjor.

Potser caldria acabar d'una vegada, però mentre pugui aguantarà. I tant de bo que la mort arribi presta.

Recolza l'esquena a la paret.

Fa un lleu capcineig. Les parpelles li pesen. El son, però, és impossible d'agafar pel mal que li fan els braços i les espatlles.

La porta s'obre... Ha passat molt poc temps perquè se'l tornin a emportar. O potser només li ho sembla.

Una ombra que no distingeix se li atansa, seguida d'una altra. Una s'ajup i l'emmordassa. Vol defensar-se, però no té prou força als braços per desfer-se'n. Les ombres són dos homes corpulents que l'agafen i se l'emporten. Quan ho fan, Guerau s'estremeix de dolor, tot ell està masegat.

On el duen?

Es mareja, li falta aire, no pot respirar. S'ofega.

I perd el sentit.

Mare... Us puc veure, el vostre rostre se m'apareix clarament dibuixat. Em sembla mentida haver-lo pogut oblidar, que la memòria me l'hagi segrestat, negant-me la vostra imatge, dolça i amatent. Estimada.

Tot, ho puc veure i recordar tot...

Tàrrega, la terra ferma.

La mare, sempre voltada d'olor de roba neta eixugada

al sol i al vent, la curosa companyia de Marcel·lina, les cançons de bressol, l'intens fred de l'hivern.

—Guerau, fes bondat...

El pare Maties, les migdiades agradoses, el fum dels ciris i l'aroma embafadora i intensa de l'encens.

—Fes bona lletra, Guerau, que aquesta carta és important...

Les batusses entre els vailets, les guerres de pedres d'una riba a l'altra de l'Ondara. Els jocs, les llargues pixarades d'Elies, la meva força i entossudiment.

—Tufeges a ciri, Guerau...

No tenia pare, era un bord, però no m'importava, perquè tenia un protector.

—Bartomeu Cristòfor de Gualbes i Setantí tindrà cura de tu, fill meu.

Miquel Barberà, la bèstia, el malson. Ell, que em deia que seríem amics i jo ja sabia que no. El seu mirar garneu, la seva traïdoria.

—Mare, no us hi caseu, no...

D'aquelles noces desafortunades, dues idees em van consolar: que viuria al costat del mar i que la mare tindria un home al seu costat.

—És bo, per a la teva mare, que tingui un marit...

Un marit potser sí, però Barberà no.

—No us hi caseu, mare.

L'anada a l'Empordà. Palamós.

Els capvespres a la platja, les històries de Vador.

El viatge a Calaf, Alberic, el mitja doneta, el príncep Ferran, la seva humiliació i la meva condemna.

—Demana-li perdó, demana-li perdó!

La progressiva tristor als ulls de la mare, Justina, que mai no va ser jove, Regina, la filla, les eternes gronxades i la seva lletjor.

El baf pudent de Barberà al meu clatell, la inesperada embranzida, el dolor, l'esquinçament, la violació.

—Ets un bordegàs, només un bordegàs!

La fugida, la primera de totes a bord de la *Riallera*, mar enllà, amb Vador.

La trobada amb l'Almirall, la perspectiva d'una vida aventurera, un futur engrescador.

La mar, la salabror, la pell colrada.

L'aprenentatge, la coneixença del mar, els viatges, les cartes de marinejar.

Els somnis de l'Almirall. Xroferens i els seus misteris insondables, les petjades a la sorra... *Sator, arepo, tenet, opera, rotas*.

El seu comiat amistós:

—No et desfaràs de mi, vailet...

El retorn a Palamós, Vador.

—Vatua l'olla, carallot, quin ganàpia que estàs fet!

La mare morta, la culpa, la pena inconsolable.

Enric II, el comte d'Empúries, el lloctinent, el noble, l'amic, el vividor.

Jaume Ferrer de Blanes, el navegant, el joieller, el lapidari, el gran cartògraf.

A Tàrrega de nou, el primer amor, dona Joana. La il·lusió.

—Regressaré pròsper i seré prou digne de casar-me amb vós...

Els seus ulls negres, la seva cintura d'abella, els seus malucs d'àmfora.

Més guerra, senyors contra remences; remences contra senyors.

La Generalitat enfrontada a la monarquia, la lluita de forces, d'interessos contrastats.

La *Ferrandina*, pirates i corsaris, reis i conestables.

El rei del mar, el gran corsari, Guillaume Casenove Coullon.

La relativa calma, el desig de casar-me.

La desil·lusió, el desencís, el rei lladre.

—Sé qui ets, Guerau de Gualbes. I t'asseguro que et destruiré...

Més guerra, nous enemics que s'afegeixen als de sempre.

Pirates i corsaris. Pèrdues i naufragis.

—Ataqueu, llops de mar! No deixeu cap rastre de vida!

Periples i descobertes. Viatges interminables.

Els objectius, els afanys, les decepcions i els reptes.

Els enganys i els malentesos.

—Pere, jo també he estat a les Índies Occidentals.

Galvany em va dir que no era possible, que no.

La Bobadilla, el desig, la passió, l'encís de La Gomera.

Elisenda, l'alegria de viure i els seus tapins exagerats.

La Ciutat Comtal, els Carbonell, els tints.

Cecília, l'amiga que em tenyia els cabells, el record del seu gest acaronant l'ampolleta de les hores, les seves mans trenant-se els cabells.

Blanca, la majestàtica, la bellesa perfecta, la del ferm caràcter, la innocència traïda. L'amor veritable. La meva vida.

L'error, la por al compromís, l'abandó.

El càstig: el fill que no puc abraçar.

La Santa Inquisició, Alonso Espina, Antonio Contreras.

Els Destorrent, els Desvalls, els Gualbes.

Margarit, Boïl, De la Cosa i tants d'altres, alguns importants per a mi, d'altres del tot oblidables.

El poder de Lluís de Santàngel.

El prior, els seus ensenyaments i els seus renys.

—Ets carn de forca, Guerau...

Les illes Canàries, Miquel Ballester.

Més pirates, els Pinzón.

Francisco, el petit, l'oblidat.

Vicente, el segon, el viu, l'agosarat.

Martín Alonso, el primer. El traïdor o el traït. El gran navegant, el pirata mort.

El viatge a les Índies Occidentals, el que vaig fer sense saber-ho, i el que em van impedir de fer. Les capitulacions, la descoberta oficial, els estira-i-arronsa amb el rei, els tripijocs de Santàngel, les ambicions de navegants i mercaders.

Els templers amagats, buscats i no trobats. Oblidats.

«No a nosaltres, Senyor, sinó al teu nom dóna glòria».

La tornada de l'Almirall.

—No em facis servir d'excusa per a les teves inseguretats...

El rebuig de Blanca, el seu pretendent.

Teresa, l'amiga, la vella dida confident.

Barcelona, la ciutat que estimo, amb les seves olors i ferums, el repic de les campanes, el Merdançar i el Cagalell, el convent de Santa Anna i el de Sant Francesc. El port inacabat, la muralla de mar, la boqueria, el portal dels Orbs, el del Born, el de Santa Madrona, el de Sant Antoni. Santa Caterina, la capelleta de Judes, la mina. Les fonts, la de Sant Joan, la de Santa Maria, la de Sant Honorat. Les Jerònimes, les Magdalenes, l'Hospital de la Santa Creu. El carrer Ample, el de l'Argenteria, el dels Especiers, la plaça del Blat, el pla de Llull, el de Framenors. La catedral, casa meva, el palau del lloctinent, la taverna de Constança, els horts de Sant Pau...

Segimon, l'amiga morta, el sotsprior Arnau.

La venjança de Barberà, la tàvega, les lletanies de Simó, la xerrameca de Macià.

El secret del prior.

—Perquè ets el fill de la dona que vaig estimar, perquè sóc el teu pare.

El Sant Ofici, el Tinell, el judici, la masmorra.

Trencalòs.

—Ja ho sabia, que diríeu això.

La creu dissimulada: *sator*, *arepo*, *tenet*, *opera*, *rotas*.

Pare nostre que esteu en el cel.

El principi i la fi.

L'amor i la mort.

Una olor intensa, persistent, que sense ser bona no acaba de ser desagradable del tot, li impregna els narius. Una flaire de temps immemorials, de pedres que acumulen l'intens bagatge dels segles.

Guerau no hi veu amb prou claredat. Li pesen tant, les parpelles, que ha de fer un esforç sobirà per obrir-les. De mica en mica, però, ho aconsegueix i intenta situar l'entorn, que es va fent més nítid.

On és?

No és una presó, no hi ha Trencalòs ni cap dels seus esbirros. L'escrivà, el notari i el frare dominic han desaparegut.

Ara sí que distingeix l'olor que li arriba, la d'un perfum femení, peculiar i embafador que coneix prou.

El de dona Elisenda Pallarès.

Guerau s'incorpora d'un bot del jaç on estava estirat. En fer-ho una fiblada de dolor el fa aturar en la seva intenció d'aixecar-se.

—Millor que no us mogueu gaire, si més no tan bruscament —comenta ella—, us hauria de reconèixer un físic...

—On som?

—En una cel·la del convent de Santa Caterina.

Guerau la contempla amb ulls interrogants.

Dona Elisenda somriu, sembla que es diverteix. Fa aquella cara de nena entremaliada que tant la caracteritza i rejoveneix.

—Mai no hauria pensat —diu ella— que una mina subterrània podria ser de tanta utilitat.

Guerau l'escolta amb atenció.

Què diu?

—Recordeu —continua dona Elisenda— aquella vegada que em vaig entossudir a saber on conduïa, la mina?

—És clar que me'n recordo...

—Que connectés amb les dependències del Palau Reial ha estat una benedicció per poder-vos treure d'allà.

—Em deuen estar buscant —planteja Guerau esverat—... Quanta estona ha passat?

—No us preocupeu, que tot està previst... Excepte la mort, no hi ha res que uns bons sous no puguin aconseguir. Calia anar de pressa, però. Patíem perquè els botxins no s'acarnissessin amb vós.

—Patíem?

—Sí, no estic sola en el vostre rescat... El prior de Santa Anna i el comte d'Empúries fan els passos convenients per deslliurar-vos, sé que han aconseguit agafar pres...

—Miquel Barberà —ajuda Guerau, que només de pronunciar el seu nom li agafen basques.

—El problema, ja us ho he dit, era arribar a temps abans que us fessin mal, que ja veig que no hi hem arribat prou, però almenys no ha estat irreparable.

—El rei em farà buscar, aquesta vegada sense treva...

Dona Elisenda torna a fer aquell gest de nena trapella.

—No patiu, no patiu —diu enriolada—. Dona Joana s'ocuparà d'ell.

—Dona Joana Nicolau?

Ella fa que sí amb el cap.

—Ja sabeu que som amigues... I hi ha assumptes en què les dones ens defensem prou bé. El fet que el rei sigui un femeller en aquest cas ens ha estat de gran ajuda. El nostre rei té molts secrets a amagar a la seva esposa. Està molt enfeinat, però li ha faltat temps per tenir una nova amistançada... I no li interessa que això arribi a orelles de la reina, a qui el rei té més por que a una pedregada.

Guerau somriu. Ves per on, les antigues estimades han corregut al seu socors.

—No sé pas com podré donar-vos les gràcies.

Just acaba de dir això que tem que dona Elisenda pugui fer alguna demanda que no podrà complir.

—No poseu aquesta cara, que ja tinc coll avall que només som amics —afirma ella amb murrieria—. I ara que heu recuperat la consciència, seria convenient que us vestíssiu amb aquest hàbit, cosa que no se us farà estranya, i sortiu d'aquí... Per prudència, que mai no se sap, jo sortiré abans. «Fra Bertran» us acompanyarà... Ah, m'alegro de veure que encara esteu sencer.

—Gràcies, Elisenda, us dec la vida.

Ella somriu amb coqueteria i diu a «fra Bertran»:

—Feu que mengi una mica, que si no us caurà desmaiat pel carrer i tornarà a perdre el sentit.

Com un nen petit que fa cas de la mare, Guerau menja una poma que li dóna el frare. No li ve de gust però entén que es convenient.

—I vós qui sou? —pregunta Guerau.

—Un bon amic de dona Elisenda, i ara vostre, si m'ho permeteu.

Adolorit, perquè té una espatlla dislocada, es vesteix amb l'hàbit. El frare circumstancial ajuda Guerau com si fos el seu camarlenc i li recull els parracs.

Tots dos surten de la cel·la. Caminen amb pas calm i tranquil, amb les mans recollides dins les amples mànigues simulant que fan oració.

Guerau pensa en sant Judes, en la seva capelleta, i agraeix la intercessió que de segur li deu haver atorgat.

Voldria alegrar-se, però ell mateix s'ho impedeix pendent de rebre qualsevol altre ensurt. De moment gaudeix de ser fora de la presó. Vol pensar que és lliure, finalment.

És migdia, el sol és ben alçat. L'hàbit li fa suar la calor del juliol. De bona gana es banyaria al mar.

«El mar tot ho cura», deia sempre Vador.

Vador...

Fa tants anys que no l'ha vist... Qui ho sap, si encara és viu. Desitja que sí, per fer-li una visita. I a Justina i la pobreta Regina, a elles també.

Millor deixar la ment deserta, ocupada en imatges plaents, i totes l'aboquen a Blanca.

Quan surten de Santa Caterina, els dos frares baixen en direcció al mar, deixen a la dreta la plaça de l'Oli i la plaça del Blat. És hora de mercat, hi ha brogit de mercaders i compradors, de passavolants i de pidolaires. De gentada.

Segueixen el curs de la riera del Merdançar. El vent els porta una bafarada de ferum d'aigua embrutida per totes les immundícies que s'hi llencen.

Arribats a l'altura del carrer dels Mirallers, Guerau sent que el cor li dóna un tomb. La casa de Blanca és tan a prop... Però no van a casa seva, van a casa de l'Almirall.

Així que arriben a la porta i un criat els l'obre, el frare company s'acomiada sense que Guerau tingui gairebé temps de donar-li les gràcies.

—Passeu, senyor —convida el criat.

De seguida surt a rebre'l l'Almirall.

—Guerau, amic, ens has fet patir —diu abraçant-lo.

S'estremeix pel dolor que li fa l'espatlla dreta.

—Em sap greu, faré avisar un físic... Jaume —diu adreçant-se al criat que ha obert la porta—. Vés de seguida a avisar Isaac, el metge.

L'Almirall fa passar Guerau cap dins i li comenta que també vindrà el comte d'Empúries.

—De fet, ja hauria de ser aquí...

—Ja heu tornat de Sevilla? —pregunta Guerau.

—Sí, i de Huelva també... Enric em va fer arribar l'avís del que us havia passat, i això que encara no sabia res de l'empresonament per part del Sant Ofici, i he deixat que Lluís de Santàngel acabi de fer la feina... Volia ser al vostre costat...

Bàlsam guaridor, el de l'amistat.

I «vostre»? Ha dit «vostre»? És la primera vegada que el tracta de vós.

No passa gaire estona que de seguida fan acte de presència el físic i el comte d'Empúries.

—Guerau, per l'amor de Déu, que em faig gran per rebre aquests ensurts! —diu amistós i a punt d'abraçar-lo, fet que ell evita per no malmetre més els ossos i la musculatura.

—Deixem les abraçades per a una altra ocasió —diu amb humor—, Trencalòs m'ha desfet l'espatlla...

—Trencalòs? —pregunta l'Almirall.

—El cap dels botxins del Sant Ofici, una autèntica fura —respon el comte d'Empúries—. I deixem que el físic faci la seva feina.

El metge s'acosta a Guerau, li fa treure l'hàbit i observa amb atenció l'espatlla de Guerau.

—Em sap greu —diu el físic—, però us hauré de fer mal per tornar l'os a lloc. Deixeu el cos balb, si us plau.

Inspira fort resignat i s'ofereix com una víctima immolada.

Amb experiència apresa i bon ofici, el metge recolloca l'espatlla malmesa.

Una estrebada precisa, un crepitar anguniós, un esglai ofegat i s'ha acabat tot.

Guerau s'ha quedat groc i sorprès per un mareig sobtat.

—Amb una copa de vi ja estareu refet —diu el metge acomiadant-se—. No cal que us digui que no forceu aquesta espatlla, millor que per uns dies us oblideu que teniu un braç dret.

Guerau assenteix amb el cap.

Mentre l'Almirall acompanya el físic Isaac a la porta, el comte diu:

—El vostre periple és digne de ser contat. Joanot Martorell en podria escriure una bona història, una interessant novel·la de cavalleries...

—No ho sé, si m'agradaria... Me'n vau parlar, del *Tirant lo Blanc*, i pel que sembla el protagonista mor al final de la història.

—Això és veritat... Jo me n'he d'anar, només he volgut venir per assegurar-me...

—... que encara no sóc mort —s'apressa a dir Guerau amb ironia—... Us ho agraeixo molt, Enric.

Al cap d'una estona, qui sap si per l'efecte del vi, de la companyia, i de segur que per la intervenció del físic, el dolor va minvant de mica en mica. Ficats en conversa, l'Almirall informa Guerau del que s'ha assabentat, informació que sobretot li ha proporcionat el comte d'Empúries.

—El prior de Santa Anna, Bartomeu Cristòfor de Gualbes i Setantí, farà que se us retirin els càrrecs...

Guerau somriu interiorment, coneix prou el prior perquè l'Almirall li ho hagi d'especificar.

—Ja no és només —continua l'Almirall— que tingui suficients proves contra Barberà i que aquest hagi confessat que us va calumniar... Hi ha el fet important que el Sant Ofici tampoc no es vol enemistar amb el prior de Santa Anna. Recuperareu casa vostra, doncs.

Guerau deixa anar un sospir d'alleujament.

—La donava per ben perduda... Malgrat tot, encara he tingut sort.

—Llàstima que hàgiu tastat la perícia d'aquest Trencalòs... I, parlant de sort... Sembla que teniu bones amigues...

Guerau pensa que la idea de treure'l de la mina només se li podia ocórrer a dona Elisenda. És clar que tan sols ella coneixia l'indret.

Ja més relaxat i no tan adolorit, Guerau exposa:

—Us vull dir una cosa que fins ara encara no he dit... Sabeu que el prior és el meu pare?

L'Almirall se'l queda mirant amb els ulls molt oberts, fa una pausa i diu:

—Ara que ho dieu, no se'm fa estrany. I alguna vegada, i no ho dic ara per fer-me el llest, m'havia passat pel cap. Ben rumiat, quan el prior i vós us enfadeu, teniu la mateixa expressió.

L'hora jove de la tarda, l'hora de la migdiada, esdevé l'hora confident.

—Ja que parlem de família —intervé Guerau—, m'agradaria que parléssim dels vostres orígens i també de la vostra signatura, perquè crec que n'he descobert el significat.

Tot seguit li exposa les últimes deduccions que va fer

a la presó. Va desgranant cadascun dels signes, lletres i números. Li parla de l'al·lusió al gran mestre hospitaler, de les possibles inicials dels noms, de les xifres amagades que assenyalen un lloc, de segur que algun relacionat amb les Índies Occidentals.

L'Almirall l'escolta atentament i somriu.

—Heu fet una bona feina, Guerau, i gairebé ho heu encertat tot, però pel que em dieu us heu quedat entrebancat amb aquest 51... És complicat descobrir-ho i ja m'agrada. Només aquells que hi entenen prou de cartografia i matemàtiques ho podran esbrinar. A aquesta xifra, si li apliquem l'escalímetre de La Gomera... obtenim la situació exacta d'una de les illes, la Hispaniola...

—Allà on vau deixar la *Santa María* —intervé Guerau.

—Em calia deixar-hi un assentament, el primer, diguem-ne, oficial... I el que dieu de Sacosta —diu ara l'Almirall canviant de tema—, és ben cert que és el meu petit homenatge al gran mestre, però hi ha més. Podríem dir que és una declaració de la meva identitat. Sabeu el contingut del salm 51?

Guerau fa que no amb el cap.

—Diu així: «Jo en iniquitat vaig néixer i en pecat em va concebre la meva mare». Sí, sóc bastard com vós —manifesta l'Almirall, serè i abocant més vi a les copes de tots dos—. En certa manera els nostres orígens són similars, tenim una noble nissaga al darrere.

—Els Gualbes i els Colom —intervé Guerau.

—Sí, i els Marimon, els Bertran, els Setantí... Us ho diré ras i curt: sóc fill bastard de Joan Colom i Bertran. I la meva mare... Va morir al cap de poc del meu naixement. Sé que es deia Maria Concepció, ja veieu doncs la relació amb la «M» de la signatura, a dues bandes, a la pròpia mare i a la de Déu... La vostra també es deia Maria, oi?

—Maria Colom i Ferrer —afirma Guerau.

—Però mentre vós sabeu del cert qui era, a mi se m'ha amagat. Ja ho veieu, a vós no us van dir qui era el vostre pare i a mi qui era la mare... Però tot em fa pensar que devia ser una Sacosta.

—Doble homenatge a la vostra signatura, doncs.

—Sí, però sospito també que pogués ser una Bertran. De fet, el meu pare durant un temps va permetre que m'ho cregués. Li convenia.

—Ara sí que no us entenc...

—Prou sabeu que els Colom, especialment els d'aquí, els de la branca barcelonina, ens hem vist ficats en guerres complicades d'alta repercussió política. Hem estat perseguits pel rei Joan perquè vam lluitar contra ell, la qual cosa és comprensible. I el seu fill, el rei Ferran, no se n'oblida. El meu pare, home valent i de principis, va haver de fugir moltes vegades. Amb l'avantatge, però, que allà on ell no ha arribat ho he fet jo. I també a l'inrevés. Seria difícil que els seus fills legítims l'haguessin pogut suplantar com jo ho he fet. Ja ho veieu, amic, tot queda a casa.

Guerau tampoc no se sorprèn. Sempre havia vist molt clar el lligam amb la nissaga barcelonina dels Colom.

—Però no puc fer pública la meva identitat, la pròpia, i per això us demano que em guardeu el secret. Ja fa anys que us vaig dir, quan encara éreu un jovenàs, que arribada l'hora em faria dir Xroferens, perquè ja intuïa que hauria d'amagar-me. Ho he fet també per voluntat del rei, pel pacte de silenci que hem fet, pacte al qual també s'ha sumat la reina Isabel. Ell, que té prou motius per llevar-me la vida, ja que vaig ser un traïdor a la monarquia, al rei Joan, me la preserva, però a canvi del meu silenci. I a mi, Guerau, vós ho sabeu, el que m'importa són els objectius que estan per sobre de la meva identitat.

—«No a nosaltres, Senyor, sinó al teu nom dóna glòria»...

L'Almirall assenteix.

—El prior, el vostre pare, pot estar tranquil... Sóc hospitaler i com a tal bon continuador de l'orde del Temple. Els que en formem part hi som per frenar les ambicions dels monarques. Ja ens va bé que Ferran vulgui convertir-se en el rei efectiu de Jerusalem, però nosaltres perseguim interessos més alts, que són els que faran història. Els nostres fets, no nosaltres. I que la sang de Jacques de Molay no fos vessada en va. Però, d'altra banda, he de vetllar pels meus, pel fill que vaig tenir amb Felipa i per Ferran, el que he tingut amb Beatriz.

L'Almirall fa un altre glop de vi, deixa la copa damunt la taula, s'aixeca tot fent un gest que indica que de seguida torna.

Mentrestant, Guerau comprova agradosament que el dolor lacerant s'ha instal·lat ara en un de suportable. No té temps de rumiar gaire que Joan Colom ja torna amb ell.

—Havia de donar un encàrrec a en Jaume —diu excusant-se—. Escolteu-me. Ja sabeu que d'aquí a poc partirem en un altre viatge, el segon de cara al món. Us demano encaridament que m'hi acompanyeu...

Guerau l'escolta. Aquesta vegada, però, està ben decidit en la seva resposta.

—Sabeu que m'agradaria molt. Però no us en podré dir res fins que no parli amb la dona que estimo.

—Tothom en podria donar fe, que l'estimeu. Per ella i la seva família us heu jugat la vida.

—Voldria viatjar al vostre costat, i aquesta vegada amb plena consciència de fer-ho —diu amb ironia—, però si això significa perdre-la... D'altra banda, no sé pas si em voldrà.

—Sí, és clar, això ho haureu de parlar amb ella...

—De què rieu? —pregunta Guerau desconcertat.

—Que potser us enutjareu amb tots nosaltres de les conxorxes que hem fet a la vostra esquena... No només el prior i el comte d'Empúries, hi he d'afegir la vella dida, Teresa... Però tot plegat serà millor que ho parleu amb qui us interessa.

Guerau es queda expectant després d'escoltar l'Almirall, que s'ha aixecat de nou i s'ha dirigit a l'entrada.

—Amb el vostre permís —diu Joan Colom en tornar—, m'he pres la llibertat de fer-les anar a buscar.

Dit això, l'Almirall s'aparta de la porta i apareix Teresa acompanyada de Blanca. I de nou reneix la il·lusió, l'esperança.

SETEMBRE 1493

Després d'uns mesos de preparatius, l'almirall Colom va partir en el segon viatge oficial cap a les Índies Occidentals. Comandà una flota amb disset vaixells i una tripulació de mil cinc-cents homes; el capità de l'expedició va ser Pere Bertran i Margarit.

Gran part de l'expedició es va preparar a Catalunya i va ser sufragada durant els mesos de novembre i desembre amb cent seixanta-sis mil sous barcelonesos, que van aportar conjuntament els secretaris del rei, Jaume Ferrer i Joan de Coloma, els mercaders Pere Soler i Joan Serra, els ciutadans Galceran Carles i Pere Coromines i misser Joan Girona.

Fra Bernat Boïl, clergue de la Cort, hi va anar amb el permís papal per poder erigir esglésies, predicar i aplicar penitències. L'acompanyava un grup de monjos de Montserrat.

EPÍLEG

Vaig gosar d'aturar el temps i ell, benèvol, m'ho va permetre. El privilegi va durar una nit. Des del capvespre fins a la matinada les temences, els neguits, van quedar arraconats; vaig gaudir de la felicitat que m'oferia el present al costat de Blanca.

Érem a casa, a casa nostra, la del carrer Ferrenys. Així que hi vam arribar, vam anar directament a la cambra tot deixant mantells, vel i capell a l'entrada.

Després d'encendre una llàntia, vam iniciar el ritual amorós com si es tractés d'una cerimònia sagrada. Abocat a estimar-la en cos i ànima, vaig rebre el regal de ser correspost i de compartir la mútua complaença d'anar-nos traient la roba a poc a poc, recreant-nos en el joc.

Em va plaure descalçar-la. Ella asseguda al llit i jo al seu costat agenollat a terra, traient-li les sabates afuades de seda damasquinada i fina sola de cuir. Vaig besar els seus peus, ara un ara l'altre, mentre Blanca m'acaronava amb la mirada.

A fora plovia. Una pluja suau gairebé imperceptible de petites guspires d'aigua que queien sense fer soroll refrescava la càlida nit d'estiu.

Va ser tot un repte descordar les cintes que cenyien el brial carmesí de Blanca.

—Deixeu que us ajudi —va dir rient-se de mi—, que encara hi fareu un estrip.

Li havia regalat aquell vestit i les sabates desitjós de veure-la lluir. Dona Elisenda em va ajudar a adquirir-ho i la vam encertar de ple.

Més fàcil va ser treure-li l'alcandora[63] de lli, la clotxeta[64] brodada, que li tapava els pits, i les calces, que li cobrien les cames i les parts més íntimes.

Mentrestant, i amb habilitat, ella m'havia anat traient el gipó, les malles i les bragues, que em cenyia amb el braguer. Tot plegat, la seva roba i la meva van caure barrejades i apilonades a terra.

La xafogor permetia que poguéssim estar nus amb comoditat i que les esgarrifances només fossin de plaer. El que havia començat amb delicadesa es va anar desbocant en una passió intensa que vam deixar anar amb completa llibertat: besades sense treva, recorreguts pels nostres cossos, que s'acoblaven com si estiguessin fets a mida, esperant delerosos el retrobament. Ens vam estimar conscients de voler allargar al màxim la felicitat que ens unia.

Vaig descobrir una Blanca que m'havia estat amagada, una dona jove i preciosa, segura d'ella mateixa, que ja sabia deixar de banda les vergonyes innecessàries.

Tota ella feia aroma d'espígol, el perfum fresc que desprèn l'arbust després d'haver estat agitat pel vent. Quan el mes de juny comença a florir, Blanca sempre en fa pinyes amb les fulles agrupades i les desa amb la roba dins les arques.

63. Camisa interior.

64. Peça de roba que servia de sostenidor.

Ja despuntava l'albada quan Blanca es va incorporar damunt del llit i s'hi va asseure tot encreuant les cames. Ho va fer tan gràcilment que em va remetre als relats que havia sentit explicar de les odalisques orientals.

Vaig intuir que el que m'anava a dir era important i em vaig esmerçar a estar atent per escoltar què em deia, per no errar en la meva resposta si em feia una demanda.

—Quan marxareu, Guerau?

No esperava aquella pregunta tan franca, tan directa. De fet, era jo qui n'hi volia parlar, el problema era que encara no havia trobat el moment.

Blanca va seguir:

—Quan partireu cap a les Índies?

I abans que badés boca, es va afanyar a dir:

—Serà millor que ho feu, perquè ho teniu pendent. I ja no vindrà d'aquí una separació més.

No hi havia retret en les seves paraules, ho va dir amb naturalitat, sense ironia.

—Volia parlar-vos-en —vaig respondre serè, malgrat que la seva pregunta m'havia trasbalsat—, i us asseguro que només marxaré si vós hi esteu d'acord; ja li ho vaig dir a l'Almirall.

—Ja ho veieu que sí —va dir amb fermesa.

Vam estar en silenci uns instants. Jo intentava esbrinar als seus ulls si m'ho deia de cor, perquè temia que em posés a prova. Però era injust de pensar-ho, perquè no és persona de dir una cosa per una altra.

Hi volia anar, és clar que volia. Però havia triat de reconduir la meva vida i que ella fos la meva prioritat.

—És assenyat que us n'aneu —va dir llavors, seriosa—, ho he parlat amb dona Joana.

La cara que vaig fer de sorpresa la va fer somriure.

—Sabeu? Mai no hauria pensat sentir simpatia, afegiria que admiració, per les vostres estimades.

—Ja no són «estimades» —vaig reblar.

—Ho sé, ho sé... Però us vull explicar el que em va advertir dona Joana sobre el rei: l'amenaça que la reina es pugui assabentar de l'existència d'una nova amistançada de moment el frena, però no sabem fins quan.

—Mai no podrem estar tranquils amb el rei —vaig afirmar patint també per dona Joana, que pel fet d'ajudar-me a mi no s'hagués ficat en un compromís.

—Ella em va dir —va continuar Blanca— que li va recordar la promesa que li havia fet de no actuar contra vós. «Per la nostra filla, majestat, traieu-vos aquesta espina que només fa que enverinar-vos el cor», es veu que li va demanar.

Va fer una pausa mentre s'entortolligava entre els dits un ble dels seus cabells.

—Guerau, serà bo que desaparegueu per un temps, i les Índies són prou lluny. Dona Joana em va dir també que, ara per ara, el rei Ferran no farà res que contrariï el seu gendre, el duc de Frías, que sovint l'ajuda econòmicament. I que ella té ascendència sobre el marit de la seva filla.

Vaig pensar en el que m'havia explicat dona Joana aquella ocasió que ens vam trobar al carrer de la Tapineria, quan em va dir que el seu gendre dedicava gentils cròniques al rei. Si a més d'afalagar-lo li deixava diners, el tenia de ple de la seva banda.

—A més —va afegir Blanca—, el rei no trigarà a tornar a Castella i llavors serà més fàcil el vostre retorn.

No vaig replicar que la distància no havia evitat que se'n recordés de mi. Però era un impediment afegit, això era cert.

—I no patiu per mi —va afirmar—, jo estaré bé. Ara

sí, perquè ja he deixat de ser una preocupació per a la meva família.

Blanca va canviar de postura i em va convidar a fer el mateix. Ens vam estirar al llit i ella va recolzar el cap damunt del meu pit. De nou, em va venir l'agradosa flaire d'espígol.

Vam romandre una bona estona callats, acompanyats dels nostres pensaments i del soroll de la pluja, que llavors queia amb més insistència.

Blanca tenia raó: havia deixat de ser un problema per als Vidal, perquè ja era una dona casada.

El dia que ens vam trobar a casa de l'Almirall, així que ens van deixar sols, li vaig demanar amb tota la vehemència de què vaig ser capaç que ens caséssim.

I em va respondre que sí.

Aquell era el primer pas, però me'n quedava un altre d'important: parlar amb Guillem Vidal.

El prior, el meu pare, em va ajudar. De fet va ser ell qui va convèncer el pare i el germà de Blanca perquè m'acceptessin a formar part de la família.

—Jo responc per ell —va dir Bartomeu Cristòfor de Gualbes convençut.

Guillem Vidal va reiterar-me el seu agraïment per haver salvat la seva família del Sant Ofici, però que això no treia que se sentís dolgut amb mi. Tanmateix, sabia quina era la voluntat de la seva filla i a les seves velleses el que desitjava era la felicitat dels seus i, sobretot, veure créixer el seu nét.

Guillem, en Guillem petit.

—Què li explicaré al nen, Guerau? —em va preguntar Blanca argumentant que el nostre fill ja era grandet i que no se li podia explicar qualsevol cosa. I que ara es penedia d'haver-li dit que jo havia mort.

Vaig deixar que fos ella qui decidís què havia de dir,

jo en tenia prou de saber que era un mort que ressuscitava. El nen, però, va aplanar el camí.

L'endemà següent d'haver parlat amb la família de Blanca i d'acord amb ella, vaig tornar a casa seva amb l'objectiu de conèixer oficialment el nostre fill.

Que em coneixia, va dir Guillem, que m'havia vist un dia al pati de casa i una altra vegada al convent de Santa Caterina, però que anava vestit diferent.

Blanca i jo ens vam posar a riure.

—I com és que te'n recordes? —vaig preguntar-li sorprès.

—Perquè em miràveu, em miràveu molt —va respondre Guillem amb la naturalitat pròpia de les criatures.

Després, tot comentant-ho amb Blanca, ella em va dir, llavors sí, amb ironia:

—Ja ho heu vist, és molt observador. I no us penseu que em complau comprovar que té aptituds d'espia.

A partir de llavors, els esdeveniments es van produir sense entrebancs. D'acord amb el costum, durant tres diumenges es va anunciar l'enllaç a la nostra parròquia, Santa Maria del Mar, perquè tothom ho sabés, si bé el casament el vam celebrar al convent de Santa Caterina per desig de Blanca. Els dominics van estar molt honorats amb el fet que el prior volgués oficiar el matrimoni en el seu convent.

Va ser una cerimònia molt discreta. Al consentiment verbal per part nostra i al lliurament de la núvia per part de la seva família, va seguir una missa i la benedicció eclesiàstica.

—*Benedictus suis in nomine Patri, et Filii, et Spiritus sancti...*

Fa unes hores, fra Ramon Pané,[65] monjo jerònim de

65. Va ser el primer etnògraf d'Amèrica.

Sant Jeroni de la Murtra, ha fet una benedicció semblant a les naus que han partit del port de Barcelona.

A fra Ramon i als monjos de Montserrat que l'acompanyen, gent poc avesada a marinejar, no els resultarà fàcil la travessa, però no han dubtat gens d'enrolar-se al viatge. Tenen clar quina és la seva comesa: predicar la fe catòlica sota l'aixopluc de les butlles alexandrines que protegeixen els territoris descoberts de les reclamacions portugueses.

—Anar-hi és l'única manera de poder evangelitzar els nadius —ha afirmat fra Ramon convençut—, i les noves generacions ja creixeran sabent el nom de Crist.

El frare jerònim hi va decidit a aprendre les llengües autòctones per tal d'aconseguir-ho. El seu entusiasme, que encomana a tothom, és admirable.

Jo viatjo a la nau que en aquest segon viatge comanda l'Almirall. També hi ve el seu germà Jaume. L'altre, Bartomeu, vindrà més tard perquè encara és a França. El rei Ferran li ha promès que li proporcionarà tres vaixells quan s'incorpori amb nosaltres.

Anirem aplegant naus per diversos ports del litoral mediterrani fins a completar les cinc naus i les dotze caravel·les, amb un total de mil cinc-cents homes. Tenim previst partir de Cadis a finals de setembre.

La navegació és plàcida perquè el vent ens és favorable. Amb les veles desplegades i ben inflades, fem via damunt l'onatge lleument arrissat, ornat d'escuma blanca.

Sóc a la coberta del castell de popa i l'Almirall se m'acosta amb la intenció, sembla, d'encetar conversa. Somriu, però jo que el conec sé que està preocupat. Tots dos sabem que els objectius de molts dels que ens acompanyen no són tan nobles com els de fra Ramon Pané. Ben a prop nostre, en una altra nau, el cap de l'expedició militar, Pere Bertran i Margarit, de segur que persegueix uns altres fins. I, al capdavall, no ens diferenciem tant els uns dels altres. Honors, glòria, territoris, beneficis... Tots cerquem algun guany.

—Creieu que m'he equivocat, Guerau? —em pregunta.

—A què us referiu?

—A la manera com he conduït el projecte.

—Mai no sabrem com hauria anat si haguéssim actuat diferent i no paga la pena de capficar-s'hi.

—Ja ho sé, però tinc la sensació que se m'ha escapat de les mans i que jo mateix he engegat un procés que no sé si m'agrada prou.

Callo un moment, rumiant sobre el que diu.

—En això teniu raó: el projecte ja no ho és, de vostre. Potser és transcendent dir que pertany a la humanitat i que seran els hereus dels nostres hereus els qui ens jutjaran, però així mateix crec que és. Només cal que recordem el salm.

—«No a nosaltres, Senyor, sinó al teu nom dóna glòria» —afegeix l'Almirall, que alça la vista i l'atura damunt les veles, que duen per insígnia la creu patada, la de les vuit benaurances. La creu templera.

APÈNDIXS

PERSONATGES HISTÒRICS PRINCIPALS

Cristòfor Colom (1436-1445?-1506), corsari i eminent navegant, conegut com el descobridor del Nou Món. Possible membre de la família Colom de Barcelona, que es va oposar fermament a Joan II d'Aragó i va tenir un paper destacat en la guerra civil catalana.

Ferran II (1452-1516), hereu de Joan II i de Joana Enríquez. Rei de la Corona catalano-aragonesa, de València, Mallorca, Navarra, Sicília, Sardenya i Nàpols. Rei consort de Castella pel seu matrimoni amb Isabel de Trastàmara.

Enric II d'Aragó (1445-1522), comte d'Empúries, cosí germà de Ferran II. Lloctinent de Catalunya (1479-1494), un dels homes amb més poder de l'època. El sobrenom d'Infant Fortuna li venia, precisament, per la immensa fortuna heretada del seu pare.

Bartomeu Cristòfor de Gualbes i Setantí (?-1507), prior de Santa Anna, germà de Joan Cristòfor de Gualbes i gran prior de l'orde del Sant Sepulcre.

Lluís de Santàngel (?-1498), cortesà de Ferran II, escrivà de ració. Finançà el projecte del viatge a les Índies (hi va aportar disset mil ducats). Sempre va ser molt amic i apreciat pels Reis Catòlics. Protector de Colom. Devia conèixer Colom l'any 1486 i fou decisiu perquè els Reis Catòlics acceptessin l'empresa colombina.

Joana Nicolau (-1527), amistançada de Ferran II i mare de Joana d'Aragó, que casà amb el conestable de Castella, don Bernardino Fernández de Velasco, el duc de Frías.

Beatriz de Bobadilla i Ossorio (1462-1501), influent, intrigant i «caçadora» d'homes. Suposadament amant de Ferran II i Cristòfor Colom.

Altres personatges

Martín Alonso Pinzón, Jaume Colom, Jaume Ferrer de Blanes, fra Ramon Pané, Beatriz de Bobadilla, marquesa de Moya...

QUADRES GENEALÒGICS

Els Trastàmara

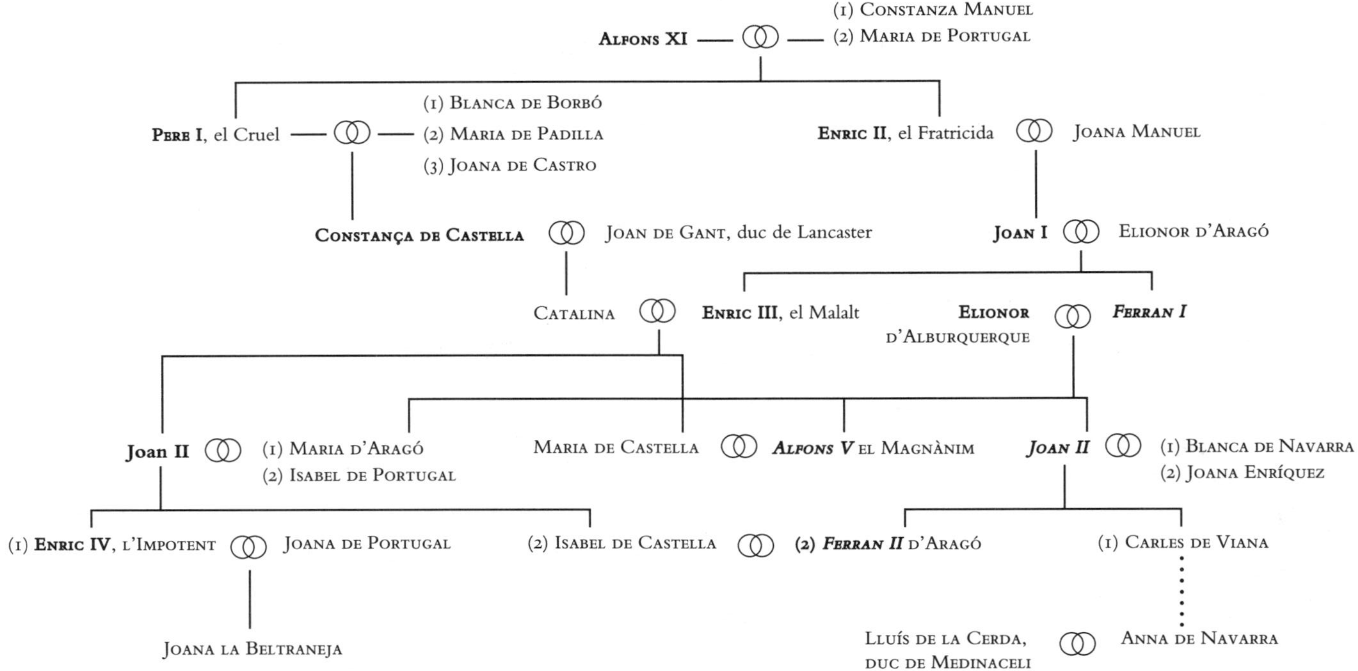

(En negreta els reis de Castella. En negreta cursiva els reis d'Aragó)

El Compromís de Casp i les cases de Barcelona, Urgell, Trastàmara, Anjou i Aviz (Portugal)

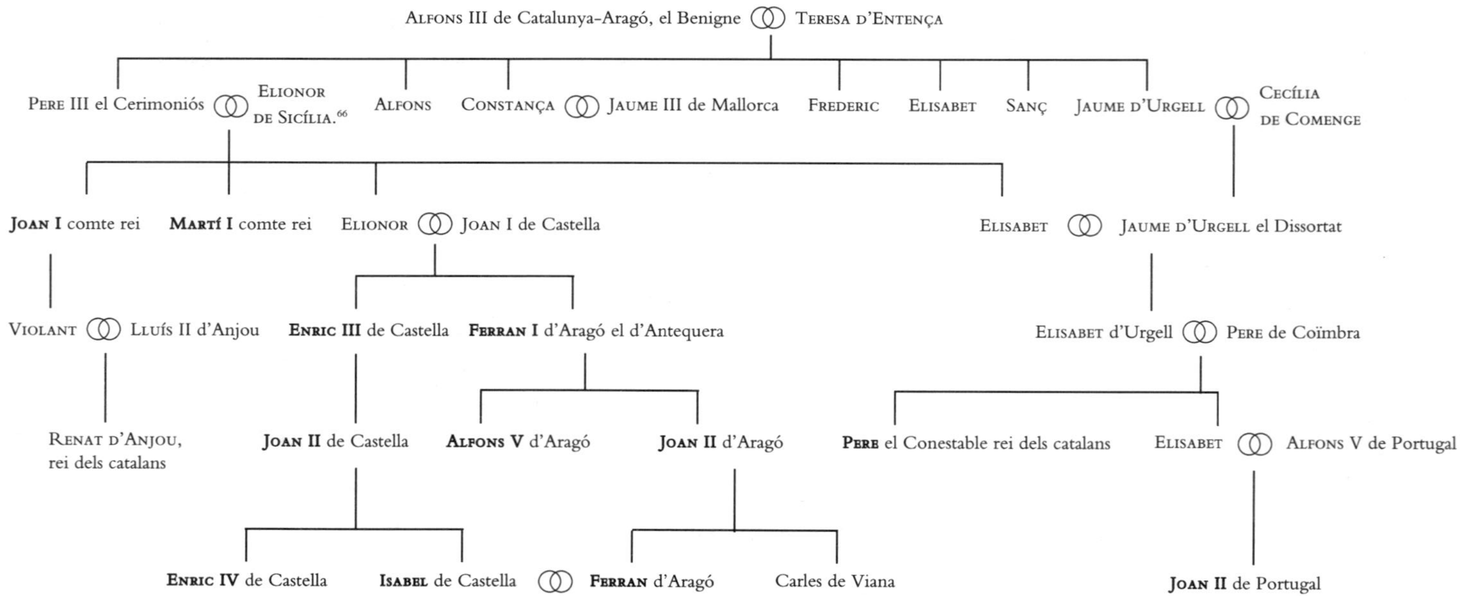

(Charles J. Merrill, de *Colom: 500 anys enganyats*)

66. El rei Pere III va estar casat també amb Maria de Navarra, Elionor de Portugal i Sibil·la de Fortià.

La família Colom de Barcelona

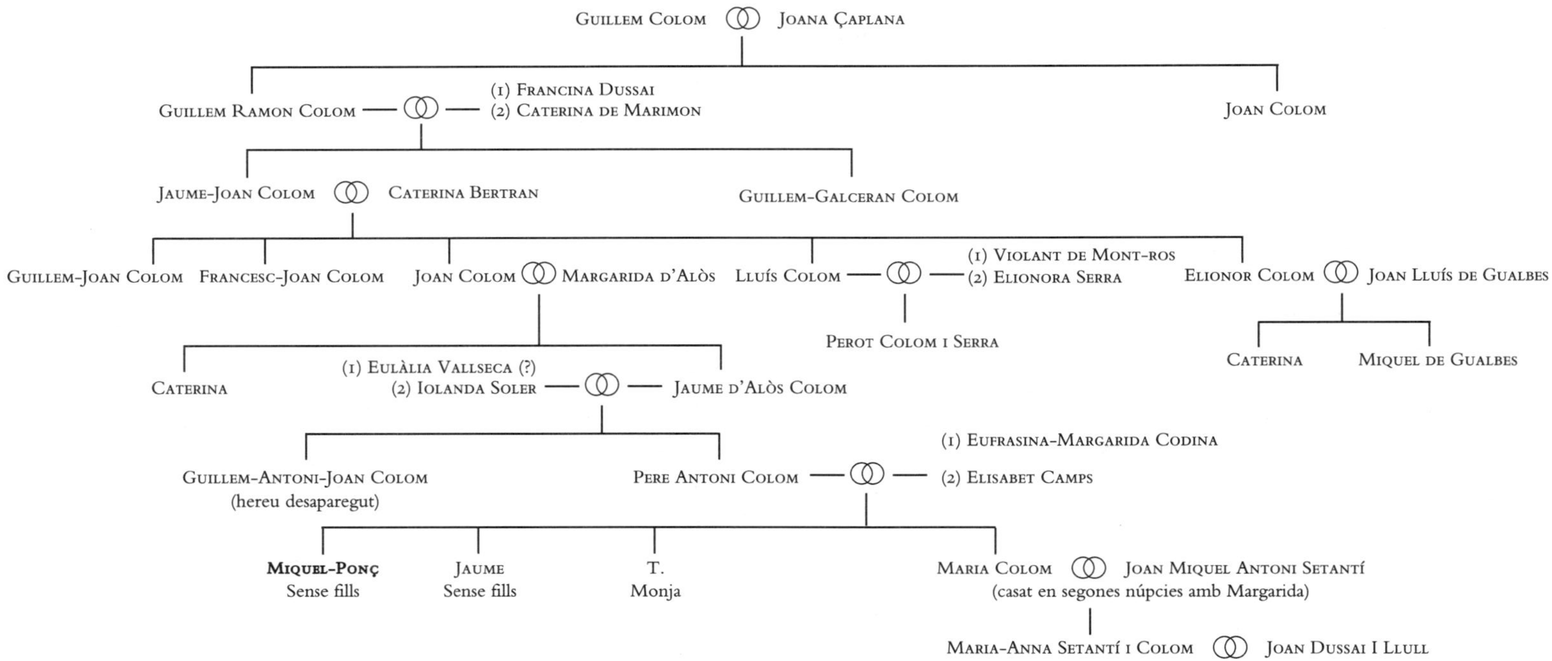

(Pere Català i Roca, *Quatre germans Colom, el 1462*)

La família Bobadilla

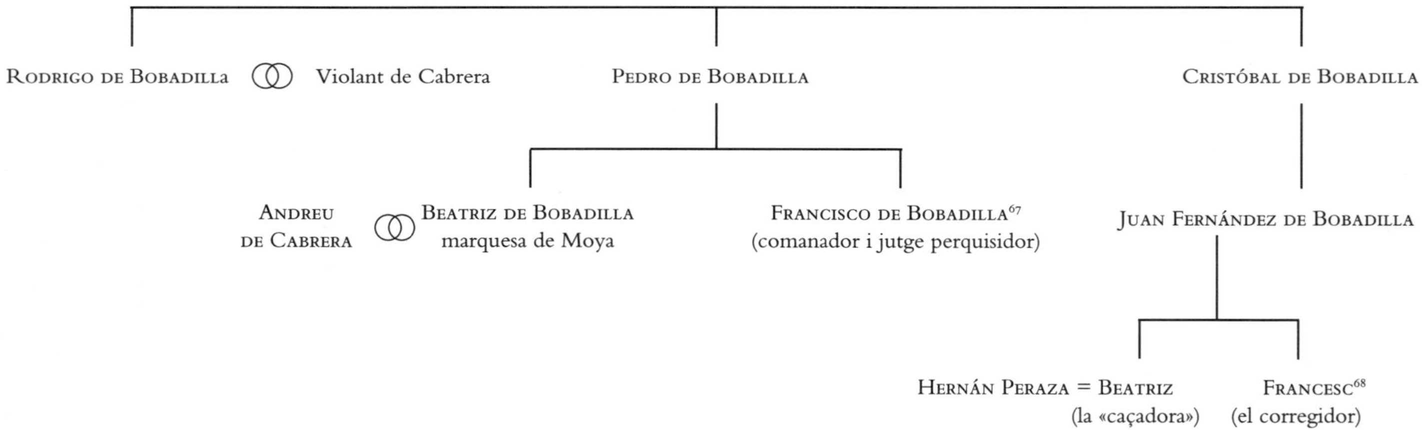

67. Nomenat pels Reis Catòlics jutge perquisidor i governador de la *Hispaniola*. L'any 1500 va enviar encadenats a la Península Cristòfor Colom i els seus germans.

68. Els reis el van nomenar corregidor d'Andújar i Jaén, alcaid de Santa Fe, de Pinós i de les fortaleses de la Mormaleja, Torre del Campo, Cambril i Alhábar, i capità de les tropes muntades a la campanya de Granada.

ALGUNES CONSIDERACIONS SOBRE CRISTÒFOR COLOM I LA NOVEL·LA

L'enigma Colom acaba el setembre de l'any 1493. Aquest any, que és concretament l'interval entre el primer i el segon viatge oficial de Cristòfor Colom, ha servit d'eix de l'argument que ens trasllada a anys i situacions pretèrites, però emmarcats la majoria al segle XV.

La figura de Cristòfor Colom, tal vegada la més controvertida de la història, ha estat objecte de nombroses biografies i estudis d'encert i rigor diversos.

Força nacions i localitats se l'han volgut fer seu: Anglaterra, Còrsega, Portugal, Grècia, Noruega, Croàcia, Castella, Extremadura, Galícia, Euskadi i, dins dels Països Catalans, Barcelona, Eivissa, Mallorca, Tarragona, Tortosa, Tarroja de Segarra...

Tanmateix, la versió oficial diu que era italià, concretament de Gènova. I nascut l'any 1451. Però aquesta afirmació és mentida, perquè el Cristoforo Colombo genovès no té res a veure amb la figura del gran navegant, era una altra persona que no era ni de bon tros un mariner experimentat. Colombo va néixer en el si d'una família de classe mitjana-baixa i va seguir els passos del seu pare com a comerciant i mercader. I si va embarcar-se va ser com a viatjant comercial. D'altra banda, Colom va néixer abans de 1451 i era fill d'una família noble. Quan va arribar l'any 1485 a Castella ja havia assolit una educació i una experiència impressionant com a mariner i capità de vaixell. Mai no va escriure en italià ni en genovès, però sí en castellà i llatí amb restes d'una altra llengua romànica que devia ser la materna. Curiosament, Colombo no va tornar mai a Gènova després del 1485. Això és destacable, perquè després d'haver-se fet ric mai no va intentar alleugerir les dificultats del seu pare, que sembla que les passava magres.

Durant molt de temps es va fomentar la idea que era italià, coincidint amb la unificació de la Península, que necessitava mites i aquest era prou vàlid, amb la qual cosa Colombo va suplantar Colom. La mentida va guanyar credibilitat, simplement, perquè es va anar repetint de forma autoritzada.

Del fet que Colom era català no en tinc cap dubte, si bé he de reconèixer que no tenim cap document que ho ratifiqui de manera clara (encara més, en el seu testament diu que és genovès, però a aquestes altures és sabut que és un document fals i això està comprovat).

Són el seguit de dades, circumstàncies i detalls els que ens aboquen a l'evidència i fan que no se'l pugui considerar de cap altra nació que la catalana.

Luis Ulloa, historiador i enginyer peruà, va ser el primer a plantejar la catalanitat de Colom. Les seves tesis van causar un gran impacte en la intel·lectualitat catalana dels anys vint i trenta del segle passat, i continua sent un dels referents més importants per als estudiosos contemporanis que han aprofundit en les argumentacions sobre l'origen del descobridor del Nou Món.

Historiadors catalans com Francesc Carreras, Ricard

Carreras, Pere Català, Caius Parellada, Ferran Soldevila, Ferran Valls... van incorporar les tesis de Luis Ulloa als seus treballs. I, actualment, altres historiadors i estudiosos avalen la catalanitat de Cristòfor Colom: Francesc Albardané, Joaquim Arenas, Jaume Aymar, Maria Teresa Baqué, Jordi Bilbeny, Ramon Navarro, Alba Vallès... No són només dels Països Catalans, sinó també de fora: Charles J. Merrill, Estelle Irizarry, Gerard Garrigue...

DADES QUE ENS CONFIRMEN QUE ERA CATALÀ

El cognom

Colom és un cognom català. No hi ha cap precedent de «Colón» abans del personatge històric. En la documentació anterior al primer viatge, apareix Colom. Serà després que el cognom serà substituït per Colón.

D'acord amb Ulloa, des del segle XVI fins al segle XX s'havia admès tant a Espanya com a Itàlia que el nom genuí del descobridor va ser Colombo, patronímic clarament italià.

L'any 1487, uns documents que són partides oficials de pagaments efectuats per compte del Tresor Reial el designen amb el cognom de Colomo. Però Colomo és una forma castellanitzada de Colom. Si Colomo no era ni és un cognom espanyol ni italià ni de cap país, aleshores... Segons les lleis filològiques i fonètiques del castellà, de Colom es va passar a Colomo i d'aquí a la veu Colón.

El 12 de maig de 1489, Ferran i Isabel ordenen que Xpoval Colom rebi allotjament i manutenció i que ningú no destorbi l'Almirall ni els que l'acompanyen. I quan el 1493 escriu al cardenal d'Espanya, el duc de Medinaceli diu que havia aixoplugat «Cristóval Colomo» a casa seva durant dos anys després de la seva arribada a Castella.

Ara bé, a partir del 1492 la forma que s'adopta gairebé sempre als documents de la cancelleria castellana és Colón.

De tota manera, ell mai no va escriure el seu cognom en cap dels documents que es conserven. Preferia signar amb Xroferens i el criptograma. Tal vegada perquè, com diu també Ulloa, no es deia Colom i caldria fer recerca entre els Casenove. A la novel·la, he optat per afirmar que es deia Colom.

Sobre el nom de pila, malgrat que no el sabem del cert, tot apunta que fos Joan, ja que en la seva signatura, al costat del criptograma, hi apareix una «J».

Respecte a la seva signatura, malgrat que les deduccions del protagonista de la novel·la, Guerau de Gualbes, són seves, es basen en els estudis que han fet els historiadors. I la idea que la «S» i la «A» de la signatura formin «SA» i que es pogués referir al gran mestre hospitaler Pere Ramon Sacosta no és forassenyada tenint en compte que el mateix Ulloa va apuntar que es podia referir a aquest patronímic. El fet que el meu segon cognom sigui Costa em fa simpatitzar amb la idea.

Tanmateix, la simbologia que se n'extreu és pròpia de l'època, amant dels criptogrames i dels signes ocults. I, per descomptat, dels templers.

El bressol noble

De cap manera podia ser el fill d'un llaner. Els estudis i coneixements que tenia Colom només eren possibles si havia nascut en una família benestant.

Per la reial cèdula de 20 de maig de 1493, els Reis Catòlics li van atorgar un nou escut i es refereixen a les antigues armes nobiliàries del descobridor. La cèdula descriu un nou escut i n'assenyala un lloc especial destinat perquè Colom hi col·loqui les seves armes de família, «las que soliades llevar», diuen. Ells sabien que era noble. Aquells que afirmen que era genovès diuen que Colom va mentir als reis. No els queda altre remei, perquè ni a Gènova ni a Savona ni pels voltants no hi ha cap Colombo que fos noble.

Els cavallers tenien dret a usar escut d'armes, i entre els Colom catalans hi ha cavallers. L'heràldica n'és la prova: un cap de gules, banda d'atzur sobre camp d'or. I aquesta heràldica és radicalment i essencialment catalana.

En les diverses negociacions amb els Reis Catòlics obté títols catalans, com el de virrei i el de governador general. No li haurien concedit el títol de virrei a un qualsevol, fet que ratifica el seu origen noble. D'altra banda, el títol de virrei és plenament català.

Recordem que signa com a virrei i en aquella època l'equivalent castellà era *visorey*.

La llengua

És una de les proves més vàlides que ens indica la nacionalitat d'una persona.

El Cristoforo Colombo nascut el 1451 parlava genovès (va estar-se fins al 1479 entre Gènova i Savona).

No tenim cap referència que Colom parli genovès o italià. Tot el que posseïm està escrit en llatí o castellà, incloent-hi cartes als germans, a genovesos i a altres italians. Si hagués estat genovès no els hauria escrit en italià?

Els errors trobats al llatí i al castellà de l'Almirall no són italianismes (dit entre d'altres per l'eminent Ramón Menéndez Pidal). Els catalanismes als escrits de Colom són notables: «setcentas illas» (set-centes illes), «todo de un golpe» (tot d'un cop), «a todos arreo» (a tot arreu), «al sol puesto» (al sol post)... I paraules com: «spañola», «veramente», «asellado», «judge», «princepsa», «línia», «tenen», «convenible» (paraula arcaica catalana o llemosina)... La llengua que hi ha darrere de Colom és la catalana.

La primera edició de la carta que Colom escriu a Santàngel en què dóna notícia del descobriment s'edita en castellà a Barcelona l'any 1493 a la impremta de Pere Posa. Hi ha un fet molt significatiu: la censura va entrar de ple en la biblioteca colombina, però es van oblidar de fer desaparèixer el catàleg escrit per Ferran, el fill de Colom. En aquest catàleg, Ferran anotava data i preu de cada llibre comprat; si no ho fa constar és que l'havia heretat del seu pare. Va heretar un exemplar d'aquesta carta, que figura en català, amb la postil·la «en catalán». Exemplar d'una edició que mai no s'ha trobat o manuscrit original en català?

A Estrasburg es va fer una edició d'aquesta carta en alemany i allà diu que han traduït allò a partir del català i del llatí. D'edicions llatines a Europa n'hi va haver moltes, en català no, però els impressors d'Estrasburg ho fan constar.

La cal·ligrafia

En aquells temps, la cal·ligrafia era diferent a cada país, i la lletra de Colom és pròpia de la Corona catalano-aragonesa, l'anomenada «lletra rodona».

Les combinacions de lletres indiquen una llengua materna determinada que influeix en la redacció. Els signes de puntuació assenyalen l'ús sistemàtic que fa de la vírgula (o barra diagonal), que fa servir de punt i coma o punt seguit i per separar frases. La vírgula és molt pròpia del català medieval, sobretot des de Ramon Llull, i gairebé d'us exclusiu de la llengua catalana. La lingüista Estelle Irizarri afirma a *L'ADN dels escrits de Cristòfor Colom* que «l'estil de puntuació obeïa a una disposició geogràfica, que els de Castella no usaven vírgules i que aquestes sorgien a les terres catalanoparlants».

L'especialista en escriptura medieval Gabriel Roure va afirmar que la cal·ligrafia de Colom revelava unes clares influències catalanes, fet que confirmava que era un home culte i instruït.

Els col·laboradors

Els principals col·laboradors de Cristòfor Colom eren catalans o residents a la Corona catalano-aragonesa: Lluís de Santàngel, Jaume Ferrer de Blanes, fra Ramon Pané, fra Bernat Boïl, Pere Margarit i Bertran (potser familiar seu), Miquel Ballester, el duc de Medinaceli (aquest no era català, però s'havia casat amb una filla bastarda de Carles de Viana, que sí que ho era)...

Es fa molt estrany que ens trobem amb tan pocs genovesos, com Francesco de Riberolo, per exemple, fet que hauria estat del tot lògic si aquell fos el seu país d'origen.

Els topònims

La seva illa preferida era Santo Domingo, d'on també es diu que descansen les seves restes mortals. Hi ha la circumstància que la casa central dels Colom estava situada, precisament, al carrer Sant Domènec de Barcelona (aquesta avinentesa se'm fa molt propera, ja que vaig néixer al número 4 d'aquest carrer).

Santiago va ser el nom que donà a un riu d'Haití en el seu primer viatge. Dídac va ser el nom que va rebre el primer cacic que va ser batejat. Ja sabem que Dídac i Yago és el mateix que Jaume, la sigla del qual apareix en la seva signatura, «Y». I que el seu fill gran es deia Jaume.

A Cuba, li va posar el nom de Juana. Pels fills dels Reis Catòlics, dirà la història oficial. El més fàcil és que fos pel seu propi nom. L'illa Isabela no era el nom original, el que va posar-li Colom, sinó «Illa Bella».

Respecte a San Salvador, Charles Merrill, que fa Colom nascut a Tarroja de Segarra, ens diu que sant Salvador és el patró de la població.

Respecte a l'illa de la Concepción, la segona de les illes descobertes, ens trobem amb un altre catalanisme, perquè en el castellà de l'època seria Concebición. El nom de Concepció també el va posar al port més bonic que va trobar a Haití. És un nom de clara influència franciscana i lul·lista. La lletra «M» de la signatura pot correspondre clarament a Santa Maria de la Concepció. I el fet de descansar a l'empar de la Concepció de Nostra Senyora va ser la seva última voluntat (codicil de Valladolid de 19 de maig de 1506).

En la carta a Santàngel fa referència a la costa catalana quan diu que el perímetre de l'illa Hispaniola era més llarg d'acord al seu criteri que el de la península Ibèrica des de Colyura (Cotlliure) fins a Fuenterrabía.

I el més impactant: un genovès posaria Montserrat a una illa? Molt devot hauria d'haver estat d'aquesta advocació mariana tan concreta.

La seva religió

Possiblement provenia de família jueva conversa. El fet que Santàngel fos el seu gran protector dóna força a aquest argument. Tanmateix, parlaríem d'un judaisme cultural, no genètic. Tal vegada eren cristians de fe, però jueus de consciència nacional.

Amb tota probabilitat pertanyia a l'orde tercer franciscà (va voler ser enterrat amb aquest hàbit). Aquest orde no existia a Castella en el segle XV, però sí a la Corona catalano-aragonesa. Una altra prova de la seva catalanitat.

I molt segur també, era hospitaler. Una sèrie de detalls fan pensar la seva vinculació amb l'orde de Sant Joan de Jerusalem. I no només ell. Força contemporanis de Colom hi pertanyien. El rei Ferran II, pel fet de ser rei de Sicília, ho era de Jerusalem (no tenia valor pràctic, però sí prestigi). Quan va estar a Barcelona va celebrar Corts el maig de 1493 al convent de Santa Anna, de l'orde del Sant Sepulcre. Parts dels coneixements que posseïa l'Almirall li van arribar a través dels hospitalers, hereus de l'orde del Temple. El fet que ostentés la creu patada en les embarcacions del «descobriment» n'és una altra mostra.

ALTRES CIRCUMSTÀNCIES I ASPECTES

El lloc on va néixer

Barcelona, Tarroja de Segarra, Tortosa, Tarragona, Eivissa, Mallorca... Dins dels Països Catalans, aquestes i altres poblacions poden ser l'indret on va néixer Cristòfor Colom. Totes les teories que avalen un lloc o altre tenen prou interès i interessants punts de partida. Des del meu punt de vista, però, la que m'encaixa més és que fos de Barcelona, si més no que formés part de la notable família barcelonina. D'altra banda, devia estar emparentat amb altres Colom d'arreu, incloent-hi també els de Marsella (només cal veure la quantitat de batlles que va tenir la ciutat de Bordeus amb el cognom Colom). Amb el mateix Guillaume Casenove Coullon, molt probablement, eren família. Una hipòtesi de Caius Parellada suggereix que una filla de Guillem Colom (segle XIV) es va casar amb Guillem Casanova i que el fill d'ambdós va ser Guillem Casanova Colom. De fet, la família Casanova tenia tres branques: a Barcelona, a Sicília i a Bearn, que era un comtat gascó.

Els Colom de Barcelona estaven emparentats amb els Bertran, els Casanova, els Boïl, els Cabot... «Yo no soy el primer almirante de mi familia», va deixar escrit. Sense cap mena de dubte es refereix als Bertran, als Casenove... Tots plegats formen part de l'oligarquia catalana. A la Generalitat hi trobem Guillem i Francesc (serà president de la Generalitat). I tota la família lluitarà contra Joan II. Va ser la mateixa monarquia la interessada a ocultar el seu veritable origen, un pacte de silenci que va esdevenir una qüestió d'estat.

Sobre els coneixements

És obvi que Cristòfor Colom posseïa una àmplia cultura, molt superior a la dels seus contemporanis, i això ens fa plantejar d'on la va obtenir.

Ferran Colom, a la biografia que va escriure sobre el seu pare, ens diu que va estudiar a Pavia. De seguida pensem en la ciutat italiana, però a banda que en aquesta localitat no s'ha trobat cap indici que hi hagués estudiat algun Colom o Colombo, hi ha altres Pavia. Tres més, concretament: a la Segarra (aquesta és la que defensa Merrill), a Portugal (prop d'Évora) i a França (prop de Tolosa). M'inclino per aquesta última, ja que pertany a la Gascunya, on trobem també Casenove Coullon.

La influència de Ramon Llull queda palesa, així com els coneixements cartogràfics de Dulcert i dels Cresques. A tots ells cal afegir-hi els heretats pels hospitalers, que, un cop desapareguda l'orde del Temple, van difondre entre els seus seguidors.

La «descoberta»

Hi va haver un predescobriment?

Sí. Colom ja sabia de l'existència de terres a l'altra banda de l'oceà Atlàntic. I va demanar a un monarca que li pagués l'expedició a canvi d'unes fabuloses condicions. No ho va aconseguir a la primera. Li ho va proposar al rei de Portugal, no se'n va sortir. Va enviar el seu germà Bartomeu a parlar amb Enric VII d'Anglaterra i amb el rei Lluís de França i el resultat també va ser negatiu. Ho va proposar als Reis Catòlics durant anys i finalment va acomplir l'objectiu.

Portugal li va fer cas relativament perquè va enviar dues expedicions a l'oest per comprovar si era veritat el que deia, però sense que intervingués Colom. He emprat aquesta circumstància perquè Colom dubti de l'amistat i confiança amb Guerau.

Les capitulacions de Santa Fe del 17 d'abril de 1492, abans doncs del descobriment oficial, ho diuen ben clar: «Lo que ha descubierto».

Colom sabia, a més, que aquelles terres, suposadament ignotes, no tenien amo. Tot estant a Portugal escriu al rei portuguès Joan II, oferint-li la descoberta. I en aquell document diu això: «Que les naus han d'anar plenes de quincalla: cascabells, cosetes de llauna, boletes de collars, vidres de colors variats, tisores, ganivets, agulles... robes barates de colors, barrets vermells i coses semblants, i que totes elles són barates i de poc valor, però que són de molta estima per aquells que no les coneixen». Colom diu molt clarament al rei quina mena de gent hi ha en aquelles terres i només les podia conèixer perquè hi havia estat. D'altra banda, en el primer viatge oficial no podia conquerir gran cosa amb una expedició tan petita, tret que aquelles terres estiguessin habitades per aquests tipus de pobles que no podien oposar resistència a les armes de foc i amb els quals es podia recórrer a l'intercanvi fàcil i barat. Tot això ho sabia Colom i per això es comprometia a garantir una operació de conquesta a baix cost (a baix cost, però a canvi d'uns privilegis monumentals, motiu pel qual li havien dit que no).

Hi ha un fet que demostra que Colom sabia perfectament on anava durant el viatge de la descoberta. Quan feia moltes setmanes que navegaven, els mariners es van posar nerviosos, es van rebel·lar i van agafar les armes contra Colom. Els va proposar un pacte: si en quatre dies no trobaven terra, tornarien. Ho van acceptar. Molt segur havia d'estar per donar un termini tan curt després de tan llarga travessa. El cas és que abans dels quatre dies es descobria el Nou Món.

Hi havia una incertesa, però: potser es podien trobar amb algun príncep o rei d'algun imperi que es plantejaria què hi anava a fer, en els seus dominis. Per aquest motiu els reis li signen en blanc tres passaports o cartes de presentació en els quals diuen que «Faci el favor d'atendre el nostre Colom, que no vol fer-li cap mal, i si les naus vostres algun dia vénen a casa nostra també les rebrem en cortesia».

D'altra banda, hom atribueix als templers el fet que van assentar-se al continent americà abans del descobriment oficial i que d'allà obtenien l'or i la plata per finançar les seves construccions.

Sobre l'estada a Barcelona i la falta de documentació

És ben cert que les cròniques no van dir res de l'arribada de Colom a Barcelona, que l'Almirall va entrar a la ciutat en una desfilada cavalcant entre el rei Ferran II i el lloctinent de Catalunya, Enric II, comte d'Empúries. Això no consta en cap document oficial (Dietari de la Diputació, el *Manual de novells ardits*, conegut com el Dietari de l'antic Consell barceloní, el *Llibre de les solemnitats de Barcelona* o el *Llibre d'algunes coses assenyalades*). El silenci tant pot ser perquè ni va ser rebut a Barcelona com perquè es va silenciar. És possible també, com argumentà Rumeu de Armas, que la capital del Principat el va rebre, però d'una manera molt més austera, i només ho va fer la Cort, entre d'altres coses per no alertar la veïna Portugal de l'efemèride. La meva opció ha estat la de triar el monestir de Sant Jeroni de la Murtra, d'acord amb l'historiador Jaume Aymar. El fet d'haver fet oficial la rebuda al monestir dels jerònims hauria implicat esmentar les propietats de la família Colom a la zona.

Ferran Colom, el fill a qui va preocupar el misteriós origen del seu pare, viatjà per la Península pam a pam. Les seves primeres incursions van ser a Aragó i a Catalunya, a Calataiud i a Lleida, tota una declaració de principis, doncs. Va tenir sospites d'alguna oculta relació entre el seu pare i Catalunya, sembla que a Lleida. Es trobà en greus dificultats en les seves recerques perquè el reial decret de Carles V de l'any 1523 va prohibir-li els estudis que feia i la recerca de dades.

En el decurs de la trajectòria del gran navegant, la documentació apareix sovint canviada, modificada per tal d'amagar-ne la veritable identitat. Al naufragi succeït l'any 1476, per exemple, s'ocultà que les naus amb les quals lluitava Colom eren genoveses. Hauria estat estrany, és clar, si es pretenia dir que era genovès. La pròpia família, els seus hereus, també van contribuir a falsejar la identitat per tal d'aconseguir les extraordinàries concessions que estipulaven les capitulacions, concessions que no es van acomplir, tal com temen Guerau i Lluís de Santàngel a la novel·la.

Sobre els personatges

Pel que fa als personatges històrics, he procurat respectar la seva personalitat i trajectòria, si bé les he adaptat a la trama de la novel·la. I m'he servit dels de ficció per poder deixar en llibertat la imaginació literària.

No ha estat gens fàcil escriure una novel·la al voltant d'un personatge tan qüestionat com Cristòfor Colom, però ho ha compensat l'interès que sentia per ell des de petita. M'he permès datar el seu naixement l'any 1444, si bé no ho sabem amb certesa. D'acord amb les dades que ens va proporcionar el seu fill Ferran, l'he descrit amb els ulls blaus, el nas aguilenc i la cara allargada. Ferran Colom ens explica també que els cabells se li van blanquejar aviat, a partir dels trenta anys. Jesús Delgado, però, arran del seu estudi grafològic, ens diu que tenia el nas arromangat i la cara en forma de cor, que era de constitució prima i tenia els cabells negres.

Un altre tema polèmic sobre Cristòfor Colom és el de qui van ser les seves dones. M'he decantat per creure que la seva esposa va ser Felipa[69] Moniz de Perestrello per la vinculació del seu pare amb Madeira i pel fet que l'Almirall romangués a l'illa durant una època de la seva vida. I que després es va unir sentimentalment a Beatriz Enríquez de Arana. Opino que si no es va casar amb ella, va ser per deixar oberta la possibilitat de fer-ho amb algú més principal que li convingués per assolir els seus objectius. El fet que tingués una relació amorosa amb Beatriz de Bobadilla, la «loba» de les Canàries, només forma part de la premsa rosa del moment.

Un personatge que cal considerar llegendari és el company de fadigues de Guerau, Galvany. Joan Amades hi fa referència al llibre *Llegendes de Barcelona* tot dient que va ser el primer home que trepitjà les Índies Occidentals i que a Barcelona vivia al carrer de la Plata.

Pel que fa als germans Pinzón, personatges sobre els quals trobem informació diversa i contraposada, he volgut que Martín Pinzón formés part de les intrigues que van envoltar el predescobriment i la descoberta de les Índies Occidentals, així com de la inquietant ombra del suposat veritable descobridor, Alonso Sánchez de Huelva.

La importància del prior de Santa Anna, Bartomeu Cristòfor de Gualbes, la de l'escrivà de ració, Lluís de

69. Jordi Bilbeny afirma que es va casar amb Margarida d'Alòs en un primer matrimoni i que després ho va fer amb Felipa de Coïmbra i Urgell.

Santàngel, i la d'Enric II, comte d'Empúries, és indubtable, així com la seva influència a l'època.

La més notable, però, va ser la presència a terres catalanes del rei Ferran II i el seguit d'actuacions polítiques, econòmiques, religioses i socials que va dur a terme durant aquell període.

Com ja es deu haver adonat el lector, la interrelació de Guerau de Gualbes, el protagonista de la novel·la, amb tots ells és pura ficció. En el desenvolupament del relat l'han acompanyat la seva estimada Blanca Vidal, la vella dida Teresa, dona Elisenda Pallarès, Vador, el pare Maties, la dolça Cecília, Segimon, Miquel Barberà, Trencalòs...

El que no ho és gens, de ficció, és el retrat que he intentat oferir de la Barcelona de 1493, que, en certa manera, esdevé un personatge més.

Si el lector té interès a consultar o ampliar algun dels aspectes històrics tractats a la novel·la, a continuació trobarà una relació bibliogràfica, una mostra dels llibres consultats. Amb independència que estigui d'acord o no amb el contingut de les obres seleccionades, considero que els títols esmentats poden ser d'interès per al lector o, si més no, despertar la seva curiositat.

BIBLIOGRAFIA

Albardané, Francesc, *La catalanitat de Colom: ciència històrica o fanatisme patrioter*. Barcelona: Institució Catalana de Genealogia i Heràldica, 2012.

Albardané, Francesc, «El misteri Colom». *Presència* (Girona): 23-29 de juny de 1991, p. 14-21. Reeditat com «Era el clergue Joan Colom el descobridor?». *Butlletí del Centre d'Estudis Colombins* 2 (1991), p. 4-6.

Albardaner, Francesc; Marí i Salvadó, Jordi, *Tots els articles de Lluís Ulloa Cisneros (1927-1936)*. Barcelona: Centre d'Estudis Colombins, 2011.

Albareda, Anselm M.; Massot i Muntaner, Josep, *Història de Montserrat*. Barcelona: Publicacions de l'Abadia de Montserrat, 2010.

Altisent, Agustí, *Història de Poblet*. L'Espluga de Francolí: Abadia de Poblet, 1974.

Arenas i Sampera, Joaquim, *A la recerca d'una història amagada. Colom, Catalunya i la Descoberta*. Barcelona: La Llar del Llibre, 1992.

Aurell, Jaume, *Els mercaders catalans al quatrecents*. Lleida: Pagès Editors, 1997.

Aymar i Ragolta, Jaume, «Cristòfor Colom a Sant Jeroni de la Murtra». *Butlletí del Centre d'Estudis Colombins* 5-6 (1992), p. 6-12.

Baqué i Estadella, Maria Teresa. «Era Paine pour Joie, herald de Pere de Portugal, el futur descobridor?». Resum de la seva intervenció a la 4a Tertúlia Colombina. *Butlletí del Centre d'Estudis Colombins* 4 (1991), p. 4-6.

Bayerri Bertomeu, Enrique, *Colón tal cual fue: los problemas de la nacionalidad y de la personalidad de Colón y su resolución más justificada*. Barcelona: Porter Libros, 1961.

Belenguer i Cebrià, Ernest, *Ferran el catòlic*. Barcelona: Edicions 62, 1999. Col. Llibres a l'Abast

Bilbeny, Jordi, *La descoberta catalana d'Amèrica. Una reflexió sobre la manipulació de la Història*. Granollers: Edicions Gargot, 1999.

Bilbeny, Jordi, *Brevíssima relació de la destrucció de la història. La falsificació de la descoberta catalana d'Amèrica*. Arenys de Mar: Llibreria El Setciències, 1998.

Casas, Bartolomé de las, *Brevísima relación de la destrucción de las Indias*. Madrid: André Saint-Lu, 1992.

Català i Roca, Pere, *Quatre germans Colom, el 1462*. Barcelona: Rafael Dalmau Editor, 1978.

Carreras i Valls, Ricard, *Catalunya descobridora d'Amèrica: la predescoberta i els catalans Joan Cabot i Cristòfor Colom*. Barcelona, sense data ni editor.

Carreras i Valls, Ricard, *El català XPO FERENS COLOM de Terra Rubra*. Barcelona: Impremta Altés, 1930.

Català i Roca, Pere, *Entorn de Cristòfor Colom*. Barcelona: Rafael Dalmau Editor, 1978.

Català i Roca, *Un corsari anomenat Colom*. Barcelona: Rafael Dalmau Editor, 1991.

Centre d'Estudis Colombins, *Colom i el món català. Textos d'antologia i indagació*. Barcelona: Rafael Dalmau Editor, 1993.

Colón, Cristóbal, *Diario de a bordo*. Madrid, Historia 16 (editat per Luis Arranz), 1985.

Colón, Hernando, *Història del Almirante* (2 vol.). Madrid: Historia 16, 1991.

CORTÉS, Cristian, *Els Setantí*. Barcelona: Fundació Vives Casajuana, 1973.

DELGADO LORENZO, Jesús, *Cristóbal Colón. Su origen y vida investigados con técnicas policiales del siglo XXI*. España: Editor Bubok Publishing, 2012.

DURAN I SANPERE, Agustí, *Barcelona i la seva història*. Barcelona: Curial, 1972.

GARRIGUE, Gérard, *Christophe Colomb, le Catalan. Les Clés de l'Énigme*. Millas: Confluences, 1992.

HURTADO, José Antonio, *Colón y la carta templaria*. Madrid: Ediciones Espejo de Tinta, 2005.

HARRISE, Henry, *Christophe Colomb davant l'Histoire*. París, 1892.

ISERN I MONNÉ, Josep Maria, *El cuadro mágico de la orden del Temple*. Guadalajara: Aache Ediciones, 2009.

LAS HERAS, Antonio, *La trama Colón*. Madrid: Ediciones Nowtilus, 2006.

MITJANA DE LAS DOBLAS, Enric, «La casa dels Colom a Barcelona». *Butlletí del Centre Excursionista de Catalunya* 42 (1932), p. 354-359, i amb introducció i notes de Francesc Albardané al *Butlletí del Centre d'Estudis Colombins* 10 (1993), p. 4-7.

MONTAGUT BARBERÀ, Maria Mercè, *Fórmules de tractament medieval*. Barcelona: Facultat de Filologia. Tesi doctoral dirigida per D. Antoni Badia i Margarit, 1974.

MERRILL, Charles J. *Colom, 500 anys enganyats. Per què s'amagà l'origen català del descobridor d'Amèrica*. Valls: Cossetània Edicions, 2009.

MESTRE I GODES, Jesús, *Breu història de Catalunya*. Barcelona: Edicions 62, 1998.

NAVARRO, Ramon, *Tot sobre el Colom català. Iniciació a la teoria colombina catalana*. Vilanova i la Geltrú: El Cep i la Nansa Edicions, 2011.

PARELLADA I CARDELLACH, Caius, *Colom venç Colombo*. Barcelona: Aleu & Domingo, 1987.

PARELLADA I CARDELLACH, Caius, *Cristòfor Colom i Catalunya: Una relació indefugible*. Barcelona: La Llar del Llibre, 1992.

PÉREZ-BASTARDAS, Albert; Scholz, Víctor, *El govern de la ciutat de Barcelona*. Barcelona: Ajuntament de Barcelona, 1986.

PUJOL, Marcel, *La construcció naval a Catalunya a l'Edat Mitjana*. Barcelona: Editorial Base, 2012.

QUERALT DEL HIERRO, María Pilar, I*sabel de Castilla: reina mujer, y madre*. Madrid: Edaf, 2012.

RUIZ-DOMÈNEC, José Enrique, *Observando la modernidad desde la Edad Media*. València: Institució Alfons el Magnànim, 1999.

RUIZ-DOMÈNEC, José Enrique, *Isabel la católica o el yugo del poder*. Barcelona: Península, 2004.

RUMEU DE ARMAS, Antonio, *En Colom a Barcelona*. Barcelona: Llibres de l'Índex, 2012.

SANS I TRAVÉ, Josep Maria, *El procés dels templers catalans. Entre el turment i la glòria*. Lleida: Pagès Editors, 1990-1991.

SANS I TRAVÉ, Josep Maria, *Els templers catalans. De la rosa a la creu*. Lleida: Pagès editors, 1996.

SOBREQUÉS I CALLICÓ, Jaume (obra dirigida per), *Història de Barcelona*. Ajuntament de Barcelona: Enciclopèdia Catalana, 1991, 2001.

SOBREQUÉS I CALLICÓ, Jaume, *Història de Barcelona*. Barcelona: Plaza & Janés, 2008.

SOBREQUÉS I VIDAL, Santiago; Sobrequés i Callicó, Jaume, *La guerra civil catalana del segle* XV. 2 volums. Barcelona: Edicions 62, 1987.

SOLDEVILA, Ferran, *Història de Catalunya*. Volum II. Barcelona: Editorial Alpha, 1962.

VALLÈS I FORMOSA, Alba, «Curiositat colombina». *Terra Rubra* 44 (1997), p. 9.

UDINA I MARTORELL, Frederic, «Els nous documents de Colom respecte als Reis Catòlics». Resum de la seva intervenció a la 13a Tertúlia Colombina. *Butlletí del Centre d'Estudis Colombins* 9 (1993), p. 3-4.

VARELA, Consuelo, *Cristobal Colón, de corsario a almirante*. Barcelona: Lunwerg Editores, 2005.

VERDERA, Nito, «La llengua de Colom». *Butlletí del Centre d'Estudis Colombins* 14 (1994), p. 8-10.

VICENS I VIVES, Jaume, *Ferran II i la ciutat de Barcelona.* 2 volums. Barcelona: Seminari d'Història de Catalunya, 1936.

VIZCAÍNO CASAS, F., *Las mujeres del Rey Católico.* Barcelona: Planeta, 1988.

ULLOA, Luis, *Cristòfor Colom fou català. La veritable gènesi del descobriment.* Barcelona: Editorial Base, 2006.

AGRAÏMENTS

Als historiadors i estudiosos amb qui he mantingut agradables converses i han atès les meves preguntes relacionades amb la figura de Cristòfol Colom i la seva època: Francesc Albardaner, investigador, que des de 1986 fa recerca sobre els orígens de Colom; Jaume Aurell, doctor en Història Medieval i professor de la Universitat de Navarra; Miquel Riera, arxiver del monestir de Sant Jeroni de la Murtra; Horst Rietmüller, investigador històric, president d'ARACATA; Eva Sans i Joaquim Ullan, investigadors del Cercle Català d'Història.

I també a Jordi Caldés, Jaume Cañadas, Gisela Muñoz, Marcel Pujol, Jaume Salla i família, Ramon Verdaguer, i als arxius i biblioteques que m'han facilitat la documentació.

Vull manifestar un especial reconeixement a l'amic Jordi Salat, vernaclista, estudiós incansable amb qui comparteixo converses, periples i recerca al voltant de la temàtica colombina.

A José Enrique Ruiz-Domènec, catedràtic d'Història Medieval i director de l'Institut d'Estudis Medievals de la Universitat Autònoma de Barcelona, pel seu mestratge des que va ser el meu professor a la universitat.

A Jaume Sobrequés, catedràtic d'Història de Catalunya, editor i director del Centre d'Estudis d'Història Contemporània de Catalunya, agraïda també pel seu guiatge i per la complicitat.

Als amics i amigues, als de sempre i als més recents, que a més de la seva amistat donen suport a la meva trajectòria literària: Manel Aljama, Gemma Blat, Victòria Cardona, Martí Monclús i família (i a en Josep) de la llibreria l'Alguer de Sant Celoni, Maribel Nadal, Teresa Ollé i Enric Viñeta, Aline Patourreaux, Maria Pilar Queralt, Elena Ramon, Pilar Rufas, Raquel Solà, Ricard Torradas de la llibreria Torradas de Barcelona, entre molts altres que sento ben propers.

A Carlota Torrents, la meva «agenta», que procura pels meus llibres i amb qui fem safareig i riem plegades.

A Berta Bruna, editora de Columna, i a tot el seu equip, que han mimat l'edició de *L'enigma Colom*.

Al meu pare, Pere Roca, que sempre m'ajuda a veure la part positiva de la meva feina.

Als meus fills, Albert i Marc, lectors de luxe i crítics entusiastes.

Al meu marit, l'Albert, que una vegada més m'ha acompanyat en el decurs de la llarga recerca i de l'escriptura d'aquesta novel·la.

I, per descomptat, a vosaltres, lectors, que em llegiu.

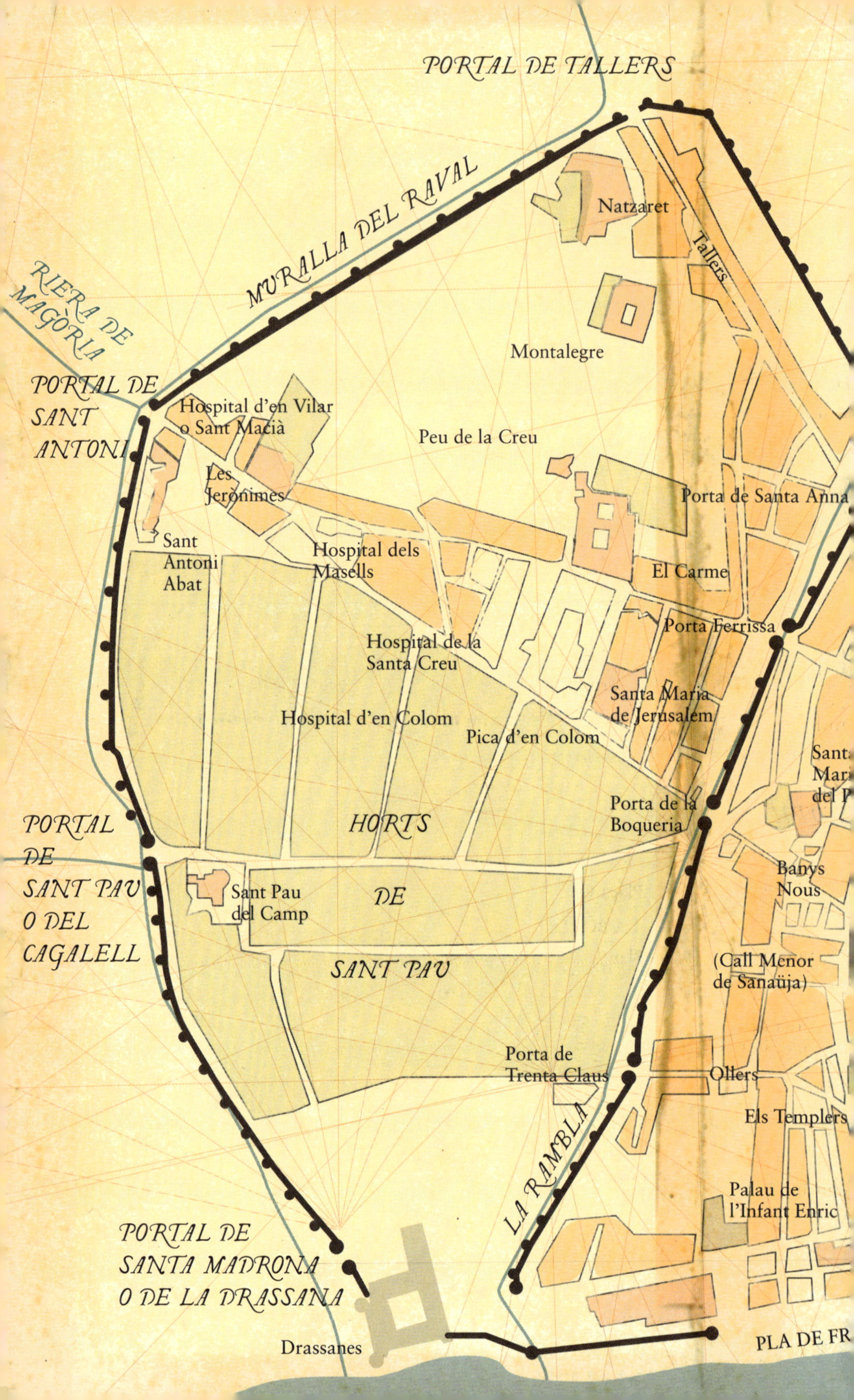
PORTAL DE TALLERS
MURALLA DEL RAVAL
RIERA DE MAGÒRIA
PORTAL DE SANT ANTONI
Natzaret
Tallers
Montalegre
Hospital d'en Vilar o Sant Macià
Peu de la Creu
Les Jerònimes
Porta de Santa Anna
Sant Antoni Abat
Hospital dels Masells
El Carme
Porta Ferrissa
Hospital de la Santa Creu
Santa Maria de Jerusalem
Hospital d'en Colom
Pica d'en Colom
Porta de la Boqueria
PORTAL DE SANT PAU O DEL CAGALELL
HORTS DE SANT PAU
Sant Pau del Camp
Banys Nous
(Call Menor de Sanaüja)
Porta de Trenta Claus
Ollers
Els Templers
LA RAMBLA
Palau de l'Infant Enric
PORTAL DE SANTA MADRONA O DE LA DRASSANA
Drassanes
PLA DE FR